Benjamin Cors
Küstenstrich

Noch bevor er Bekanntschaft mit seiner Schutzperson, einem undurchsichtigen Adligen mit Kontakten zur französischen Regierung, machen kann, stößt Nicolas Guerlain auf eine Leiche: Vom Pont de Normandie führt ein Seil hinab zur Seine – und zu einem Toten. Zur gleichen Zeit, nur wenige Kilometer entfernt, findet die Polizei von Deauville eine weitere Leiche: Hinter einem Nachtclub, achtlos abgelegt zwischen Müllcontainern und leeren Gemüsekisten, liegt ein totes Mädchen. Neben ihr eine Postkarte, die hier nicht hinzugehören scheint. Darauf zu sehen sind die Leuchtreklamen am Londoner Piccadilly Circus, auf der Rückseite steht eine Telefonnummer. Als die Polizisten die Nummer wählen, hebt prompt jemand ab: Nicolas …

Sein neuer Auftrag führt den charismatischen Personenschützer Nicolas Guerlain ein weiteres Mal in seine alte Heimat, die Normandie, wo er in ein Verbrechen ungeahnten Ausmaßes verstrickt wird.

Benjamin Cors ist politischer Fernsehjournalist und hat in der ARD viele Jahre für die Tagesschau, die Tagesthemen und den Weltspiegel berichtet. Heute arbeitet er für den SWR. Er ist Deutsch-Franzose und hat die Sommer seiner Kindheit in der Normandie verbracht. Seine Krimireihe um den charismatischen Personenschützer Nicolas Guerlain hat eine große Fangemeinde und seine Bücher landen regelmäßig auf der Bestsellerliste.

Benjamin Cors

KÜSTENSTRICH

Ein Normandie-Krimi

dtv

Von Benjamin Cors
sind bei dtv außerdem erschienen:
Strandgut
Gezeitenspiel
Leuchtfeuer
Sturmwand
Schattenland
Flammenmeer

Ungekürzte Ausgabe 2018
8. Auflage 2024
© 2016 dtv Verlagsgesellschaft mbH & Co. KG, München
Umschlaggestaltung: Johannes Wiebel/punchdesign, München
Satz: pagina GmbH, Tübingen
Gesetzt aus der Aldus 9,8/13,8·
Druck und Bindung: Druckerei C.H.Beck, Nördlingen
Printed in Germany · ISBN 978-3-423-21722-4

Für Mia und Ella

Teil eins

VATER

An jenem Morgen erwachte Zorah mit der Gewissheit, dass dies der schönste Tag in ihrem Leben war. Es war nicht irgendein vages Gefühl, auch nicht der verklärte Rest eines Traums, an den sie sich ohnehin nur bruchstückhaft erinnern konnte, so wie an alle anderen Träume zuvor auch.

Sie blinzelte leicht benommen, und während sich ihre Augen an das diffuse Licht des frühen Morgens gewöhnten, dachte sie darüber nach, was die Nacht ihr mit auf den Weg gegeben hatte.

Nein, eine Hoffnung war es auch nicht, denn damit kannte sie sich aus. Mit Hoffnungen, die sich in Luft auflösten, in staubige, stickige Luft, die sich auf ihre Lungen setzte, wenn wieder ein Lastwagen an irgendeinem Straßengraben vorbeidonnerte, in dem sie alle gemeinsam für ein paar Stunden Schutz gefunden hatten.

Diesmal, am Ende ihrer Reise, war es etwas anderes. Es war eine echte und wahrhaftige Gewissheit, die heimlich zu ihr in den dünnen Schlafsack gekrochen war und sich neben ihr ausgestreckt hatte, sich an sie schmiegte und lächelte.

Es war ruhig draußen, nur der Wind ließ die Blätter der Sträucher rascheln, die ihr Zelt umschlossen. Die Sonne schien. Und obwohl Zorah in den vergangenen Monaten gelernt hatte, ihre Gefühle fest verpackt in ihrem Innern zu verstauen und nicht daran zu rühren, überkam sie etwas, das sie beinahe als Freude bezeichnet hätte.

Sie lächelte. Es war das behutsame Lächeln eines zwölfjährigen Mädchens, das mehr erlebt und gesehen hatte, als andere in einem ganzen Leben. Und das fast verlernt hatte, wie es sich anfühlte, wenn die eigenen Mundwinkel sich hoben.

»Reiß dich zusammen«, murmelte sie und zog vorsichtig den Reißverschluss ihres Schlafsacks auf. Sie hatte nicht vor, ihr Innerstes aufzuschnüren, nur weil irgendeine dahergelaufene Gewissheit sich neben sie legte und versprach, sie zu wärmen.

»Immer schaust du so traurig, Zorah«, hatte ihre Mutter sie immer wieder ermahnt während der langen Reise. »Freu dich doch, alles wird gut, bald sind wir da.«

Sie lag wenige Meter neben ihr auf dem harten Sandboden, ihr Kopf lehnte an der Schulter ihres Mannes, der selbst im Schlaf zu wachen schien über seine Familie, die er fortgeführt hatte, weit weg von den ockerfarbenen Bergen ihrer Heimat.

Heute war der schönste Tag in Zorahs Leben.

Wir werden sehen, dachte sie, aber sie spürte, wie ihr Herz zu hüpfen begann und ihre schweren Glieder ganz leicht wurden. Als sie leise aus ihrem Schlafsack kroch, wirbelte etwas Staub durch die wenigen Sonnenstrahlen, die durch die Löcher in der Zeltplane fielen. Etwas weiter hinten lag ihr älterer Bruder Belal, er atmete gleichmäßig, und sie hatte nicht vor, ihn aufzuwecken. Zorah streckte ihren Rücken, der eine weitere Nacht auf einem weiteren harten Boden ertragen hatte. Durch Löcher in der blauen Plane erkannte sie einzelne Sträucher, dornige Büsche, die das gesamte Lager umgaben. Außerdem einige rote und blaue Wimpel, die in den Bäumen hingen, als wollte jemand der Trostlosigkeit dieses Ortes einen freundlicheren Anstrich geben.

Das Lager war wahrlich nicht der schönste Ort für einen schönsten Tag, aber Zorah war das egal. Sie merkte, wie sich in ihrem Inneren etwas zu lösen begann, das sie fest verschnürt hatte. Verwundert hielt sie inne.

Es war tatsächlich so. Sie war glücklich.

Es würde nun bald zu Ende sein.

Zorah wischte sich die klamme Nacht mit einer pechschwarzen Haarsträhne aus dem Gesicht und griff in ihren fleckigen Schlafsack. Ihre Finger suchten nach etwas, betasteten vorsichtig das feuchte Innere.

»Scheiße, wo ist sie?«, fluchte sie leise und blickte hinüber zu ihren Eltern. Schließlich sprang sie auf und durchwühlte hektisch den schmierigen Stoff.

Aber da war sie ja. Alles war gut.

»*Alhamdulillah.*«

Zorah berührte behutsam die einzelnen Ecken der Postkarte, so wie sie es jeden Morgen tat. Ihre Finger wanderten langsam die brüchigen Kanten entlang, fuhren liebevoll über die mittlerweile grau gewordene Innenseite, bevor sie die Karte wendete und auf das leuchtende Bild blickte, das seit einem Jahr nicht mehr leuchtete und das doch ihr Herz schneller schlagen ließ.

Zorah lächelte erneut, jetzt ganz bewusst, und atmete tief ein. Der schönste Tag in ihrem Leben hatte einen frischen, klaren Duft, die Luft schmeckte nach Salz und nach dem Ende einer Reise. Hoch oben über ihrem Zelt hörte sie einen Vogel, es war eine Möwe, aber Zorah kannte keine Möwen. In ihren Ohren klang es wie ein Lachen und sie lachte leise mit, während sie ihre verblichene Trainingsjacke überzog und ihre zu großen Turnschuhe suchte.

Sie wäre nie auf die Idee gekommen, der Vogel könnte sie auslachen.

Draußen näherten sich leise Schritte und kurz darauf drang ein Flüstern zu ihr ins Zelt.

»Zorah! Bist du schon wach?«

Zorah freute sich, Nurias Stimme an diesem Morgen zu hören. Sie würden gemeinsam das Lager erkunden, so wie sie es gestern Abend bei ihrer Ankunft in der Dunkelheit verabredet hatten.

»Nuria! Warte, ich komme!«

Sorgsam faltete sie ihre Postkarte zusammen und steckte sie in ihre Tasche, nicht jedoch, ohne vorher noch einmal auf die Schrift auf den Bildern zu schauen.

Piccadilly Circus.

Die Farben der Leuchtreklamen waren die schönsten Farben, die sie je gesehen hatte.

Sie schlüpfte leise aus dem Zelt und wartete, bis sich ihre Augen an das kalte Licht gewöhnt hatten. Dann war sie endgültig bereit für diesen Tag.

Auch Nuria schien erst vor wenigen Minuten aufgewacht zu sein. Der Wind fuhr durch die Blätter der knorrigen Bäume, zu ihren Füßen rollten schmutzige Plastiktüten und leere Konservendosen über den sandigen Boden.

»Hast du gut geschlafen?«

»Klar«, log Zorah und blinzelte in die Sonne, die hier so viel blasser war als zu Hause in Ghasni, wo die Berge orange waren und der Himmel so blau wie die Burkas der Frauen. Nuria trug wie immer ihren zu großen gelben Pullover, sie hatte die Ärmel mehrmals umgekrempelt.

Zorah hörte im Zelt ihren Vater unruhig im Schlaf murmeln.

»Lass uns schnell gehen«, flüsterte sie, »bevor sie etwas merken.«

Nuria zog sie zwischen den dreckigen Zeltplanen und den notdürftig zusammengezimmerten Verschlägen aus Pappe und Sperrholz den kleinen Hang hinunter. Immer wieder mussten sie ihre Köpfe unter Wäscheleinen durchstecken, an denen nasse Wäsche hing, die in diesem Leben nicht mehr sauber werden würde. Vor einigen Zelten brannten Feuer, vereinzelt roch es nach Kaffee und Brot. Meistens jedoch nach Urin. Zorah hatte gehört, dass einige hundert Menschen hier hausten, auf engstem Raum, eingepfercht zwischen den Dünen und dem flachen Hinterland. Dass dieser Ort bis vor kurzem noch die Müllhalde von Calais gewesen war, wusste sie nicht.

Immer wieder liefen sie an müden und abgekämpften Gesichtern vorbei. Mütter wiegten ihre Babys, Söhne sammelten Äste und Zeitungspapier. Hier und da packten einige Lagerbewohner ihre Sachen und verabschiedeten sich.

»Die wollen bestimmt durch den Tunnel«, bemerkte Nuria, und Zorah nickte nachdenklich. Auch sie würden bald aufbrechen, vielleicht schon morgen. So hatte ihr Vater es ihr gesagt. Sie lief neben ihrer Freundin den kleinen Abhang hinunter, ihrem Ziel entgegen.

Die Dünen.

Das Meer.

Und das, was dahinter lag.

Piccadilly Circus.

Plötzlich blieb Nuria stehen und blickte Zorah an.

»Hörst du das auch?«

Zorah lauschte und nach einigen Sekunden hörte auch sie die Musik, die durch die klare Luft zu ihnen getragen wurde. Sie legte den Kopf zur Seite.

»Das ist schön«, flüsterte sie, und als sie kurz darauf um einige kleinere Bäume herumliefen, sahen sie, woher die Musik kam. Auf einer Lichtung, zwischen Ginsterbüschen und schwarzen Müllcontainern, stand eine kleine Hütte. Es war kaum mehr als ein Bretterverschlag, aber im Gegensatz zu den anderen Behausungen im Lager hatte hier jemand aufgeräumt. Hier lagen keine zerfetzten Pappkartons oder Mülltüten, aus denen vergammelte Essensreste quollen. Blaue und rote Fahnen wehten auf dem Dach, weitere lagen in einer Kiste neben der Hütte.

Zorah machte Nuria ein Zeichen.

»Komm!«

Die Musik war jetzt deutlicher zu hören, sie klang in Zorahs Ohren fremd und auf eine seltsam angenehme Art traurig. Sie verstand die Sprache nicht, und doch mochte sie den Klang der

Melodie. Durch ein offenes Fenster sahen sie einen jungen Mann, der an einer Kaffeemaschine hantierte und leise mitsummte. Er war offensichtlich ebenfalls gerade erst aufgestanden, er stand barfuß in der Hütte und seine Haare waren noch zerzaust. Auf einem Tisch in der Mitte des Raumes lagen Papiere und Fotos. Der Mann war gutaussehend, etwas, für das sich Zorah erst seit kurzem interessierte.

Neben ihr kicherte Nuria aufgeregt und steckte sie damit an, so dass die beiden Mädchen sich den Mund zuhalten mussten, um nicht loszuprusten.

Genauso sollte ein schönster Tag sein, dachte Zorah. Sie hatte ihre Freundin auf der Reise kennengelernt, gleich am Anfang. Nuria war genauso alt wie sie, gerade ein Teenager und ihre Eltern hatten dasselbe Ziel. Ganze Wochen hatten sie gemeinsam auf Lastwagen verbracht, auf Pritschenwagen und Eisenbahnwaggons, hatten endlose Tage und Nächte kommen und gehen sehen. Die Landschaften hatten sich verändert und auch die Menschen um sie herum. Zorah hatte irgendwann aufgehört, ihre Eltern zu fragen, wie lange die Reise dauern würde. Sie hatte bemerkt, dass ihr Vater ruhiger geworden war, mit jedem Tag, den sie von zu Hause fort waren.

Er war froh, also war sie es auch.

Nur ihr Lächeln hatte sie zeitweise verloren auf der Reise. Aber von nun an würde es nur noch schönste Tage geben, da war sich Zorah sicher. Solange sie nur Nuria bei sich hatte und ihre Postkarte mit den leuchtenden Farben und dem aufgedruckten Namen, der so verheißungsvoll klang.

»Ihr könnt ruhig reinkommen!«

Neben ihr biss sich Nuria vor Schreck auf die Lippe, als sie die Stimme des Mannes hörten. Langsam standen sie auf und gingen zögerlich zur Eingangstür der Hütte. Jetzt erst sahen sie, woher die Musik kam, in einer Ecke stand ein altes Radio auf dem Holzboden.

»Keine Angst, ich beiße nicht.«

Zorah wusste nicht, über was sie sich mehr wundern sollte. Über die beiden bunten und sauberen Plastikbecher auf dem Tisch, in die der Mann gerade einen gelblichen Saft goss. Oder über die Tatsache, dass sie ihn verstanden hatten.

»Sie sprechen ja *Paschtu*«, sagte sie in Richtung des Mannes, während Nuria bereits gierig nach einem der Becher griff. Zorah zögerte zuerst, dann machte sie es ihr nach, und kurz darauf explodierte etwas auf ihrer Zunge. Der frische Geschmack von Orangen wischte ihr den Dreck aus dem Hals.

»Leider nicht mehr sehr gut. Ich war lange nicht mehr in Afghanistan«, sagte der junge Mann. Er hatte blondes Haar und zahlreiche Sommersprossen im Gesicht, die zu tanzen schienen, wenn er lächelte. Zorah mochte ihn sofort, sie schätzte, dass er etwa so alt war wie ihr ältester Bruder Belal, der oben im Lager vermutlich noch immer schlief.

»Ich finde, Sie sprechen sehr gut«, sagte Nuria und wischte sich etwas Saft aus dem Gesicht. Sie strahlte.

»Ich bin Zorah. Und das ist Nuria, sie ist meine beste Freundin«

»Seid ihr gestern ins Lager gekommen?«, fragte der Mann und ging zum Radio, um es auszuschalten.

»Nein, das ist schön«, hielt Zorah ihn auf.

»Magst du das? Das ist sehr alte Musik, bestimmt vierzig Jahre. Oder noch älter. Eigentlich ein trauriges Lied. Der Sänger will wissen, was von der Liebe übrig bleibt, nach so vielen Jahren. Magst du Akkordeon?«

»Ich weiß nicht«, erwiderte Zorah.

»Natürlich, wie sollst du auch«, lachte der Mann. »Ich bin übrigens Christian, ich helfe hier im Lager ein bisschen aus, verteile Essen und saubere Wäsche. Leider habe ich momentan nichts, es spendet kaum noch jemand etwas.«

Zorah blickte sich in der Hütte um und deutete dann auf einen kleinen Kasten, der auf dem Tisch lag.

»Was ist das?«

Christian lächelte.

»Warte, ich zeig es euch. Stellt euch mal nebeneinander. Genau, so ist es richtig.«

Die beiden Mädchen rückten etwas näher zusammen, ihre Becher mit dem Orangensaft noch in der Hand. Christian blickte von hinten in den Kasten und winkte mit der freien Hand.

»Und jetzt: Lächeln!«

Die Mädchen zuckten zusammen, als aus dem Kasten ein greller Blitz fuhr, aber ganz offensichtlich war das normal, denn Christian zog kurz darauf ein Stück Papier heraus und wedelte einige Augenblicke damit durch die Luft.

»Das dauert jetzt noch ein bisschen, aber nicht sehr lange.«

Sie blickten sich an.

»Was ist das?«

»Ein Fotoapparat, der die Bilder gleich mit ausdruckt. Man nennt es eine Sofortbildkamera.«

Sie beugten sich alle drei über das Stück Papier, und tatsächlich konnte Zorah bald ihren eigenen Umriss erkennen. Ihr Lächeln wirkte etwas gequält, und sie begriff, dass sie für einen Augenblick Angst gehabt hatte. Vor dem Apparat, vor dem Blitz.

Dabei wusste sie doch, dass ihr an diesem Tag nichts passieren konnte.

Nuria stupste sie von der Seite an.

»Komm, wir müssen weiter. Wir wollen nämlich zum Meer«, sagte sie in Christians Richtung.

»Dann müsst ihr dahinten lang, das ist der schnellste Weg. Was wollt ihr denn am Meer?«

»Unser neues Zuhause angucken. *Piccadilly Circus.* Wir sind nämlich bald da«, entgegnete Zorah.

Sein Gesicht verdunkelte sich für einen kurzen Augenblick, dann räusperte er sich.

»Haben das eure Eltern gesagt?«

Zorah nickte. »Vielleicht sogar schon morgen, wir müssen nur noch durch den Tunnel, sagt mein Vater.«

Vorsichtig nippte Christian an seinem Kaffeebecher und fuhr sich etwas verlegen durch die Haare.

»Naja, ich wünsche euch jedenfalls viel Glück. Passt auf euch auf. Das Foto pinne ich hier an die Wand, dann bleibt ihr mir in Erinnerung.«

Die beiden Mädchen verließen schließlich die Hütte und rannten davon. Zorah jedoch blieb plötzlich nach ein paar Metern stehen, schien kurz zu überlegen und lief dann zurück.

»Christian, kannst du mir etwas verraten?«, fragte sie.

»Was denn?«

»Wenn ich meinen Namen sagen möchte, hier im Camp – wie heißt das in deiner Sprache?«

Er lächelte sie an und sprach schließlich langsam auf Französisch:

»Ich … heiße … «

»… Zorah!« Sie strahlte ihn an. »Das ist aber einfach. Und drüben, auf der anderen Seite des Tunnels, sagen sie das genauso?«

»Nein, dort sagen sie: »*My name … is … Zorah.*«

Zorah überlegte einen Augenblick.

Dann gab sie sich einen Ruck.

»Weißt du, heute ist der schönste Tag in meinem Leben!«

Christian lächelte, und in diesem Moment war sie so glücklich, dass sie die Traurigkeit in seinen Augen nicht sah. Er griff nach einem Stift, der auf dem Tisch lag.

»Hast du etwas zu schreiben, einen Zettel oder so etwas?«

Sie zog ihre Postkarte aus der Tasche und blickte sie zögerlich an. Dann lächelte sie.

»Das ist meine Glückskarte, du kannst hier was draufschreiben!«

Er nahm sie und schrieb eine Telefonnummer auf das verblichene Papier auf der Rückseite.

»Wenn dein Glück mal aufgebraucht ist, dann ruf mich an. Oder komm vorbei.«

»Ich ruf dich an, wenn wir dort sind. Versprochen!«

Wenig später war es so weit. Zorah und Nuria standen auf einer kleinen Sanddüne und blickten hinab auf das graue Wasser, das sich vor ihnen erstreckte. Zorah hatte Nurias Hand ergriffen, während sie beide die Augen zusammenkniffen, um die Konturen am Horizont besser sehen zu können.

»Ist er hoch, der *Piccadilly Circus*?«, fragte Nuria. »Wenn er nämlich flach ist, dann kann man ihn nicht so gut sehen von hier aus.«

»Aber die Lichter müsste man doch sehen, oder?«

»Ich weiß nicht …«

Sie suchten einige Minuten die feine Linie ab, die irgendjemand zwischen Wasser und Himmel gezeichnet hatte. Es war nicht das erste Mal, dass Zorah am Rande eines großen Meeres stand, aber dieses war mit Sicherheit das graueste von allen. Und das kälteste, dessen war sie sich sicher. Sie umklammerte ihre Postkarte. Eine Möwe flog an ihnen vorbei, aber ihr Lachen wurde übertönt vom Rauschen der Brandung.

Nuria setzte sich schließlich etwas enttäuscht in den Sand und zeichnete mit ihren Fingern Kreise. Zorah hingegen hatte beschlossen, dass nichts und niemand ihr diesen schönsten Tag in ihrem Leben kaputt machen konnte.

»Mama sagt, manchmal sind Lichter auch aus. Weil es keinen Strom gibt.«

Nuria nickte.

»Das hatten wir bei uns in Herat auch manchmal.«

»Wir sogar ganz oft«, sagte Zorah und dachte an die dunklen Gassen von Ghasni, durch die der Wind aus den Bergen pfiff und dabei den Sand in ihre Augen trieb. Immerhin, es war ein warmer Wind gewesen, jetzt fror sie in ihrem viel zu großen und undichten Trainingsanzug.

Plötzlich sprang Nuria neben ihr wieder auf.

»Wo wohl der Tunnel ist?«, fragte sie aufgeregt. »Du weißt doch, der große Tunnel, durch den wir morgen fahren werden!« Sie suchten mit den Augen den Strand ab, fanden jedoch keine größere Öffnung in den Dünen.

Zorah wollte gerade sagen, dass ihr langsam kalt wurde, als hinter ihnen eine Stimme auf *Paschtu* ertönte.

»Der Tunnel ist weiter hinten, dort, bei der großen Straße!«
Sie drehten sich um und sahen zwei Männer zwischen den Dünen sitzen. Zorah und Nuria hatten sie vorher nicht bemerkt, weil sie sich so über das Meer gefreut hatten.

Und über den Horizont.

Der ältere der beiden winkte ihnen freundlich zu und gab ihnen zu verstehen, dass sie keine Angst zu haben brauchten. Als die beiden Mädchen näher kamen, sahen sie, dass die Männer Tee tranken und ein Würfelspiel in einem kleinen Pappkarton spielten. Der Jüngere begann, sich mit einem Klappmesser die Fingernägel zu säubern.

»Ist es ein sehr großer Tunnel?«, fragte Nuria.

»Allerdings«, sagte der ältere Mann. Er hatte einen dunklen Bart, der von grauen Strähnen durchzogen war.

»Er ist so groß, dass sogar ein ganzer Zug durchfahren kann.«
Zorah und Nuria blickten sich erstaunt an.

»So groß?«

Die Männer nickten.

»Wir werden morgen durch den Tunnel fahren. Bis nach *Piccadilly Circus*!«, rief Nuria aufgeregt.

»Kommt ihr auch aus Afghanistan?«, wollte Zorah von den Männern wissen. Sie blickte nach oben zu der Möwe und mit einem Mal dachte sie, dass es kein schönes Lachen war, das dort erklang.

»Ja, aus der Nähe von Baglam. Aber wir sind schon seit ein paar Wochen hier.«

»Ein paar Wochen!«, rief Nuria entsetzt. »Warum fahrt ihr denn nicht durch den Tunnel?«

»Weil das nicht so einfach ist«, sagte der Jüngere, und Zorah dachte, dass sie ihn nicht mochte. Warum, wusste sie nicht.

»Warum ist es nicht einfach?«

Der Ältere lehnte sich im Sand zurück.

»Weil sie nicht wollen, dass wir durch den Tunnel fahren.«

»Wer?«

Aber die beiden hatten offenbar beschlossen, dass es genug

sei, sie tauschten den Würfelbecher aus und drehten sich eine Zigarette.

»Komm, ich hab Hunger«, sagte Nuria, und Zorah war froh, die beiden Männer loszuwerden.

»Was gibt es denn bei euch Gutes?«, fragte der Jüngere plötzlich. Zorah wollte ihre Freundin fortziehen, aber Nuria hatte bereits begonnen loszuplappern.

»Mama hat Glück gehabt, bei der Ausgabe gestern hat sie ganz viel Brot und Obst bekommen. Und sogar Zigaretten für Papa und, stellt euch vor, Schokolade! Wir hatten schon ewig keine Schokolade!«

»Nuria, komm, wir müssen gehen …«

»Schokolade, soso …«, sagte der Mann. »Da gab es doch auch Geld, oder? Bei der Ausgabe, meine ich.«

»Nuria, bitte …«

Zorah spürte mit einem Mal, wie dieser Tag ins Rutschen geriet.

»Ja, Geld gab es auch, damit wir uns etwas kaufen können. Vielleicht kriege ich einen neuen Pullover, der hier ist nämlich zu groß. Viel zu groß!«

Der Ältere hielt Nuria seinen Würfelbecher hin.

»Komm, würfel mal für mich. Dann gewinne ich bestimmt.«

Bevor Zorah etwas sagen konnte, machte Nuria einen Schritt auf die Männer zu und griff nach dem Becher.

Über ihren Köpfen lachte die Möwe laut auf.

Ohne Vorwarnung griff der Jüngere nach Nurias Handgelenk und zog sie zu sich. Zorah schrie entsetzt auf, sie war starr vor Schreck. Ihre Freundin wimmerte, als der Mann sie an sich presste, seine Augen waren zu Schlitzen geworden. Sein Messer hielt er ganz dicht an Nurias Hals.

»Keine Angst, ich tu dir nichts. Noch nicht«, zischte er, während der Ältere aufstand und sich umblickte. Aber in den Dünen war niemand zu sehen.

Zorah stand noch immer auf derselben Stelle, ihre Hand krampfte sich in ihrer Jackentasche um ihre Postkarte.

»Bitte, lasst sie los …«, flehte sie, ihre Stimme zitterte.

»Das hängt ganz von dir ab«, sagte der Mann, während er in Ruhe den Würfelbecher in dem kleinen Karton ausleerte. Er runzelte kurz die Stirn und fluchte.

Dann drehte er sich zu Zorah.

»Weißt du, wie die Menschen hier dieses Lager nennen?«

»Nein«, antwortete Zorah. Die ersten Tränen rannen ihr übers Gesicht. Sie spürte Salz und Dreck auf ihren Lippen.

»Sie nennen es den ›Dschungel‹. Und weißt du auch, warum?«

»Nein.« Nuria wimmerte im Griff des anderen Mannes.

»Weil hier jeder macht, was er will. Und weil niemand da ist, der die Kontrolle behält. Hier sind nur wir.«

Er lächelte Zorah an.

»Hör mir gut zu, Kleines. Du gehst jetzt zurück zu euren Zelten oder wo auch immer ihr haust. Und dann sagst du ihrem Vater, dass wir seine Tochter haben. Er kriegt sie zurück. Aber dafür wollen wir das Geld, das sie gestern bekommen haben. Und zwar alles. Hast du mich verstanden?«

Zorah nickte, ein Schluchzen arbeitete sich in ihrem Innern nach oben. Ihr war schlecht.

»Beeil dich. Wenn du zu lange brauchst, kann ich für nichts garantieren.« Er zeigte auf den anderen Mann, der Nuria festhielt. »Mein Sohn ist manchmal sehr jähzornig. Also los.«

Zorah schluckte und blickte in das verzweifelte Gesicht ihrer Freundin.

»Zorah …!«

Sie rannte los, stolperte durch das Gestrüpp am Fuße der Dünen, rannte weiter, und harte Zweige rissen ihre Haut auf. Mittlerweile weinte sie hemmungslos. Immer wieder sah sie Nurias verzweifeltes Gesicht, das Messer und den Würfelbecher vor sich.

Was war bloß aus ihrem Tag geworden?

Die ersten Zelte kamen in Sicht, der Wind hatte zugenommen, er zerrte jetzt an den Planen. Mülltüten flogen durch die Luft, und eine kleine Ratte kreuzte ihren Weg. Zorah stolperte und fiel hin, sie spürte, wie die Postkarte in ihrer Tasche einen Knick bekam.

Als sie durchs Gebüsch brach, sah sie die Hütte, in der ein Foto von ihr an der Wand hing, sie und Nuria, jeweils mit einem Becher Orangensaft in der Hand.

»Christian!«

Aber sie konnte ihn nirgendwo sehen. Einige Lagerbewohner saßen vor ihren Feuern und musterten sie gleichgültig.

Sie haben ihre eigenen Probleme, dachte Zorah. Jeder hier macht, was er will. Und keiner hat die Kontrolle.

Sie war tatsächlich im Dschungel.

»Christian!«

Keine Musik war zu hören, kein Kaffeeduft lag in der Luft. Die Tür zur Hütte war abgeschlossen.

Als sie weiterrannte, kam sie an einem kleinen Bretterverschlag vorbei, vor dem Kinder saßen und im Dreck spielten. Eine Frau deutete panisch den Hang hinauf. Während Zorah an ihr vorbeirannte, sah sie, dass vor den Feuern nach und nach auch die anderen Lagerbewohner aufstanden.

Was ist los?, dachte sie. Aber sie hatte keine Zeit, sie musste Nuria retten.

Plötzlich schrie irgendwo jemand auf, ein Eimer fiel scheppernd zu Boden. Der Hang wurde steiler, sie hatte es nicht mehr weit. Als sie einen großen Strauch umrundete, sah sie ihn.

Christian.

Zorah hielt inne, ihr Brustkorb hob und senkte sich, während sie nach Luft schnappte. Sie hatte die Augen weit aufgerissen. Denn was sie sah, machte ihr Angst, noch mehr Angst, als der Gedanke an ihre hilflose Freundin.

Hinter ihr griffen Männer nach Holzlatten und Eisenstangen, während der Boden unter ihnen plötzlich zu zittern schien.

Christian lag etwa 30 Meter von ihr entfernt auf dem Boden, niedergestreckt von einem Gummiknüppel. Sein Hinterkopf blutete, er versuchte, sich aufzurichten, war aber offenbar zu benommen. Kraftlos schrie er die Männer an, die den Abhang herunterkamen.

Ohne Eile näherten sie sich Zorah. Um sie herum sammelten sich immer mehr Lagerbewohner, Frauen weinten und schrien nach ihren Kindern. Irgendwo hoch über dem Lager war das Geräusch eines Hubschraubers zu hören. Sie hörte Christian aufschreien, aber diesmal verstand sie seine Sprache nicht.

Die Männer hatten blaue Uniformen an und trugen schwarze Helme, einige hielten Schilde aus Plastik vor sich.

Zorah hatte aufgehört zu weinen und blickte ungläubig auf das, was vor ihren Augen geschah. Bis ein Mann sie zur Seite riss und sie auf *Paschtu* anbrüllte.

»Hau ab, Kleine. Die machen uns fertig!«

Frauen und Männer schrien auf, als die uniformierten Männer zu Dutzenden durch das Lager strömten und begannen, ihre Zelte und Verschläge abzureißen. Manche Lagerbewohner versuchten, sich zu wehren, aber sie hatten keine Chance.

»Ihr Schweine!«, hörte sie jemanden schreien, der kurz darauf von fünf Männern geschlagen und weggeschleppt wurde. Um sie herum brach die Hölle los, Menschen schrien, Kinder weinten, Behausungen fielen krachend zusammen. Funken flogen, als ein Feuer von schweren Stiefeln ausgetreten wurde.

»Mama!«

Zorah hatte weiter oben ihre Mutter entdeckt, die offensichtlich nach ihr suchte.

»Belal!«

Aber auch er hörte sie nicht, stattdessen griff ihr Bruder einen der Männer an und riss ihn zu Boden. Zorah schrie auf, als sie sah, wie noch mehr uniformierte Männer den Abhang hinunterrannten und Belal fortzerrten.

»Mama!«

»Zorah!«

Jemand zog sie mit sich, den Abhang hinunter, fort von den Kämpfen. Zorah stolperte voran, getragen von einer Welle der Panik. Sie rannte nach links und wollte sich gerade unter einem

Busch verstecken, als der Boden sich erhob. Ein Ungetüm aus rostigem Stahl schoss aus dem Gestrüpp und verschlang mit seinem gierigen Maul alles, was sich ihm widersetzte.

Zorah schrie entsetzt auf, als der riesige Bagger begann, mit seinen Metallzähnen die Zelte und Bretterbuden um sie herum zu zerstören. Der Dschungel löste sich auf, und das Einzige, was zurückblieb, waren ihr verlorener schönster Tag und eine lachende Möwe.

Minuten vergingen, in denen Zorah jegliche Orientierung verlor. Überall ließen Polizisten Handschellen zuschnappen, führten Lagerbewohner ab und nahmen sie mit. Mütter schrien nach ihren Kindern und Männer nach ihrem allmächtigen Gott. Mittlerweile kreisten mehrere Hubschrauber über dem Lager und wirbelten überall Dreck und Müll auf.

Zorah kauerte sich hilflos hinter einen Busch. Nicht weit entfernt hörte sie Schreie, und sie presste die Augen zu, in der verzweifelten Hoffnung, all das Schreckliche ausblenden zu können, das dieser verräterische Tag ihr angetan hatte. Aber alles blieb, nichts verschwand. Um sie herum wurden die letzten Männer und Frauen abgeführt, kleine Jungen schauten mit panischem Blick auf die Männer in den dunklen Uniformen, die mittlerweile die Kontrolle über das Lager gewonnen hatten. Nach einer Weile überlegte Zorah, ob sie aus ihrem Busch herauskriechen sollte, ob es nicht besser wäre, ihre Eltern zu suchen, statt sich hier zu verstecken. Die Postkarte in ihrer Tasche war in diesem Augenblick ihr einziger Halt. Sie atmete schnell. Ihre Tränen hatten Dreck und Staub in ihren Mund gespült, und sie wischte sich mit dem Handrücken den Rotz aus dem Gesicht.

»Nuria …«

Der Gedanke an ihre Freundin drückte sie förmlich zu Boden, sie zitterte und spürte, wie jeglicher Mut sie verließ. Und erst, als sie vorsichtig die Zweige zur Seite bog, um etwas zu sehen, merkte sie es.

Es war still geworden.

Einen schrecklichen Augenblick lang war nichts zu hören, keine Befehle, keine Schreie, kein Zerbersten eines Blechdaches, das von den gelben Krallen eines Monsters hochgerissen wurde.

Alles war verstummt.

Und dann, weiter hinten, wo das Chaos sich in der salzigen Luft über dem Meer verlor, konnte sie es plötzlich sehen.

Klar und deutlich.

Piccadilly Circus.

Die Wolken waren vom Wind beiseitegeschoben worden wie ein sich öffnender Vorhang, der nun den Blick auf das freigab, was dahinter verborgen war. Farben, helle leuchtende Farben, die den Himmel beschienen und das Meer wie ein buntes Tanzparkett schimmern ließen. Zorah öffnete ihre Augen weit, um nichts von dem Schauspiel zu verpassen, von dem sie wusste, dass es eine Botschaft war.

Alles wird gut.

Dort hinten, direkt vor ihren Augen, lag das Ziel ihrer Reise, an das sie so lange geglaubt hatte. Es strahlte und funkelte, die Lichter der Reklametafeln schienen ihr zuzuwinken, die Neonanzeigen warfen ihre Botschaft an die tief hängende Wolkendecke und mit einem Mal schien es Zorah, als gebe es für all das Grausame dieses Augenblicks eine einfache Erklärung.

»Natürlich«, flüsterte sie. »So muss es sein.«

Und dann wischte sie sich den Dreck und den Staub aus dem Gesicht, und zurück blieb nur das Lächeln eines Mädchens, das begriffen hatte.

Der schönste Tag in ihrem Leben hatte sich im Datum geirrt.

Er war nicht heute.

Er war morgen.

Sie rannte einfach los, über die rutschige Erde zwischen den Dünen, vorbei an Ginsterbüschen und zerfetzten Wellblechhütten. Sie wusste nicht, wohin ihre zu großen Schuhe sie tragen würden, wo der schmale Pfad endete, den sie nur genommen hatte, weil er von diesem Ort fortführte, den sie so schnell wie möglich vergessen wollte.

Lauf, Zorah, befahl sie sich und wischte ihre Tränen fort.

Sie rannte, so schnell sie konnte, den Blick auf den Horizont gerichtet, wo die Lichter funkelten und wo dieser Tag ein gutes Ende finden würde.

Der Pfad stieß auf einen Feldweg, sie durchbrach die Büsche und rannte weiter.

Immer weiter.

Den Wagen sah sie nicht.

Das Kreischen der Bremsen hörte sie nicht.

Den Aufprall spürte sie nicht.

Da war nur Licht.

Piccadilly Circus.

KAPITEL 1

Deauville, Normandie
Im September
Heute

Von Norden kommend hatte sich in der Nacht ein leichter Wind über die Stadt gelegt und in der kühlen Luft, die er mit sich brachte, hing ein Hauch von Abschied. Auf der Place Morny drehte eine Kehrmaschine geruhsam ihre Runden und sammelte dabei die ersten heruntergefallenen Blätter der Bäume vom Bordstein auf. Ein Hund, nicht besonders groß, überquerte den Platz und wärmte sich einen Moment an den wenigen, spärlichen Sonnenstrahlen, bevor er hinunter zum Hafen tippelte. Die Masten der Segelboote wiegten sich noch etwas verschlafen im Takt der Wellen, lose Seile schlugen gegen die Außenwände der Jachten, deren Besitzer längst wieder nach Paris zurückgekehrt waren. Auf der Brücke hinüber nach Trouville blickten vereinzelte Spaziergänger wehmütig hinauf in den Himmel, wo sich die Wolken versammelten und zu beraten schienen, was sie mit diesem Tag an der Küste anstellen sollten. Auf den Holzplanken der Strandpromenade säuberten zwei Möwen ihr staubiges Gefieder und beobachteten die wenigen Touristen, die an diesem frühen Morgen über den Strand spazierten. Es wurden mit jedem Tag weniger, die sich noch trauten, ihre nackten Füße in die weiße Gischt zu halten.

Die Ferien waren zu Ende, die Party vorbei.

Zu denen, die damit recht gut leben konnten, gehörte Alphonse. Zufrieden knöpfte er seine Dienstjacke zu und blickte die Rue Désiré le Hoc hinunter. Einige Boutiquen würden in den nächsten Tagen schließen, und die ersten Restaurants würden ihre Stühle und Tische reinholen.

Deauville wird endlich wieder ruhiger, dachte er, während er in sein *Pain au chocolat* biss und die Tür des kleinen Cafés hinter sich zuzog. Es war bereits sein zweiter Besuch im *Café du Coin* gewesen an diesem Morgen, und auch sein zweites Frühstück, aber Alphonse fand, dass er sich das nach einer Nachtschicht redlich verdient hatte. Nicht, dass er am Empfang des kleinen *Commissariat* von Deauville viel zu tun gehabt hätte, im Gegenteil.

Aber eine Nachtschicht blieb eine Nachtschicht. Und weil diese in einer Stunde endete und weil es eben endlich ruhiger wurde in Deauville, war Alphonse mit seinem zweiten *Pain au chocolat* in der linken Hand in diesem Augenblick ein durchaus zufriedener Mensch. Er winkte der Besitzerin des Cafés zu und wollte gerade die Straße überqueren, als sein Blick in Richtung des Pont des Belges ging. Über der Brücke, die die beiden Städte verband, kämpfte sich ein einsamer Sonnenstrahl durch die Wolkendecke und es schien beinahe, als hätte der Wagen, der langsam über die Straße fuhr, genau diesen Moment abgepasst.

Er fährt nicht, er schwebt, dachte Alphonse und vergaß dabei einen Moment den Geschmack von zart schmelzender Schokolade auf seiner Zunge.

Das, was gerade majestätisch den Kreisverkehr passierte und elegant in die Rue Désiré le Hoc einbog, war schöner als Schokolade und hatte jeden Sonnenstrahl verdient. Einige Passanten waren stehen geblieben, sie blickten staunend dem Wagen hinterher, auf dessen schwarzer Kühlerhaube eine silberne Figur thronte.

»Einen Silver Shadow sieht man nicht oft, nicht wahr, Alphonse?«, bemerkte ein älterer Mann, der neben ihm stehen geblieben war.

»*Salut*, Gaspard. Einen Silver was?«

Der Mann seufzte.

»Ein Silver Shadow ist ein Rolls-Royce. Und das hier ist sogar ein Silver Shadow aus der ersten Baureihe, ab 1965.«

Gaspard zeigte auf das schwarze Dach und die perlmuttfarbenen Seitentüren.

»Acht Zylinder, 178 PS. Aber auch mehr als zwanzig Liter im Verbrauch. Teurer Spaß. Mach den Mund zu, Alphonse.«

Aber Alphonse brummte nur etwas Unverständliches und zeigte auf die Kühlerfigur.

»Und das da?

»Das ist Emily.«

Die beiden Männer verstummten, als der Wagen langsam und scheinbar geräuschlos die Straße entlangrollte. Alphonse wollte gerade in sein *Pain au chocolat* beißen, als Gaspard neben ihm auflachte.

»Ich glaube, Emily will zu dir, mein Lieber.«

Tatsächlich kam der Rolls-Royce direkt vor dem *Commissariat* zum Stehen. Die Beifahrertür öffnete sich langsam.

»*Merde*«, fluchte Alphonse, blickte auf seine linke Hand und dann wieder hinüber zu dem Wagen, aus dem in diesem Moment mit einiger Mühe ein älterer Mann stieg.

»Gib es mir«, sagte Gaspard.

Mit sichtbarem Bedauern drückte ihm Alphonse sein zweites Frühstück in die Hand. Eilig überquerte er die Straße und hielt dem alten Mann die Tür zum *Commissariat* auf.

»*Bonjour, Monsieur*«, stammelte er und umrundete den Empfangstresen, während er verstohlen zum Wagen draußen auf der Straße blickte. Der Chauffeur war ebenfalls ausgestiegen und machte sich daran, die Außenspiegel zu polieren. Alphonse fand, dass sie bereits makellos glänzten.

»Haben Sie vielen Dank«, entgegnete der alte Mann freundlich. Alphonse schätzte ihn auf etwas über siebzig Jahre. Er trug einen eleganten schwarzen Anzug mit Einstecktuch, und aus der Tasche seiner Weste hing die golden glänzende Kette einer Taschenuhr. Der Mann stützte sich auf einen braunen Gehstock mit einem silbernen Knauf, während er sich interessiert im Eingangsbereich umblickte. Dann zeigte er nach draußen auf die Straße und lächelte.

»Ich hoffe, der Wagen hat Sie nicht eingeschüchtert, Monsieur.« Er sprach leise, seine Stimme war warm und auf eine zurückhaltende Art angenehm.

Alphonse lächelte gezwungen und dachte an Gaspard.

»Es ist ein Silver Shadow, nicht wahr?«

Der Besucher zog überrascht eine Augenbraue nach oben.

»Sie kennen sich aus mit solchen Autos?«

»Ein bisschen. Er ist aus der ersten Baureihe, wenn ich mich nicht täusche?«

Gaspard hatte sich sein *Pain au chocolat* redlich verdient, befand Alphonse.

Der alte Mann legte den Kopf bedächtig zur Seite.

»Ehrlich gesagt, da wissen Sie mehr als ich. Es gehört mir nämlich gar nicht.«

»Ach so?«

Sein Gegenüber lächelte freundlich.

»Der Wagen gehört dem Comte de Tancarville, Sie haben sicherlich von ihm gehört. Aristide de Tancarville ist ein sehr angesehener Mann hier an der Küste und sicherlich auch darüber hinaus.«

Alphonse musste nicht lange überlegen. Tatsächlich gab es nicht viele Menschen, die einen solchen Wagen mal eben hinunter nach Deauville schicken konnten, inklusive Chauffeur und einer gewissen Emily.

»Das ist doch der Typ, der oben in den Hügeln von Honfleur in einem Schloss wohnt, oder?«, platzte es aus ihm heraus.

Der alte Mann runzelte die Stirn, seine Augen funkelten plötzlich.

»Monsieur, der Comte ist nicht irgendein Typ, wie Sie es formulieren. Sein Familienzweig geht bis zu der Zeit von Wilhelm dem Eroberer zurück. Und das Schloss, von dem Sie sprechen, ist keineswegs ein Schloss, sondern ein Anwesen, das Sie vermutlich unter dem Namen *Le Lys dans la vallée* kennen. Zugegeben, ein recht großes Anwesen. Und er wohnt auch nicht alleine dort, sondern mit mir und weiteren Angestellten. Sein Sohn, Cédric, ist meist in London.«

»Die *Lilie im Tal*, davon habe ich gehört. Und ich habe mich immer gefragt, warum das Anwesen so heißt, wenn es doch oben auf dem Berg liegt«, wunderte sich Alphonse.

Der Besucher lächelte ihn an.

»Monsieur le Comte ist ein großer Verehrer von Honoré de Balzac.«

»Aha.«

Alphonse versuchte, nicht allzu verwirrt dreinzublicken. Der Mann zog seine Handschuhe aus und stützte sich auf seinen Gehstock auf, als würde ihm sein alter Rücken wehtun.

»Ich habe mich noch gar nicht vorgestellt«, sagte der Besucher, »entschuldigen Sie bitte. Mein Name ist Georges Dauzat.«

»Sehr angenehm, Monsieur Dauzat. Wie kann ich Ihnen denn nun weiterhelfen?«

Alphonse hörte hinter sich die Stimmen seiner Kollegen, die gerade ihre Morgensitzung abhielten. Ihm fiel ein, dass er erneut vergessen hatte, das Telefon umzustellen, bevor er ins Café gegangen war.

»Und Sie sind …«

Georges Dauzat deutete eine Verbeugung an.

»Der Butler, Sie vermuten richtig. Seit mittlerweile mehr als vierzig Jahren im Dienste der Familie de Tancarville.«

Aus den hinteren Räumen des *Commissariat* hörte Alphonse, wie Stühle verrückt wurden und Beamte wieder an ihre Schreibtische zurückkehrten.

Roussel hatte die Sitzung offenbar beendet.

»Also, Monsieur Dauzat, was führt Sie zu uns?«

Der Besucher griff in die Innentasche seines Anzugs und legte mehrere zusammengefaltete Blätter auf den Tresen.

»Der Comte war dagegen, dass ich zu Ihnen komme. Aber ich glaube, das hier ist Anlass genug.«

»Anlass für was?«, erklang eine tiefe Stimme von hinten.

Hinter Alphonse war Roussel aus dem Gang getreten, der zum Besprechungsraum führte.

»Monsieur Dauzat, das ist …«

»Roussel, Luc Roussel. Ich bin der Leiter des *Commissariat*.«

Lügner, dachte Alphonse. Roussel war nur der Chef, solange Michel Bonnet im Urlaub war. Zugegeben, er war schon sehr lange im Urlaub, und er würde demnächst ohnehin in Rente gehen. Alphonse trat einen Schritt zurück. Mit Roussel wollte er sich nicht anlegen.

»Sehr angenehm, Monsieur Roussel«, sagte der Butler. »Georges Dauzat, ich wollte Ihrem Kollegen gerade zeigen, weswegen ich hier bin.«

Er deutete auf die Blätter.

»Diese Warnungen erhält der Comte de Tancarville seit einigen Tagen«, fuhr er fort.

»Der Typ in Honfleur?«, fragte Roussel und griff nach den Blättern.

Dauzat rollte mit den Augen. Roussel faltete die Blätter auseinander. Alphonse blickte verstohlen über die Schulter seines derzeitigen Chefs und stieß dann einen anerkennenden Pfiff aus.

»Alle drei wurden innerhalb der vergangenen Tage am Zaun des Anwesens gefunden«, erklärte Dauzat. »Offenbar hat sie irgendjemand dort aufgehängt.«

Roussel blickte von einem Blatt zum anderen.

Du wirst sterben.

Du wirst bald sterben.

Du wirst sehr bald sterben.

Die Warnungen waren mit der Hand geschrieben, es sah aus, als hätte sie jemand schnell auf ein Blatt Papier gekritzelt. Sie enthielten einige Rechtschreibfehler.

»Wir haben mittlerweile eine Sicherheitsfirma engagiert«, erklärte der alte Mann. »Die schützt jetzt das Anwesen mit mehreren Männern, Tag und Nacht. Wir glauben … also, ich weiß nicht, wie ich es ausdrücken soll.«

Roussel blickte ihn an.

»Immer raus damit, Monsieur.«

»Nun, wir haben ein paar Mal … nun, zwielichtige Gestalten gesehen, so möchte ich es mal sagen. Landstreicher oder etwas Ähnliches. Sie hatten für kurze Zeit ein Lager aufgeschlagen, oben in den Wäldern. Aber dann waren sie wieder weg.«

»Und Sie glauben, die Drohungen kommen von diesen … Landstreichern?«

»Das weiß ich natürlich nicht, Monsieur Roussel. Ich wollte es nur erwähnt haben.«

Der Butler blickte auf seine Taschenuhr, offenbar erwartete ihn sein Dienstherr schnell wieder zurück auf der *Lilie im Tal*.

Roussel runzelte die Stirn.

»Monsieur Dauzat, verstehen Sie mich nicht falsch, aber die Polizei ist nicht für die Sicherheit irgendeines stinkreichen Typen verantwortlich, der ein paar Schmierereien, noch dazu falsch geschrieben, an seinem Zaun hängen hat. Ich werde trotzdem einen Wagen vorbeischicken, falls Sie das beruhigt.«

»Monsieur, ich …«

Aber Roussel hörte ihm nicht mehr zu, sondern blickte stattdessen hinaus auf die Straße. Als er den Wagen draußen stehen sah, stieß er einen leisen Pfiff durch die Zähne.

Da musst du noch lange für Roulette spielen, Roussel, dachte Alphonse.

»Wissen Sie, wir stecken derzeit mitten in einer großangelegten Operation«, erklärte Roussel, während er sich noch mal zu dem Besucher umwandte. »Das nimmt unsere gesamte Zeit in Anspruch.«

»Aber ich bin gar nicht hier, um die Hilfe der Polizei in Anspruch zu nehmen«, erklärte der alte Mann und steckte seine Taschenuhr umständlich wieder ein.

»Ach nein? Und warum sind Sie dann hergekommen?« Roussel blickte ihn verwundert an.

Der Butler blickte sich im Empfangsraum um, als würde er nach jemandem Ausschau halten.

»Weil ich hoffte, hier die Person zu finden, die uns empfohlen wurde.«

Roussel trat wieder zurück an den Empfangstresen.

»Und wer soll das sein, Monsieur?«, fragte er leise, und Alphonse hatte mit einem Mal das Gefühl, dass ihnen die Antwort nicht gefallen könnte. Ihm nicht und Roussel noch weniger.

»Ich hatte gehofft, hier Monsieur Guerlain anzutreffen. Nicolas Guerlain.«

Draußen auf der Straße vor dem *Commissariat* fielen die ersten Tropfen auf den Bürgersteig, und Alphonse sah einen Hund, nicht besonders groß, der an einem Wagen mit frisch polierten Außenspiegeln vorbeilief und ihnen dabei einen mitleidigen Blick zuwarf.

KAPITEL 2

Paris, Ile de la Grande Jatte
Zur gleichen Zeit

Monsieur Guerlain?«

Es waren 16 Boote. Nur drei davon hatten rote Segel, ein Umstand, der Nicolas verwundern sollte, es aber nicht tat. Vielmehr fragte er sich, warum ausgerechnet jene roten Boote allesamt abgeschlagen am Ende des Feldes lagen, während weiter draußen, wo der hellblaue Himmel das Wasser berührte, ausschließlich die übrigen schwarzen Segel lagen.

»Hören Sie mir zu, Monsieur Guerlain?«

Die Boote hatten die Porte d'Aval und die unmittelbar davor aus dem Meer ragende Felsnadel vor wenigen Minuten passiert und waren nun unterwegs zu den Fanggründen auf offener See. Es würde ein guter Tag dort draußen werden, selbst die Besatzung auf den langsamen roten Booten würde mit reichlich Fisch zurückkehren. Es war genug für alle da.

Damals.

An einem sonnigen Morgen im Jahr 1886.

Die Wellen hatten den Strand von Étretat mit einer weißen Halskrause versehen, und im Wasser spiegelte sich der leicht bewölkte Himmel über der Alabasterküste. In der Bucht war kein Mensch zu sehen, nur jene sechzehn Boote, die dem Horizont entgegeneilten.

Schwarz gewinnt, dachte Nicolas. Und er hatte meist auf Rot gesetzt.

Es war nicht so, dass er stets verlor, er hatte auch einiges gewonnen im Leben. Aber wenn es um die einfachen Entscheidungen ging, dann hatte er immer wieder und offenbar sehr zielsicher auf Rot gesetzt. Auf Ungerade, kurz bevor die Kugel mal wieder in das Fach einer geraden Zahl fiel.

Auf das falsche Boot eben.

Ihm war warm in seinem Anzug, die Sonne schien mit überraschender Kraft durch die geöffneten Fenster. Er hatte überlegt, nur ein Hemd anzuziehen, sich dann aber wie immer für einen dunklen Anzug entschieden.

»Ich habe hier etwas für Sie. Darf ich es Ihnen vorspielen? Hören Sie mir eigentlich zu?«

Die Stimme legte sich sanft aber bestimmt auf die kräuselnden Wellen, und Nicolas stellte sich vor, wie sie von der Strömung langsam um die Felsenküste herumgetragen wurde. Auf dem weißen Sand am unteren Ende der Bucht hatte jemand mit schwarzer Schrift einen Namen hinterlassen.

»Mögen sie Claude Monet, Monsieur Guerlain?«

Nicolas räusperte sich und sein Blick verließ die Bucht, löste sich zögernd von den sechzehn Booten und ihrem hastigen Aufbruch an einem Morgen vor mehr als hunderzwanzig Jahren. Der Druck des bekannten Gemäldes von Claude Monet hing an der Wand vor ihm, die in warmen Erdfarben gestrichen war und vor der ein älterer Mann in einem grauen Pullunder an seinem Schreibtisch saß und ihn freundlich anlächelte.

»Also, sind Sie so weit?«

»Die erste Antwort ist *Nein*. Die andere ist *Ja*.«

»Wie bitte?«, fragte Leon Blum.

Nicolas runzelte die Stirn und seufzte unhörbar auf. Er hatte in den vergangenen Monaten die unangenehme Eigenart entwickelt, sich über die mangelnde Geschwindigkeit seiner Gesprächspartner zu ärgern.

Nicht, dass er in den vergangenen Monaten viele Gesprächspartner gehabt hätte.

»Monet. Ich mag ihn nicht besonders. Und ja, ich bin so weit. Entschuldigen Sie, ich war kurz abgelenkt.«

Nicolas richtete sich in seinem Stuhl etwas auf und überprüfte den Knoten seiner Krawatte. Er fühlte sich unwohl und wünschte sich für einen Augenblick, an einem Strand zu stehen und die salzige Luft zu riechen, die über einer menschenleeren Bucht hing.

»Sie tragen Anzug, obwohl Sie derzeit nicht im Dienst sind.«

»Und jetzt wollen Sie wissen, was das über mich aussagt?«

»Will ich das?«

Leon Blum ordnete einige Stifte auf seinem Schreibtisch und legte sie in exakt abgemessenen Abständen zueinander auf eine braune Ablage.

Wir haben alle unsere Eigenarten, dachte Nicolas. Seine hatten ihn hierhergeführt und es ging wahrlich nicht um jene, die ihn veranlassten, jeden Tag mit einem dunklen Anzug und einer dazu passenden Krawatte zu beginnen. Er fühlte sich darin sicher, als wäre alles in seinem Leben an seinem Platz, gebügelt und tailliert. Dass er sich jeden Morgen vor dem Spiegel selbst belog, war ihm durchaus bewusst.

»Monsieur Blum, Sie wollten mir etwas vorspielen«, sagte er.

»Richtig, einen Moment bitte. Ich habe die Platte dort hinten hingelegt.« Leon Blum ging um seinen Schreibtisch herum.

Sechzehn Boote, nur drei davon rot. Ein Umstand, der Nicolas hätte wundern können, es aber nicht tat.

Weil er es sich abgewöhnt hatte, sich über Dinge zu wundern.

Vor zwei Tagen hatte er einen Anruf aus der Rue de Miromesnil erhalten. Von seinem Arbeitgeber, dem Dienst, der zuständig war für den Personenschutz hochrangiger französischer Regierungsmitglieder und ihrer internationalen Staatsgäste.

Seinem ehemaligen Arbeitgeber, das traf es vielleicht besser.

Denn seit dem Gipfel von Deauville vor einem knappen halben Jahr war Nicolas als Personenschützer freigestellt. Solange, bis der nette, ältere Mann, der hinter ihm gerade eine Schallplatte suchte, ihn wieder für einsatztauglich halten würde. Zwei Sitzungen blieben ihm noch, und Nicolas wurde das Gefühl nicht los, dass seine Wiedereingliederung kein Selbstläufer war.

In der Innentasche seines Anzugs vibrierte sein Handy. Es war das neunte Mal innerhalb der vergangenen dreiundzwanzig Minuten, er hatte mitgezählt. Offenbar hatte jemand dringenden Redebedarf. Aber Nicolas war an diesem Tag nicht nach Reden, genau wie in den Tagen zuvor.

Und vermutlich auch in den Tagen danach.

Er hatte die Stille zu schätzen gelernt, das Schweigen, das ihn umgab, wenn er in seiner Wohnung saß und hinaus auf die Blätter der Platanen blickte. Er hatte Tage damit verbracht, dem Schweigen zuzuhören, es zu beobachten, wie es ihm gegenübersaß, milde lächelnd.

Mit einem Hauch von Mitleid im Blick.

»Ah, hier ist sie ja.«

Leon Blum hatte eine Schallplatte aus einem kleinen Schrank geholt und schob nun behutsam die schwarze Scheibe aus ihrer Hülle.

»Dann wollen wir mal.«

Zehn Sitzungen. Ein Gutachten. Beratungen, Meinungen, Bedenken, Gegenreden. Keine Garantien. Hohes Risiko.

Und diese eine Frage, auf die nicht einmal Nicolas eine Antwort wusste: Konnte er wieder als Personenschützer arbeiten?

Leon Blum war einer der angesehensten psychologischen Gutachter in Paris, ein kleiner Mann in einem grauen Pullunder, der seine wenigen Haare von links nach rechts über den Scheitel legte, weil er, wie er sagte, nicht wusste, was er sonst mit ihnen machen sollte.

Von seinen Besuchen bei diesem Mann hing einiges ab. Und so war er heute zum achten Mal in den Westen der Stadt gefahren, auf die Ile de la Grande Jatte, die mitten in der Seine lag und damit zu den teuersten Lagen in ganz Paris gehörte. Leon Blum verstand offenbar etwas von seinem Geschäft.

Als das Kratzen der Nadel erklang, die behutsam in einer Plattenrille abgesetzt wurde, spürte Nicolas den aufmerksamen Blick des Therapeuten in seinem Rücken. Leon Blum umrundete wieder seinen Schreibtisch und beobachtete ihn. Und als Nicolas bei den ersten Klängen der Musik in seinem Stuhl verkrampfte, als er merkte, wie sein Blick starr wurde und sein Atem schneller, da lächelte der alte Mann und korrigierte mit leichter Hand die Position eines Füllfederhalters auf der braunen Ablage.

Die 5. Symphonie.
Das Adagietto.
Gustav Mahlers Liebeserklärung an seine Frau Alma.

»Sie erinnern sich, nicht wahr?«
Leon Blum sprach leise, fast flüsterte er. Als wolle er sich den Streichern anpassen, die sich langsam vorantasteten, jederzeit bereit, ihre Töne zurückzubeordern, wenn sie allzu forsch emporstrebten. Hinauf bis zur Decke des Théâtre des Champs-Elysées in der Avenue Montaigne, von wo aus alles klein erscheinen musste, auch die beiden Plätze, auf denen eben noch ein Mann und eine Frau gesessen hatten.
Vor etwas mehr als dreieinhalb Jahren.
Nicolas schloss die Augen, er spürte, wie die Innenseiten seiner Hände feucht wurden. Der Knoten seiner Krawatte drückte auf seinen Kehlkopf.

»Ich bin gleich wieder da.«
Julie war nur wenige Augenblicke, bevor der Dirigent die Bühne betreten hatte, aufgestanden. Sie hatte ihm das Programmheft gereicht, ihn angelächelt und versprochen, sich zu beeilen. Dann hatte sie sich unbemerkt auf einen Platz einige Reihen weiter hinten gesetzt und er war an ihr vorbeigelaufen.
Und seitdem war sie fort.

»Sie sind ihr hinterhergegangen, damals, nicht wahr?«, fragte Therapeut Blum leise und blickte ihn eindringlich an. Sie hatten in den Sitzungen bislang über sein Leben nach ihrem Verschwinden gesprochen. Auch über die Jahre davor, die gemeinsame Ausbildung, den Beginn bei der Polizei.

Aber eben nie über diesen einen unseligen Tag, an dem Julie verschwand und er selbst sich verwandelt hatte, in das, was er heute war.

Ein Personenschützer, der seine wichtigste Schutzperson aus den Augen verloren hatte.

Und damit war nicht Julie gemeint. Sondern er selbst.

Nicolas schluckte. Er hatte nach wie vor keine Lust, darüber zu reden.

»Hören Sie, Sie müssen mit mir darüber sprechen, sonst wird es etwas mühsam zwischen uns.«

»Entschuldigen Sie, es fällt mir nicht leicht.«

»Sollen wir die Musik ausmachen?«

Die 5. Symphonie hatte mittlerweile das Arbeitszimmer ausgekundschaftet, die Harfe schickte ihre Klänge in alle vier Ecken des Raumes.

»Nein, lassen Sie nur«, erwiderte Nicolas. »Ich habe dieses Stück seit langem nicht mehr gehört.«

»Mögen sie Gustav Mahler?«

Nicolas legte den Kopf zur Seite und blickte über Blums linke Schulter auf einen Fleck an der Wand.

»Julie mochte Mahler wohl. Sie hatte damals Karten von einem Bekannten, der im Ministerium für Kulturangelegenheiten arbeitete.«

»Waren Sie oft im Théâtre des Champs-Élysées, damals?«, wollte der Therapeut wissen.

Nicolas schloss die Augen. Die Vorhänge vor den Fenstern hoben sich leicht, eine Brise fuhr über sein Gesicht.

Er lag auf einem Bett und blickte durch eine geöffnete Tür auf Julies Silhouette.

»Wir sollten viel öfter in der Avenue Montaigne Konzerte besuchen«, sagt sie, während sie sich vor dem Spiegel im Badezimmer das braune Haar zurückbindet. So kann sie besser Zähne putzen oder sich abschminken.

»Hörst du mir zu, Nicolas?«

»Nein.«

»Warum nicht?«

»Ich schaue dich an. Ich kann nicht beides gleichzeitig, ich bin ein Mann.«

»Du bist ein Mann ohne Kultur. Und das, obwohl du aus Deauville kommst! Da gab es doch Kultur, oder nicht?«

»Ich weiß nicht …«

Julie schnaubt und pustet eine Strähne aus ihrer Stirn. Nicolas dreht sich auf den Rücken. An der Zimmerdecke huschen die Lichter der Autos vorbei, die sich unten auf der Straße durch den frühen Abendverkehr schieben.

»Gustav Mahler, der hat seine Frau wirklich geliebt«, ruft sie aus dem Badezimmer.

»Ich liebe dich auch. Sehr sogar.«

Julie wirft eine Tube nach ihm, sie landet auf der zerknitterten Decke.

»Aber du komponierst nichts für mich, so wie er es für Alma getan hat. Eine Liebeserklärung, nur mit Streichern und Harfen. Zugegeben, sie hat es ihm nie gedankt, aber trotzdem …«

Nicolas seufzt.

»Also gut, sag deinem Bekannten im Kulturministerium, ich möchte diesen Herrn Mahler kennenlernen. Und seine Frau auch. Sieht sie gut aus?«

Die nächste Tube verfehlt seinen Kopf um Haaresbreite, und Nicolas weiß sehr wohl, dass Julie ihn getroffen hätte, wenn sie es gewollt hätte. Sie ist eine sehr gute Schützin. Wie es sich für eine gut ausgebildete Polizistin gehört.

»Monsieur Guerlain, was empfinden Sie, wenn Sie diese Musik hören?«

Nicolas schwieg für einen Moment.

»Woher wissen Sie, dass ich ihr hinterhergegangen bin, während des Konzerts?«, fragte er dann.

Leon Blum tippte auf eine Akte, die vor ihm lag.

»Steht alles da drin. Und noch viel mehr.«

»Aha.«

»Also, was empfinden Sie?«

Nicolas horchte in sich hinein.

Er zuckte mit den Schultern. In seiner Innentasche vibrierte erneut sein Handy. Zum vierundzwanzigsten Mal.

»Ich glaube, ich empfinde nicht sehr viel, wissen Sie«, sagte er stockend. »Es ist lange her ... und ich glaube, langsam habe ich begriffen, dass sie weg ist.«

»Sie meinen, dass sie wegwollte.«

Natürlich empfand er noch etwas. Ein tiefer Abgrund, dessen Boden mit Wut gefüllt war.

Aber das erzähle ich dir nicht, alter Mann, dachte Nicolas und vergaß dabei, dass Leon Blum einer der Besten seines Fachs war.

Der Therapeut hatte die Wut längst gesehen.

»Sie haben recht, Monsieur Blum«, sagte Nicolas schließlich. »Mir ist klar geworden: Sie ist nicht verschwunden. Sondern sie wollte verschwinden. Also sollte ich sie wohl langsam gehen lassen.«

Der Therapeut lächelte ihn milde an und blickte auf eine Uhr an der Wand.

»Sie müssen es zulassen, Nicolas. Ihre Erinnerungen an sie, lassen Sie sie zu. Schieben Sie sie nicht beiseite, sondern erinnern Sie sich ganz bewusst an Julie und an Momente mit ihr. Das kann Ihnen die Suche ein bisschen ersetzen.«

»Vielleicht haben Sie recht.«

Wenn es nur nicht so wehtun würde, dachte Nicolas. Jede Erinnerung brannte in ihm, sie labte sich an seinen Eingeweiden und ließ ihn tagelang nicht schlafen.

Immer noch.

»Denken Sie ruhig öfter an etwas Unverfängliches, das Sie mit Julie erlebt haben. Etwa, wie Sie sich kennengelernt haben. Wie alt waren Sie damals noch mal?«

»Siebzehn. Julie war sechzehn. Wir haben uns gegen Ende unserer Schulzeit kennengelernt, sie war damals in die Normandie gezogen, mit ihren Eltern.«

»Richtig, das erwähnten Sie bereits. Eine junge Liebe, die alles überdauert.«

»Nicht alles«, antwortete Nicolas.

Leon Blum runzelte die Stirn.

»Darf ich Sie etwas fragen, Monsieur Guerlain?«

»Natürlich.«

Aus dem Vorzimmer drang die Stimme von Blums Empfangsdame zu ihnen herein. Unten auf der Straße hupte sich ein Rollerfahrer den Weg frei.

»Suchen Sie immer noch nach ihr? Und bitte, seien Sie ehrlich.«

Nicolas legte den Kopf zur Seite und blickte hinaus auf Monets Meer, das die Felsen von Étretat umschloss.

Ich könnte es ihm einfach erzählen, dachte er plötzlich. Ihn einweihen.

Und beinahe hätte er diesem Impuls nachgegeben, vielleicht, weil er es plötzlich leid war, alles mit sich alleine auszumachen. Oder, weil der alte Mann ihn so sanftmütig anlächelte. Vielleicht aber auch nur, weil er gespannt war auf seine Reaktion.

»Monsieur Blum, ich habe Sie die ganze Zeit angelogen. Ich belüge alle, die ganze Zeit. Julie hat mich angerufen, vor einem halben Jahr, unmittelbar nach den Ereignissen in Deauville. In meinem Café an der Place Sainte-Marthe. Ich habe es niemandem erzählt. Nur meinem Nachbarn, einem alten Mann mit gutem Musikgeschmack.«

»Und was hat sie gesagt?«

»Sie sagte: ›Hallo, Nicolas. Hier ist Julie.‹«

»Mehr nicht?«

»Doch. Sie hat eingeatmet. Dann ausgeatmet. Dann fing sie an zu sprechen: ›Ich …‹«

»Und dann?«, würde Leon Blum leise fragen.

»Dann war die Verbindung plötzlich tot.«

»Hatte sie aufgelegt?«

»Vielleicht.«

Und das war der Punkt, wo er zusammenbrechen würde, weil es ihn wahnsinnig machte, weil es ihn nicht schlafen ließ und weil es ihn daran hinderte, wieder als Personenschützer für die französische Regierung zu arbeiten. Weil er jede freie Minute seines Lebens damit verbrachte zu überlegen, ob die Verbindung gekappt worden war. Oder ob Julie einfach aufgelegt hatte.

Er wusste es nicht.

Er würde es vielleicht nie erfahren.

Aber er würde nie aufhören, sie zu suchen.

All das könnte ich ihm jetzt sagen, dachte Nicolas.

Er war müde. Aber noch hielt er durch.

»Nein«, log er stattdessen nach einem kurzen Zögern. »Ich habe wirklich aufgehört, sie zu suchen. Dreieinhalb Jahre ohne Lebenszeichen sind genug.«

Blum nickte nachdenklich.

»Das war eine klare Antwort. Und ich glaube, es ist die richtige Entscheidung.«

»Das hoffe ich auch.«

»Bis zum nächsten Mal, Monsieur Guerlain. Unser nächster Termin ist ja schon Ende der Woche. Die vorletzte Sitzung, nicht wahr?«

»So ist es wohl.«

Nicolas gab ihm die Hand und verabschiedete sich. Als er die Tür zum Vorzimmer öffnete, vibrierte sein Handy erneut. Mit einem leisen Seufzen nahm er es aus der Innentasche und blickte auf das Display.

Fünfundzwanzig Anrufe in Abwesenheit.

Er steckte das Handy wieder ein und lächelte der jungen Frau am Empfang zu.

»*Au revoir.*«

»*Au revoir, Monsieur Guerlain.*«

Sechzehn Boote. Drei rote, dreizehn schwarze.

Schwarz gewann. Rot blieb zurück.

»Hallo, Nicolas, hier ist Julie.«

Einatmen. Ausatmen.

»Ich …«

Klick.

Der Rest war Schweigen. Ein niemals endendes Schweigen.

KAPITEL 3

Paris, Place Sainte-Marthe
Kurz darauf

Na endlich, Nicolas! Warum gehst du jetzt erst an dein Handy?«

Die Stimme an seinem Ohr schob sich über den Lärm des dichter werdenden Verkehrs, als Nicolas den Boulevard de la Villette am Rand des 10. Arrondissements entlanglief. Er war für einen Augenblick unvorsichtig gewesen, hatte sich ablenken lassen von den warmen Sonnenstrahlen dieses Morgens und der Erinnerung an Gustav Mahlers Adagietto, das er im Kopf hatte, seitdem er in Neuilly in die Métro gestiegen war, um quer durch die Stadt nach Hause zu fahren.

Nicolas hatte das erneute Vibrieren seines Handys gespürt, es war mittlerweile der zweiunddreißigste Versuch, ihn zu erreichen. Aber diesmal hatte er an Mahlers Frau Alma gedacht, und während er die Treppe der Métro-Station nach oben stieg, hatte er für einen Augenblick seine Zugbrücke herabgelassen.

Seine Festung war im Nu gestürmt.

So ist es wohl immer, dachte Nicolas. Es sind stets die Frauen, die aus befestigten Burggräben ein offenes Scheunentor machten.

Gott sei Dank.

Dennoch bereute er sein spontanes Nachgeben sofort, und daran änderte auch die warme Spätsommerluft nichts, die ihn mit sanftem Druck vor sich herschob, vorbei an den billigen Friseursalons und den Kopierläden, in denen günstige Anrufe nach Afrika angeboten wurden. So wie jetzt hatte Nicolas sich in den vergangenen Monaten oft durch den Sommer treiben lassen, durch die Straßen seines Viertels und die Nebengassen seiner Erinnerung. Ab und zu hatte er in eine hineingeschaut, aber nie war er abgebogen, womöglich aus Angst, es könnte eine Sackgasse sein. In der Spur bleiben, immer geradeaus, das gab ihm Sicherheit.

Und Sicherheit war schließlich sein Geschäft, als Personenschützer, der bis vor kurzem noch einen der wichtigsten Minister und möglichen künftigen Staatspräsidenten des Landes beschützt hatte.

Die Betonung lag auf »bis vor kurzem«.

Der Anruf kam vom anderen Ende der Stadt, von der Place Beauvais, aus dem Ministerium. Gleich nebenan lag der Élysée-Palast, der Sitz des Staatspräsidenten.

Alles andere als ein billiger Friseursalon – und die Anrufe von dort waren nie günstig, sondern mussten teuer erkauft werden.

»*Salut*, Gilles«, sagte Nicolas schließlich und beobachtete dabei zwei Tauben, die sich um ein paar Brotkrumen stritten.

Gilles Jacombe war der Leiter des Personenschutzes an der Place Beauvais, sein Teamleiter, bis vor einem halben Jahr.

»Nicolas, ich versuche dich schon die ganze Zeit zu erreichen, wo bist du?«

»Unterwegs.«

»Es ist laut bei dir, vermutlich der Boulevard de la Villette bei dir um die Ecke? Nimm ein Taxi, du kannst dich gleich auf den Weg zu uns machen. Wir brauchen dich.«

Nicolas blieb stehen und betrachtete sich in der Fassade eines Bürohauses. Er wusste nicht, ob ihm das, was er sah, gefiel oder ob es ihm schlicht egal war. Der dunkle Anzug, die Krawatte, das weiße Hemd. Alles war wie immer. Manschettenknöpfe, für die ihn seine Kollegen stets belächelt hatten. Ein Personenschützer trug keine Manschettenknöpfe, aber das war für Julie kein Argument.

»Ein guter Personenschützer macht etwas her«, hatte sie stets gesagt.

»Und ein sehr guter?«

»Angeber.«

Nicolas legte den Kopf zur Seite und sah die müden Augen, die ersten blassen Strähnen in seinem Haar.

»Nehmen Sie Ihre Medikamente noch, Monsieur Guerlain?«, hatte Leon Blum ihn bei einer der ersten Sitzungen gefragt.

»Manchmal.«

Und manchmal nicht, so wie heute. Er setzte seine Sonnenbrille auf und hockte sich auf die grüne Bank einer Bushaltestelle.

»Guten Morgen auch an dich, Thomas«, sprach er in sein Handy. Einen Moment blieb es ruhig am anderen Ende der Leitung.

»Hallo, Nicolas«, ertönte dann eine Stimme aus dem Hintergrund. »Woher wusstest du, dass ich auch da bin?«

Nicolas lächelte, und er wusste, dass auch Gilles Jacombe in diesem Augenblick lächelte.

»Er weiß es, weil heute Montag ist«, erklärte Gilles.

»Und weil du niemals über Lautsprecher telefonierst«, fügte Nicolas hinzu. »Es sei denn, jemand ist bei dir. Der Minister. Oder sein Referent. Und montags um diese Zeit ist François Faure noch im Kabinett. Also der Referent.«

Nicolas hörte, wie Thomas Bolden anerkennend durch die Zähne pfiff.

»Es freut mich, Nicolas, dass du auch in deiner Auszeit nicht auf den Kopf gefallen bist. Wie geht es dir?«

»Gut, danke. Der Sommer war erholsam.«

»Das war auch der Sinn. Bist du mal weggefahren?«

»Nein.«

»Solltest du aber. Ein bisschen den Kopf freikriegen. Immerhin kann es ja sein, dass es demnächst wieder losgeht.«

»Du meinst, nach zehn erfolgreichen Sitzungen.«

Thomas Bolden lachte kurz auf, und Nicolas sah den jungen Referenten von François Faure vor sich, wie er zeitgleich auf seinem Blackberry Mails beantwortete und auf einem Fernseher im Sitzungsraum die Nachrichtenlage überblickte. In eineinhalb Jahren waren Wahlen, Paris rechnete in den kommenden Wochen mit der Kandidatur von François Faure, dem derzeit erfolgreichsten und mächtigsten Minister der Regierung. Und Thomas Bolden war der Mann, der dem künftigen Präsidenten den Rücken freihielt.

Gilles Jacombe hingegen war der Mann, der dem künftigen Präsidenten das Leben rettete, wenn es sein musste.

»Also, wie war es beim Therapeuten?«, fragte Bolden.

»Wie erwartet«, erwiderte Nicolas, während er den Busfahrplan studierte. »Die schwarzen Segler sind deutlich schneller als die roten, vermutlich sind sie früher aufgebrochen.«

Es folgte eine kurze Stille.

Gilles Jacombe räusperte sich verlegen.

»Hör zu, Nicolas, wir haben einen Anschlag auf dich vor.«

»Den werde ich verhindern, du weißt, das ist mein Job«, antwortete Nicolas, während in seinem Kopf leise das Adagietto erklang, getragen von den Klängen einer Harfe.

»Es war dein Job«, korrigierte ihn Thomas Bolden aus dem Hintergrund. »Und wir haben einen Vorschlag, wie aus dem *war* wieder ein *ist* werden könnte.«

Aus der Rue Faubourg du Temple bog ein Linienbus in den großen Boulevard ein und hielt mit einem lauten Quietschen direkt vor Nicolas. Als die Türen sich öffneten, stand er auf und stieg ein.

»Ich bin im Bus, ich besuche jemanden in Saint-Denis. Worum geht es, Gilles?«

»Um einen Auftrag. Einen inoffiziellen. Es geht um Personenschutz für eine bekannte Persönlichkeit.«

Nicolas blickte sich um, der Bus war um diese Uhrzeit fast leer.

»Dafür habe ich keine Zeit.«

Dann legte er auf.

Mit einer raschen Bewegung steckte er sein Handy unter eine der Sitzschalen und sprang wieder nach draußen, gerade bevor die Türen sich schlossen. Er sah dem Bus hinterher, der in 45 Minuten an der Endhaltestelle in Saint-Denis ankommen würde, weit draußen am Rande der Stadt.

Was hatte Gilles Jacombe vorhin zu ihm gesagt?

»... vermutlich der Boulevard de la Villette bei dir um die Ecke? Nimm ein Taxi.«

Wenn sein Dienst versuchte, ihn mehr als fünfundzwanzig Mal zu erreichen, dann war es dringend. So dringend, dass sein ehemaliger Teamleiter schon längst zu anderen Mitteln gegriffen hatte, um ihn zu lokalisieren.

Über sein Handy.

Sie wollten ihn finden, also fanden sie ihn.

Vielleicht will ich mittlerweile auch wieder gefunden werden, dachte er. Aber sicher war er sich nicht.

Nicolas blickte auf seine Armbanduhr, es war kurz vor elf. Wenn die Finte mit dem Bus aufging, hatte er etwas Zeit gewonnen. Er hatte noch etwas zu erledigen, so wie jeden Montag.

In einem kleinen Laden am Rande des Boulevards kaufte er sich ein Prepaid-Handy und schickte eine Nachricht mit seiner neuen Nummer an einen Mann, von dem er hoffte, dass er ihn innerhalb der nächsten Stunde anrufen würde.

Denn so hatten sie es besprochen.

Immer montags, gegen Ende des Vormittags.

Falls es etwas zu vermelden gab.

Nicolas bog in die Rue du Chalet ein und erreichte kurz darauf die Place Sainte-Marthe. Seine Wohnung lag im Dachgeschoss eines etwas heruntergekommenen Hauses, in dessen Erdgeschoss das *Le Vannier* lag, ein Café, in dem Nicolas gerne saß und durch die Fenster nach draußen blickte. Der Radius seines Lebens war in den vergangenen Monaten immer kleiner geworden, mittlerweile kam er kaum noch aus seinem Viertel hinaus. Alles was er brauchte, fand er hier.

In seiner kleinen Dienstwohnung im Ministerium wohnte jetzt Carole Adams, seine Nachfolgerin, die Gilles unmittelbar vor dem Gipfel in Deauville eingestellt hatte. Und die sich noch immer erfolgreich den unverhohlenen Avancen des Ministers entzog.

François Faure hatte sich offenbar nicht geändert, was seinen Umgang mit Frauen betraf.

Nicolas atmete die abgestandene Pariser Luft ein und wollte gerade die Tür zum Treppenhaus aufschließen, als hinter ihm ein Pfiff erklang. Unter den Bäumen, auf einer Bank, lag ein alter Mann. Er trug eine graue Strickjacke und darunter ein weißes Hemd, dessen Ärmel von Farbklecksen übersät waren. Vor ihm auf dem Boden lag ein großer Zeichenblock.

»Heute mal in Farbe?«, fragte Nicolas, als er unter die Bäume trat.

»Mir war danach. Immer nur Bleistift ist ja auch keine Lösung.«

Der alte Tito wohnte in der Wohnung unter Nicolas, und sie beide einte der Umstand, dass sie dort nicht immer alleine gelebt hatten.

Titos Frau war vor mehr als dreizehn Jahren gestorben, seitdem zeichnete er. Julie war vor dreieinhalb Jahren verschwunden, aber Nicolas konnte nicht zeichnen.

Dafür bin ich gut im Verblassen, dachte er. Ich verblasse immer mehr, bis ich unsichtbar zwischen den Bäumen stehe und hinüber zum Café blicke, wo verliebte Paare sich in die Augen schauen und überall Farben sehen, weil immer nur Bleistift ja auch keine Lösung ist.

»Warum arbeitest du nicht drinnen?«, fragte Nicolas und setzte sich zu Tito auf die Bank. Der Alte fuhr sich müde durchs Gesicht, er sah verfroren aus.

»Und wie lange liegst du hier überhaupt schon?«

»Seit halb fünf in der Früh. Ich konnte nicht mehr schlafen, also bin ich runtergekommen. Ich warte auf jemanden.«

»Aha.«

Tito blickte in alle Ecken des Platzes, dann seufzte er und sah auf seine alte Armbanduhr. Das Glas des Ziffernblattes war matt, und die Uhrzeit kaum noch zu erkennen. Nicolas überlegte, ob es Tito seit exakt dreizehn Jahren nicht ohnehin egal war, wie viel Uhr es gerade war.

»Es ist komisch, aber er kommt einfach nicht mehr.«

»Wer kommt nicht mehr?«

»Der Hund. Du erinnerst dich doch an den Hund?«

Der Hund war zu Titos großer Leidenschaft geworden. Es war ein Mischling, nicht gerade sehr groß, der in regelmäßigen Abständen diesen kleinen Platz am Rande des Viertels besuchte.

»Du meinst diesen alten, schlauen Hund, der sich immer denselben Baum aussucht?«

Tito brummte etwas und blickte ihn streng an.

»Du musst als Personenschützer eine Niete sein, du beobachtest nicht genau genug.«

»Aha.«

»Und hör auf mit deinem ›Aha‹, du klingst wie meine Frau, wenn ich ihr Pferdewetten erklärt habe.«

Nicolas holte sein neues Handy aus der Tasche. Kein Anruf. Keine Nachricht.

Es wäre die siebte Woche in Folge.

»Also, was ist jetzt mit dem Hund?«, fragte er Tito.

»Er wählt eben nicht immer denselben Baum aus. Sondern immer den fünften. Er schnuppert an vier Bäumen und nimmt dann den fünften. Das kann aber immer ein anderer sein.«

Nicolas erinnerte sich natürlich. Genauso war der Hund auch an jenem Abend vor einem halben Jahr vorgegangen, als Julie ihn überraschend angerufen hatte. Ihre Stimme war warm gewesen, sie hatte sich in seinem Innern festgesetzt. Eine leichte Unsicherheit, sie war nervös gewesen.

Dann war sie wieder weg. Und er war dageblieben, in seinem Leben, das sich gerade hatte einrenken wollen.

»Hallo, Nicolas. Hier ist Julie.«

Einatmen. Ausatmen.

»Ich …«

Klick.

Farbe, für die Ewigkeit weniger Sekunden.

Dann wieder Bleistift.

Auch keine Lösung.

Er stand auf und klopfte sich etwas Staub von der Anzughose.

»Vielleicht braucht er Abwechslung«, meinte er zu Tito, der verächtlich schnaufte.

»Ein alter, schlauer Hund braucht keine Abwechslung. Ich sage dir, da stimmt was nicht.«

»Aha.«

»Nicolas, hau ab. Verschwinde in deine Schatten und lass mich hier in Ruhe. Ich habe zu tun.«

Nicolas blickte sich um.

»Tust du mir einen Gefallen, Tito?«

»Nein.«

»Wenn ein Auto vorfährt, das hier nicht hingehört, gibst du mir Bescheid?«

Plötzlich blitzten Titos Augen auf, er lächelte verschmitzt.

»Bist du wieder im Spiel?«

Nicolas blickte auf den Zeichenblock, auf dem Tito die Place Sainte-Marthe gezeichnet hatte.

»Sagen wir, ich spitze meine Bleistifte.«

In diesem Augenblick klingelte sein Handy. Nicolas atmete tief ein, verabschiedete sich hastig von Tito und nahm den Anruf entgegen.

»*Bonjour*, Philippe.«

»*Bonjour*, Monsieur Guerlain. Sie werden es nicht glauben: Ich habe endlich etwas.«

Durch die Leitung hörte Nicolas das Rauschen einer viel befahrenen Straße, vermutlich stand Philippe in seinem schwarzen

Smoking auf dem kleinen Vorplatz an der Avenue Montaigne. Die Mittagsvorstellung im Théâtre des Champs-Élysées begann in dreißig Minuten und er würde wie immer gemeinsam mit zwei Kollegen die Konzertbesucher begrüßen und einweisen.

Nicolas blickte auf seine linke Hand, die leicht zitterte, während er den Schlüssel in das Türschloss zum Treppenhaus steckte.

»Ich höre Ihnen zu, Philippe.«

»Haben Sie etwas zu schreiben, Monsieur?«

»Brauche ich nicht.«

»Gut. Es war eher ein Zufallstreffer. Ich habe ein Gespräch zweier Jahreskartenbesitzer verfolgt, eine Dame erzählte, dass eine Freundin Gustav Mahler gehört habe. Und ganz hingerissen war. Sie meinte, es müsse etwa dreieinhalb Jahre her sein.«

Nicolas setzte sich auf die Stufen, das Licht im Treppenhaus hatte er nicht eingeschaltet.

»Reden Sie weiter.«

»Jedenfalls habe ich höflich nachgefragt in der Pause. Ich habe vorgegeben, dass wir damals ein Schmuckstück gefunden hätten. Ob es vielleicht ihre Freundin war, die es verloren habe. Und jetzt halten Sie sich fest.«

»Ich sitze, das muss reichen.«

»Die Frau konnte mir sogar sagen, wo ihre Freundin damals gesessen hat. Weil sie ihr damals die Karte zum Geburtstag geschenkt hatte.«

»Und wo saß sie?« Nicolas schloss die Augen und rief sich den Sitzplan des Théâtre des Champs-Élysées in Erinnerung.

Reihe D. Plätze dreizehn und vierzehn.

Dort hatte er mit Julie gesessen. Bevor sie aufgestanden und verschwunden war. Sie hatte sich umgesetzt und er war auf der Suche nach ihr an ihr vorbeigelaufen.

Er hatte den fünften Baum nicht gefunden. Bis heute.

»Monsieur, sind Sie noch dran?«

»Natürlich. Wo saß die Frau also?«

»Reihe M. Platz 23. Stellen Sie sich das vor. Sie heißt Marion Venoit. Mehr weiß ich leider nicht.«

Nicolas öffnete langsam die Augen.

»Danke, Philippe.«

Nachdem er aufgelegt hatte, blieb er noch einige Minuten auf den Treppenstufen sitzen. Von draußen klang der gedämpfte Klang seines Viertels zu ihm herein, er konnte das leise Seufzen der toten Blätter hören, die von den Platanen hinabsegelten und sich auf den Asphalt legten, beschienen von einer wohlwollenden Herbstsonne. Dann, wie von einer im Jubel hochgereckten Faust emporgerissen, sprang Nicolas auf und rannte die Treppe in großen Sprüngen bis nach ganz oben. Hastig öffnete er die Tür zu seiner Wohnung und riss die Vorhänge auf. Für einen kurzen Moment blendete ihn das grelle Licht, vor seinem Gesicht tanzten kleine Staubpartikel durch die Luft.

Er ging in sein Arbeitszimmer und stellte sich vor seine Bücherwand. Dann zog er seine Anzugjacke aus und krempelte die Ärmel seines Hemdes hoch.

Es stimmt also, dachte er. Ich bin wieder im Spiel.

Buch für Buch holte Nicolas aus dem Regal, bis er umgeben war von hohen Bücherstapeln. Er schwitzte, aber er gönnte sich keine Pause, stattdessen riss er nun ganze Reihen von Büchern förmlich heraus und schleuderte sie hinter sich auf das Sofa.

Nach und nach kam eine Zeichnung zum Vorschein, sorgfältig aufgetragen auf die Innenwand des Regals und verborgen durch die Bücher, Atlanten und Geschichtsbände, die bis eben noch davorgestanden hatten.

Tito hatte ganze Arbeit geleistet.

Vor Nicolas' Augen erstrahlte der Konzertsaal des Théâtre des Champs-Élysées in seiner ganzen Schönheit. Bis hin zu den kleinen Verzierungen unterhalb der Logen hatte Tito jedes Detail nachgezeichnet, da war der samtrote Vorhang, das Podest des Dirigenten, und Nicolas meinte wieder zu hören, wie der alte Mann seine Chansons trällerte, während er mit feinem Pinsel die Linien aufmalte.

Die feinen Linien des Sitzplans.

»*Je suis venu te dire que je m'en vais*«, hatte der alte Mann fröhlich geschmettert, und sein Gesang erinnerte an die schiefe Nase von Serge Gainsbourg.

Auf einige Plätze des Saals hatte Nicolas mit Farbe Namen geschrieben, auf anderen klebte ein Foto. Nicht selten waren die Besucher im Théâtre des Champs-Élysées bekannte Persönlichkeiten, deren Bilder er im Internet gefunden und ausgedruckt hatte. Mit Bindfaden hatte er in den vergangenen Monaten Linien gezogen. Er hatte die Blickwinkel der Zuhörer verlängert, er versuchte herauszufinden, welcher Gast etwas gesehen haben könnte. Unter einigen Fotos standen Adressen, Telefonnummern, Mailkontakte.

Er hatte mit allen Zuhörern gesprochen, die er kannte. Bislang vergebens.

Philippe hatte für ihn nachgeforscht, Gäste befragt und so nach und nach weitere Konzertbesucher ausfindig gemacht. Die meisten erinnerten sich jedoch noch nicht einmal an den Abend an der Avenue Montaigne vor mehr als drei Jahren.

Gustav Mahler, das Adagietto.

Er hatte geflucht, jedes Mal, wenn er die Bücher ausgeräumt hatte und vor dem großen Plan stand, den niemand kannte, außer Tito und ihm.

Jetzt fluchte er nicht. Nicolas lächelte. Er war einen Schritt weiter.

Marion Venoit, näher war niemand an Julie dran gewesen.

Unten auf der Place Sainte-Marthe ertönte ein Pfiff.

Titos Warnung.

Sie kamen.

Das Konzert war ausverkauft gewesen. Und dennoch war ein Platz freigeblieben, das hatte er beim Betreten des Saales registriert, ohne es sich bewusst zu machen. Dann hatte er ihn vergessen, bis vor wenigen Monaten, als er sich plötzlich daran erinnerte.

An den einzigen Platz im Saal, auf den Julie sich hatte setzen können, als sie verschwand.

Reihe M, Platz 21.

Zwei Plätze neben einer gewissen Marion Venoit, deren Namen er jetzt sorgsam auf die entsprechende Stelle an der Regalwand schrieb.

»Dich muss ich finden, verehrte Marion Venoit«, sagte er laut. »Und ich werde dich finden!«

Jemand klingelte an der Tür. Nicolas blickte auf die Uhr, sie hatten nicht viel Zeit verloren. Er schloss die Tür seines Arbeitszimmers ab, ging durch seine Wohnung und drückte auf den Knopf der Gegensprechanlage.

»Komm hoch, Gilles.«

KAPITEL 4

Im kleinen Empfangsbereich des *Commissariat* in der Rue Désiré le Hoc klingelte das Telefon, und wie immer, wenn es das tat, zuckte Alphonse zusammen.

Roussel hatte ihm deutlich zu verstehen gegeben, dass er während der Lagebesprechung am Morgen nicht gestört werden wollte, und das galt auch und vor allem für eingehende Telefongespräche. Für Alphonse bedeutete dieser Umstand, dass er etwas tun musste, was er abgrundtief verabscheute.

Er musste Entscheidungen treffen. Handtaschendiebstahl. Einbruch. Beschwerde unter Nachbarn. Betrug im Casino. Ein Anschlag auf den Staatspräsidenten.

In Deauville konnte alles Mögliche passieren, und Alphonse war der Wellenbrecher, an dem jede sich auftürmende Unwägbarkeit an Wucht verlieren sollte. Was jedoch leider nicht immer der Fall war.

Gut, wenigstens ist der Präsident zur Zeit weit weg, dachte er und blickte auf einen kleinen Fernseher in der Ecke, in dem gerade der Staatsbesuch auf Tahiti gezeigt wurde.

Ob sie in Tahiti wohl Handtaschen klauen?, überlegte er.

Da klingelte also das Telefon.

Einmal.

Zweimal.

Eine große Welle rollte auf ihn zu, und das Einzige, das brach, war das Sandwich in seiner Hand. Alphonse wischte sich die linke Hand an seiner Hose ab und nahm den Anruf entgegen.

Bitte keine Schlägerei, dachte er. Sonst müsste er womöglich selbst raus. Die anderen bereiteten im Besprechungszimmer den Einsatz am Abend vor, es sollte ein richtig großer Zugriff werden. Endlich, sie hatten lange genug darauf gewartet.

»*Commissariat* von Deauville. Was kann ich für Sie tun?«

»Alphonse! Hier ist Claire, Claire Cantalle!«

»Claire!«

Sein Gesicht hellte sich sofort auf, er hatte die kleine Praktikantin gemocht, die während des Gipfels vor einem halben Jahr im *Commissariat* mitgeholfen hatte. Außerdem war sie gerade garantiert nicht an einem Diebstahl beteiligt.

»Alphonse, ich muss dringend Roussel sprechen, ist er da?«

Alphonse schluckte schwer.

»Claire, du weißt doch, die haben gerade ihre Besprechung ...«

»Ach verdammt, das habe ich vergessen. Weißt du, ich sage mir schon seit Tagen: Heute rufst du Roussel an. Aber ich habe es immer wieder verschoben. Kennst du das, wenn man wichtige Dinge immer wieder vor sich her schiebt?«

»Allerdings«, meinte Alphonse.

»Jedenfalls, ich brauche doch dieses Zeugnis, weißt du? Weil ich mich doch tatsächlich an der Polizeischule bewerben will. Ist das nicht verrückt? Ich und Polizistin, also meine Mutter findet es nicht so toll, aber die hat wahrscheinlich nur Angst um mich.«

Alphonse lächelte, er konnte Claire wie einen Gummiball umherspringen sehen, mit dem Telefon in der einen und einer Tasse mit abgestandenem Kaffee in der anderen Hand. Hatte sie nicht eine Tätowierung am Hals gehabt? Ein kleiner Anker, jetzt erinnerte er sich wieder.

»Jedenfalls, der Chef, also Michel Bonnet, der wollte mir ein Zeugnis schreiben, aber er ist ja nicht mehr da, oder?«

»Nicht wirklich«, unterbrach Alphonse ihren Redefluss. »Er ist in so einer Art Vorruhestand.«

Der Glückliche, dachte er. Spaziert jeden Tag am Strand entlang und zählt die Schiffe draußen auf dem Meer.

»Und deshalb muss ich also mit Roussel sprechen, verstehst du? Wann sind sie denn fertig?«

»Das kann diesmal noch ein bisschen dauern. Aber ich richte ihm aus, dass du angerufen hast.«

»Vielleicht komme ich auch einfach mal vorbei, was sagst du?«

»Klar. Du weißt ja, wo wir sind.«

Die Telefonanlage blinkte, und Alphonse zuckte zusammen.

»Claire, ich muss einen anderen Anruf annehmen …«

»Eines noch, Alphonse: Habt ihr mal wieder was von Nicolas gehört? Nicolas Guerlain?«

Jetzt zuckte Alphonse noch mehr zusammen.

»Gott, bewahre. Nein!«

»Na dann. *Salut*, Alphonse.«

»*Salut*, Claire.«

Als er auflegte, fragte sich Alphonse, ob es womöglich gar nicht das Zeugnis war, weswegen Claire angerufen hatte.

»*Commissariat* von Deauville. Was kann ich für Sie tun?«

»Ich möchte einen Diebstahl melden!«

Drei Räume hinter Alphonse dachten mehrere Beamte darüber nach, wie es wohl wäre, in diesem Augenblick am Strand spazieren zu gehen und Schiffe zu zählen, die draußen auf dem Meer die Küste entlangfuhren, auf der Suche nach ertragreichen Fanggründen oder mindestens einem Schlupfloch im Horizont. Auch Sandrine Poulainc gehörte dazu. Während sie Roussels Ausführungen lauschte, nahm sie sich fest vor, ihren alten Chef anzurufen.

Michel Bonnet durfte sie hier nicht einfach im Stich lassen. Nicht mit Roussel, diesem Alphatier, der die Mannschaft behandelte wie ein Barkeeper seine Eiswürfel.

Er schüttelt uns durch, dachte sie. Und heraus kommt etwas, das keinem schmeckt.

Sie seufzte und blickte auf die drei Blätter auf dem Tisch. Es waren die Drohungen gegen den Comte de Tancarville.

Du wirst sterben.

Du wirst bald sterben.

Du wirst sehr bald sterben.

Roussel stand an der Stirnseite des großen Tisches und zeigte auf die Blätter. Er trug wie immer Jeans und Lederjacke und kaute Kaugummi.

»Ich glaube, das hier können wir vergessen«, sagte er, seine linke Hand spielte mit einer Zigarette, von der Sandrine Poulainc annahm, dass er sie sofort anzünden würde, wenn er zurück in seinem Büro war.

In Bonnets Büro, korrigierte sie sich.

»Aber es sind durchaus handfeste Drohungen«, widersprach ein Kollege.

»Voller Rechtschreibfehler«, erwiderte Roussel kalt lächelnd. »Der Comte ist kein sehr angenehmer Mensch, da hat man schon mal ein paar durchgeknallte Typen als Feinde. Und die Kollegen in Caen haben zwar Fingerabdrücke gefunden, aber die sind völlig verschmiert und unbrauchbar. Wir gehen davon aus, dass es diese Landstreicher sind, oder was auch immer die darstellen. Die haben sich einen Scherz erlaubt. Wir werden sie befragen, sobald sie mal wieder in der Gegend auftauchen, denn derzeit fehlt von ihnen jede Spur. Was gut ist.«

»Ich glaube auch, dass es nichts wirklich Ernstes ist«, sagte ein älterer Kollege, der hinter einem Stapel Akten saß und Roussel über den Rand seiner Brille hinweg anblickte. Sein Name war Yves Colinas, und da er der dienstälteste Beamte war, hatte sein Wort im *Commissariat* Gewicht. Selbst bei Roussel, der jetzt breitbeinig vor einer Luftaufnahme des Anwesens des Comte de Tancarville stand.

»Ich war gestern dort, es ist wirklich sehr gut bewacht. Sie haben eine private Sicherheitsfirma engagiert. Als Vorsichtsmaßnahme.«

Ein Beamter pfiff durch die Zähne.

»Geld hat er ja, der werte Herr Comte.«

»Allerdings«, erwiderte Colinas. »Ihm gehört ein großer Teil der Hügel oberhalb von Honfleur, *Le Lys dans la vallée* geht bis runter an die Seine-Mündung.«

Roussel klatschte in die Hände.

»Also, ich habe zugesagt, dass wir das Ganze beobachten. Wenn es weitere Drohungen geben sollte, kümmert sich Sandrine darum, einverstanden?«

Er grinste seine Kollegin an, und Sandrine Poulainc fragte sich, welcher Wahnsinn sie vor eineinhalb Jahren dazu gebracht hatte, eine kurze Affäre mit ihm zu haben.

Roussel bat einen Kollegen, das Licht auszumachen, und knipste einen Projektor an. An der Wand erschien die verbliche-ne Fassade eines heruntergekommenen Mehrfamilienhauses. In den drei Stockwerken waren die Holzrollläden heruntergelassen, durch die Schlitze schien schwaches Licht nach draußen. Eine flackernde Neonanzeige über der Eingangstür machte dem Be-trachter sofort deutlich, welche Welt er betrat, sollte er durch diese Tür treten.

Kakadu. Sexy Bar.

»Das hier ist deutlich wichtiger als irgendein Comte de Tancar-ville«, erläuterte Roussel mit scharfer Stimme. Alle Beamten im Raum kannten das *Kakadu*, und es war alles andere als nur eine Bar. Und genau deshalb passte es nicht in den kleinen Badeort Villers-sur-Mer vor den Toren von Deauville.

Das *Kakadu* war ein Bordell, und es verdankte seinen Erfolg weniger seiner hervorragenden Lage direkt an der Küstenstraße, als vielmehr seinen »inneren Werten«, wie Yves Colinas gerne zum Besten gab.

»Die Fakten sind euch bekannt: Das *Kakadu* war bis vor ein paar Jahren drüben in Trouville, da hatten wir es ganz gut unter Kontrolle«, erklärte Roussel. »Seit es aber in Villers ist, gibt es immer wieder Gerüchte über illegale Prostituierte und Praktiken, die auch unter rotem Licht eher hässlich aussehen.«

»Aber es läuft gut«, fügte einer der Beamten an.

»Allerdings, das tut es.« Roussel nickte. »Weil die Preise verhältnismäßig günstig sind und die Freier keinen Stress haben mit irgendwelchen Zuhältern.«

Er zeigte auf das Bild an der Wand.

»Wir haben in den vergangenen Monaten mehrfach Razzien durchgeführt und nie etwas gefunden. Keine illegalen Prostituierten, keine harten Drogen, nichts. Höchstens ein paar eklige DVDs.«

»Warum sollten wir ausgerechnet jetzt etwas finden?«, fragte Colinas.

Roussel schnalzte mit der Zunge und zeigte den anwesenden Polizisten und Zivilbeamten ein zweites Bild.

»Weil wir endlich etwas haben, mit dem wir sie drankriegen.«

Das Foto zeigte wieder das *Kakadu*, diesmal bei Nacht. Die Schatten der umliegenden Häuser legten sich auf die Uferpromenade, und die Laternen vor dem Gebäude warfen ein schwaches Licht auf die schmutzige Fassade. Offensichtlich war das Foto vom Strand aus aufgenommen.

Vor der Tür des Gebäudes parkte ein Auto.

Roussel vergrößerte den Ausschnitt.

»Das hier habe ich heute Morgen bekommen. Zwei Personen sind ausgestiegen.«

»Ein Mann und eine Frau«, bemerkte Yves Colinas, er hatte seine Brille zurechtgerückt, um besser sehen zu können.

»Fast richtig«, sagte Roussel und klickte ein weiteres Bild an.

Sandrine Poulainc pfiff durch die Zähne.

»Es ist eher ein Mädchen. Ein Teenager.«

»Jedenfalls deutlich unter achtzehn, ich würde sagen, eher fünfzehn«, erwiderte Roussel und sein haifischartiges Grinsen sagte ihr, dass er Blut gerochen hatte. Und jetzt wollte er zubeißen.

Einige Kollegen waren aufgestanden und traten näher an das Bild heran. Roussel klickte ein weiteres Foto an.

»Das ist Serge, der Besitzer.«

»Ganz genau. Aber wartet noch, es wird noch besser.«

Mit einem Mal wurde es still in dem kleinen Besprechungszimmer.

»*Merde*«, murmelte dann einer der Polizisten.

»Allerdings.«

Roussel zeigte die Vergrößerung eines Bildausschnitts. Das Mädchen hatte sich offenbar losgerissen und wollte weglaufen. Auf einem nächsten Ausschnitt war zu erkennen, dass der Mann sie sofort am Arm zurückgezogen hatte.

Dann schlug er auf sie ein.

Roussel klickte immer weiter, immer schneller, bis vor den Augen der Kollegen ein Stopp-Film ablief.

Schlagen.

Flehen.

Schatten, die sich wie ein dunkles Tuch über eine dunkle Nacht legten. Und die Neonröhren warfen ihr rotes Licht auf den Bürgersteig.

Im Besprechungszimmer sprach für einen Moment niemand ein Wort, vorsichtig wurden Stühle gerückt, als sich die Kollegen leise wieder hinsetzten.

Roussel schaltete den Projektor aus.

»Woher haben wir die Aufnahmen?«, wollte Colinas wissen.

»Von einem Angler.«

»Seltsame Uhrzeit zum Angeln.«

»Fische sind Frühaufsteher.«

»Aha.«

Roussel deutete auf die Uhr an der Wand.

»Ich habe bereits die Staatsanwaltschaft informiert, außerdem die Kollegen in Caen. Wir haben grünes Licht.«

Immerhin, von seinem Job versteht er was, dachte Sandrine Poulainc.

»Ich werde euch in Gruppen einteilen«, fuhr Roussel fort. »Die Razzia beginnt heute Abend, um zwanzig Uhr. Ich will, dass wir die Scheißkerle endlich drankriegen. Noch irgendwelche Fragen?«

Als Roussel kurz darauf die Sitzung beendete und nach vorne in den Empfangsraum des *Commissariat* kam, saß Alphonse hinter seinem Tresen und betrachtete misstrauisch das Telefon.

»War irgendetwas Wichtiges?«

»Gott sei Dank nicht«, erwiderte Alphonse. »Eine kleinere Schlägerei, aber sie war bereits beendet, als der Anruf reinkam.«

»Zwischen wem?«

»Drüben an der Fischhalle. Offenbar wollten ein paar Typen eine Kiste Fisch mitgehen lassen. Da kam es wohl zu einer kleinen Prügelei.«

»Aha.«

»Ich habe eine Notiz gemacht, Chef. Sonst war nichts.« Alphonse wusste, dass Roussel es gefiel, wenn er ihn Chef nannte. Und da seine Schicht erst in vier Stunden endete, wollte er diese restliche Zeit gerne ohne Schwierigkeiten hinter sich bringen.

Dann fiel ihm etwas ein.

»Claire hat angerufen. Du erinnerst dich, die Kleine aus Le Havre.«

Roussel nickte abwesend, während er einen Stapel Post durchsah.

»Sie bräuchte ein Zeugnis von uns. Sie will Polizistin werden und …«

Alphonse zuckte zusammen, als Roussel laut auflachte.

»Ist das ihr Ernst?«

»Na ja, sie meinte, sie würde sich gerne an der Polizeischule bewerben, und dafür …«

Aber Roussel hörte ihm schon nicht mehr zu. Er lachte noch immer, als er in sein Büro zurückging.

KAPITEL 5

Pont de Normandie
Am frühen Abend

Nicolas verließ Paris am späten Dienstagnachmittag und lenkte den Wagen, den sein Dienst ihm zur Verfügung gestellt hatte, in Richtung Rouen und von dort weiter nach Le Havre. Die Kilometer reihten sich vor ihm auf, nur um gleich darauf wie Dominosteine nach und nach umzufallen. Nach und nach verschwand auch das aschfahle Licht eines trüben Tages in der aufziehenden Dunkelheit.

Nicolas fuhr sich müde über die Augen.

Es ist ein Witz, dass ich wieder in die Normandie fahre, dachte er.

Aber da niemand lachte, ging er davon aus, dass es eher das genaue Gegenteil war, nämlich trauriger Ernst. Er fuhr tatsächlich nach Deauville zurück, nach all dem, was dort vor einem halben Jahr geschehen war.

Ein feiner Nebel legte sich über die Autobahn, als wollte sich die Ungewissheit, die ihn umgab, in einen feuchten Mantel kleiden. Als er das Radio anschaltete, sang der Sänger von einer Zeit, die ein Zwanzigjähriger nicht kennen konnte. Bald schon erreichte er den *Péage* am nördlichen Ende des Pont de Normandie, der großen Brücke, die über die breite Mündung der Seine führt hinüber in die Hügel oberhalb von Honfleur und Deauville.

Ohne wirklichen Grund stoppte er auf dem kleinen Parkplatz direkt dahinter und schaltete den Motor aus. Er hatte noch etwa eine halbe Stunde zu fahren. Er stieg aus dem Wagen, es war ein

spontaner Entschluss, den er damit rechtfertigte, vom Scheitelpunkt der Brücke aus vielleicht einen Blick auf das Anwesen des
Comte de Tancarville werfen zu können. Womöglich will ich
auch einfach nur in der Dunkelheit stehen und auf das Wasser
blicken, als könnte ich so meinen eigenen Schatten begegnen.

Dann lief er los.

Er musste an Marion Venoit denken, die er dringend ausfindig
machen wollte.

Reihe M. Platz 23.

Er hatte wahrlich keine Zeit für den Auftrag, den Gilles Jacombe ihm gestern in knappen Worten bei seinem Besuch in
seiner Wohnung erläutert hatte.

Aber ich habe wohl keine Wahl, dachte er, während er seinen
Mantel fester um sich zog. Die Tür des Wagens hatte er offen
gelassen. Er brauchte einen Grund, um zurückzukommen.

»Du musst endlich mit den Spielchen aufhören, Nicolas«, hatte
Gilles ihn gestern bereits im Treppenhaus angeblafft. Dann hat-
te er ihm das Handy wiedergegeben, das Nicolas im Bus nach
Saint-Denis versteckt hatte.

»Glaub mir, Gilles, das ist kein Spiel.«

»Das sieht der Dienst allmählich anders.«

Nicolas hatte mit den Schultern gezuckt und seinen ehemaligen Teamleiter hereingebeten. Durch das Fenster hatte er
hinunter auf die Place Sainte-Marthe geblickt, auf der ein alter
Mann saß und immer noch auf einen alten und schlauen Hund
wartete, der aber nicht kam.

»Ist das da unten Tito, der dich gewarnt hat?«, fragte Gilles.
Nicolas nickte und vergewisserte sich mit einem Seitenblick,
dass die Tür seines Arbeitszimmers wirklich geschlossen war.
Dahinter wartete Marion Venoit auf ihn.

Gilles griff in die Innentasche seines Anzugs und holte mehrere Fotos heraus.

»Ich werde es kurz machen, Nicolas. Einverstanden?«

»So wie üblich. Nur das Wesentliche.«

»Ganz genau.« Gilles Jacombe setzte sich auf das Sofa im Wohnzimmer und betrachtete ihn.

»Ich will dich endlich zurück im Team haben«, sagte er dann.

Nicolas lehnte sich an einen Türpfosten und schaute aus dem Fenster, hinter dem sich Paris in der Sonne räkelte.

»Carole Adams ist ein mehr als guter Ersatz für mich«, antwortete er.

»Das ist sie, aber das reicht nicht. Schließlich musste ich auch Manou ersetzen …«

Sie beide schwiegen einen Moment und Nicolas dachte, dass er seinen Freund dringend wieder besuchen musste.

Zweimal in der Woche durfte Manou Besuch empfangen.

»Die Frage ist: Willst du weiter Spielchen spielen und den ganzen Tag hier rumsitzen? Oder willst du wieder als Personenschützer arbeiten?«

»Ich gehe immerhin zum Therapeuten. So, wie ihr es wolltet.«

»Das reicht nicht. Willst du oder willst du nicht?«

Nein, dachte Nicolas.

»Ja«, sagte er.

»Gut«, erwiderte Gilles. »Dann ist das hier deine Eintrittskarte.«

Aber anstatt ihm die Fotos zu zeigen, hatte er sie wieder in seine Innentasche gesteckt. Nicolas musste schmunzeln.

»Du hast sie dir ohnehin schon eingeprägt, während wir gerade geredet haben, nicht wahr?«, fragte Gilles mit dem leichten Anflug eines Lächelns.

»Ein Mann, vermutlich adlig, schätzungsweise Ende fünfzig. Ein Haus, vermutlich seines, roter Backstein, drei Giebel, Familienwappen an einem Fahnenmast. Und drei Zettel, hastig beschrieben. Übrigens mit Rechtschreibfehlern. Und du wiederum willst also wissen, was hinter der Tür zu meinem Arbeitszimmer ist?«

Gilles lachte laut auf, und Nicolas merkte, dass ihm Gespräche wie diese fehlten.

Auch wenn es Spielchen waren. Und er damit aufhören sollte.

»Nicht schlecht, Nicolas. Ja, ich habe deinen Blick zum Arbeitszimmer bemerkt, ich nehme an, du hast abgeschlossen?«

»Natürlich.«

»Also, was ist dahinter?«

»Eine Frau. Ihr Name ist Marion Venoit.«

Gilles glaubte ihm kein Wort und tippte auf seine Brusttasche, dorthin, wo die Fotos verschwunden waren.

»Aristide de Tancarville, achtundfünfzig Jahre alt. Reicher Adel, die Familie geht zurück bis zu Wilhelm dem Eroberer. Und damit weißt du schon, wohin die Reise geht.«

Nicolas blickte ihn an.

»Das ist nicht euer Ernst.«

»Oh doch.«

Nicolas schwieg einen kurzen Moment und wägte seine Möglichkeiten ab.

Er hatte keine Wahl.

»Ich kenne den Comte, er ist eine echte Persönlichkeit rund um Honfleur und Deauville. Sein Sohn ist ungefähr in meinem Alter, aber er war auf einer Privatschule in Rouen. Er war ab und zu mit uns am Strand.«

»Cédric de Tancarville.«

»Genau der.«

Als Schüler hatte sich Nicolas immer gewünscht, einmal einen Blick auf das Anwesen derer von Tancarville werfen zu dürfen. Als echter Comte war Aristide de Tancarville Teil vieler Abenteuergeschichten, die sich die Jungs erzählten, wenn sie nach der Schule über den Strand von Deauville nach Hause liefen. Und sein Sohn, Cédric, war ebenfalls Teil wilder Geschichten, allerdings wurden die zumeist von den Mädchen erzählt.

Tatsächlich hatte Nicolas den Comte selten bis nie zu Gesicht bekommen, aber womöglich würde sich das bald ändern.

Maman wird vor Freude durchdrehen, dachte Nicolas, und dabei sah er seine Mutter vor sich, wie sie in ihrer Boutique im Foyer des Hôtel Royal saß und in die Hände klatschte.

»Sind die Drohungen an ihn gerichtet?«, fragte er.

»Davon gehen wir aus«, antwortete Jacombe.

»Wer ist ›wir‹?

»Der Dienst.«

»Seit wann kümmert sich der Dienst um etwas anderes als die französische Regierung und ihre Staatsgäste?«

Gilles Jacombe lächelte ihn an.

»Wer sagt denn, dass wir hier nicht von der französischen Regierung sprechen?«

Gilles zeigte ihm eine Nachricht auf seinem Handy. Danach war alles gesagt.

Aristide de Tancarville erhält Drohungen.
  Schicken Sie jemanden.
  François Faure

»Der Comte ist ein alter Freund unseres Ministers. Und einer seiner wichtigsten Geldgeber, wenn es um Spenden geht. Am Wochenende ist ausgerechnet auf seinem Anwesen ein großer Empfang geplant. Freunde und Unterstützer von François Faure treffen sich dort, es geht auch um die mögliche Kandidatur. Und der Comte will offenbar neue Geschäftspartner gewinnen.«

Nicolas pfiff leise durch die Zähne.

»Kein guter Zeitpunkt für Drohungen.«

»Nein. Wahrlich nicht. Du fährst morgen, derzeit ist der Comte noch verreist. Und sag deiner Mademoiselle Venoit, es könnte schon ein bisschen dauern, bis du zurückkommst.«

Und nun, da er den rauen Boden der Normandie wieder unter seinen Füßen hatte, wurde der Nebel immer dichter und ein leichter Wind kam auf. Der kleine Steg, der von der Mautstation entlang der Autobahn hinauf zum Scheitelpunkt des Pont de Normandie führte, war zugig und in der aufkommenden Dunkelheit immer schlechter zu erkennen. Der Wind pfiff jetzt unter seinen Füßen hindurch, und allmählich begann sich die Mündung der Seine wie ein gewaltiger dunkler Schatten weit unter ihm aus dem Nebel herauszuschälen. Rechts konnte er die blinkenden Lichter der Industrieanlagen von Le Havre erkennen, links von ihm fuhren einige wenige Autos den steilen Anstieg zur Brücke hinauf.

Was will ich eigentlich hier, dachte er zum wiederholten Male, und doch ging er weiter und beschleunigte sogar seinen Schritt. Die gigantischen Brückenpfeiler standen wie schwarze Monolithen vor ihm, die Spannseile der atemberaubenden Konstruktion verbanden die Träger wie gigantische Spinnweben miteinander.

Weit unter sich vernahm er das beruhigende Tuckern eines Binnenschiffes, das seine gemächliche Fahrt in Kürze im Hafen von Le Havre beenden würde. Auf der anderen Seite der Flussmündung, die sich direkt hinter der Brücke wie ein Trichter in den Ärmelkanal schob, begannen die geschwungenen Hügel von Honfleur und die Côte Fleurie mit ihren Seebädern und ihrer Vergangenheit, von der der Putz abbröckelte wie von den Mauern der alten Strandvillen entlang der Uferpromenade.

Als Nicolas den Scheitelpunkt der Brücke erreichte, schien es ihm, als würde er schwerelos in der Luft hängen, festgehalten nur von einigen dünnen Seilen und seinem ebenso brüchigen Willen.

Hinter ihm fuhr ein Auto los, der Nebel hier oben verschluckte die Rücklichter rasch und für einen kurzen Moment war es ohrenbetäubend still

Nicolas beugte sich weit nach vorne und blickte hinab auf das dunkle Wasser, das nur ab und zu durch die Nebelbank hindurch zu sehen war. Sein Plan, sich von hier oben das Anwesen des Comte anzuschauen, war von vornherein zum Scheitern verurteilt gewesen. Es war zu weit entfernt, und mittlerweile war die Sicht ohnehin eher mittelmäßig. Er sah den Schatten der Brücke unten auf dem Wasser, und als er sich noch ein Stück weiter nach vorne beugte, griff seine rechte Hand nach einem der Trägerseile. Seine linke hingegen umfasste eine kleine Packung Medikamente in seiner Hosentasche.

Aus den Wolken schob sich ein heller Mond, sein Licht ließ den Nebel vor seinen Augen schimmern.

Immer noch war es still.

Unter ihm verblasste die Seine, sie löste sich im kalten Wasser des Atlantiks auf, und als Nicolas mit der rechten Hand nach dem Rand des Geländers griff, hörte er ein Geräusch.

Es war ein leises Quietschen.

Wie eine rostige Kinderschaukel, dachte er und blickte sich um. Aber da war nichts. In einiger Entfernung sah er die Vorderlichter eines Wagens, der sich langsam die Auffahrt hinaufarbeitete und ihm entgegenkam.

Warum habe ich das Gefühl, dass es zu still ist, dachte Nicolas und beugte sich erneut über die Brüstung.

Der Mond schien jetzt direkt auf das Wasser, das wie ein dunkler Spiegel tief unter ihm lag. Für einen Moment spiegelte sich darin die Brücke.

Die Trägerseile, wie Spinnennetze.

Die Brückenpfeiler, wie Monolithen.

Die seitlichen Befestigungen, das Licht der Laternen.

Eines der Seile wippte leicht.

Als Nicolas genauer hinschaute, sah er es. Es war keines der Trägerseile. Es war der Schatten eines Seiles, das von der Brücke hinab ins Wasser führte.

Im selben Augenblick fragte er sich, warum ein Wagen losgefahren war, mitten auf dem Scheitelpunkt der Brücke. Doch nur, weil er vorher angehalten hatte.

»Verdammte Scheiße!«

Nicolas fluchte über sich selbst und seine nachlassende Aufmerksamkeit, während er mit einem großen Satz zurück auf die Fahrbahn sprang und quer über die Brücke hinüber auf die andere Seite rannte.

Er war der Einzige hier oben.

In der Mitte der Fahrbahn schwang er sich über eine Leitplanke, die die Fahrspuren trennte und erreichte nur zwei Sekunden später die andere Seite der Brücke. Auch hier führte ein kleiner Steg parallel zur Fahrbahn entlang, auch hier warfen die Trägerseile ihre schmalen Schatten aufs Wasser. Noch immer schien der Mond zwischen den Wolken hindurch, wie ein Gaffer, der sich am Leid der anderen erfreute.

Nicolas rannte den Steg entlang und blickte immer wieder hinab.

Er konnte nichts erkennen.

Vor ihm kam der Wagen näher, dessen Vorderlichter er durch den Nebel gesehen hatte.

Plötzlich spürte er etwas.

Direkt hinter einem der großen Pfeiler hatte jemand ein dickes Seil am Geländer befestigt. Und seine linke Hand war zufällig daran gestoßen.

Nicolas beugte sich nach vorne, konnte aber immer noch nichts erkennen. Als er nach unten griff und das Seil abtastete, merkte er, dass es aus Gummi war.

Ein Bungee-Seil, dachte er. Er blickte hinab auf das Wasser und schätzte die Entfernung ab. Dann holte er tief Luft – und sprang zurück auf die Fahrbahn, wo gerade der Wagen den Scheitelpunkt der Brücke überquerte. Das Kreischen der Bremsen schnitt durch die Nacht und teilte die Wolken in zwei Hälften. Das Auto kam unmittelbar vor Nicolas zum Stehen, und noch bevor der Fahrer wusste, wie ihm geschah, riss Nicolas die Tür auf.

»Raus, sofort!«

Im Wagen saßen zwei junge Männer, offensichtlich Studenten, Nicolas konnte auf der Rückbank Ordner und Bücher erkennen.

»Was ist denn …?«

»Keine Fragen, ich brauche eure Hilfe! Schnell.«

Die Männer stiegen aus und folgten Nicolas bis zum Geländer. Als sie alle drei nach unten blickten, konnten sie es sehen. Das Seil führte nicht hinab bis zum Wasser. Es führte direkt hinein. Nicolas blickte die beiden Männer an und zog seine Jacke aus. »Dann wollen wir mal.« Auf sein Kommando hin begannen sie zu ziehen.

KAPITEL 6

Einen knappen Kilometer entfernt
Zur gleichen Zeit

Der Mann, der hoch oben über der Seine-Mündung stand und hinab auf das dunkle Wasser blickte, dachte in diesem Augenblick an drei Dinge.

An das kleine Dorf Bruichladdich im Westen Schottlands, in dem das Wetter ganzjährig genauso schlecht war wie in diesem Augenblick draußen vor dem großen Panoramafenster. Und in dem jener rauchige Whisky gebrannt wurde, mit dem er gerade sein Glas gefüllt hatte, gekühlt von drei Eiswürfeln in exakt der gleichen Größe.

An die Brücke, die in einiger Entfernung trotz der Nebelschwaden zu erkennen war. Wie ein im Dunst gelandetes Raumschiff steckte sie im morastigen Flussboden fest, und genau auf dem Scheitelpunkt waren vor wenigen Minuten zwei Scheinwerfer zum Stehen gekommen. Ein Auto hatte angehalten, dort passierte etwas, genau jetzt, auf dem Pont de Normandie. Und er wollte dabei zusehen – und so galt sein dritter Gedanke …

»Hier ist es, Monsieur.«

… Georges Dauzat, seinem Butler, der in allem was er tat, zu langsam war und ihn damit nicht selten zur Weißglut brachte. Es wäre schneller gewesen, wenn er sein Fernglas selbst aus dem Arbeitszimmer im ersten Stock geholt hätte.

»Na endlich, Georges, bis Sie hier sind, kommt ja die Sonne wieder zum Vorschein.« Er blickte seinen Butler aus stahlblauen Augen an, während er in der Spiegelung des Panoramafensters den Sitz seines Einstecktuchs kontrollierte.

»*Pardon*, Monsieur«, antwortete Dauzat in der ihm eigenen Unterwürfigkeit. »Die Treppen, Sie müssen verzeihen …«

»Schon gut, geben Sie her.«

Aristide de Tancarville ging näher an das Fenster heran und blickte nach draußen. Ein zweites Auto hatte offenbar auf der Brücke gehalten, er konnte aus dieser Entfernung aber nur die Lichter erkennen. Er nahm einen kräftigen Schluck aus seinem Glas und stellte es dann auf einen kleinen Tisch. Hinter sich konnte er hören, wie der Butler den Tisch abräumte.

»Georges, ich werde später noch mal losfahren. Könnten Sie dem Chauffeur Bescheid geben?«

»Sehr wohl, Monsieur.«

Er wollte gerade das Fernglas ansetzen, als er sich selbst in der Spiegelung sah. Spöttisch blickte er auf seinen teuren Maßanzug, seine elegante Armbanduhr und schließlich auf sein Gesicht, in dem schon seit langem erste Falten zu sehen waren. Das Alter machte sich sichtbar über ihn lustig

»Ein Mann, der alle unter Kontrolle hat«, murmelte er. Es klang in seinen Ohren wie eine Beschwichtigung.

Alles war gut, auch wenn die Eiswürfel in seinem Glas eben noch geklirrt hatten, weil seine Hand gezittert hatte.

Du wirst sehr bald sterben.

Er wischte den Gedanken an die Drohungen beiseite. Sie waren es nicht, die ihn so verunsicherten, auch wenn er sie ernster nahm, als er es sich selbst eingestehen wollte. Aber es war sein Butler gewesen, der ihn letztendlich überredet hatte, eine Sicherheitsfirma anzurufen. Und François Faure.

»Georges?«

»*Oui*, Monsieur?«

Der Butler trug ein kleines Tablett mit dem Abendessen mit einer Hand, mit der anderen stützte er sich auf seinen Gehstock.

»Wann wird dieser Nicolas Guerlain zu uns kommen?«

»Morgen, Monsieur. Gegen Mittag.«

»Gut, ich will, dass Sie ihn vorher treffen. Und mir dann berichten. Ich will vorbereitet sein.«

»Sehr wohl, Monsieur.«

»Gut. Und haben sie etwas von Cédric gehört?«

»Nein, Monsieur. Ich denke aber, er wird am Samstag pünktlich hier ankommen. Kurz vor dem Empfang, wie angekündigt.«

»Wir werden sehen. Sie können gehen.«

Aristide de Tancarville hatte sich während des Gesprächs nicht umgedreht, sondern durch sein Fernglas nach draußen geblickt. Die ersten Tropfen setzten sich an der Fensterscheibe fest, kleine Wasserrinnsale liefen auf der Außenseite hinab und durchzogen sein Gesicht in der Spiegelung.

»Ihr kriegt mich nicht«, murmelte er.

Als er das Fernglas schärfer stellte, konnte er es sehen.

Direkt unterhalb des Scheitelpunktes, dort wo die Brücke am höchsten war, hing etwas. Ein langes Seil führte hinab ins Wasser. Als sein Blick dem Seil nach oben folgte, konnte er die ruckhaften Bewegungen erkennen.

Jemand zog an dem Seil.

Jemand versuchte, dem kalten Wasser etwas zu entreißen. Jemand, den er nicht sah, weil ein Pfeiler ihm die Sicht versperrte.

Er überlegte, ob er hoch in sein Schlafzimmer gehen sollte, wo er bessere Sicht hatte.

Und etwas, das besser war als jedes Fernglas.

Aber es war zu spät. Draußen wurde es mittlerweile bereits dunkel.

KAPITEL 7

Nebel lag auf dem Wasser, weiße Schwaden schaukelten lautlos im Takt der Wellen. Kleine Schaumkronen schoben sich ans Ufer, wo sie behutsam ausliefen, als wollten sie den Strand nicht erobern, sondern seinen körnigen Sand umschmeicheln, mitsamt den kleinen Muscheln und glatten Steinen, die sich mitziehen ließen, wenn das Wasser ebenso behutsam wieder zurückfloss.

Der Himmel war zu dieser Stunde von einem müden Grau überzogen und nur eine aufglimmende Zigarette warf für einen kurzen Augenblick ihr rötliches Licht auf das Wasser. Es war der letzte Zug, kurz darauf schnippte eine Hand sie im hohen Bogen hinaus, wo sie irgendwo zwischen Wasser und Nebel landete und ihre Kreise zog, so wie ein teurer schottischer Whisky, der zwei exakt gleich große Eiswürfel umkreiste. Kurz darauf landete direkt neben der Zigarette ein Angelhaken, der Schwimmer trieb geduldig auf der Oberfläche, bereit, so lange wie eben nötig auszuharren.

Die beiden Männer schauten hinaus aufs Meer, wo sich weit hinten im Westen der Tag endgültig der Nacht beugte. Der Angler saß auf einem kleinen Klappstuhl, und als er mit seiner rechten Hand eine Dose Bier öffnete, klang es in Roussels Ohren wie ein Startschuss.

Sie beide hatten in den vergangenen Minuten alles gesagt, was zu sagen war. Jetzt war es so weit.

»Viel Erfolg also«, sagte Roussel. »Könnte eine lange Nacht werden.«

»Ich weiß«, erwiderte Michel Bonnet. »Aber genau deswegen bin ich hier.«

Dann drehte er sich um und blickte hoch zu Roussel, der seine Dienstwaffe gezogen hatte und die Munition überprüfte.

»Ich hoffe, du wirst sie nicht brauchen«, sagte Bonnet.

Roussel zuckte mit den Schultern.

»Wir werden sehen. Wenn du recht hast, läuft alles glatt.«

Bonnet zog an der Leine, gab etwas Schnur nach und lehnte sich entspannt in seinem Klappstuhl zurück.

»Ich habe dort nie jemanden mit einer Waffe gesehen.«

Roussel nickte, drehte sich um und ging durch den tiefen Sand in Richtung Uferstraße. Das *Kakadu* lag etwa 100 Meter weiter links, und als er auf seine Armbanduhr blickte, dachte er, dass alles nach Plan laufen würde.

Es würde sein erster großer Erfolg als Chef des *Commissariat* werden.

Übergangschef, dachte er verächtlich. Von wegen.

Bonnet angelte eben lieber. Sollte er doch, solange er dabei Fotos machte, die ihm nützten.

»Es geht los. Und denkt dran: Wir wollen das Mädchen. Der Rest ist zweitrangig.«

Sandrine Poulainc und die anderen Beamten hatten sich auf mehrere Fahrzeuge verteilt, die in den Seitenstraßen rund um das *Kakadu* standen. Eine Eingreiftruppe der Polizei in Caen würde die Vorhut bilden, sie selbst würden das Gebäude direkt danach betreten.

Niemand durfte mehr rein. Und niemand durfte raus.

Roussels Kommando kam per Handy, sie hatten vorsorglich auf Funkverkehr verzichtet. Der Polizist neben ihr startete den Motor, während Sandrine Poulainc tief Luft holte und ebenfalls noch einmal ihre Waffe überprüfte.

Sie hatte noch nie auf jemanden geschossen.

»Achtung, wir sind in zehn Sekunden vor Ort.«

Der Wagen schoss mit hohem Tempo über die Avenue de la

République, durch die Frontscheibe sah sie den Transporter mit den Einsatzkräften, der in diesem Augenblick vor dem Eingang des *Kakadu* stoppte. Weitere Kräfte waren an der Rückseite positioniert.

Als sie ausstiegen, überquerte direkt vor ihrem Fahrzeug Roussel die Straße, klopfte sich den Sand von den Schuhen und grinste sie an.

»Bereit?«

Er ist in seinem Element, dachte sie.

»Natürlich.«

Hätte sie gewusst, was sie erwartete, wäre ihre Antwort anders ausgefallen.

Im Erdgeschoss des *Kakadu* war ein großer Barbereich untergebracht, eine kleine erhöhte Tanzfläche und zahlreiche Sofaecken, in denen die Mädchen ihre Freier umgarnten. In der Luft lag ein ranziger Geruch, wie ihn nur die richtige Mischung aus Geilheit und Scham erzeugen konnte. Als Roussel und Sandrine Poulainc durch einen schweren Vorhang hindurchtraten und jemand das Deckenlicht anknipste, verwandelte sich die schummrige Bar in ein grell ausgeleuchtetes Sittengemälde. Spitze Schreie drangen durch den Raum, als mehrere Mädchen von den Beamten in eine Ecke getrieben wurden. Einige Freier, manche nur mit einem Handtuch bekleidet, protestierten lautstark.

Immer wieder hörte Roussel einen Polizisten in den oberen Etagen Kommandos und Warnungen brüllen, und als Sandrine Poulainc einen Blick in das Treppenhaus warf, kamen ihr schon weitere Mädchen und Freier entgegen.

»Sauber!«

»Hier auch, sauber!«

Raum für Raum durchkämmten Polizisten das Gebäude, während andere die Personalien der Mädchen aufnahmen.

»Roussel, was soll das?«

Der Mann hinter der Bar war ganz offensichtlich der Einzige, der sich von der unangekündigten Razzia nicht aus der Ruhe bringen ließ. In aller Ruhe polierte er Champagnergläser und füllte eine kleine Schale mit Oliven auf.

»Du weißt ganz genau, dass unsere Mädchen alle gemeldet sind«, sagte er.

»Halt die Fresse, Serge«, blaffte ihn Roussel an. »Wo ist der Chef?«

Der Mann zuckte mit den Schultern.

»Ich habe ihn seit gestern Abend nicht mehr gesehen.«

»Lüg mich nicht an, Arschloch, ich hab keine Zeit für Spielchen. Also, wo ist Lama?«

»Ich schwöre, gestern Abend, als ich ging ...«

Ohne Vorwarnung griff Roussel über die Bar und packte den Mann am Kragen. Ehe er sich wehren konnte, knallte er ihn mit dem Kopf auf den Tresen, griff nach den Oliven und stopfte ihm eine Handvoll davon in den Mund.

Der Mann stöhnte auf, er blutete aus der Nase.

»Mmmhhhh ... mmhhhhh.«

»Was? Ich kann dich nicht verstehen!« Roussel packte ihn noch ein bisschen fester.

»Willst du noch Oliven? Kannst du haben ...«

Er stopfte ihm eine weitere Handvoll in den Mund, der Mann röchelte und versuchte, nach Luft zu schnappen. Sandrine Poulainc tippte Roussel an, bis dieser schließlich etwas nachgab.

Der Barkeeper hustete und spuckte grüne und schwarze Oliven auf den roten Linoleumboden, während auf den Barhockern zwei ältere Männer im Bademantel entsetzt zu ihnen hinüberblickten.

»Wo-ist-Lama?«

»Roussel, was willst du? Ich schwöre dir, ich ...«

Roussel griff in seine Innentasche und holte den Abzug eines Fotos hervor. Er legte es auf den Tresen und zischte den Barkeeper an.

»Siehst du das hier, Serge?«

»Ja, aber ...«

»Wer ist der Mann da?«

»Lama!«

»Richtig. Du gewinnst, lass mich kurz überlegen … Oliven!«

Ehe der Mann begriff, stopfte ihm Roussel wieder eine Handvoll Oliven in den Mund. Dem Barkeeper rann grüner Speichel aus den Mundwinkeln.

»Und wehe, du kotzt mir den Anzug voll!«

Sandrine Poulainc ging durch eine Tür ins Treppenhaus und durchsuchte die einzelnen Zimmer. Einige Beamte hielten noch Freier und Mädchen fest, um ihre Personalien aufzunehmen. Soweit sie es sehen konnte, waren alle Frauen hier älter als achtzehn Jahre.

Scheiße, wo ist das Mädchen?, überlegte sie.

»Hier ist nichts!«

»Hier auch nicht!«

Sie hatten mittlerweile das gesamte Gebäude durchkämmt. Sandrine Poulainc blickte in eine Dusche und öffnete mehrere Schränke. Durch eines der Fenster konnte sie in der Dunkelheit den Strand erkennen.

Ficken mit Meerblick, dachte sie verächtlich.

»Wer ist der Mann auf dem Foto, Serge? Und wer, bitte, ist das Mädchen?«

Der Barkeeper hustete, seine Beine strampelten auf der einen Seite der Bar in der Luft, während sein Kopf auf der anderen hing.

»Chef, alles sauber. Keine Spur von dem Mädchen.«

»Serge, letzte Chance.«

»Wirklich, ich …« Der Mann blickte über Roussels Schulter und spuckte erneut Oliven.

»Serge, Serge, du bist ein Waschlappen …«

Roussel ließ den Mann los, der mit einem Stöhnen vom Tresen hinunterrutschte und zwischen die Barhocker fiel. Die beiden älteren Freier starrten ihn an, keiner der beiden traute sich, etwas zu sagen.

Roussel drehte sich um und blickte in die Richtung, in die der Barkeeper geschaut hatte. Mittlerweile war auch Sandrine Poulainc wieder im Barbereich und folgte ihm. Roussel betrat eine kleine Garderobe, an der die Freier ihre Mäntel aufgehängt hatten. Keine Tür ging von der Garderobe ab. Beide untersuchten die Wände, klopften das Holz ab und wühlten in den Mänteln.

»Serge!«

Roussel schritt wieder durch den Raum, in dem mittlerweile Dutzende Polizisten, Freier und Prostituierte versammelt waren.

»Warte, ich …«

»Keine Zeit.« Roussel riss den Mann hoch und zerrte ihn zur Garderobe.

»Du hast eine Chance, Serge. Eine. Was ist hier?«

Der Mann atmete stoßhaft und Sandrine Poulainc dachte, dass er womöglich gerade etwas abwägte.

Eine Entscheidung traf, die vielleicht die falsche war.

Aber er traf sie.

»Hier unten …«, stammelte er und zeigte auf den Boden. »Lama hat mir verboten, sie zu öffnen, ich war noch nie …«

Roussel schubste ihn zurück in den großen Raum und untersuchte den Boden. Nach einigen Sekunden fand er eine kleine Kante. Als er daran zog, kam ein Griff zum Vorschein.

Im Boden der Garderobe war eine Falltür eingelassen.

Behutsam zog er an dem Griff, und als kurz darauf in der staubigen Dunkelheit unter ihnen eine Holztreppe zum Vorschein kam, hielten sie beide die Luft an.

Roussel nickte seiner Kollegin zu. Dann zog er seine Waffe und ging vorsichtig die Stufen hinab.

Es waren sieben Stück, und jede einzelne knarzte.

Wer auch immer da unten ist, jetzt weiß er, dass wir kommen, dachte er.

Sandrine Poulainc folgte ihm langsam. Dunkelheit hüllte sie ein und für einen Moment musste sie würgen, als sie ein moderiger Geruch empfing.

Es war feucht, das Meer war nicht weit.

Ein schmaler Gang führte einige Meter geradeaus. Roussel hatte sich eine Taschenlampe geben lassen, und der Lichtkegel malte Muster wie Vorahnungen auf die grob verputzten Wände.

Dies ist kein guter Ort, dachte Sandrine Poulainc.

Roussel umfasste seine Waffe etwas fester.

»Da!« Sie flüsterte.

Der Gang öffnete sich etwas. Auf der rechten Seite war ein Lichtschalter.

Das Erste, was Roussel bemerkte, war der rote Teppich. Ein roter, flauschiger Teppich, der auf Höhe des Lichtschalters begann und etwa zehn Meter lang war. Links und rechts ging jeweils eine Tür ab. Die Wände waren sorgsam gestrichen und machten eher den Eindruck, als läge ein Hotelzimmer vor ihnen und kein feuchtes Kellerverlies.

Und genau so war es.

Allerdings wäre es Sandrine Poulainc lieber gewesen, sie hätten ein feuchtes Kellerverlies gefunden.

Auf den Türen waren Nummern angebracht.

»Fehlt nur der Room Service«, flüsterte sie.

»Ich befürchte, der fehlt nicht«, erwiderte Roussel. Vorsichtig legte er seine linke Hand auf den Knauf der ersten Tür und blickte sie an.

Sandrine Poulainc nickte ihm zu.

Die Tür öffnete sich mit einem leisen Quietschen und als ihr Blick auf den kleinen Teddybären fiel, der auf dem Teppichboden lag, schloss sie die Augen.

Ihr wurde schlecht.

Bitte nicht, dachte sie.

In dem Raum war niemand. Weitere Stofftiere lagen auf einer Kommode, das Bett war mit bunter Frottee-Bettwäsche bezogen.

Eine rosafarbene Barbiepuppe saß auf einem Kissen und lächelte sie an.

Ich habe alles gesehen, schien sie zu flüstern, aber Roussel hörte ihr nicht zu. Mit gezogener Waffe untersuchte er ein angrenzendes kleines Badezimmer.

»Kindershampoo«, sagte er mit trockener Stimme.

»Was ist das hier bloß?«, fragte Sandrine Poulainc mit zitternder Stimme.

»Der Himmel. Und die Hölle. Beides zugleich.«

Hinter der anderen Tür fanden sie ein fast baugleiches Zimmer, es war ebenfalls leer.

Plüschtiere.

DVDs mit Disneyfilmen.

Puppen, die nicht wegsehen konnten.

Wände, die alles schluckten.

Das Zimmer eines Teenagers, wie aus dem Katalog zusammengestellt.

»Als würden die in dem Alter noch mit Plüschtieren spielen«, murmelte Sandrine Poulainc. Aber offensichtlich ging es hierbei gar nicht um den Geschmack der Mädchen.

Keiner von ihnen sprach ein Wort, als sie wieder hinaus in den Gang traten. Sandrine Poulainc zeigte nach rechts, wo der Gang abzweigte und kurz darauf an einer schweren Eisentür endete.

Sie stand offen, ein leichter Windzug kam von draußen herein.

Sie hatten beide immer noch ihre Waffe gezogen, Roussel ging als Erster vorsichtig die Stufen hoch. Schritt für Schritt, bis er den salzigen Geruch des Meeres roch.

Die Treppe endete an einer Klappe über ihren Köpfen, auch sie stand offen.

»Hier ist erst vor kurzem jemand rausgeklettert«, vermutete Roussel.

Er streckte den Kopf ins Freie. Bald darauf standen sie in einem kleinen Innenhof, aus dem eine schmale Feuerleiter über eine brüchige Mauer führte.

Auf der anderen Seite war ein Parkplatz. Er war leer.

Roussel kletterte die Leiter wieder hinab und wählte eine Nummer.

»Yves? Wir brauchen sofort Straßensperren, hörst du? Mir egal, mach einfach. Alle Zufahrtsstraßen aus Villers hinaus, ich will, dass alles abgesperrt wird.«

Er lauschte kurz der Antwort von Yves Colinas, der draußen vor dem *Kakadu* auf der Uferpromenade stand.

»In Ordnung. Und sag Bonnet, er kann mit dem Angeln aufhören, er fängt ja doch nichts. Und noch was …«

Roussel blickte hoch in den Nachthimmel, wo einige verlorene Sterne zwischen den Wolken funkelten wie ein leuchtendes Zeichen aus einer besseren Welt.

»Du solltest in den Keller kommen, Yves.«

»Roussel …«, flüsterte Sandrine Poulainc.

»Wir können gehen, wir sind zu spät. Bestimmt sind sie mittlerweile …«

»Roussel …«

Er sicherte seine Waffe und steckte sie zurück ins Holster. Dann atmete er tief ein und fuhr sich müde durchs Gesicht.

»Lass uns gehen, Sandrine. Die Spurensicherung wird …«

Dann sah er sie auch.

In der hinteren Ecke des kleinen Innenhofs standen drei Müllcontainer, dazwischen lagen leere Gemüsekisten, einige Holzpaletten und jede Menge Unrat in aufgerissenen Tüten.

Direkt davor stand Sandrine Poulainc, und Roussel konnte sehen, dass ihre Schultern zuckten.

Hier war kein Himmel. Nur die Hölle.

Das Mädchen lag zwischen den hinteren beiden Müllcontainern. Ihre Beine waren dünn und nackt, ihr Kleid war etwas hochgerutscht, darunter war eine rosafarbene Unterhose zu sehen.

Der Reißverschluss des Kleides war am Rücken geöffnet, die Haut darunter war glatt und dunkel.

Sie ist keine Französin, dachte Roussel.

Er trat an seiner Kollegin vorbei, ging in die Hocke und drehte das Mädchen langsam auf die Seite.

Er wusste, dass die Spurensicherung ihn dafür hassen würde, aber es war ihm egal. Er musste wissen, wie sie aussah.

Als eine kleine Maus in einem Loch verschwand, hörte er, wie Sandrine Poulainc hinter ihm würgte.

»Diese Arschlöcher«, sagte er leise. Seine Stimme zitterte. Bevor er nach Deauville gekommen war, hatte Roussel in Lille gearbeitet, einer Großstadt. Das Mädchen war wahrlich nicht seine erste Tote.

Aber sie war seine trostloseste.

Sie hatte dunkle Augen und schwarzes Haar, ihr starrer Blick war auf einen Punkt gerichtet, der weit jenseits der scharfen Linie lag, die an sonnigen Tagen das Meer vom Himmel trennte.

Roussel zog ein Paar Latex-Handschuhe aus seiner Tasche und streifte sie über.

Das Mädchen war keine 15 Jahre alt, schätzte er. Den Grund für ihren Tod fand er, als er sich ihre nackten Arme anschaute.

Einstichlöcher, gleich mehrere an beiden Armen. Dazu die linke Hand, die wie zu einer Kralle geformt war. Ihre Augen waren blutunterlaufen und ihre Mundwinkel von einem grünlichen Speichel besetzt.

Sie hatte sich vor ihrem Tod übergeben.

Mittlerweile hatte Sandrine Poulainc sich wieder gefangen, sie kniete sich neben ihn und stocherte mit einem Stock im Müll.

»Schau mal«, sagte sie, »das gehört hier nicht hin.«

Es war eine Postkarte, sie war bereits leicht verblichen und die Farben auf dem Foto leuchteten nicht mehr sehr stark.

Piccadilly Circus.

Die Karte war offensichtlich weit gereist.

Sandrine Poulainc dreht die Postkarte um, auf der Rückseite hatte jemand eine Nummer notiert.

Sie blickten sich an. Es war Roussel, der es schließlich als Erster aussprach.

»Einen Versuch ist es wert.«

Er holte sein Handy hervor und wählte die Nummer auf der Karte, während neben ihm ein Mädchen lag, eingeklemmt zwischen zwei Müllcontainern und bedeckt von verschimmelten Pizzakartons.

In einem Land, das nicht ihres war.

KAPITEL 8

Das Totenreich wehrte sich. Weißer Nebel lag über dem Wasser und der Körper wog tonnenschwer. Es war nichts Gutes, das sie aus den Untiefen hervorholten, an einem Seil, das bis hinab ins Wasser reichte und das rutschig war und ihre Hände blutig schürfte.

»Zieht weiter«, keuchte Nicolas, und die beiden Männer hinter ihm stießen Flüche und wüste Beschimpfungen aus. Aber keiner von ihnen wischte sich den Schweiß von der Stirn oder das Blut von der Handinnenflächen.

Da war noch Hoffnung.

Manchmal rückt das Totenreich etwas wieder heraus, dachte Nicolas. Wenn ich nur immer wieder ziehe und zerre, wenn ich hartnäckig bleibe.

Dann rückt es das Leben vielleicht wieder raus.

Das jedoch, was sich jetzt langsam aus dem Nebel herausschälte und ruckweise zu ihnen emporkam, war dunkel und kalt und steckte in einem Sack, der getränkt war mit Wasser und Blut. Keiner von ihnen sprach ein Wort, als sich das Seil hinter ihnen immer weiter aufrollte und das Gewicht, das an seinem Ende hing, in Gänze sichtbar wurde.

Es war tatsächlich ein Körper.

Sie ächzten und stöhnten, als sie ihn über die Brüstung zogen.

Mit einem sanften Schmatzen landete der nasse Sack vor ihren Füßen, und erst jetzt schrie einer der Männer vor Schmerzen auf und blickte auf seine blutigen Hände.

»Verdammte Scheiße!«, fluchte er, während sich Nicolas erschöpft an einen Brückenpfeiler lehnte. Erst jetzt merkte er, dass mittlerweile zwei weitere Wagen angehalten hatten und ihre Fahrer zu ihnen hinüberliefen.

»Ich glaube, der ist tot«, murmelte der andere Student.

Nicolas blickte auf den Sack, um den das Seil gebunden war, wie um ein Paket, dessen Empfänger dort unten hauste, in der klammen Dunkelheit.

»Woher willst du wissen, dass es ein Mann ist?«, fragte Nicolas.

Behutsam lösten sie den festen Knoten des Seils, mittlerweile hatte es leicht angefangen zu regnen. Immer wieder rutschten ihre wunden Finger ab, und erst nach einigen Minuten ließ der Sack sich öffnen.

Das Erste, was sie sahen, waren die Füße.

Es waren tatsächlich die Füße eines Mannes.

Langsam zerrte Nicolas den Sack über den Körper, nach und nach kamen die Beine, der Rumpf, die Arme zum Vorschein. Der Mann hatte eine dunkle Hose an, dazu ein rotes T-Shirt und ein Jackett, das feucht und klamm um seine Schultern hing. Aber es war nicht das Wasser, das ihn ins Totenreich befördert hatte. Mitten auf der Brust des Toten klaffte ein Einschussloch.

»Sollten wir nicht auf die Polizei warten?«, fragte einer der Autofahrer, die jetzt zu Nicolas und den beiden Studenten getreten waren.

»Ja, sollten wir«, antwortete Nicolas und begann, die Taschen des Toten zu durchwühlen.

»He, sagten sie nicht …«

Da hörten sie das Klingeln.

Es kam aus der Innentasche im Jackett des Mannes und Nicolas brauchte einen Moment, um das Handy zu finden.

Der Tote blickte ihn bei seiner Suche aus kalten Augen an, und Nicolas dachte, dass er ungefähr in seinem Alter war. Er hatte blondes Haar und sein Gesicht war mit Sommersprossen bedeckt.

Endlich ertastete Nicolas die Form des Telefons durch den Stoff der Jacke, aber es dauerte, bis seine schmerzenden Finger es aus den Tiefen der Innentasche gezogen hatten. Es war ein altes, robustes Modell und offenbar funktionierte es noch. Das schmale Display leuchtete kurz auf.

Glück gehabt, dachte Nicolas. Er blickte auf die Nummer.

Aber da hatte das Klingeln bereits aufgehört.

»Ein Mann, vermutlich adlig, schätzungsweise Mitte fünfzig. Ein Haus, vermutlich seines, roter Backstein, drei Giebel, Familienwappen an einem Fahnenmast. Und drei Zettel. Übrigens mit Rechtschreibfehlern. Und du willst also wissen, was hinter der Tür zu meinem Arbeitszimmer ist?«

Nicolas verdankte sein unbestrittenes Talent zum Personenschützer nicht seinem Geschick oder seinem Mut. Sondern seinem Geist und dem, was dieser nicht zu vergessen bereit war.

Immer wieder hatten ihn Kollegen in den körperlichen Disziplinen ausgestochen, sie hatten besser geschossen, waren schneller gelaufen, höher gesprungen und konnten besser Auto fahren.

Aber wenn es um den Kopf ging, dann war er der Beste, so hatte sein Mentor und späterer Teamleiter, Gilles Jacombe, es schon während der Ausbildung in jeden Bericht geschrieben.

»Guerlain sieht unwichtige Dinge an den Rändern des Wichtigen. Es sind diese unwichtigen Dinge, die entscheidend sein können.«

Nicolas dachte nicht nach, er verarbeitete, er sah und prägte sich Begebenheiten ein; Gefahrenbereiche oder einfach nur Gesichter.

Und Telefonnummern.

Als es wieder klingelte und die Nummer des Anrufers erneut angezeigt wurde, wischte er seine blutigen Hände an der Hose ab und holte tief Luft.

Er kannte die Nummer.

Und die Nummer kannte ihn.

Willkommen zurück in der Normandie, dachte er. Der weiße Nebel über dem Fluss hatte mittlerweile die Brüstung erreicht und züngelte gierig nach den Füßen des toten Mannes.

Der Hades wollte zurückhaben, was ihm gehörte. Aber es war zu spät, das Unheil nahm seinen Lauf.

Nicolas nahm den Anruf entgegen.

»*Salut*, Roussel. Ich glaube, ich habe da etwas für Sie.«

KAPITEL 9

Villers-sur-Mer
Kurz darauf

Entlang der Küste hatte mittlerweile ein leichter Sprühregen eingesetzt, die Backsteinfassaden der Strandhäuser glitzerten im Schein der Straßenlaternen und die wenigen Passanten, die sich am Abend hinausgewagt hatten, versteckten sich unter ihren Regenschirmen und hochgezogenen Mantelkrägen. Der aufkommende Wind wirbelte etwas Sand durch die Öffnung zwischen den Häusern auf die Uferstraße, auf der weißen Steinbrüstung der Promenade klapperte ein schlecht befestigtes Hinweisschild, das den kürzesten Weg zum Golfplatz auf den Hügeln oberhalb der Stadt wies.

Alles in allem ist es genau das Wetter, das dieser Ort in diesem Moment verdient, dachte Roussel verbittert.

Er stand vor dem Eingang des *Kakadu*, zog kräftig an seiner Zigarette und überlegte, warum dieser Tag noch viel schlimmer geworden war, als er befürchtet hatte.

Ein Keller, in dem offensichtlich Mädchen missbraucht wurden.

Ein toter Teenager, abgelegt zwischen zwei Müllcontainern, achtlos weggeworfen wie eine zu hastig gerauchte Zigarette.

Und schließlich die schlichte aber schockierende Erkenntnis, dass der verrückte Bodyguard wieder aufgetaucht war.

Diesmal bringt er keine abgehackte Hand mit, dachte Roussel verbittert. Diesmal ist es gleich eine ganze Leiche.

Er hatte für mindestens zehn Sekunden das Handy angestarrt, als er hörte, wer den Anruf entgegengenommen hatte.

»Was ist?«, hatte Sandrine Poulainc geflüstert.

»Es ist Guerlain. Nicolas Guerlain.«

Sie hatten beide den Mund nicht mehr zubekommen. Und da Roussel für einen Moment außerstande war, etwas Vernünftiges zu sagen, war es eben jener Nicolas Guerlain gewesen, der das Wesentliche in Kürze zusammengefasst hatte. Auf die ihm ganz eigene Art.

»Pont de Normandie, Landseite. Bringen Sie die Spurensicherung mit. Ich bin morgen um neun im *Commissariat*. *Bonne Nuit*, Roussel.«

Und jetzt prasselte der immer stärker werdende Regen auf ihn ein, als wollte der Himmel ihn noch zusätzlich bestrafen, und Roussel blieb nichts anderes übrig, als laut zu fluchen.

»Verdammte Scheiße!!! Was für eine verdammte Scheiße ist das hier eigentlich?«

Hinter ihm öffnete sich die Tür des *Kakadu* und Yves Colinas kam heraus. Er nickte den beiden Kollegen der Spurensicherung zu, die sich in den kommenden Stunden den Keller anschauen würden. Weitere Kollegen waren bereits in dem kleinen Innenhof hinter dem Gebäude beschäftigt. Und andere würden gleich zur Brücke aufbrechen.

Colinas blickte hinaus aufs Meer und atmete langsam aus.

»Alles nicht schön.«

Roussel wusste nicht, was er antworten sollte. Sandrine Poulainc saß in einem Einsatzwagen und trank einen Kaffee. Sie wollte für einen Augenblick alleine sein.

Sie mussten sich alle erst mal sammeln.

»Wir haben Infos von der Verkehrsüberwachung«, erklärte Colinas kurz darauf. »Aber die haben nichts.«

»Natürlich nicht. Wir waren zu spät.«

Die beiden Männer blickten auf das flackernde Licht der Neonanzeige über dem Eingang.

»Das Mädchen ist offensichtlich schon seit mehreren Stunden tot«, fügte Colinas hinzu.

»Das heißt, wir hätten sie retten können, wenn wir gleich reinmarschiert wären.«

»Das weißt du nicht, Roussel.«

»Doch, Yves. Ich weiß das. Verdammte Scheiße, ich weiß es sehr wohl.«

Und das Letzte, was ihm jetzt noch fehlte, war Guerlain, der ihm morgen vermutlich im feinsten Anzug gegenübersitzen würde und der für alles eine Erklärung hatte. Nur für sich selbst nicht.

Müde blickte er seine Kollegen an.

»In was für eine Scheiße sind wir hier nur hineingeraten?«

Und während Roussel seinen Frust kurz darauf mit einem billigen Whisky an der Bar des *Kakadu* hinunterspülte, öffnete sich knapp dreißig Kilometer entfernt, oben in den Hügeln über der Küste, ein großes Eisentor. Geräuschlos schoben sie die beiden dicken Flügel zur Seite und gaben den Blick frei auf eine kleine silberne Kühlerfigur, die unbeeindruckt vom Regen ihre Flügel ausbreitete und in die Dunkelheit lächelte. Anders als der Fahrer, ein älterer Mann mit einer schwarzen Schirmmütze und weißen Handschuhen, konnte sie ihren Kopf nicht zur Seite drehen, und so sah sie den gelben Zettel nicht, den jemand mitten auf das Familienwappen geklebt hatte.

Der Mann am Steuer räusperte sich verlegen und nahm vorsichtig den Fuß vom Gas. Dann schaltete er den Motor aus, das Kratzen der Scheibenwischer vermischte sich mit dem Trommeln des Regens auf dem Autodach. Auf dem Beifahrersitz saß einer der Sicherheitsleute, der in diesem Augenblick mit der rechten Hand nach seiner Waffe griff.

Aristide de Tancarville blickte verärgert vom Display seines Handys auf, auf dem er eine soeben eingetroffene Nachricht mit einigem Missmut gelesen hatte.

»Fabrice, was ist los, warum fahren Sie nicht? Ich muss pünktlich sein!« Seine Stimme drang scharf durch den Innenraum des Wagens.

»Monsieur, ich glaube, da ist wieder einer …«

»Ein was?

»Ein Zettel, Monsieur.« Der Mann zeigte mit der behandschuhten Hand aus dem linken Fenster, und Aristide de Tancarville brauchte nicht lange, um zu sehen, was sein Fahrer meinte.

Der Zettel flatterte leicht im Wind, und der Regen hatte bereits begonnen, die krakelige Schrift aufzulösen.

»Und vermutlich wieder voller Rechtschreibfehler …«, murmelte der Comte und blickte finster hinaus in die Dunkelheit. Gegen den Rat der Sicherheitsfirma hatte er sich geweigert, Kameras an der Grundstücksgrenze anzubringen.

»Ihr kriegt mich nicht.«

Mit einem Ruck riss er seine Tür auf und stieg aus dem Wagen, hinaus in den Regen.

»Monsieur, warten Sie!«

Hektisch suchte der Fahrer nach dem Regenschirm, der Sicherheitsmann war bereits aus dem Wagen gestiegen.

»Bleiben Sie sitzen, Fabrice! Es reicht, wenn zwei Männer wegen dieser bescheuerten Zettel nass werden.«

Verächtlich riss er den Zettel vom Wappen und setzte sich kurz darauf wieder in den Fond des Rolls-Royce. Die Kühlerfigur hatte ihn keines Blickes gewürdigt, immer noch sah sie stur geradeaus, wo die Schatten unter den Bäumen mit der Dunkelheit verschmolzen.

Dass einer der Schatten sich bewegte, war keinem der Männer aufgefallen.

Aristide de Tancarville holte seine Lesebrille hervor.

»Na, was schreibt ihr diesmal?«, murmelte er verächtlich. Er schüttelte etwas Wasser vom Zettel ab, auch sein teurer Anzug war nass geworden.

Es war die übliche Warnung, zwei Wörter nur, hastig hingeschmiert. Aristide de Tancarville runzelte die Stirn.

»So eine Scheiße«, sagte er laut.

Samstag. 19 Uhr.

Er lehnte sich zurück und blickte aus dem Fenster, an dem der Regen so langsam hinunterlief, als wollte jeder Tropfen den Kontakt mit einem echten Rolls-Royce Silver Shadow aus der ersten Baureihe so lange wie möglich auskosten.

Aristide de Tancarville hatte ein Problem.

Samstag passte ihm gar nicht.

KAPITEL 10

Was magst du lieber, Ebbe oder Flut?«

»Keine Ahnung.«

»Komm schon, sag es.«

»Ich weiß es nicht, Julie. Wasser rauf, Wasser runter. Mehr ist es doch nicht, oder?«

»Wasser rauf, Wasser runter? Was ist denn das für eine bescheuerte Sichtweise? Du hast nur keine Lust, dir eine Meinung zu bilden, aber damit wirst du es nicht sehr weit bringen im Leben, mein kleiner Nicolas, hat dir das noch niemand gesagt? Immer nur mitschwimmen, das funktioniert nicht. Bei Ebbe nicht, und bei Flut noch viel weniger.«

»Julie, wir müssen wieder rüber. Wir kommen zu spät.«

Die Sonne hatte damals helle Funken auf das Wasser getupft. Wie ein glitzernder Teppich lag das Hafenbecken vor ihnen, und Julie hatte die ganze Zeit gelächelt. Jetzt kam es Nicolas vor, als wäre dies in einem völlig anderen Leben geschehen, und er war sich nicht mal sicher, ob es sein eigenes gewesen war. Sie waren damals heimlich abgehauen, hatten ihre Schultaschen in einer Ecke der Schule versteckt und waren über die Brücke gerannt, hinüber nach Trouville, wo die Möwen sie mit weit ausgebreiteten Flügeln empfangen hatten. Und sein Herz war rauf und runter gehüpft, so wie das Wasser, rauf und runter.

Mehr war es doch nicht.

»Pass auf, Nicolas. Ich mache dir einen Vorschlag.«

»Dann beeil dich, in zehn Minuten müssen wir zurück sein.«

»Sei doch kein Angsthase.«

»Du hast gut reden, dein Vater ist nicht so streng wie meiner. Er macht mich fertig, wenn er erfährt, dass ich aus der Schule abgehauen bin.«

»Mein Gott, mach dich mal locker! Das nennt man Mut, kleiner Nicolas.«

»Nenn mich nicht so.«

»Du und dein Vater, ihr habt ein echtes Problem, oder?«

»Er ist nun mal sehr streng.«

»Was macht er noch mal genau?«

»Das ist kompliziert. Er ist bei einer Behörde angestellt, aber er darf nicht drüber reden.«

»Na gut. Willst du jetzt meinen Vorschlag hören?«

»Ja.«

Julie hatte zur Hafeneinfahrt geblickt, über der die Möwen in der Luft hingen und gierig auf die Fischkutter warteten, die jeden Augenblick einlaufen würden. Der kleine *Bac*, die Fähre zurück auf die andere Seite, lag vor ihnen an der Kaimauer, bereit loszufahren, sobald sie an Bord sprangen.

»Du entscheidest dich jetzt. Ebbe oder Flut. Und wenn du richtig liegst, ich meine, wenn du das Gleiche wie ich denkst … dann darfst du mich abends mit zu den Kabinen an den *Planches* nehmen, am Wochenende. Also?«

Und jetzt, eine Ewigkeit und ein Verschwinden später, blickte Nicolas wieder in das Hafenbecken hinunter, das zu dieser frühen Stunde noch genauso unausgeschlafen wirkte wie er.

Das Meer hatte das Wasser fortgeschickt, hinaus in die tiefen Abgründe entlang der Côte Fleurie, der Blumenküste zwischen Honfleur und Sallenelles. Und Nicolas hatte schlicht nicht darauf geachtet, als er aus seinem kleinen Hotel in der Rue Gustave Flaubert in Trouville gekommen war, um die Fähre zu nehmen, die an dieser etwas abgelegenen Stelle im Hafen lag.

Der *Bac* war nicht mehr als ein kleiner und deutlich in die Jahre gekommener Kahn, der gegen die Bequemlichkeit des Ponts des Belges nichts ausrichten konnte. Schon gar nicht bei Ebbe, wenn das Hafenbecken kaum mehr war als eine große Pfütze, in der sich die Takelagen der wartenden Fischerboote spiegelten.

Nicolas seufzte, blickte auf seine Armbanduhr und wollte gerade in Richtung Brücke laufen, als er einen Pfiff hörte.

Er beugte sich etwas vor und blickte die Kaimauer hinab.

»Nicolas! Hier drüben!«

Etwa fünfzig Meter weiter Richtung Hafenausfahrt lag der *Bac* auf einer Sandbank, dicht an der Mauer. Der Rumpf versank ein paar Zentimeter im dichten Schlamm des Bodens, nur ein paar Rinnsale deuteten darauf hin, dass hier zu einer anderen Tageszeit Flut sein würde. Und der *Bac* dann drei Meter höher.

Am Heck des kleinen Kahns saß Hugo und winkte ihm mit einem Farbpinsel zu, auf seinem Kopf saß ein großer Papierhut, gefaltet aus der Zeitung des Vortags. Als Nicolas näher kam, konnte er sowohl die weißen Farbkleckse auf dem Hut, als auch das Strahlen in Hugos Gesicht sehen. Sein ehemaliger Schulkamerad winkte jetzt heftig, was dazu führte, dass der Hund, der eben noch zu seinen Füßen gelegen hatte, hektisch zu bellen anfing.

»Ruhe, Jalabert, du wirst doch wohl Nicolas erkennen! Komm runter, wir haben Kaffee!«

Nicolas wollte erwidern, dass er es eilig habe, und im Grunde jetzt schon zu spät im *Commissariat* von Deauville erscheinen würde. Dann aber blickte er in Hugos Gesicht und murmelte:

»Was soll's, sie sind es dort drüben doch von mir ohnehin nicht anders gewöhnt.«

Immerhin würde er diesmal nicht mit einer abgehackten Hand dort einmarschieren. Zumindest hoffte er das.

»Jalabert, mach endlich Platz!«

Hugo räumte den Farbeimer zur Seite, als Nicolas die kleine Eisenleiter hinunterstieg, die an der Kaimauer befestigt war.

»Nicolas, wie schön! Lass dich umarmen!« Hugo strahlte ihn noch immer an.

»Hugo, nein!«

Gerade noch konnte Nicolas ihn daran hindern, seine weißen Farbkleckse auf ihm zu verteilen.

»Was für eine blöde Idee aber auch, im Anzug hier runterzukommen!«

Nicolas lachte, er liebte Hugo für seine Klarheit und für die fast schon kindliche Art, mit der er alles hinnahm, was das Leben ihm aufbürdete, ohne nachzufragen. Wie etwa die Einsamkeit eines Schulkindes, das langsamer war als die anderen, oft stotterte, aber das etwas einfältige Lächeln nie verlor. Mochten sie es noch so sehr hänseln.

Hugo war auch jetzt, wo er den *Bac* betrieb, ein Kind geblieben, trotz seines Alters.

Nicolas nahm eine Plastiktasse entgegen, in die Hugo dampfenden Kaffee aus einer Thermoskanne gegossen hatte. Als er den ersten Schluck nahm, fiel sein Blick auf die andere Seite des Hafens, wo die Marina von Deauville fast fertig gebaut war und die Penthouse-Wohnungen auf ihre vermögenden Eigentümer warteten.

»Die gab es damals alle noch nicht«, sagte er und deutete hinüber.

Hugo lachte.

»Nein, aber weißt du was? Jalabert und ich, wir kaufen uns da eine Wohnung! Mit dem Geld, das wir hier einnehmen. In fünfzig Jahren haben wir genug zusammen, nicht wahr, Jalabert?«

Der Hund kläffte und blickte nach oben, wo die Schatten der Platanen über die Kaimauer krochen.

Es ist schön hier, dachte Nicolas. Und hier unten war ein Anzug tatsächlich keine sonderlich gute Idee.

»Du musst wissen, Jalabert ist ein bisschen aufgeregt«, plapperte Hugo auf ihn ein. »Er hat einen Hund entdeckt, hier im Hafen, der neu sein muss. Zumindest kennt Jalabert seinen Geruch noch nicht, und jetzt ist er ganz unruhig.«

Nicolas blickte in die frühe Morgensonne, die das wenige Wasser auf dem Grund des Hafenbeckens funkeln ließ. Es wurde mit jeder Minute mehr, die Gezeiten hatten sich bereits geändert. Die Ebbe hatte ihren Dienst verrichtet, und nun drückte die Flut die ersten kleinen Wellen in das Hafenbecken. Der *Bac* schaukelte leicht, und Nicolas dachte, dass dies ein guter Moment war.

»Also, erzähl endlich!«, plapperte Hugo fröhlich weiter. »Was machst du wieder hier in Deauville und Trouville?«

»Ich weiß es noch nicht genau, es ist ein Auftrag. Ich soll jemanden beschützen.«

Hugo riss die Augen auf.

»Ein Geheimauftrag? Ist es das? Jalabert, hast du gehört, Nicolas darf uns nichts erzählen!«

Jetzt war es Nicolas, der lachte.

»Ganz so spannend ist es auch nicht. Ich werde es dir schon noch sagen.«

Ein paar Minuten redeten sie über ihre gemeinsame Zeit an der Schule, Hugo brachte ihn auf den neuesten Stand, was die Gerüchte und Wahrheiten dieser Stadt betraf. Schließlich blickte Nicolas mit einem Seufzen auf seine Armbanduhr und stellte die Tasse wieder ab.

»Hugo, ich muss los. Es war schön.«

»Ja, war es wirklich. Vielleicht können wir ja mal … he, Jalabert! Was hast du?«

Der Hund war ins Heck des *Bac* gesprungen und bellte hinab zum Wasser, das von einer leichten Strömung in Richtung Pont des Belges getrieben wurde. Als Jalabert ihn erreicht hatte, musste er ihn am Halsband packen, um ihn daran zu hindern, ins Wasser zu springen.

»Was ist denn das?«

Nicht schon wieder, dachte Nicolas. Als er vor einem halben

Jahr das letzte Mal das *Commissariat* von Deauville aufgesucht hatte, hatte er kurz zuvor eine abgehackte Hand aus dem Meer gefischt und sie gleich mitgebracht. Diesmal hatte er gehofft, ohne Gastgeschenk erscheinen zu können, vom Toten an der Brücke einmal abgesehen.

Als er sich neben Hugo stellte und hinab aufs Wasser blickte, war er für einen Augenblick erleichtert. Keine Hand.

Eine Ente.

»Die hat ja gar keinen Kopf mehr«, wunderte sich Hugo, während er Jalabert zurückhielt.

Im Wasser trieb eine Ente ohne Kopf. Es war ein Erpel, die grünen und braunen Federn schimmerten in der Sonne. Das Tier lag auf der Seite, die beiden gelblichen Füße mit den Schwimmhäuten waren zur Seite gestreckt. Offenbar hatte es die beginnende Flut in den Hafen getrieben.

Dass die Ente keinen Kopf mehr hatte, war tatsächlich nicht zu übersehen. Der Rumpf endete in einem hässlich ausgefransten Hals, Nicolas erkannte einige kleine Schalentiere, die sich im Fleisch des Vogels eingenistet hatten.

»Meinst du, das war ein Fisch?«, fragte Hugo.

»Ich habe noch nie von einem Fisch gehört, der Enten angreift. Und schon gar nicht von einem, der ganze Köpfe abbeißt.«

Sie schauten beide dem Erpel nach, der rasch davongetrieben wurde, an der Kaimauer entlang, bis sie ihn aus dem Blick verloren. Als hätte es ihn nie gegeben.

Zwanzig Minuten später betrat Nicolas das *Commissariat* von Deauville, diesmal ohne Gastgeschenk, dafür mit einem weißen Farbklecks auf der linken Schulter.

Der kleine Empfangsraum war verwaist.

Das kenne ich schon, dachte Nicolas.

Hinter dem Tresen führte eine grün gestrichene Tür zu den Büros und dem großen Besprechungszimmer im hinteren Teil des renovierten Gebäudes.

Es war still.

Nicolas überprüfte den Knoten seiner Krawatte und wollte gerade auf den Gang treten, als das Telefon hinter dem Tresen klingelte.

Einmal, zweimal.

Na komm schon, Alphonse, dachte er und wartete auf das beleidigte Schnaufen des Beamten, der gleich in den Empfangsraum stürmen würde. Ein Blick durch das Fenster und hinüber in das Café auf der anderen Straßenseite sagte ihm jedoch, dass Alphonse gerade nicht erreichbar war. Außer für ein Croissant, dessen Buttergeschmack Nicolas auf der Zunge lag.

Ach, was soll's, dachte er, griff nach dem Telefon und nahm den Anruf entgegen.

»*Police Nationale* in Deauville, was kann ich für Sie tun?«

»Die klauen schon wieder unseren Fisch!«, ertönte eine aufgeregte Stimme am anderen Ende der Leitung. Nicolas griff nach einem kleinen Block und machte sich Notizen. Kurz darauf legte er auf und hinterließ Alphonse eine Nachricht, die ihn freuen würde.

Luc Roussel war müde, und es waren nicht nur seine tiefen Augenringe, die das bezeugten. Es war die Milde, die er bei dieser so wichtigen Sitzung an den Tag legte.

Nur müde wurde er milde.

Es hat ihn tief getroffen, dachte Sandrine Poulainc, während sie und die anderen Kollegen ihrem derzeitigen Chef zuhörten.

Roussel sprach leise und eindringlich, er antwortete auf alle Nachfragen, ohne die Kollegen anzufahren. Die Sitzung hatte pünktlich um neun begonnen, und Roussel hatte sie alle mit der Botschaft überrascht, dass Nicolas Guerlain dazukommen würde.

Dass er zu spät war, hatte allerdings keinen von ihnen sonderlich überrascht.

»So ist die derzeitige Lage«, schloss Roussel in diesem Moment seine Ausführungen ab. »Wir konzentrieren uns erst mal auf Serge, den Barkeeper im *Kakadu*. Ich bin sicher, dass er mehr weiß, als er uns bisher gesagt hat. Er sitzt in Caen in Untersuchungshaft, ich werde am Nachmittag hinfahren.«

Die anwesenden Beamten schwiegen einen Moment. Einige blickten auf die Fotos auf dem großen Tisch und auf die Projektionen an der Wand.

Stofftiere.

Pferdeposter.

Rosa Bettwäsche.

Zwei Müllcontainer, zwischen denen achtlos ein junges Leben abgelegt worden war.

Schließlich hob Yves Colinas den Blick.

»Wir wissen noch immer nicht, wer der Tote ist, der an der Brücke hing. Die Datenbank hat noch kein Ergebnis geliefert. Jedenfalls ist es nicht der Besitzer des *Kakadu*. Nach Lama wird immer noch gefahndet.«

Roussel deutete auf eine eilig angefertigte Zeichnung von der Brücke.

»Der Mann wurde mit einem Bungee-Seil runtergeworfen. Wer auch immer das getan hat, er kennt die Höhe der Brücke ganz genau. Das Seil reichte gerade so bis ins Wasser.«

»Ist er also ertrunken?«, fragte ein Beamter.

»Nein, er wurde erschossen. Schätzungsweise einige Stunden zuvor.«

Sie hörten alle das Telefon klingeln, das im Empfangsraum stand.

Roussel wollte gerade verkünden, dass er Alphonse feuern würde, als das Klingeln aufhörte.

»Ab sofort werden wir uns ausschließlich um diesen Fall kümmern«, erklärte Roussel. »Wir haben dafür grünes Licht aus Caen.«

Die Kollegen nickten und begannen, sich Notizen zu machen.

»Sandrine und ich reden mit Serge. Yves leitet die Unter-

suchungen im *Kakadu*, vielleicht haben wir etwas übersehen.«

Irgendetwas zwischen Himmel und Hölle, dachte er.

»Die Leiche des Mädchens wird gerade obduziert, offenbar
hatte sie jede Menge Drogen im Blut. Sie ist definitiv keine
Französin, wahrscheinlich eher aus Pakistan. Oder Afghanistan,
keine Ahnung. Ich will, dass wir jeder Spur nachgehen.«

In diesem Augenblick klopfte es an der Tür.

Als Nicolas den Raum betrat, empfing ihn betretenes Schweigen.
Einige Beamten starrten ihn unverhohlen an, andere sortierten
ihre Unterlagen. Sandrine Poulainc wickelte einen Teebeutel um
ihren Löffel, und Nicolas erinnerte sich daran, dass sie es auch
vor einem halben Jahr oft getan hatte, während der Ermittlungen rund um den internationalen Gipfel. Der Einzige, der ihm
freundlich zulächelte, war Yves Colinas, der älteste Beamte im
Raum.

»Herzlich willkommen zurück in Deauville«, sagte Roussel
kühl, und in seiner Stimme fand sich plötzlich keine Spur mehr
von Müdigkeit oder Milde.

»Hallo, Roussel.« Nicolas nickte ihm zu, lächelte einigen
Polizisten zu und setzte sich dann auf den einzig freien Platz.

Reihe M, Platz 21.

»Entschuldigt die Verspätung«, sagte er. »Die Gezeiten waren
gegen mich.«

»Sie werden ihre Gründe haben, die Gezeiten«, erwiderte
Roussel mit einem scharfen Unterton.

Nicolas hob zur Beschwichtigung beide Hände.

»Keine Sorge, ich bin eigentlich gar nicht da. Ich bin sozusa-
gen nur ein Zeuge, der …«

»Halten Sie die Klappe, Guerlain.«

Roussel zeigte auf die Fotos auf dem Tisch.

»Was zählt, ist nur das hier. Ihre scheiß Anwesenheit ist mir
persönlich völlig egal. Und das Einzige, was es noch schlimmer
machen könnte, wäre, wenn jetzt noch eine Scheiß-Praktikan-

tin aus Le Havre durch die Tür kommen würde! Dann wären nämlich alle wieder vereint, die wir im Moment wirklich nicht brauchen können!«

Aber die Tür blieb zu.

Zumindest für drei Sekunden.

Dann klopfte es, und kurz darauf streckte Alphonse seinen Kopf durch die Tür.

»Leute, Entschuldigung. Ich wollte nur sagen: Es gab wieder eine kleinere Prügelei, diesmal aber mit drei Verletzten, drüben an der Fischhalle. Da sollte vielleicht mal jemand hin. Und Roussel, vielen Dank für deine Nachricht auf meinem Tisch. Ich hole sehr gerne Croissants für alle, das ist sehr nett von dir, oder Leute?«

Roussel starrte ungläubig zur Tür, während Nicolas sich zurücklehnte, durch die Fenster nach draußen blickte und an den kleinen Zettel in seiner Hosentasche dachte.

Die digitale Datenbank der französischen *Police Nationale* erfasste das ganze Land. Und sie war von jedem *Commissariat* aus einzusehen. Auch von einem verwaisten Empfangsraum aus, in dem der zuständige Beamte seinen Rechner nicht gesperrt hatte, weil er nur mal eben ins Café auf der anderen Straßenseite wollte.

Nach wenigen Sekunden hatte Nicolas gefunden, was er suchte.

Marion Venoit wohnte in Paris, im 15. Arrondissement.

Sie hatte zweimal vergessen, einen Strafzettel zu bezahlen, vor mehr als fünfzehn Jahren. Irgendein übereifriger Beamter hatte ihre Daten aufgenommen und ins System eingespeist.

Und jetzt hatte Nicolas ihre Telefonnummer, und während er an die Gezeiten dachte, lernte er sie auswendig, an Ebbe und Flut im Hafenbecken, damals und heute.

»Ebbe«, war seine Antwort gewesen.

»Warum?«, hatte Julie ihn gefragt.

»Vielleicht, weil dann etwas zum Vorschein kommt, das sonst im Verborgenen liegt.«

»Nicht schlecht.«

Er hatte sie von der Seite angeblickt. Wie sie eine Haarsträhne hinters Ohr schob, wie sie hinüberblickte nach Deauville und noch viel weiter, dorthin, wo es keine Schule gab und keine Regeln.

Julie hasste Regeln.

»Wenn ich mir recht überlege, bist du auch Ebbe, Julie.«

Sie hatte einen kleinen Kieselstein mit dem Fuß weggekickt.

»Du hast recht, Nicolas. Wir müssen los. Der Unterricht geht gleich weiter.«

KAPITEL 11

Deauville

Sie kommen mit mir, Guerlain.«

Roussel hatte den anwesenden Beamten noch einmal die Priorität ihrer Ermittlungen verdeutlicht und die Besprechung dann für beendet erklärt. Vielleicht hatten sie etwas übersehen, vielleicht waren die Straßensperren auch zu spät aufgestellt worden.

Wir hätten von Anfang an die Stadt abriegeln sollen, dachte Roussel. Diesen Fehler kreidete er sich persönlich an, was er aber für sich behielt. Er wollte seine ohnehin fragile Position innerhalb des *Commissariat* nicht gefährden, so kurz vor dem Ziel.

Michel Bonnet angelte und hatte nichts dagegen, dabei Fotos zu machen. Die Leitung des *Commissariat* würde demnächst neu ausgeschrieben werden, ganz offiziell. Und wenn es nach Roussel ging, gab es nur eine Person, die dafür infrage kam. Und niemals hätte diese Person irgendeinem dahergelaufenen und verfressenen Dorfpolizisten, der seinen Dienst im Empfangsraum vernachlässigte, darum gebeten, Croissants für alle Beamten zu holen.

»Hier rein. Setzen Sie sich. Kaffee?«

»Nein, danke«, erwiderte Nicolas. »Und ich stehe lieber, ich muss ohnehin gleich los. Wenn ich es richtig verstanden habe, gehört die Nummer, die Sie gewählt haben, zu einem Prepaid-Handy. Und das hatte mein Toter auf der Brücke bei sich.«

»So ist es«, antwortete Roussel.

»Das heißt, wir haben derzeit keine echte Spur zur Identität des Toten.«

»Das Auto, das Sie oben auf der Brücke im Nebel gehört haben, was war das für ein Modell?«, wollte Roussel wissen.

Nicolas überlegte einen Moment.

»Ein älteres Modell, leichte Probleme beim Starten. Ich habe die Rücklichter kaum noch gesehen, der Nebel war zu dicht und ich habe auf etwas anderes geachtet …«

»Was sagen Sie, ganz spontan: Warum hängt ihn jemand ausgerechnet dorthin? Wo er doch auf jeden Fall gesehen wird, spätestens am nächsten Morgen.«

Nicolas blickte aus dem Fenster, hinter dem sich ein blassblauer Himmel erstreckte.

»Vielleicht genau deshalb: Damit ihn jemand sieht.«

Roussel holte eine Zigarette aus einer Schachtel und suchte auf dem Schreibtisch nach einem Feuerzeug.

»Wenn ich richtig informiert bin, Guerlain, dann sind Sie wegen des Comte hier?«

»So ist es. Angeblich bekommt er Morddrohungen. Ich soll ihn während seines Empfangs beschützen.«

»Da kann ich Ihnen nur viel Spaß wünschen. Ihnen beiden.«

»Danke.«

Roussel hatte das Feuerzeug noch immer nicht gefunden, seine Laune verschlechterte sich zunehmend, während er hektisch seine Taschen absuchte. Nicolas sah es unter Roussels Stuhl auf dem Boden liegen, was er jedoch für sich behielt.

Schließlich stand Roussel auf und ging zu einer Karte der Normandie, die an einer Wand befestigt war.

»Natürlich mag es Zufall sein. Aber mir ist aufgefallen, warum genau dieser Punkt interessant sein könnte.« Mit dem Finger zeigte er auf die Stelle, an der der Pont de Normandie nordöstlich von Deauville die Seine-Mündung überquerte.

Nicolas stellte sich neben ihn.

»Links und rechts des Flusses liegen hauptsächlich Industrien und Brachland. Ein paar kleinere Docks und weiter hinten die großen Hafenanlagen von Le Havre.«

»Und Honfleur.«

Die kleine Hafenstadt, die viele zu den schönsten Küstenstädtchen an der Côte Fleurie zählten, lag am südlichen Ufer der Seine-Mündung, genau an der Stelle, wo sich der Fluss ins Meer ergoss. Der kleine Hafen war ein beliebtes Ausflugsziel, denn die großen Binnenschiffe und Lastenkähne ankerten alle auf der anderen Seite der Mündung, in Le Havre.

Honfleur war eingehüllt von einem Duft aus Muscheln und Weißwein. In Le Havre hingegen roch es vor allem nach Motoröl und Schiffsdiesel. So jedenfalls erzählten es die Gastronomen in Honfleur ihren Besuchern.

»Honfleur, ganz richtig. Und wer wohnt oberhalb von Honfleur und hat eine ganz herrliche Sicht auf das Meer, aber eben auch auf den Pont de Normandie?«

Roussel zeigte auf ein Waldstück oberhalb der kleinen Stadt.

»Ihre Zielperson, der Comte.«

Nicolas runzelte die Stirn.

»Der Sack mit der Leiche war bei dem Nebel keine zehn Meter weit zu sehen. Ich glaube nicht, dass er …«

»Der Nebel kam überraschend, ich habe die Jungs von der Hafenbehörde gefragt, die wissen so etwas. Die Sicht war zwischenzeitlich gar nicht so schlecht.«

Nicolas blieb skeptisch.

»Sie meinen, jemand wollte, dass der Comte den Toten an der Brücke sieht?«

»Auf den Hügeln dort oben ist sonst nichts. Nur Felder und Wald. Und das Anwesen des Comte, das *Lys dans la vallée*.«

»Und welchen Sinn macht das?«, fragte Nicolas.

»Noch keinen. Aber Sie werden einen finden, schließlich werden Sie dort oben wohnen.«

Nicolas' Handy klingelte.

Er entschuldigte sich bei Roussel, öffnete eine Glastür und trat hinaus in den Innenhof.

Er hatte Titos Nummer sofort erkannt und fragte sich, was sein alter Nachbar von ihm wollte.

»*Salut*, Tito. Ich habe leider ...«

»Halt die Klappe, Nicolas. Das hier ist wichtig.« Tito murmelte etwas Unverständliches, offenbar versuchte er, etwas aus einer Verpackung zu holen.

Nicolas tippte auf eine Schallplatte.

»Hör zu, Tito, können wir unseren kleinen Wettbewerb vertagen? Ich muss hier ...«

Der Alte zischte laut, und Nicolas hörte, wie die Platte hektisch auf einen Plattenteller gelegt wurde.

»Es ist nicht unser Wettbewerb, Nicolas, das weißt du ganz genau. Und wir werden diesmal ausnahmsweise beim Zuhören reden, es gibt etwas, was mir Sorgen macht.«

Nicolas setzte sich auf eine Bank unter einem Baum und blickte durch das offene Tor hinaus auf die Rue Désiré le Hoc. Spaziergänger mit marineblauen Pullovern über den Schultern schlenderten an den Geschäften vorbei, ihr womöglich vorletztes Eis für diesen Sommer in der Hand.

Das letzte würde folgen, wenn es schon zu kalt dafür war.

Es war ursprünglich ein Wettstreit zwischen Tito und Julie gewesen. Nicolas wusste nicht mehr, wer von den beiden damit angefangen hatte, aber eines Tages war er nach draußen auf den Balkon gekommen und Julie hatte ihm ein Zeichen gemacht.

Er solle sich zu ihr setzen und zuhören.

Von der Etage unter ihnen war Musik zu ihnen heraufgeschwebt, sie schmeckte nach Lavendel und roch nach Zimt.

Georges Moustaki. Julie hatte es sofort erkannt, aber die soeben aufgestellten Regeln besagten offenbar, dass das Lied zu Ende zu hören war.

Aus Respekt, hatte Julie ihm damals erklärt, in ihrer Wohnung an der Place Sainte-Marthe. Dann hatte sie Fernandel auf Moustaki folgen lassen, sie hatte dafür ihre kleine Musikanlage nach draußen geholt.

»*Félicie aussi!* Zu leicht, Mademoiselle Julie, zu leicht«, hatte Tito gerufen und einen Kreidestrich auf eine Tafel gemalt.

Es stand eins zu eins. Und das Spiel hatte gerade erst begonnen.

Durch sein Handy hörte er jetzt die knarzende Stimme eines alten Sängers, der einen weißen Hut trug und verschmitzt lächelte.

Ein Sommersänger, dachte Nicolas. Ein Mann, der sich grüne Sonne wünschte und Fotografien vom Meer.

»So, hör mir zu. Hörst du mir zu, Nicolas?«, fragte ihn Tito.

»Etwas Respekt, Tito«, antwortete Nicolas mit einem Lächeln.

»Nicht jetzt. Regeländerung, es ist wichtig.«

»Schieß los.«

»Der Hund.«

Nicolas rollte mit den Augen. Nahm das denn kein Ende?

»Hör zu, Tito, er wird schon noch auftauchen.«

»Nein, wird er nicht. Ich bin mir ganz sicher.«

»Und warum bist du dir ganz sicher?«

»Weil ein schlauer alter Hund niemals seine Gewohnheiten ändert, glaub mir. Damit kenne ich mich aus.«

Allerdings, dachte Nicolas. Zwei Gläser Pastis. Den Schlafanzug bereits an, darüber eine zerlöcherte Strickjacke, so erschien Tito jeden Abend um halb acht im *Le Vannier* an der Place Sainte-Marthe.

»Und deswegen rufst du mich hier in Deauville an?«

»Hör einfach zu, Nicolas. Ich habe herausgefunden, wo der Hund wohnt. Nicht weit weg, in der Rue Jean Moinon. Eine Nachbarin hat es mir erzählt, sie sieht ihn immer aus einem Hausflur herauskommen, wenn sie zum Markt geht. Sie sagt, der Markt sei billiger als …«

»Tito!«

»Entschuldige.«

Im Hintergrund sang der Sänger jetzt von einem Blumenkleid im Novemberregen.

»Tito, ich muss wirklich los …«

»Jedenfalls, ich gehe nachher hin und klingle, was hältst du von der Idee?«

»Mach das, Tito. Ich wünsch dir viel Glück.«

»Gut. Wie läuft's bei dir in der Normandie?«

»Alles ruhig.«

»Lügner.«

»Ich mache jetzt Schluss, Tito. Und sag Henri Salvador, ein Wintergarten ist eine gute Idee.«

Tito schnaufte, und das letzte Geräusch, das Nicolas hörte, war das Kratzen eines Kreidestiftes auf einer alten Tafel. Er hatte einen Punkt ergattert.

Er blickte auf seine Armbanduhr. Es war an der Zeit, seinen Auftrag zu beginnen und endlich wieder als Personenschützer zu arbeiten.

KAPITEL 12

Oberhalb von Honfleur
Zur gleichen Zeit

Wie ein blasses Tuch aus schwerem Leinen legte sich der Himmel über die Mündung der Seine, und von hier oben aus betrachtet schien es, als würde sich das Süßwasser des Flusses ohne Widerstand dem tödlich kalten und salzigen Wasser des Ärmelkanals hingeben.

Aristide de Tancarville blickte hinab auf das Schauspiel zu seinen Füßen. Er dachte an all das Verdorbene, durch das der Fluss sich hatte durchwühlen müssen, auf seinem langen Weg von der Quelle bis hier hinauf in die Normandie. An die Sünden und den Hass, die sich während der Reise an seinen Ufern auftürmten, und an die Menschen, die ihr schmutziges Leben in ihm wuschen.

Und jetzt bist du hier. Hier ist es gut.

Komm zu Papa.

Der Comte musste lächeln, ihm gefiel diese Formulierung, er hatte sie irgendwo aufgeschnappt. Er sagte diese Worte, wenn er frühmorgens auf seinem Hochsitz saß und sich ein kapitaler Hirsch durch das feuchte Gras hindurch näherte. Wenn das Fadenkreuz seines Gewehrs direkt über dem schweren Schulterknochen lag, dann flüsterte er es, kaum hörbar, und manchmal dachte er, dass er nur für diesen einen Satz zum Jagen ging.

Komm zu Papa.

Er schloss für einen Moment die Augen und spürte den heißen Kaffee seinen Hals hinunterfließen. Eine Möwe zog einige

115

Meter über seinem Kopf ihre Kreise und begleitete das Sterben des Flusses mit ihrem heiseren Krächzen.

Warum nur schaue ich Dingen so gerne beim Sterben zu?, fragte er sich. Die Antwort war ihm letztlich egal.

Aristide de Tancarville war kein Mensch, der zu Zweifeln neigte, aber an diesem Tag, zu dieser Stunde, machte er sich Sorgen, und gelegentlich ertappte er sich dabei, dass er überlegte, ob es nicht sogar Angst war, die ihn umtrieb, die ihn nachts nicht schlafen ließ und tags nicht zur Ruhe kommen. Eine Angst, die nicht von den Zetteln herrührte, die regendurchtränkt an seinem Zaun hingen. Er hielt es für relativ unwahrscheinlich, dass er am Samstag um Punkt 19 Uhr sterben würde, durch die Hand eines Unbekannten, der sich in den Schatten der Wälder verbarg und nicht einmal über eine korrekte Rechtschreibung verfügte.

»Ihr kriegt mich nicht«, murmelte er, nippte an seinem Espresso und dachte über die Angst nach, die neben ihm stand und genau wie er verächtlich auf das kalte Wasser blickte. Alles so klein dort unten. Alles so groß hier oben.

Er fuhr sich übers Gesicht und überlegte, warum Cédric, sein Sohn, sich nicht meldete. Obwohl er ihm mehrfach auf den Anrufbeantworter gesprochen hatte. Die Nachrichten aus London waren erschütternd. Und Cédric war nicht zu erreichen. Und das war ein Problem. Denn wenn sie nicht sofort eine Lösung finden würden, für das, was geschehen war, dann würde die Angst sich nicht mehr damit begnügen, ihn morgens anzulächeln, wenn er schweißgebadet aufwachte und sich erst mal orientieren musste. Sie würde sich nicht mehr damit begnügen, ihn zu begleiten. Nein, sie würde ihn auslachen und ihn hinabstoßen, in all das Kleine.

»Scheiße, Cédric, was hast du angerichtet?«, murmelte er.

Der Comte blickte hinüber zur Brücke und dachte an das, was er gestern Abend dort gesehen hatte. Etwas war aus dem Wasser gezogen worden, nass und schwer, und für einen Augenblick hatte er sich selbst in diesem Sack gesehen. Dann hatte der Nebel alles eingehüllt, und jetzt hieß es, ein Toter sei geborgen worden.

Aber ihn würden sie nicht kriegen. Wer auch immer diese schwachsinnigen Zettel aufhängte, sie würden ihn nicht kriegen.

Irgendwo im Haus läutete ein Telefon.

»Na endlich«, murmelte er und drehte sich um. Die Tasse stellte er auf einen kleinen Beistelltisch, der auf der Terrasse stand. Marthe kam ihm bereits entgegen, sie würde die Reste seines Frühstücks abräumen, das er heute draußen eingenommen hatte, mit Blick auf den Fluss, gefangen zwischen Leben und Tod. Und Angst. Bewacht vom Pont de Normandie, der sich dort hinten über das Wasser erstreckte und dabei den Himmel zu berühren schien.

»Monsieur, es ist Paris …«

Marthe war die gute Seele des Hauses, zusammen mit Georges, seinem Butler. Beide dienten seiner Familie seit mehr als vierzig Jahren, was aber nicht bedeutete, dass er ihnen jeden Tag seine ungeteilte Aufmerksamkeit oder gar Sympathie schenken musste. Aristide de Tancarville wusste, wer er war. Und was die anderen nicht waren.

»Geben Sie schon her, Marthe, ich habe auf den Anruf gewartet …«

Er nahm den Hörer entgegen und lief vom Haus weg, einen schmalen Weg entlang, der seitlich einen kleinen Hügel hinabführte, und an einem Waldstück endete. Erst als Marthe außer Hörweite war, begann er zu sprechen. Sein Lächeln war endgültig verschwunden, seine Augen schienen kälter als das Wasser des Ärmelkanals.

»François, willst du mich verarschen?«, zischte er.

Am anderen Ende der Leitung hörte er ein nervöses Räuspern, einige hastige Schritte und das Geräusch eines Fensters, das geschlossen wurde.

François Faure, der wichtigste Minister der französischen Regierung, wollte ungestört reden. Sein Ministerium hatte viele Ohren, und dies hier war ein Privatgespräch.

»Guten Morgen erst mal, Aristide, ich verstehe ja …«

»Einen Scheiß verstehst du, François, hörst du?«

»Jetzt reg dich doch nicht so auf, mein Lieber. Ich bin mir sicher …«

»Ich bin mir auch sicher, ganz sicher sogar. Und zwar, dass ihr das Ganze offensichtlich nicht ernst nehmt bei euch in Paris! Was machst du eigentlich den ganzen Tag, außer Sekretärinnen zu vögeln?«

»Aristide, bitte, jetzt beruhige dich.«

»Ich will mich nicht beruhigen!« Der Comte merkte, dass er schwitzte, seine Stimme war lauter als beabsichtigt. Er blickte hinüber zu den Bäumen, hinter denen das Grundstück endete. Von der anderen Seite des Hauses kam das Geräusch eines Rasenmähers, der Gärtner war vor einer halben Stunde erschienen.

»Hör zu, François, es ist wieder eine Drohung gekommen. Sie hing einfach so am Eingangstor.«

»Und was stand drauf?«, wollte der Minister wissen.

»Dass ich am Samstag sterbe. Ausgerechnet am Samstag! Du weißt, was da ist.«

Für einen Moment war es still, und Aristide de Tancarville sah François Faure vor sich, wie er den Kalender betrachtete.

Der Idiot kann noch nicht mal drei Tage im Voraus denken, dachte er. Und so was will Präsident werden. Er würde ihm seine großzügigen Spendengelder ohnehin kürzen müssen, er hatte es Faure nur noch nicht gesagt. Dafür war jetzt keine Zeit.

»Am Samstag ist der große Empfang in deinem Garten.«

»Ich weiß, dass am Samstag der Empfang ist, François! Und ich werde ihn nicht absagen wegen eines Vollidioten, der noch nicht mal einen Satz richtig schreiben kann. Und ich will, dass du dich endlich kümmerst, verstehst du? Ich habe wahrlich genug andere Sorgen derzeit.«

»So, welche denn? Wenn ich helfen kann …«

»Kannst du nicht. Und es geht dich auch nichts an.«

»Jetzt beruhige dich endlich. Ich habe unseren Dienst damit beauftragt. Einer ihrer besten Männer ist in Kürze bei dir. Er wird für deine Sicherheit sorgen, versprochen.«

Der Comte nestelte umständlich an seinem Krawattenknoten und blickte verärgert auf ein feuchtes Blatt, das der Wind auf den Ärmel seines teuren Maßanzugs geweht hatte.

Als er sich dem Waldstück näherte, machte er zwei Schatten zwischen den Bäumen aus.

»Hör mir gut zu, François. Ich weiß, wen ihr schickt. Diesen durchgeknallten Guerlain, den Typen, der dich damals in Cannes umgehauen hat. Meinst du wirklich, der kann auf mich aufpassen?«

»Weißt du, Aristide … was Nicolas Guerlain betrifft, da gibt es nur eine Person, die er nicht beschützen kann. Sich selbst. Alle anderen sind bei ihm in den besten Händen. Und ich weiß, wovon ich spreche.«

Die Schatten hatten sich von den Bäumen gelöst und kamen auf ihn zu. Der Comte blickte ihnen verärgert entgegen.

»Wirst du dennoch kommen? Immerhin geht es ja auch um deine Spendengelder. Und ich kann dich gut gebrauchen, ich muss ein paar neue Kunden gewinnen«, sagte der Comte.

»Natürlich werde ich kommen. Und zwar mit meinen eigenen Personenschützern, da sind es gleich ein paar Leute mehr, die auf uns achtgeben.«

»Der Empfang ist wichtig«, sagte der Comte leise und winkte den beiden Männern zu. Sie bedeuteten ihm, stehen zu bleiben.

»Ich muss Schluss machen, François. Sieh zu, dass dein Mann schnellstmöglich hier ist.«

»Er ist auf dem Weg, keine Sorge. Grüß ihn von mir.«

»Monsieur, Sie dürfen leider nicht weitergehen. Das Waldstück ist zu nah an der Straße.«

Einer der beiden Männer zeigte auf den hohen Zaun, der durch das Dickicht zu erkennen war. Dies war die unsicherste Stelle auf dem gesamten Grundstück, und die Sicherheitsfirma, die sein Butler engagiert hatte, stellte rund um die Uhr zwei Männer ab. Insgesamt waren es sieben, die um das Haus verteilt waren.

Ich bin ein scheiß Gefangener auf meinem eigenen Anwesen, dachte der Comte und nickte den beiden Männern zu. Er blickte hinüber zum Haupthaus, wo die schwache Herbstsonne mittlerweile die roten Backsteine beschien und Lichtreflexe auf die großen Fenster im ersten Stock warf. Efeu hatte sich im Laufe der Jahre bis hinauf zum Dach gearbeitet, aus einem der Kamine stieg Rauch auf.

Marthe bereitete sein Essen vor.

Sie waren alle beschäftigt. Aristide de Tancarville überlegte kurz und ging dann mit großen Schritten zurück zum Haus.

Er brauchte es jetzt. Jetzt sofort.

Durch die Terrassentür betrat er das große Wohnzimmer und ging zur Treppe.

»Marthe, ich bin oben. Ich möchte nicht gestört werden!«

Drei Tage noch, so lange musste er standhaft bleiben. Nicht einknicken.

Alles war gut, er hatte alles unter Kontrolle.

Sie würden ihn nicht kriegen.

Er öffnete im zweiten Stock die Tür zu seinem Schlafzimmer und schloss dann zweimal von innen ab. Ein großes Fenster ging nach Norden, hinaus auf das Wasser der Seine. Er stützte sich mit den Händen auf die Fensterbank und blickte zum Ufer hinab. Das *Lys dans la vallée* reichte bis zur Seine. Alles was vor ihm lag, gehörte ihm, er konnte damit machen, was er wollte.

Aristide de Tancarville lächelte.

Einatmen. Ausatmen.

Klick.

Komm zu Papa.

KAPITEL 13

Deauville

Am Mittag

Nicolas hatte Roussels Büro im *Commissariat* verlassen und war die Rue Désiré le Hoc entlanggelaufen, über die Place Morny hinweg bis zur Strandpromenade. Er hatte den Umweg über die *Planches* gewählt und sich für einen kurzen Moment vor eine der grünen Türen gesetzt.

Vor ihm lag das graue Meer, links und rechts die weißen Steingeländer, auf denen die Namen berühmter Schauspieler standen, die einst das Festival des amerikanischen Films von Deauville besucht hatten. Hinter ihm die Räume, in denen seine Erinnerungen lebten. Fast meinte er, ein Tuscheln aus einer der Umkleidekabinen zu hören, das Geräusch sich findender Hände, seinen eigenen aufgeregten Atem.

Ausgerechnet hier hatte er Julie zum ersten Mal getroffen, wenige Tage, bevor die Klassenlehrerin sie ihnen als neue Mitschülerin vorgestellt hatte. Am Ende der Ferien, als die Party fast vorbei war.

Für die Touristen und Besucher des mondänen Badeortes waren die *Planches* und ihre berühmten Kabinen eine Attraktion, für die Jugendlichen im Ort waren sie eine Welt voller Verheißung. In den schattigen Zwischenräumen hatten sich Körper gesucht, Zungen verknotet, ein Blick immer auf die Tür gerichtet. Die Haut der Mädchen schmeckte nach Salz und ihre Küsse nach Kaugummi mit Himbeergeschmack.

Und während Nicolas jetzt neben dem Geländer saß, auf dem der Name von Rita Hayworth eingraviert war, musste er an jenen Abend denken, an dem alles begonnen hatte, vor so vielen Jahren. Und gleichzeitig hörte er die Stimme von Leon Blum, seinem Therapeuten in Paris, der verärgert sein würde, weil er das nächste Treffen am Freitag würde absagen müssen. Weil er hier in der Normandie war und nicht in Paris.

»Lassen Sie Ihre Trauer zu, Monsieur Guerlain. Auch Ihre Wut. Denken Sie ruhig an früher, aber nutzen Sie Ihr Gedächtnis, um stärker zu werden. Schauen Sie nach vorne. Sie werden sehen, Erinnerungen sind etwas Normales, sie müssen nicht schmerzen. Sie können Ihnen helfen.«

Die Erinnerung an ihre erste Begegnung hatte nie geschmerzt.
    »Na, Spaß gehabt?«
    Julie hatte damals, so wie er jetzt, vor einer der Kabinen gesessen und Kaugummi gekaut. Himbeere, er hatte den Duft noch immer in der Nase. Sie trug einen bunten Bikini, und ihr schulterlanges Haar glänzte in der Abendsonne. Ihre Haut schmeckte nach Salz, aber das wusste er damals noch nicht.
    Jemand würde später in Erfahrung bringen, dass ihr Vater Diplomat war, die Familie war aus dem Ausland in die Normandie gezogen. Und da saß sie also, alleine auf den *Planches*, und sah den anderen Jugendlichen beim Balzen zu. Als hätte sie es selbst nicht nötig, als hätte sie das alles schon erlebt. Nicolas war mit einem Mädchen in einer der Kabinen gewesen, aber sie hatten nur reden wollen, weil sie ja eigentlich mit Philippe …
    Er war nur der Typ zum Reden, damals.
    Heute bin ich der Typ zum Schweigen, dachte Nicolas und blickte durch die Verstrebungen im Geländer den Strand entlang.
    Julie hatte damals ihn und das andere Mädchen spöttisch angeblickt.
    »Ich wette mit dir um hundert Francs, dass ich besser küsse als sie.«
    Ein kurzes Lächeln, dann war sie nach Hause gegangen.

»So eine blöde Kuh, ich küsse super«, hatte das Mädchen gesagt und ihn zurück in die Kabine gezogen.

Eine Woche später, in der Schule, hatte Julie ihn gefragt, ob ihr Spruch ihm geholfen habe. Drei Wochen später gab er ihr hundert Francs.

All das war lange her.

Ich selbst bin lange her, dachte Nicolas, klopfte sich den Sand von seinem Anzug und lief hinüber zum Hôtel Royal, wo er mit Georges Dauzat verabredet war, dem Butler des Comte de Tancarville. Als er kurz darauf die elegante Eingangshalle des Hotels betrat, war das Erste, was er sah, der skeptische Blick eines Angestellten im livrierten Anzug, der ihn sofort erkannt hatte.

»Keine Sorge, ich benehme mich«, flüsterte er dem Mann zu und ging mit schnellen Schritten hinüber zum Restaurant des Hotels.

Ein spitzer Schrei in seinem Rücken ließ ihn ahnen, dass seine Schritte nicht schnell genug gewesen waren.

»*Merde*«, fluchte er, drehte sich um und blickte zu der älteren Dame, die mit weit ausgebreiteten Armen aus ihrer Boutique auf ihn zustürmte. Der Mann im livrierten Anzug hob die rechte Augenbraue, Nicolas suchte einen festen Halt und ein ehrlich gemeintes Lächeln. Letzteres gelang ihm nur leidlich.

Kurz darauf war seine Mutter bei ihm und umarmte ihn mit einer Heftigkeit, die ihm buchstäblich die Luft aus der Lunge trieb.

»*Maman*! Ist ja gut …«

»Oh Nicolas, mein kleiner Nicolas, du hättest doch anrufen sollen. Warum hast du nicht Bescheid gesagt? Ich habe schon gehört, dass du für Aristide arbeitest, aber keiner konnte mir sagen, wo du steckst. Geht es dir gut?«

»Natürlich geht es mir gut«, sagte er und wusste genau, dass jede Mutter diese Lüge durchschauen würde.

»Du hast abgenommen.«

»Und du duzt den Comte de Tancarville?«

Seine Mutter griff sich theatralisch an ihre Perlenkette.

»Er hat es mir angeboten! Als er zuletzt hier abgestiegen ist – manchmal will er eben von da oben runter, weißt du. Honfleur ist ja doch sehr ländlich im Gegensatz zu Deauville und …«

»Ich werde dir alles berichten, *Maman*. Versprochen. Aber ich bin verabredet.«

»Ich weiß, mit Georges, er ist schon drinnen. Er ist reizend, aber er arbeitet schon zu lange für den Comte.«

»Pass auf, ich komme später bei dir in der Boutique vorbei, ja?«

Seine Mutter blickte ihn mit ernsten Augen an.

»Das war jetzt schon die zweite Lüge, Nicolas.«

Er seufzte.

»*Maman*, ich muss wirklich los, ich hab viel zu tun, wir können ja essen gehen, wenn du magst.«

»Sicher.«

»Und herzlichen Glückwunsch zu den beiden Russinnen«, lächelte Nicolas.

»Welche Russinnen?«

Er deutete hinter sie, zu ihrer Boutique, vor der zwei ältere Damen standen und sich auf Russisch über die Auslagen unterhielten. Martine Guerlain verkaufte seit einigen Jahren teure Mäntel und Badebekleidung im Foyer des Hotels, und nichts gehörte für sie so sehr zu einem erfolgreichen Tag wie reiche Russinnen.

Sie lächelte und kniff Nicolas in die Wagen, ehe er sich dagegen wehren konnte.

»Glück gehabt, mein Sohn. Grüß Georges von mir. Und wir reden noch darüber, dass du es wagst hierherzukommen, ohne deine arme Mutter vorher anzurufen.«

Eilig durchquerte Nicolas das Foyer. Georges Dauzat hatte ihm angeboten, sich vor seinem Dienstantritt auf dem Anwesen des Comte im *Le Canard* zu treffen. Er hätte dort noch einige Kleinigkeiten für die anstehende Feier zu besprechen.

Nicolas hasste Feiern, schon aus beruflichen Gründen. Meistens standen die Gäste herum und damit ihm und den anderen Personenschützern im Weg. Es gab nur selten freie Sicht auf die Person, die sie gerade beschützten. Und während seiner Zeit bei François Faure mussten sie zudem regelmäßig die Zimmer in den oberen Etagen kontrollieren. In das sicherste wurde der Minister dann geführt, zusammen mit der Dame seiner Wahl, die er an diesem Abend kennengelernt hatte.

»Achtung, Faure ist heute Abend auf der Jagd.« Wenn Gilles das durchgegeben hatte, machten Manou oder er sich auf die Suche nach einem gesicherten Zimmer.

Für den Fall der Fälle. Und der war regelmäßig eingetreten.

»Nicolas, warte!«

Er wollte gerade das Restaurant betreten, als seine Mutter durch das Foyer nochmals zu ihm eilte. Mit einem Blick über die Schulter vergewisserte sie sich, dass die beiden Damen nicht voreilig das Hotel verließen.

»*Maman*, bitte, ich muss ...«

»Ich wollte nur sagen: Papa hat angerufen. Nach dem Gipfel. Ich sollte es dir eigentlich nicht sagen.«

Nicolas merkte, wie er sich unweigerlich verkrampfte. Langsam atmete er aus und blickte seine Mutter schließlich milde an. Genau wie für ihn, war sein Vater auch für sie eine eher unangenehme Erscheinung in ihrem Leben gewesen.

»Was wollte er?«

»Er wollte wissen, wie es dir geht.«

»Dann kann er mich anrufen.«

»Du weißt doch, dass das nicht geht ...«

»Lass gut sein, *Maman*. Ich weiß, seine Arbeit. Es ist immer seine Arbeit.«

»Ich weiß, dass es schwierig ist. War es immer. Jedenfalls, er wollte wissen, ob er etwas tun kann.«

»Und was hast du ihm gesagt?«

Sie lächelte und hob entschuldigend beide Hände.

»Ich habe ihm gesagt, er soll sich zum Teufel scheren. Na ja, so ungefähr.«

Nicolas überlegte, ob er sie spontan in den Arm nehmen sollte. Das allerdings würde zu monatelangen Liebesschwüren und zu überraschenden Besuchen in Paris führen. Also ließ er es sein.

»Gut gemacht, *Maman*.«

Als Nicolas das Restaurant betrat, erkannte er den Butler sofort. Georges Dauzat stand, auf einen Gehstock mit silbernem Knauf gestützt, neben einer Anrichte und unterhielt sich angeregt mit dem Chefkoch. Nicolas setzte sich leise an einen der Tische am Eingang und beobachtete die beiden. Aus jeder Bewegung des alten Mannes sprach die gute Schule, seine Gesten waren spärlich, aber immer vornehm und mit Bedacht gewählt. Er blickte sein Gegenüber freundlich an, nickte zustimmend und lächelte fortwährend. Es war ein echtes Lächeln, registrierte Nicolas, ein warmes und herzliches Lächeln.

Georges Dauzat war ein beflissener Geist, ein charmanter Diener und vor allem war er Nicolas auf Anhieb sympathisch. Er sah die blitzenden Augen, die von unzähligen Fältchen umringt waren. Die Hände waren von Altersflecken übersät und der Oberkörper leicht gebeugt. Dauzat war über siebzig, und das Alter begann, ihn fester in den Arm zu nehmen.

Als das Gespräch zu Ende war, bedankte sich Dauzat mit einer Verbeugung und kam dann auf Nicolas zu. Sein Schritt war leicht gehemmt, der Gehstock war nicht nur eine elegante Verzierung, er brauchte ihn wirklich.

»Immer mit dem Rücken zur Wand, Monsieur Guerlain?«

Nicolas stand auf und begrüßte den Butler, dessen Handschlag fest und zupackend war.

»Alte Angewohnheiten legt man nicht so schnell ab«, erwiderte er. »Ich denke, das wird Ihnen ganz ähnlich gehen. Zumindest schien es mir so.«

Dauzat runzelte die Stirn.

»Was meinen Sie?«

Nicolas zeigte auf die Anrichte, vor der Dauzat bis eben noch gestanden hatte.

»Sie haben vier Messer und drei Löffel zurechtgerückt, eine Papierserviette eingesteckt, weil sie offenbar einen Fleck hatte, und schließlich haben Sie die Deckel der Salzstreuer überprüft. Alles, ohne hinzusehen.«

Dauzat klopfte mit seinem Gehstock auf den Boden.

»Bravo, Monsieur Guerlain, Sie machen Ihrem Ruf alle Ehre! Ihnen entgeht wenig, nicht wahr?«

»Immer noch zu viel, Monsieur Dauzat. Immer noch zu viel.«

Der Butler winkte freundlich eine Bedienung herbei und bestellte für sie beide Wasser und eine leichte Vorspeise.

»*Monsieur le Comte* lässt Sie sehr herzlich grüßen. Er freut sich bereits darauf, Ihre Bekanntschaft zu machen.«

Die Bedienung brachte ihre Getränke, und Nicolas wartete, bis sie außer Hörweite war.

»Monsieur Dauzat, wollen wir nicht offen sprechen?«

Der Butler blickte ihn erstaunt an.

»Natürlich, Monsieur Guerlain.«

»Gut. Der Comte hat sich also an seinen Freund, François Faure, gewandt. Weil er um sein Leben fürchtet. Und was bekommt er? Mich, den durchgeknallten Personenschützer, der ausgerechnet hier in der Normandie vor einigen Monaten ein echtes Desaster für die Regierung angerichtet hat.«

»Jetzt übertreiben Sie, Monsieur Guerlain. Sie gelten noch immer als einer der Besten Ihres Fachs.«

Nicolas blickte durch die großen Fensterscheiben nach draußen. Aus den Augenwinkeln sah er, wie Dauzat seine Papierserviette korrekt faltete.

»Aber Sie haben natürlich recht«, fügte der Butler an. »*Monsieur le Comte* ist, sagen wir es vorsichtig, nicht nur erfreut, dass ausgerechnet Sie es sind, der ihn beschützen soll.«

»Aber nun ist es so. Und wir werden das Beste daraus machen«, erwiderte Nicolas. Sein Gegenüber nickte zustimmend, blickte irritiert auf ein leicht schräg liegendes Messer neben seinem Teller und beugte sich dann nach vorne.

»Warum, glauben Sie, wollte ich Sie vorab treffen? Ich meine, bevor Sie zu uns auf das Anwesen ziehen.«

Nicolas musterte ihn aufmerksam.

»Um mich vorzuwarnen?«

Georges Dauzat lächelte und griff in die Innentasche seines Anzugs, der, wie Nicolas bereits festgestellt hatte, aus feinstem englischen Tweed gefertigt war.

»Ich bevorzuge das Wort *vorbereiten*«, erklärte er und legte mehrere Fotos und Unterlagen auf den Tisch.

Nicolas schob einige Gläser zur Seite und blickte auf die Bilder. Sie zeigten das Anwesen, das Grundstück, einen Teil des Waldgebietes. Es gab auch eine Luftansicht des Anwesens. Den Dokumenten entnahm er Zahlen, Fakten und einige zusätzliche Informationen. Nicolas pfiff anerkennend.

»Das sind mehrere tausend Quadratmeter Grundstück. Ziemlich viel für einen allein lebenden Mann. Was ist mit Cédric, seinem Sohn?«

»Cédric de Tancarville arbeitet mittlerweile in London. Bei einer Bank.«

»Er ist wohl nicht mehr sehr oft in der Normandie?«

»Ab und zu. Sie kennen ihn, nicht wahr?«

»Flüchtig, von früher.«

Dauzat klatschte in die Hände.

»Wie auch immer«, sagte der Butler. »Ich wollte Sie vorab treffen, um Sie auf den neuesten Stand zu bringen.«

»Und der wäre?«

»Lesen Sie selbst.«

Der Butler legte einen verschmierten gelben Zettel auf den Tisch, die Schrift war ganz offensichtlich vom Regen verlaufen, und wer auch immer den Zettel geschrieben hatte, er beherrschte die französische Sprache nicht bis zur Vollendung.

Aber eines stand fest, die Drohung war sehr direkt und hatte eine klare Botschaft.

Aristide de Tancarville sollte am Samstag sterben. Um 19 Uhr.

»Uns bleibt nicht viel Zeit«, bemerkte Nicolas. »Drei Tage, um genau zu sein.«

»Da haben Sie völlig recht. Diese jüngste Warnung steckte auf dem Familienwappen am großen Eingangstor. *Monsieur le Comte* hat sie selbst gefunden, als er gestern Abend spät los wollte.«

Nicolas lehnte sich zurück. Draußen hatte die Sonne mittlerweile Boden gutgemacht und die immer noch hartnäckigen Wolken vorerst in die Ecke geschickt.

»Der Comte ist ein sehr kultivierter Mann, belesen und absolut integer. Sie können mir glauben, ich kenne ihn schon, seit er ein Junge war.«

»Aber?«, wollte Nicolas wissen.

Dauzat schien sich zu konzentrieren, er richtete sich in seinem Stuhl etwas auf.

»Er ist, sagen wir, nicht immer ganz einfach für sein Umfeld. Und derzeit ist er besonders gereizt. Er ist nervös. Und das macht ihn ... sagen wir: etwas anfällig für gewisse Launen.«

Er ist also herrisch und bekommt Tobsuchtsanfälle, dachte sich Nicolas, beschloss aber, die Offenheit des Gespräches nicht zu sehr zu strapazieren.

»Die Drohungen sind nur das eine, erst wollte er sie gar nicht ernst nehmen. Ich musste ihn fast zwingen, seinen Freund, den Minister, anzurufen. Dass die letzte Drohung jetzt aber ausgerechnet den Samstag betrifft ...«

»Sie meinen wegen des Empfangs? Mein Dienst hat mich informiert.«

Georges Dauzat deutete auf die Anrichte, vor der er vor ihrem Gespräch den Chefkoch des *Le Canard*, getroffen hatte.

»Es wird ein sehr großer Empfang werden. Das Restaurant hier liefert das Essen für die Feier auf dem Anwesen. Nur die Muscheln kommen aus Étretat. Es werden etwa einhundert Gäste erwartet, einige sind bekannte Persönlichkeiten aus der Kunstszene, aber auch aus der Wirtschaft und der Politik.«

»Wann sollen die Feierlichkeiten beginnen?«

»Um 18 Uhr. Eine Stunde vor dem angedrohten Tod des Comte. Aber wie gesagt, es ist nur eine Drohung …«

»Wir sollten den Empfang dennoch absagen. Es ist zu riskant. Dass eine genaue Uhrzeit genannt wird, zeigt uns, dass es jemand womöglich sehr ernst meint.«

Georges Dauzat schüttelte den Kopf.

»Bedaure, das ist leider keine Option. *Monsieur le Comte* besteht auf dem Empfang am Samstag, die Feier ist ihm sehr wichtig. Und dem Minister auch.«

Die beiden Männer schwiegen einen Augenblick.

»Darf ich fragen, wann wir Sie bei uns erwarten dürfen?«, brach der Butler schließlich die Stille.

Nicolas blickte auf die Fotos, die auf dem Tisch lagen, die Grundrisse, die Luftaufnahmen, das Porträtfoto von Aristide de Tancarville, der in die Kamera blickte, wie ein Mann, der wusste, was er wollte.

Und der es auch bekam.

»Ich werde noch heute zu Ihnen auf das Anwesen kommen. Und dann werden wir Ihre Sicherheitsvorkehrungen neu überdenken. Bislang ist es da oben für jeden möglichen Attentäter ein Kinderspiel.«

Nicolas tippte mit dem Finger auf die Positionen der Wachmänner auf dem Plan des Grundstücks.

»Und wenn der Attentäter vor Samstag zuschlägt?«, wandte der Butler ängstlich ein. »Vielleicht will er uns in die Irre führen, in Sicherheit wiegen.«

»Das ist möglich. Aber nicht sehr wahrscheinlich. Dann hätten der oder die Attentäter schon längst zuschlagen können.«

Nicolas stand auf und reichte Georges Dauzat die Hand.

»Vielen Dank für das Treffen.«

»Der Dank ist ganz auf meiner Seite. Ich glaube, der Comte ist bei Ihnen in guten Händen. Es ist schön, das zu wissen.«

»Freuen Sie sich nicht zu früh«, erwiderte Nicolas und blickte seinen Gesprächspartner mit ernster Miene an. »Bei mir können Sie sich nie sicher sein.«

Nicolas wollte gerade das Restaurant verlassen, als ihm noch etwas einfiel.

Vielleicht ist es keine gute Idee, dachte er. Aber vielleicht auch keine schlechte.

»Monsieur Dauzat, Sie brauchen doch bestimmt noch Hilfe für die Vorbereitungen des großen Empfangs. Ein Zimmermädchen etwa.«

»Danke, wir kommen zurecht. Marthe und ich kümmern uns schon. Und für Samstag haben wir Personal angefordert.«

»Seien Sie mir nicht böse: Ich möchte, dass Sie bereits morgen eine zusätzliche Haushaltshilfe einstellen. Sie wird morgen Vormittag um acht Uhr vor dem Tor stehen.«

Der Butler zögerte, er war sichtlich überrascht.

»Wir kommen wie gesagt gut zurecht ohne …«

Nicolas lächelte den alten Mann an.

»Aber ich nicht, Monsieur Dauzat. Ich nicht.«

KAPITEL 14

Es war nicht das erste Mal, dass Roussel durch die Rue Général Dupargé fuhr, vorbei an den blassen Einfamilienhäusern und den Vorgärten. Aber jedes Mal, wenn er am Ende der Straße das Gebäude erblickte, auf das er zufuhr und das ihn anzustarren schien, musste er an eine mittelalterliche Festung denken, an eine Trutzburg aus Stein, die alles und jeden verschlang, der es wagte, an ihre Tore zu klopfen.

Und er war jedes Mal froh, wenn er das Untersuchungsgefängnis in Caen wieder im Rückspiegel sah und nach kurzer Zeit nach rechts in die Rue de Bayeux einbog und Richtung Deauville fuhr.

Er stellte sich vor, wie mögliche Straftäter, die auf ihren Prozess warteten, zum ersten Mal das Gefängnis sahen, wie sie ängstlich und verzweifelt die dicken Mauern anstarrten und dann den grimmigen Wachposten vor dem Einlass. Roussel sah sie vor sich, wie sie weinten, wenn der Transport hier endete, wenn sie aussteigen mussten und die Formalitäten begannen.

Und Caen war erst der Anfang ... um die Zeit im Gefängnis war wirklich niemand zu beneiden.

Schon gar nicht schwule Barkeeper wie Serge, dachte Roussel, während er den Wagen auf dem Besucherparkplatz abstellte. Es war eine gottverdammte Scheiße, in die sie da hineingeraten waren. Und hinter den dicken Mauern und dem weißen Torbogen saß Serge und hatte Angst. Das zumindest hatte ihm ein befreundeter Wärter am Telefon gesteckt. Und jetzt war Roussel mit seiner Kollegin Sandrine Poulainc gekommen, damit diese Angst nicht endete, schon gar nicht, bevor der Mann alles erzählt hatte.

Gute zehn Minuten später saßen sie in einem kahlen Verhörraum, Roussel lehnte an der Wand und nippte an einem schwarzen Kaffee in einem noch schwärzeren Pappbecher. Sandrine Poulainc fuhr sich müde durchs Gesicht und versuchte, die Bilder der Nacht aus ihrem Kopf zu bekommen.

Es gelang ihr nicht mal ansatzweise.

Sie musste an ein Pferdeposter denken, schlecht befestigt mit einem dünnen Klebestreifen an einer feuchten Kellerwand. Die linke untere Ecke hatte sich bereits gelöst, direkt darunter hing an einem metallenen Bettpfosten ein kleiner Stoffaffe.

In der Kommode daneben hatten sie Kondome gefunden.

In diesem Moment öffnete sich die Tür, und Serge wurde hineingeschoben. Ein Wärter nickte Roussel zu.

»Ihr habt zehn Minuten.«

Serge blickte sich um, er sah müde und erschöpft aus.

»Wo ist mein Anwalt? Ich habe das Recht auf einen Anwalt, das wisst ihr.«

Roussel deutete auf den Stuhl.

»Setz dich.«

»Roussel, du weißt genau, dass du mich nicht befragen darfst. Nicht ohne meinen … Verdammt, was soll das!«

Ohne Vorwarnung hatte Roussel seinen Pappbecher nach Serge geworfen, heißer Kaffee landete in dessen Gesicht und ließ ihn aufschreien. Roussel drückte ihn auf den Stuhl, den er dann in allerletzter Sekunde wegkickte.

Serge krachte zu Boden, sein Gesicht glühte, und er hatte Mühe, seine Tränen zu unterdrücken.

»Ich hab dir was mitgebracht, Arschloch.«

Roussel klappte die Aktentasche auf und legte ein Stück Seife auf den Tisch. Sie war rosa und auf der Verpackung war vermerkt, dass sie nach Himbeere roch und für die Haut kleiner Prinzessinnen besonders geeignet war.

»Wenn sie dir beim Duschen runterfällt, denk an mich«, knurrte Roussel.

Sandrine Poulainc blickte auf die Uhr.

Acht Minuten.

Roussel riss Serge hoch und setzte ihn auf den Stuhl. Der Barkeeper schluchzte jetzt, er war offensichtlich deutlich mitgenommener von der bisherigen Haft, als er sich selbst eingestehen wollte.

Sandrine Poulainc beugte sich zu ihm vor.

»Wir haben nur drei Fragen. Dann sind wir weg. Und die Seife nehme ich mit, ich habe nämlich eine Tochter, weißt du. Sie ist zwar wahrlich keine kleine Prinzessin mehr, aber ich muss derzeit ständig an sie denken. Sie ist ungefähr so alt wie … lass mich kurz überlegen … ah, ich weiß. Sie ist so alt wie sie hier!«

Sie knallte ein Foto auf den Tisch und für ein paar Sekunden blickte Serge fassungslos auf das Bild eines Mädchens, das achtlos zwischen zwei Müllcontainern abgelegt worden war.

Im Hinterhof des *Kakadu*.

Serge schluckte schwer, Kaffee rann ihm von der Stirn.

»Was würdest du sagen, wie alt ist sie?«, fragte Sandrine Poulainc ihn eindringlich.

»Ich weiß nicht …«

»Vielleicht dreizehn? Zwölf? Oder doch schon vierzehn?«

»Vielleicht, ja.«

Roussel holte kurz mit seinem Fuß aus und kickte den Stuhl mit einem harten Tritt unter Serge weg. Wieder krachte dieser auf den Boden und biss sich dabei auf die Zunge. Roussel konnte sehen, wie sich Blut mit Kaffee vermischte.

Schwarz und Rot, wie beim Roulette, dachte er. Er war lange nicht mehr im Casino gewesen.

»Drei Fragen, Arschloch, also hör gut zu.« Er blickte auf seine Uhr.

Fünf Minuten.

»Ist ja gut! Aber ich bin nur …«, wimmerte Serge.

»Ich weiß, du bist ein einfacher Barkeeper in einem Bordell, du zahlst deine Steuern und alle Mädchen sind sozialversichert. Du weißt von nichts und kennst niemanden, ist das so richtig?«

»Roussel, ich …«

»Hör zu, Serge, das alles ist mir scheißegal. Du hast für jede Frage genau einen Versuch und wenn der nicht sitzt, dann verkaufe ich dein Stück Seife meistbietend an die schweren Jungs hier drinnen. Und glaub mir, die stehen auf kleine Prinzessinnen wie dich. Da wirst du richtig schön sauber, das kannst du mir glauben.«

»Bereit?«, flüsterte Sandrine Poulainc leise, während sie die Verpackung der Seife öffnete und daran roch.

»Hm. Sehr lecker.«

Serge lag auf dem Rücken und starrte sie an. Dann schluckte er und nickte langsam.

Roussel hatte den Pappbecher aufgehoben und wischte etwas Kaffee vom Tisch hinein.

»Erste Frage: Wo ist dein Chef? Wo ist Lama?«

Serge blinzelte aufgeregt.

»Ich weiß es nicht!«

Sandrine Poulainc holte langsam die Seife aus ihrer Verpackung.

»Hört zu! Ich weiß es nicht! Aber ich weiß, dass er in der Nacht vor der Razzia noch mal im *Kakadu* war! Mit einem Kunden, das hat er mir vorher gesagt. Am Tag danach ist er nicht erschienen, ich habe immer wieder versucht, ihn zu erreichen.

Roussel nickte seiner Kollegin zu. Das hatte auch die Auswertung von Serges Handy ergeben.

Die Zeit wurde knapp, der Anwalt, der Serge zugeteilt worden war, würde jeden Augenblick erscheinen. Und dann war Schluss mit den billigen Seifenspielen.

Sie mussten weitermachen.

»Zweite Frage: Wer ist sie?« Sandrine Poulainc deutete auf das Bild mit dem Mädchen. Serge blickte auf die schwarzen Locken, in denen sich Reste von Fastfood verfangen hatten. Er schluckte schwer.

»Lama hat gesagt, er hätte ein neues Mädchen, das würde er demnächst vorbeibringen. Ich dachte, er meinte eine von den ganz normalen. Und nicht die …«

»Nicht die was …?«, zischte Sandrine Poulainc.

»Na, die für die anderen … die anderen Kunden eben.«

Die beiden Beamten blickten sich an.

»Wer sind die anderen Kunden?«

»Oh Gott, die machen mich doch fertig, die sind …«

»Serge, niemand macht dich fertig. Na ja, fast niemand.« Roussel hatte sich die Seife genommen und träufelte etwas Kaffee darauf.

»So rutscht es besser«, sagte er zu seiner Kollegin.

Serge rappelte sich auf und wollte sich auf den Stuhl setzen, aber Roussel schubste ihn wieder zu Boden.

»Erst reden. Wissen die Jungs hier drinnen eigentlich, dass du auf Männer stehst?«

Serge blickte ihn entsetzt an.

»Hör zu, Roussel, du hilfst mir, ja?«

»Weiß nicht …«

»Bitte! Ich sag auch alles, was ich weiß! Die Kunden, das ist … also … Lama hat immer nur vom Ring gesprochen … genau, der Ring, so hat er immer gesagt. Der Keller da unten, das sei nur was für den Ring. Und mehr bräuchte ich nicht wissen.«

»Der Ring, ja? So ein Schwachsinn.«

»Doch, ich schwöre, Roussel. Der Ring, so hat Lama immer gesagt.«

Jemand klopfte an die Tür. Es war so weit, sie hörten Stimmen auf dem Gang.

»Ist das mein Anwalt?«, rief Serge, aber Roussel hatte ihm rechtzeitig seine Hand auf den Mund gelegt.

»Halt die Fresse.«

Die Schritte und Stimmen entfernten sich wieder.

Sandrine Poulainc steckte die Seife wieder in die Verpackung und schloss sie behutsam.

»Letzte Frage, Serge. Wer besorgt die Mädchen? Und mach schnell.«

Der Barkeeper blickte erschöpft an die Decke, einen Moment schwieg er. Dann schien es, als würde er sich besinnen.

Oder er hat aufgegeben, dachte Roussel. Er würde Serge nicht retten können. Und es auch gar nicht wollen.

Denn in einem waren Sandrine Poulainc und er sich einig: Es hatte andere Mädchen zuvor gegeben.

Und Serge wusste davon.

»Es gibt da jemanden, der das alles organisiert. Der die Mädchen besorgt und der sie anbietet, für viel Geld. Sehr viel Geld.«

»Wer, Serge? Ich will Namen!«

»Ich habe keinen Namen, das schwöre ich. Angeblich läuft alles über Restaurants hier an der Küste. Mehr weiß ich nicht.«

Er hatte die Augen geschlossen, seine letzten Worte waren nur noch ein Flüstern.

»Arschloch.« Roussel schmiss ihm erneut den Pappbecher ins Gesicht, nickte Sandrine Poulainc zu und öffnete die Tür des Verhörraumes. Einige Meter weiter hinten hörten sie einen Mann schimpfen.

»Was heißt hier, im Raum geirrt! Wo bitte wird mein Mandant verhört, illegal verhört, wie ich betonen möchte? Führen sie mich sofort zu ihm!«

Ein Wärter kam aus einem Büro, Roussel nickte ihm zu.

»Danke, wir sind euch was schuldig«, flüsterte er, sodass der Mann sie nicht hören konnte.

»War uns eine Freude, Roussel«, antwortete der Wärter. »Ich habe selbst Mädchen in dem Alter.«

Sandrine Poulainc blickte in den Raum zurück, wo Serge noch immer auf dem Boden lag.

»Hier, das ist für euch«, rief sie mit lauter Stimme und warf dem Wärter die Seife zu. »Ihr findet bestimmt jemanden, der sie gebrauchen kann.«

Serges Wimmern und das Fluchen seines Anwalts waren das Letzte, was sie hörten, als sich die automatische Zwischentür hinter ihnen schloss.

Draußen erwartete sie eine niedrig stehende Herbstsonne, der

Wind spielte mit den Blättern einer Pappel. Als sie durch den weißen Steinbogen hinaus auf die Straße traten, hatte Sandrine Poulainc das Bedürfnis, sich zu waschen.

Roussel atmete tief ein und sog die salzige Luft ein.

»Lass uns von hier verschwinden.«

Auf der Rückfahrt sprachen sie über das Verhör und die Schlüsse, die sie daraus zogen.

»Ab sofort suchen wir also einen Ring«, sagte Sandrine Poulainc. »Es ist also genauso schlimm wie befürchtet.«

»Eher schlimmer.«

Als sie zurück nach Deauville kamen, saß Alphonse über seinem Tresen und blätterte in einer Zeitschrift über Pferdewetten. Als er Roussel hereinkommen sah, schrak er hoch und griff nach dem Telefonhörer, bevor ihm klar wurde, dass es zu spät war, um Arbeit zu simulieren. Zu seinem Glück hatte Roussel ohnehin keine Zeit für einen Anschiss.

»Alphonse, ich brauche sofort die Sachen, die im *Kakadu* gefunden wurden.«

»Die liegen noch hinten im Lager. Die Kollegen wollen sie morgen früh abholen und auswerten.«

»Dann hol sie.«

Kurz darauf beugten sich Roussel und seine Kollegin über einen kleinen Tisch, auf dem im Schein einer Tischlampe die wenigen Gegenstände lagen, die sie in den Kellerräumen gefunden hatten.

Eine Spritze. Taschentücher. Ein Feuerzeug. Kondome.

Ein Buch über Pferde, jemand hatte vorgeschlagen, den Verlag zu überprüfen.

Schwachsinn, dachte Roussel. Er wühlte in dem Haufen und schnalzte mit der Zunge, als er fündig wurde.

»Na, bitte.«

In seinen Händen hielt er den Werbeprospekt eines Muschelrestaurants in Étretat, einem Küstenort weiter oben an der Alabasterküste.

Chez Jef, stand auf der Vorderseite.

Darunter: *Muscheln und Fritten. Fritten und Muscheln.*

»Was für ein Scheißname für ein Muschelrestaurant«, lästerte Roussel. Neben ihm rollte Sandrine Poulainc mit den Augen.

»Du bist echt ein Banause, Roussel!«

»Wieso?«

»Noch nie gehört, das Lied?« Sie fing an, leise zu singen.

»On ira manger, des moules et puis des frites. Des frites et puis des moules. Et du vin de Moselle.«

»Nee, nie gehört.«

»Ach du Scheiße. Das ist Brel. Und das Lied heißt *Jef.* Mann, du bist vielleicht eine Leuchte.«

»Halt die Fresse, Sandrine, ich habe jetzt keinen Nerv für Kunst. Meinetwegen also *Jef.*«

»Was steht hinten drauf?«, fragte sie.

»Die Speisekarte. Zumindest ein Teil davon. Die Muscheln eben, sieben verschiedene Sorten. Mit Wein, Curry und Sahne, mit Knoblauch, provenzalisch, mit Schnecken, mit Parmesan … Wer isst denn Muscheln mit Parmesan?«

»Schmeckt ganz gut«, erwiderte seine Kollegin mit einem Achselzucken. »Aber was machen wir jetzt mit dem Restaurant? Wir können ja schlecht hingehen und fragen, ob sie ein paar Mädchen im Angebot haben.«

»Und wenn wir den Schuppen durchsuchen, schrecken wir sie noch mehr auf. Noch weiß keiner, dass wir eine Spur haben.«

Roussel blickte auf einen Punkt hinter der Wand, dorthin, wo der Strand sich an den alten Villen entlangzog und die Angler auf ihren Plastikstühlen hockten und darauf warteten, dass ein Fisch anbiss, während sie in dem Eimer neben sich ihr Bier kühlten.

Wieder schnalzte er mit der Zunge.

»Ich glaube, ich habe da eine Idee.«

KAPITEL 15

Am Hafen
Zur gleichen Zeit

Roussel konnte nicht wissen, dass der Mann, den er im Kopf hatte, nicht, wie sonst üblich, am Strand vor dem Casino saß und darauf wartete, dass ein Fisch anbiss, während er seinem Bier dabei zusah, wie es sich behaglich in einem kleinen blauen Eimer neben seinem Plastikstuhl räkelte.

Michel Bonnet, der eigentliche Leiter des kleinen *Commissariat* von Deauville saß vielmehr auf einer Bank am Hafen, gemeinsam mit Nicolas. Beide blickten hinab in das Hafenbecken, in das die Flut mittlerweile ihr salziges Meerwasser hineingedrückt hatte. An der Kaimauer schaukelten die Kutter und weiter vorne konnten sie den kleinen Bac sehen, der gerade eine Handvoll Angler über die Touques hinüber nach Deauville brachte. Einige Möwen stritten sich um die Überreste einer ausgeweideten Makrele. Nicolas und Bonnet hatten sich ausgetauscht, über all das, was bislang vorgefallen war. Und nun saßen sie dort, und Bonnet sortierte andächtig seine Köder in einer kleinen Schachtel. Nicolas hatte einen Pappbecher mit Kaffee in der Hand, beide hatten seit einigen Minuten nicht mehr gesprochen. Schließlich war es Bonnet, der die Stille mit einem Räuspern unterbrach.

»Vielleicht sollte man so etwas öfter machen.«

»Was?«

»Einfach nur so dasitzen. Und nichts tun. Können Sie das, nichts tun? Wahrscheinlich nicht …«

Nicolas dachte nach.

»Wer nichts tut, der ist mit sich alleine. Und das kann ich mir selbst nicht immer zumuten.«

Bonnet lächelte und klappte seine Schachtel zu. Er blinzelte in die Sonne und beugte sich etwas vor.

»Na, komm her, Kleiner.«

Ein Hund, nicht besonders groß, lief an ihrer Bank vorbei, ohne sie zu beachten. Er verschwand in Richtung der Platanen, als Bonnets Handy klingelte.

»Das ist Roussel«, seufzte er. »Ich rufe ihn später zurück.«

»Das *Commissariat* könnte Sie jetzt gut gebrauchen«, sagte Nicolas. »Sie fehlen dort.«

»Roussel macht das schon«, antwortete Bonnet. »Ich habe genug im Wind gestanden, jetzt will ich sitzen. Und Köder sortieren.«

»Um sie dann auszulegen.«

Der Hund schnüffelte an einem der Bäume, und Nicolas knöpfte sein Jackett zu, als ein leichter Wind aufkam.

»Noch immer im Anzug unterwegs«, bemerkte Bonnet und betrachtete ihn von der Seite. »Vielleicht würde es Ihnen guttun, mal ohne Krawatte rumzulaufen. Es macht das Atmen leichter.«

Nicolas lächelte.

»Der Comte de Tancarville, wie ist er so?«, fragte er Bonnet, der eine Angelschnur aufgewickelt hatte und dabei auf die glitzernde Oberfläche des Hafenbeckens blickte. Der Herbst schickte seine ersten goldenen Heerscharen, als wollte er die Menschen irreführen. Er würde in Kürze über sie kommen, mit Sturm und Wind und eisigen Fluten.

»Er ist vor allem reich. Oder war es zumindest mal. Ein Adliger, wie er im Buche steht, seine Familie geht zurück …«

»… bis zu Wilhelm dem Eroberer, ich weiß«, unterbrach ihn Nicolas. »Aber davon mal abgesehen, wie ist er sonst?«

Als eine Möwe über ihnen krächzte, griff er in seine Hosentasche und seine Hand umschloss eine kleine Packung Medikamente. Er würde nicht ohne sie durch diesen Tag kommen, wieder einmal. Seitdem Julie ihn überraschend angerufen hatte, hatte die kleine Packung ihn an manchen Tagen mehr im Griff denn je.

Alles war wieder aufgebrochen.

Und nichts war gelöst.

Bonnet überlegte einen Moment und legte den Kopf zur Seite.

»Er ist ein sehr kluger Kopf. Sehr klug, wirklich. Sein Geld macht er mit Firmen in unterschiedlichen Bereichen. Software, Beratung, Bau, sogar bei den großen Käsereien in Pont-L'Évêque ist er beteiligt, soviel ich weiß.«

»Und er spendet Geld.«

Bonnet nickte.

»Ja, das stimmt. Hier in der Region hat er schon vielen Einrichtungen Geld gespendet. Krankenhäusern, Büchereien, bankrotten Reedereien.«

»Also ein echter Menschenfreund.«

»Eben nicht«, erwiderte Bonnet. »Er selbst tritt fast nie in Erscheinung, die meisten Menschen, die er beschenkt, kennen ihn gar nicht. Er soll sehr herrisch sein, streng und aufbrausend.«

Nicolas blickte auf die Masten der Segelboote, die auf der anderen Seite der Touques im Bassin de Morny lagen. Bonnets Handy klingelte erneut und er sah genervt auf das Display.

»Ich geh besser mal dran, Roussel lässt nicht locker. Entschuldigen Sie.«

Er stand auf und ging ein paar Schritte zur Seite, während Nicolas auf der Bank sitzen blieb und den Hund betrachtete.

»*Salut*, Roussel. Ja, ich bin alleine.«

Bonnets Worte wurden vom aufkommenden Wind hinfortgeweht.

Der Hund winselte leise und blickte sich um. Offenbar suchte er nach etwas, und Nicolas meinte eine Spur von Ratlosigkeit in seinen Augen zu erkennen.

Du bist schon ganz schön alt, mein Lieber, dachte er. Vielleicht solltest du öfter einfach nur so dasitzen und nichts tun.

Bonnet stand einige Meter entfernt und lauschte Roussels Ausführungen. Ab und zu nickte er. Nicolas meinte, das Wort »Muscheln« zu hören.

Er schloss einen Augenblick die Augen und tastete wieder nach der kleinen Medikamentenpackung in seiner Hosentasche. Er durfte nicht vergessen, Leon Blum, seinem Therapeuten, abzusagen. Und endlich Marion Venoit anzurufen, die Frau aus dem Théâtre des Champs-Élysées.

Ich drücke mich davor, dachte er. Und ich weiß auch genau, warum. Nicht etwa aus Angst, dass sie nichts weiß. Sondern aus Angst, dass sie etwas weiß.

Plötzlich merkte Nicolas, dass ihn etwas störte. Etwas, das seinen Blick flackern ließ, eine kurze Unschärfe in seinem Kopf.

Etwas, das er gerade gesehen hatte. Ohne es zu beachten.

Bonnet beendete das Gespräch und kam zu ihm zurück. Das Wasser funkelte noch immer vor ihren Füßen, und die Blätter der Platanen rauschten im Wind.

Nicolas blickte hoch in die Äste einer Platane und dann wieder hinab zum Stamm.

Er dachte an einen anderen Platz, auf dem ebenfalls Platanen standen.

»Das kann doch nicht wahr sein«, murmelte er und stand langsam auf.

»Hören Sie zu«, sagte Bonnet, »es gibt vielleicht eine Spur …«

»Nicht jetzt!« Nicolas sprach lauter, als er es vorgehabt hatte, und gab Bonnet ein Zeichen, still zu sein.

»Was ist los mit Ihnen?«, fragte dieser.

Nicolas blickte sich jetzt hektisch um.

»Was suchen Sie? Ist Ihnen nicht gut?«

Nicolas drehte sich einmal suchend im Kreis, dann blickte er Bonnet an.

»Wo ist der Hund?«

»Wie bitte?« Bonnet wusste offensichtlich nicht, was er von ihm wollte.

»Wo der Hund ist, verdammt!«

»Keine Ahnung, was wollen Sie mit dem blöden Hund?«

Nicolas' Handy klingelte. Er ignorierte es und blickte auf die Platanen hinter der Bank.

Es waren vier.

Aber es mussten fünf sein.

»Bonnet, hier stand das letzte Mal ein weiterer Baum, ich weiß es genau.«

Sein Handy klingelte noch immer, aber Nicolas war in Gedanken woanders. Er dachte an einen Tag im Frühling, an dem sie beide hier gestanden hatten, unter den Platanen, während ein Schiff langsam in den Hafen geschleppt wurde, an Bord ein betrunkener Kapitän und eine allzu neugierige Praktikantin.

Unter den Platanen.

Den fünf Platanen.

»Wo ist der Baum? Hier stand noch ein Baum, im Frühling.«

Bonnet zuckte mit den Achseln.

»Kann sein, sie brauchten mehr Platz für die Lastwagen der großen Handelsketten. Da haben sie vielleicht …«

Nicolas griff jetzt doch nach seinem Handy.

»Wo ist der nächste Baum? Schnell!«

»Wie bitte?« Bonnet war anzusehen, dass er kein Wort von dem verstand, was Nicolas ihm gerade zu erklären versuchte. Vielmehr hoffte er in diesem Augenblick, dass der seltsame Personenschützer nicht schon wieder durchdrehte.

Dann zeigte er in Richtung der kleinen Fischhalle.

»Na, gleich dort hinten. Hinter den Parkplätzen. Da sind überall Platanen.«

Nicolas rannte los.

Es war Tito, am Telefon. Sein Nachbar aus Paris. Und er war aufgeregt.

»Nicolas? Hörst du mich?«

Das kann doch alles kein Zufall sein, dachte Nicolas und überquerte hastig den kleinen Parkplatz. Weiter vorne konnte er das Grün einiger Bäume erkennen.

»Tito! Gut, dass du anrufst, wo bist du jetzt?« Er befürchtete das Schlimmste, und er hatte recht damit.

»Ich … ich glaube, hier stimmt etwas nicht, Nicolas. Ich bin in der Rue Jean Moinon. Wegen des Hundes, weißt du?«

Verdammt, dachte Nicolas. Der schlaue alte Hund. Der jeden Tag an die Place Sainte-Marthe kam und an vier Platanen schnüffelte.

Und immer den fünften Baum wählte.

Und der ein Problem hatte, wenn er ihn nicht fand.

Da vorne sah er ihn. Hier, am Hafen. Nicht in Paris.

»Tito, was machst du dort, in der Rue Moinon?«

»Na ja, ich dachte mir … weil der Hund ja verschwunden ist … Ich wollte einfach mal selbst nachschauen. Und jetzt steh ich vor dieser Wohnung in der Rue Moinon … und da stimmt etwas nicht.«

Nicolas hörte den alten Mann husten und sah ihn vor sich, in seiner zerlöcherten Strickjacke, den Rücken gebeugt, die Augen aufgerissen.

Nicolas blieb stehen, er hörte Bonnet hinter sich keuchen. Vor ihnen stand der Hund, er war nicht sonderlich groß und nicht mehr der Jüngste.

Ein alter, schlauer Hund, dachte Nicolas.

»Tito, ich habe ihn.«

»Was?«

»Den Hund. Er ist hier, in der Normandie. Es ist kaum zu glauben, aber er ist es wirklich. Er steht vor seinem fünften Baum. Die vier davor hat er ignoriert.«

»Das ist er.«

»Ja, das ist er.«

»Was macht er dort, bitte schön? Er sollte hier sein, in Paris.«

»Das ist eine gute Frage, Tito.«

Er hörte, wie sein alter Nachbar sich hinsetzte, vermutlich auf die Stufen eines Treppenhauses, vor eine Wohnung, in der etwas nicht stimmte. Nicolas streichelte den Hund, er trug ein Halsband, aber keine Hundemarke. Und er roch.

»Tito?«

»Ja, Nicolas.«

»Was stimmt denn nicht mit der Wohnung?«

In der Luft hing der Geruch eines nur mäßig erfolgreichen Tages auf See, leere Plastikkörbe stapelten sich entlang der Kaimauer, direkt dahinter erholten sich die Kutter von ihrer anstrengenden Fahrt, draußen in den Fanggründen.

»Es riecht«, sagte Tito. »Aus der Wohnung riecht es.«

Zehn Minuten später erreichte Nicolas sein kleines Hotel in der Rue Gustave Flaubert. Er holte seinen Koffer an der Rezeption ab, zahlte und bestieg seinen Wagen. Er verließ in voller Fahrt die Normandie in Richtung Paris, gemeinsam mit einem alten schlauen Hund, der auf der Rückbank lag und bereits nach kurzer Zeit eingeschlafen war.

»Wie heißt du wohl, alter Freund?«, murmelte Nicolas beim Blick in den Rückspiegel.

Kurz hinter Rouen begann es zu regnen.

KAPITEL 16

Nicolas erreichte die Rue Jean Moinon um kurz nach acht, und als er den Motor ausmachte und durch den Regen hinüber zur Hausnummer 17 blickte, begriff er, dass er keine Minute später hätte kommen dürfen.

Auf dem Bürgersteig vor dem Haus hatte sich etwa ein Dutzend Menschen versammelt, sie bildeten einen Halbkreis um einen alten Mann, der hektisch auf sie einredete und ihnen den Eintritt in den Hausflur verweigerte. Regenschirme waren aufgespannt, jemand hatte die Scheinwerfer seines Wagens auf das Haus gerichtet.

Ganz offensichtlich war zu den Nachbarn durchgesickert, dass hier etwas nicht stimmte.

Nicolas öffnete das Handschuhfach und nahm seine Dienstwaffe und eine kleine Taschenlampe heraus.

»Vielen Dank, Gilles«, murmelte er und überprüfte die Munition. Dann steckte er die Waffe in ein Holster, das ebenfalls im Handschuhfach lag und befestigte es unter dem Jackett am Gürtel.

Offiziell arbeitete er derzeit nicht für den Dienst. Offiziell durfte er keine Waffe besitzen. Aber ohne Waffe konnte er schlecht den Personenschützer für den Comte de Tancarville spielen und so hatte Gilles Jacombe ihm seine alte Dienstwaffe gegeben.

»Nur für den Auftrag, Nicolas.«

Oder für Wohnungen, aus denen es riecht, dachte er und blickte in den Rückspiegel.

Der alte und schlaue Hund schlief immer noch.

»Tito!«

»Nicolas, na endlich!«

Mehrere Köpfe drehten sich zu ihm um, und er zeigte ihnen seinen Ausweis, der ihn als Mitarbeiter seines Dienstes ausgab.

»Wo ist denn die richtige Polizei?«, fragte ein Mann. »Da stimmt doch was nicht in der Wohnung.«

»Genau. Und der Alte hier lässt keinen rein. Eine Frechheit ist das!«

Nicolas hob beschwichtigend die Hände.

»Die Polizei ist unterwegs, aber das hier ist auch ein Fall für meinen Dienst. Also bitte, treten Sie zurück und lassen Sie mich durch.«

Die Regenschirme rückten mürrisch zur Seite und Nicolas zog Tito hinter sich her, als er in den Hausflur ging.

»Es ist im 2. Stock.« Der Alte stand in seiner zerlöcherten Strickjacke im Halbdunkel des Treppenhauses, seine Lider flatterten.

»Willst du, dass ich mit …«

»Nein, Tito, bleib hier draußen.«

»Wie geht es dem Hund? Geht es ihm gut? Und was hat er bitte in der Normandie gemacht?«

»Später, Tito. Bleib zurück.«

Nicolas klingelte dreimal. Dann zückte er seine Kreditkarte. Er brauchte keine zehn Sekunden, um das Schloss zu knacken. Die Tür schwang mit einem leichten Knarzen zurück.

Sie rochen beide sofort den Gestank.

Nicolas drückte auf den Lichtschalter im Flur der Wohnung, aber es blieb dunkel. Jemand hatte zudem alle Rollläden hintergelassen.

Er knipste die Taschenlampe an und zog seine Waffe.

»Ruf die Polizei, Tito. Und halte die Leute draußen auf.«

»Ist gut.«

Nicolas machte einen Schritt in die Wohnung hinein.

Durch einige wenige Ritzen in den Rollläden drang der matte Schein der Straßenlaternen herein. Er sah vor sich eine offene Küchentür, daneben eine Tür, die vermutlich ins Bad führte. Er öffnete sie leise. Das Bad war leer.

Rechts ging der Flur weiter und öffnete sich zum Wohnzimmer hin.

Von dort kam der Gestank.

»Hallo? Ist hier jemand?«

Du bist echt ein Superbulle, fluchte er. Er war aus der Übung, das letzte Mal, dass er mit einer gezogenen Waffe in eine Wohnung eingedrungen war, war während der Polizeischule gewesen. Gilles Jacombe hatte ihn für den Personenschutz der Regierung abgeworben, bevor er mehr Praxis bekam.

Der kleine Kegel seiner Taschenlampe wanderte über die Wände, er erkannte ein Poster, auf dem zur Rettung des Regenwaldes aufgerufen wurde. Auf einer Kommode standen mehrere Fotos, auf denen Kinder, offensichtlich in Afrika, in die Kamera strahlten. Auf einigen der Bilder war ein Mann zu sehen, dessen Gesicht Nicolas bekannt vorkam.

Es herrschte absolute Stille in der Wohnung, nicht mal ein Wasserhahn tropfte.

Er wollte gerade durch eine Tür ins Schlafzimmer gehen.

Da sah er die Füße.

Sie guckten aus einer dunklen Wolldecke hervor, und im schwachen Schein seiner Taschenlampe hätte er sie hinter dem Sofa fast übersehen.

»Tito, Tito«, murmelte er, als er näher heranging. Im Vorbeigehen vergewisserte er sich, dass niemand im Schlafzimmer war. Er musste sich die Nase zuhalten, als er das Sofa etwas zur Seite rückte.

Es war eine Frau. Ihre dunklen Locken fielen sanft auf das Parkett, als er die Wolldecke etwas zur Seite schlug. Der beißende Geruch von Verwesung setzte sich sofort in seinem Innern fest. Die Decke verhedderte sich mehrfach, bevor er mehr sehen konnte.

»Die Spurensicherung bringt mich gleich mit um«, murmelte er.

Die Frau musste um die dreißig sein. Im Schein seiner Taschenlampe konnte er sehen, dass ihr Gesicht eingefallen war, die blasse Haut war bereits an mehreren Stellen schwarz und fleckig.

Sie war barfuß, trug Leggins und eine weiße Bluse, von der sich das rostige Rot des Einschussloches auf ihrer Brust deutlich absetzte.

Nicolas blickte sich in der Wohnung um, er vernahm Stimmen aus dem Treppenhaus.

Da kommen die richtigen Superbullen, dachte er und steckte vorsichtshalber seine Waffe weg.

Die Wohnung war aufgeräumt, nichts deutete auf einen Kampf hin. Die Bücher standen ordentlich aufgereiht im Regal, Nicolas sah mehrere Biographien bekannter Staatsmänner, daneben Atlanten und Reiseführer. Ein mehrbändiges Wörterbuch war offensichtlich erst vor kurzem benutzt worden, einer der Bände stand etwas hervor, und er schob ihn wieder zurück.

»*Police Nationale*! Heben Sie die Hände und drehen Sie sich langsam zu mir um, Monsieur!«

»Personenschutz der Regierung, Nicolas Guerlain. Mein Ausweis ist in meiner linken Tasche, Sie können ihn herausholen. Ich trage am Gürtel eine Waffe, sie ist gesichert.«

»Bleiben Sie dort stehen, Monsieur!«

Gilles Jacombe würde begeistert sein über den Anruf seiner Kollegen der *Police Nationale*.

Nicolas Guerlain war mal wieder zu einem Problem geworden.

Zwanzig Minuten später trat er hinaus auf den Bürgersteig und blickte die Rue Jean Moinon entlang. Mittlerweile hatte die Polizei die Straße abgesperrt, einige Scheinwerfer beleuchteten die Hausfassade.

Er machte Tito ein Zeichen, der neben seinem Wagen auf der anderen Straßenseite stand und durch das leicht geöffnete Fahrerfenster versuchte, einen aufgeregt kläffenden Hund zu beruhigen.

»Ich bin sofort da, Tito!«

»Beeile dich gefälligst. Er muss mal!«

Nicolas blickte auf das Klingelschild und suchte nach dem Knopf, der zu der Wohnung im zweiten Stock gehören musste.

Daneben standen in Handschrift zwei Namen, es war die saubere Schrift einer Frau.

D. Demarco/C. Darbon

Er fotografierte das Klingelschild mit seinem Handy ab und tippte die beiden Namen bei einer Suchmaschine im Internet ein.

Er fand sie sofort.

Danielle Demarco arbeitete für eine Menschenrechtsorganisation, die ihren Sitz in Paris hatte.

Christian Darbon war ein Kollege von ihr. Er war vor allem in der Betreuung von Flüchtlingen tätig.

Nicolas vergrößerte das Bild des Mannes und betrachtete es aufmerksam. Dann wählte er eine Handynummer in Deauville.

»Roussel, hier ist Guerlain. Ich habe ihn. Den Toten von der Brücke. Er heißt Christian Darbon. Am besten, Sie kommen nach Paris. Ich gebe Ihnen die Adresse.«

Er legte sofort wieder auf und ignorierte kurz darauf das zornige Klingeln seines Handys in seiner Innentasche. Roussel würde sich gedulden müssen.

»Nicolas, mach schon!«

Tito winkte ihm hektisch zu.

»Der pisst dir sonst in den Wagen!«

Unwillkürlich musste Nicolas lächeln, er überquerte die Straße und drückte auf den Autoschlüssel. Als Tito die Fahrertür aufriss, sprang der kleine Hund heraus und leckte dem alten Mann durchs Gesicht.

»Ja, ist gut, hier bist du zu Hause, nicht wahr?«

Der Hund bellte.

»Wie heißt du denn eigentlich?«, fragte ihn Tito und suchte auf dem Halsband nach einer Nummer oder einem Namen.

»Noch hat er keinen. Zumindest keinen, den wir kennen.«

»Dann geben wir ihm eben einen. Einen, der passt.«

»Weißt du einen?«

Tito überlegte. Dann hellte sich sein Gesicht auf.

»Ich nenne ihn Rachmaninoff. Das ist ein guter Name. Außerdem habe ich den vorhin gehört, es war der Lieblingskomponist meiner Frau, Gott habe sie selig.«

»Wie du meinst, Tito«, sagte Nicolas. »Weißt du überhaupt, wie man das schreibt, Rachmaninoff?«

»Ich schau bei Gelegenheit in einem Wörterbuch nach. Unter R.«

Tito legte dem Hund eine Leine an.

»Komm, Rachmaninoff. Wir gehen zur Place Sainte-Marthe, da gibt es genug Bäume, unter denen du dir deinen fünften aussuchen kannst.«

Er drehte sich noch einmal zu Nicolas um.

»Und du findest gefälligst heraus, was er in der Normandie gemacht hat! Am Ende gibt es da so eine Hundemafia, die vermögenden … he! Wo willst du hin?«

Aber Nicolas hörte ihn nicht mehr, er hatte die Tür des Wagens zugeworfen und rannte über die Straße, zurück zum Haus mit der Nummer 17.

»Nicolas!«

»Zur Seite!«

Er hastete mit großen Schritten das Treppenhaus hoch und stürmte in die Wohnung, durch die er erst vor kurzem mit einer gezückten Waffe geschlichen war.

»Monsieur, bitte. Sie können hier jetzt nicht rein. Die Spurensicherung wird gleich …«

»Ist schon gut. Gehen Sie zur Seite.«

Er schob einen Polizeifotografen mit Nachdruck an die Wand und stellte sich vor das Bücherregal im Wohnzimmer. Hinter ihm starrte die tote Frau in ihrer Wolldecke noch immer an die Decke.

»Monsieur, bitte!«

»Ruhe!«

Nicolas schrie so laut, dass alle Gespräche in der Wohnung verstummten. Einige Beamte kamen nun ins Wohnzimmer, aber sie konnten ihn nicht mehr aufhalten.

Er riss den ersten Band des Wörterbuches heraus.

Dann den nächsten.

»Helfen Sie mir!«

Es waren Titos Worte, die ihn darauf gebracht hatten.

»Ich schau bei Gelegenheit in einem Wörterbuch nach. Unter R.«

R war falsch eingeordnet gewesen.

Immer mehr Bücher flogen in hohem Bogen durch die Luft, Nicolas schleuderte Reiseführer und Reportage-Bände hinter sich. Ein Beamter wollte ihm in den Arm fallen, als einer seiner Kollegen auf das Regal zeigte.

»Da ist etwas!«

Eine Minuten später waren alle Bücher ausgeräumt. Kurz darauf auch die Regalbretter. Nicolas und die Polizisten blickten auf das, was dahinter zum Vorschein gekommen war.

Die gleiche Methode. Das gleiche Versteck.

Bei ihm zu Hause, in seinem Arbeitszimmer, war es das Théâtre des Champs-Élysées, das sich hinter den Büchern verbarg. Der Sitzplan des Konzertsaals an der Avenue Montaigne. Die Fotos der Besucher, die Namen auf den Sitzreihen. Bindfäden, die er zwischen einigen Sitzen gezogen hatte. Namen, die unterstrichen waren.

Die Arbeit von Monaten.

Und in der Mitte prangte ein Begriff. Eine Zahl.

Der Sitz, auf den Julie sich gesetzt hatte.
Reihe M. Platz 23.

Hier, in dem kleinen Wohnzimmer in der Rue Jean Moinon, keine zwei Straßen von der Place Sainte-Marthe entfernt, kam etwas Ähnliches zum Vorschein.

Aber es war viel erschreckender.

Und es war die Arbeit von Jahren.

Nicolas ging näher an das Regal heran. Jemand stellte zwei Scheinwerfer auf, die ihr gnadenloses Licht auf die Zeichnungen und Fotos an den Wänden warfen.

Ein Lager, voll mit Menschen.

Zelte und notdürftige Verhaue aus Brettern und Pappe.

Gesichter voller Zuversicht.

Gesichter voller Angst.

Namen, die unterstrichen waren, Fotos von Männern in teuren Anzügen, versehen mit Ausrufezeichen. Und Fragezeichen.

»Was ist das?«, fragte sich Nicolas leise.

Sein Blick flog über Zeitungsausschnitte, in denen es um die Ausweisung von Flüchtlingen ging.

Um die Räumung von Lagern.

Daneben sah er Menükarten von Restaurants, Luftaufnahmen aus der Normandie. Eine Flagge, von der Nicolas wusste, dass es die von Afghanistan war. Bindfäden verbanden Namen und Orte, Fotos und Zeitungsartikel.

»Verdammt, was hat das zu bedeuten?«, fragte einer der Beamten hinter ihm.

Am äußersten Rand der Regalwand waren drei Zeitungsartikel befestigt. Auf den dazugehörigen Fotos lächelte ein Mann das Lächeln eines Siegers.

Es war François Faure, Minister der französischen Regierung.

»*Merde*«, murmelte Nicolas.

Die Beamten neben ihm schwiegen und studierten die Zeichnungen und Fotos, die Artikel und handschriftlichen Ergänzungen.

Vor ihren Augen standen die Recherchen zweier Menschen, die nicht mehr lebten. Nicolas hob einen der Zeitungsartikel hoch, er bemerkte erst jetzt, dass alle Fäden in dieselbe Richtung liefen. Die meisten waren von Fotos und Dokumenten überlagert, die er jetzt mühsam zur Seite schob.

Die Fäden liefen alle in der Mitte der Regalwand zusammen.

Bei einem Foto, das von mehreren Zeitungsartikeln zugedeckt war.

»Wer ist das?«, fragte jemand hinter ihm.

Es war eine Porträtaufnahme.

Ein Mann mit scharfen Gesichtszügen und einem stechenden Blick aus stahlblauen Augen.

Ein Mann, dessen Wurzeln zurückgingen bis zu Wilhelm dem Eroberer.

Ein Mann, den Nicolas beschützen sollte.

Um jeden Preis.

Ein anderes Bild hatte sich von der Wand gelöst und lag zwischen den Regalbrettern auf dem Sofa. Nicolas nahm es an sich und betrachtete die beiden Mädchen, die schüchtern in die Kamera blickten. Im Hintergrund war ein altes Radio zu sehen, dazu zwei halb volle Plastikbecher mit Orangensaft.

Nicolas drehte das Bild um, auf die Rückseite hatte jemand zwei Namen geschrieben.

Nuria. Zorah.

Zwei Mädchen aus Afghanistan.

Eines war mittlerweile tot, gestorben im Dreck eines Hinterhofs.

Teil zwei

SOHN

An jenem Morgen erwachte Christian Darbon mit der Gewissheit, dass dies nicht der beste Tag in seinem Leben war. Diese Erkenntnis überraschte ihn jedoch keineswegs, denn seit er vor drei Wochen in das Flüchtlingslager vor den Toren der Stadt gekommen war, hatte es ausschließlich Tage gegeben, die er bereits am frühen Morgen als nicht besonders gut eingeordnet hatte. Die meisten Tage waren sogar noch schlimmer gewesen.

Er hatte sich freiwillig für den Dschungel gemeldet, und seine Organisation war froh über jede so dringend benötigte Arbeitskraft vor Ort. Bereut hatte er seine Entscheidung nicht, aber er hatte es sich anders vorgestellt.

Weniger hoffnungslos.

Anfangs war Christian jeden Morgen durch das Lager gelaufen, hatte die Bewohner gefragt, ob sie etwas brauchten, ob er aushelfen konnte, mit Decken oder zumindest mit Kaffeepulver. Einmal am Tag war er in der örtlichen Verwaltung erschienen und hatte die Zustände im Lager beklagt.

Frankreich ließ die Flüchtlinge alleine mit ihren Träumen, die er nachts hören konnte, wenn das Schluchzen und Weinen durch das dunkle Dickicht neben seiner kleinen Hütte drang.

Der Dschungel, wie hier alle das Lager nannten, war kein Ort für gute Tage, er war schlicht die falsche Haltestelle am Ende einer langen Reise.

Die Kaffeemaschine blubberte und allmählich krochen die ersten Sonnenstrahlen zu ihm herein. Immerhin würde es heute nicht regnen, dann nämlich wurde es noch schlimmer. Das Wasser machte aus dem Müll und dem Unrat eine klumpige Masse, die sich im unteren Teil des Lagers sammelte, so zäh wie die Hoffnungslosigkeit, die diesen Ort fester denn je im Schwitzkasten hatte. Niemand hier kümmerte sich um Ordnung, um Sauberkeit oder auch nur um den verlogenen Anschein von Zuversicht.

Bei schönem Wetter standen sie unten am Strand und blickten zum Horizont, dorthin, wo Großbritannien sich unter einen tiefen Himmel duckte. Dort wollten sie alle hin. Weil sie, wenn überhaupt, ein paar Brocken Englisch konnten und weil scheinbar jeder von ihnen mindestens einen entfernten Verwandten dort hatte. Christian hatte sich unzählige Geschichten angehört, über Tanten in Birmingham und Cousins in Manchester. Über ein Leben jenseits des Kanals, jenseits aller Sorgen.

Die meisten Menschen hier kamen aus Afghanistan, und was sie alle einte, war die Tatsache, dass niemand sie haben wollte. Großbritannien nicht und Frankreich noch viel weniger. Und so waren sie hier gestrandet, umgeben von flachen Dünen und einer Zukunft, die direkt hinter ihren Verschlägen aus Plastikplanen und Wellblechpappe endete. Der Tunnel unter dem Kanal war mit Wärmesensoren und Bewegungsmeldern versehen, Wärter mit Hunden patrouillierten überall.

Und doch probierten sie es immer wieder, und tatsächlich schafften es hin und wieder sogar einige.

Die meisten aber schafften es nicht.

Und genau um die kümmerte sich Christian Darbon.

Immerhin hatte er ein altes Radio gefunden, das einen Sender mit französischen Chansons halbwegs sauber empfing. Danielle hatte immer geflucht, wenn er den Tag hier im Dschungel mit ein bisschen Brassens oder Clerc begonnen hatte, sie hielt französische Chansons in erster Linie für das Werk alter Männer mit schmierigen Stimmen.

Aber Danielle war für einige Tage zurück nach Paris gefahren, um ihre Abschlussarbeit an der Sorbonne einzureichen. Sie fehlte ihm, und melancholisch pfiff er ein altes Lied mit, als er von draußen ein Kichern hörte. Sofort schmeckte sein Kaffee besser, ein Kichern oder gar ein Lachen gab es hier selten zu hören.

Es waren zwei Mädchen, er konnte ihre Haarschöpfe unter der Fensterbank erkennen, während sie draußen aufgeregt in ihrer Muttersprache flüsterten.

»Ihr könnt ruhig reinkommen!«

Draußen wurde es schlagartig still, und er nutzte den Augenblick, um zwei Becher mit Orangensaft zu füllen. Es war kein frisch gepresster, aber das hier war auch nicht das Ritz Carlton.

»Keine Angst, ich beiße nicht.«

Christian Darbon ärgerte sich, dass er nach den Worten suchen musste, sein Paschtu war deutlich eingerostet, seit er vor einem Jahr aus Faizabad zurückgekehrt war. Und hier im Lager sprach kaum jemand mit ihm.

Misstrauen. Überall herrschte Misstrauen. Und jeder machte nur das, was er wollte. Denn so wollte es das Gesetz des Dschungels.

Die beiden steckten ihre Köpfe zu ihm herein.

»Sie sprechen ja Paschtu«, sagte eines der Mädchen, während die andere bereits nach einem der Becher griff. Sie waren beide kaum älter als zwölf, und das Leuchten in ihren Augen zeigte ihm, dass sie zu den Neuen gehören mussten, die gestern spät in der Nacht angekommen waren.

Angespült, dachte er. An diesem Küstenstrich, der für so viele eher ein Schlussstrich war.

»Ich war lange nicht mehr in eurer Heimat«, sagte er und sortierte einige Papiere auf dem Tisch. Er wollte die Musik ausmachen, aber das Mädchen, das sich inzwischen als Zorah vorgestellt hatte, bat ihn, sie laufen zu lassen.

»Das ist schön«, meinte sie.

»Magst du das? Das ist sehr alte Musik, bestimmt vierzig Jahre. Oder noch älter. Eigentlich eine traurige Musik. Der Sänger will wissen, was von der Liebe übrig bleibt, nach so vielen Jahren. Magst du Akkordeon?«

»Ich weiß nicht«, erwiderte das Mädchen.

Fünf Minuten später war der letzte Rest Orangensaft getrunken, und sie wollten weiter.

»Zum Meer!«, verkündete Zorah stolz, und Christian merkte, wie er wieder von jenem beklemmenden Gefühl der Trostlosigkeit befallen wurde, das ihn vor drei Wochen das erste Mal heimgesucht hatte.

Das Leuchten in den Augen der Mädchen würde verschwinden. Die kindliche Vorfreude auf England und die Zukunft unter einem tief liegenden Himmel ebenso. Und alles, was bleiben würde, war der verzweifelte Versuch, diesem Lager etwas abzugewinnen.

Eine Perspektive, oder zumindest eine Hoffnung darauf.

Piccadilly Circus.

Da wollte sie hin, sagte Zorah. Vielleicht schon morgen.

Christian wusste nicht warum, aber er beschloss, ein Foto von den beiden zu machen. Ihr Lachen festzuhalten, in dem noch so viel Hoffnung steckte. Wie sie da saßen und ihn anblickten, ihre Pappbecher in der Hand.

Es war ein schöner Moment, er würde ihn sich bewahren, für schlechtere Tage.

Tage, wie dieser einer werden würde, aber das konnte er zu diesem Zeitpunkt noch nicht wissen.

Er schrieb Zorah die Nummer seines Handys auf eine alte Postkarte, die sie dabeihatte. Für den Fall der Fälle. Für jenen Tag, der ganz sicher kommen würde, an dem Zorah merken würde, dass eine Reise kurz vor ihrem Ziel längst nicht beendet war.

»So, ich wünsche euch viel Glück. Passt auf euch auf.«

Die beiden Mädchen sprangen fröhlich aus seiner Hütte und rannten in Richtung Meer. Dann stoppte Zorah noch einmal und kam zu ihm zurück.

»Christian, weißt du was?«, fragte sie.

»Was denn?«

»Heute ist der schönste Tag in meinem Leben!«

Er blickte den beiden noch nachdenklich hinterher und wollte gerade seinen Vorrat an Decken und Kaffeepulver kontrollieren, als sein Handy klingelte.

Es war die Zentrale in Paris.

»Hier spricht Christian, was gibt es?«

Es war 8.03 Uhr.

Es war ein Morgen im September.

Es war der Anfang und das Ende von allem.

»Christian! Sie kommen! Hörst du! Sie kommen!«

Im Hintergrund hörte er Stimmen, die aufgeregt durcheinanderriefen, Menschen, die nach Telefonen griffen, in der Zentrale in Paris herrschte offensichtlich große Aufregung. Er blickte für einen Augenblick nach draußen, wo der Wind zugenommen hatte und die Äste der Sträucher sich leicht zur Seite bogen.

»Seid ihr sicher?«

»Ganz sicher«, antwortete sein Kollege in Paris, »wir haben es gerade von einer Quelle im Ministerium erfahren. Es heißt, sie müssten jeden Moment bei euch sein!«

Christian wusste genau, was sein Kollege meinte. Seit Wochen schon ging das Gerücht um, dass die französische Regierung nicht mehr länger bereit war, Lager wie dieses hier zu dulden. Immer wieder hatte es Vorfälle gegeben, nicht nur hier in Calais, sondern überall entlang der Küste. Anwohner hatten demonstriert, Lokalpolitiker hatten Reden geschwungen, in denen es um Frankreich ging, und zwar zuerst um Frankeich. Die Camps, in denen sich die Flüchtlinge zusammengefunden hatten, die hinüber nach England wollten, wurden immer größer. Und weil London keine Anstalten machte, seine Tore und Tunnel zu öffnen, wurde es immer schwieriger, die Lager zu kontrollieren.

So war es auch und gerade hier im Dschungel, vor den Toren von Calais.

Das Geräusch eines Hubschraubers drang durch das geöffnete Fenster seiner Hütte, und Christian wusste, dass die Bodentruppen nicht lange auf sich warten lassen würden.

»Sie werden es räumen, Christian. Gegen jeden Widerstand.«

»Das dürfen sie nicht, das ist illegal!«

»Das ist dem zuständigen Staatssekretär scheißegal. Der will Minister werden.«

Draußen waren die ersten Schreie zu hören. Ganz offensichtlich hatten die Camp-Bewohner ebenfalls mitbekommen, dass dies kein guter Tag werden würde. Christian beendete das Gespräch und rannte nach draußen. Seine Organisation würde gegen die Räumung protestieren, aber dann war es bereits zu spät.

Ich muss etwas dagegen unternehmen, dachte er und hastete den kleinen Hang hinauf, vorbei an Zelten und Unterkünften aus Pappe und Wellblech.

Wieder einmal fragt niemand die Flüchtlinge selbst, fluchte er in sich hinein. Und als er weiter oben die Wagenkolonne sah, war er wütender, als er jemals zuvor gewesen war. Aus den Augenwinkeln sah er, wie mehrere Busse der Polizei Einsatzkräfte ausspuckten, er sah, wie die Beamten ihre Formation einnahmen, begleitet vom aufgeregten Kläffen einiger Schäferhunde und den aufgeregten Fragen zahlreicher Reporter.

Die Räumung hatte bereits begonnen.

»Hören Sie sofort auf!«

Christian hatte aus der Ferne bereits den Staatssekretär erkannt, der aus einem dunklen Wagen gestiegen war, mit der unbedingten Absicht, sich die Show nicht entgehen zu lassen.

Dies war ein großer Moment.

Sein großer Moment.

Christian hasste diese Politiker, die nur an die nächste Wahl oder an ihren nächsten Posten dachten und denen es völlig egal war, was aus mehreren hundert Flüchtlingen werden sollte, die in den nächsten Minuten abgeführt werden würden, weil sie sich illegal im Land aufhielten.

»Warten Sie!«

Er fiel einem Polizisten in den Arm, der gerade ein Zelt öffnen wollte.

»Sie dürfen das nicht, das ist ein freies …«

»Hau ab, du Idiot!«

Der Polizist drängte ihn zur Seite und riss das Zelt auf.

»Alle raus hier!«

Alle, das waren in diesem Fall eine Mutter, die mit vor Schreck geweiteten Augen auf den Eindringling blickte und dabei ihr Säuglingskind an die Brust drückte.

»Verdammt, lassen Sie sie …«

Er hatte keine Chance. Weitere Beamte drängten ihn zur Seite, während sie systematisch das Lager räumten. Er hörte die verzweifelten Schreie der Lagerbewohner, sah, wie Männer versuchten, die Eindringlinge aufzuhalten. Ein erster Schlagstock wurde eingesetzt. Die Polizisten versuchten offensichtlich, die Räumung ohne einen übertriebenen Einsatz von Gewalt durchzuziehen, immerhin war die Presse vor Ort.

Der Staatssekretär stand oberhalb des kleinen Hangs und gab Interviews, während er hinab auf die Räumung deutete und aussah wie ein Mann der Tat.

»Hören Sie sofort mit der Räumung auf!«

Christian hatte sich durch die Journalisten gedrängelt und schoss auf den Politiker zu. Sein Blick war wutverzerrt, er spürte, dass in diesem Augenblick die ganze Ungerechtigkeit dieser Welt vor den Toren von Calais versammelt war.

»Sie dürfen nicht …«

Ein Personenschützer packte ihn von hinten und drehte ihm den Arm auf den Rücken. Ehe er sich versah, wurde er von drei Sicherheitskräften umringt und abgeführt.

»Reißen Sie sich zusammen«, zischte ihm der Personenschützer ins Ohr, als wollte er ihn vor einer großen Dummheit bewahren.

Aber Christian hatte jede Zurückhaltung verloren. Er riss sich von den Männern los und stürmte den Abhang hinab. Etwa zwanzig Meter weiter sah er, wie drei Beamte einen jungen Mann zu bändigen versuchten, der wild um sich trat.

»Ihr Schweine!«

Mit Tränen in den Augen stürmte er auf die Polizisten zu und wollte gerade in den Kampf eingreifen, als plötzlich seine Knie einknickten und er zu Boden fiel. Überrascht bemerkte er, dass ihm schwindlig war und Blut an seiner Hand klebte. Dann kippte er zur Seite, sein Gesicht landete im Dreck und für ein paar letzte Sekunden verfolgte er den Kampf der Lagerbewohner gegen das Räumungskommando aus einer hochkantigen Perspektive.

»Christian!«

War das nicht die Stimme eines der Mädchen, die in seiner Hütte gewesen waren?

Wie hießen sie noch gleich?

Zorah. Und Nuria.

Dann wurde es schwarz um ihn herum.

Das Erste, was er hörte, als er wieder zu sich kam, war das Geräusch eines Baggers, der sich dicht neben ihm den Hang hinaufquälte. Schmatzend und kauend griffen die Zähne der gewaltigen Schaufel nach allem, was ihnen in den Weg kam, Zeltplanen und Eisenstangen flogen durch die Luft und zurück blieb ein trostloses Durcheinander aus Dreck und Abfall.

Es war ruhiger geworden, er hörte keine Schreie mehr.

Als der Bagger sich entfernt hatte, setzte er sich auf und fasste sich an den Kopf. Es würde eine große Beule bleiben, ansonsten schien er in Ordnung zu sein. Mühsam rappelte er sich auf und schüttelte sich den Staub von der Kleidung, als könnte er auch seine Wut abschütteln.

Es war vorbei.

Um ihn herum hatte sich der Dschungel aufgelöst, er stand inmitten einer Landschaft, die so wenig Leben aufwies, wie ein fremder Planet. Die Feuer waren ausgetreten, die Zelte und Behausungen abgerissen. Die Menschen waren fort, abtransportiert in andere Lager. Einige würde man ausweisen, andere würden sich wieder aufmachen, versuchen hinüberzukommen.

Die meisten sogar, da war er sich sicher.

Von irgendwoher hörte er einen Schrei.

Es war der Klagelaut einer Frau, der sich über das Lager erstreckte, ein hoher Schrei, der etwas Entsetzliches in sich trug.

Einen Verlust.

Christian lief mit dröhnendem Kopf in die Richtung, aus der die Schreie kamen, und als er eine kleine Baumgruppe umrundet hatte, konnte er sie sehen. Es war eine Afghanin, die verzweifelt versuchte, sich aus dem Griff zweier Beamter zu befreien. Sie war offensichtlich die Letzte, weiter oben stand ein Bus mit offener Tür.

Die Frau spuckte die Polizisten an, zerrte an ihnen und versuchte offensichtlich, zurück ins Lager zu laufen.

»Warten Sie.«

Er ging auf die Männer zu, die ihn misstrauisch anblickten. Beschwichtigend hob er die Hände.

»Ich mache das.«

Beruhigend legte er der Frau die Hände auf die Schulter, hob ihren Schleier auf, der zu Boden gefallen war und legte ihn ihr über den Kopf. Sie blickte ihn überrascht an, nur um kurz darauf wieder in ihr Wehklagen zu verfallen.

»Es ist gut. Alles ist gut.«

Er wusste nicht, was er ihr sonst hätte sagen sollen. Sie beruhigte sich allmählich, aber ihr Blick war so voller Leid und Angst, wie er es noch nie gesehen hatte. Während die Männer sie nun behutsam in Richtung Bus führten, sah er, dass ihre Lippen Worte formten.

Kurz darauf schloss sich die Heckklappe hinter ihr und vier weiteren Flüchtlingen und der Transporter fuhr ab.

Christian Darbon blickte ihm hinterher und dachte dabei an

Danielle, die in Paris war und die er in diesem Augenblick mehr vermisste als alles andere.

Er merkte, dass ihm kalt war, aber es lag nicht am Wind, der immer stärker wurde.

Es lag an dem, was die Frau gemurmelt hatte, während sie ihn flehentlich angeblickt hatte. Sie hatte Paschtu gesprochen, und es war eine einfache Frage gewesen, die er leicht hatte verstehen können, aber auf die er keine Antwort wusste.

Und die er bis zu seinem gewaltsamen Tod, zwei Jahre später, nicht vergessen würde.

»Wo sind unsere Mädchen?«

KAPITEL 17

Oberhalb von Honfleur
Im September
Heute

Der Morgen war noch taufrisch und zwischen den Bäumen hingen die Reste eines dichten Nebels. Ockerfarbene Blätter hingen in der feuchten Luft, der Herbst hatte beschlossen, mit einigen hastigen Pinselstrichen die Leinwand zu erobern, und er war nicht bereit, etwas Platz zu lassen, für ein letztes sommerliches Grün.

Zu dieser frühen Stunde war es still in den Wäldern, ein paar Kühe grasten gedankenverloren auf einer Weide entlang der Landstraße nach Deauville. Sie hoben nicht einmal den Kopf, als ein alter Linienbus sich mühsam den Hügel hinaufquälte, getrieben von einem schlecht gelaunten Fahrer, der die Strecke seit 25 Jahren fuhr und ihr immer noch nichts abgewinnen konnte. Hinten im Heck saß eine junge Frau, die schon schlecht gelaunt gewesen war, als sie vor zwei Stunden in Le Havre aufgebrochen war. Jetzt blickte sie müde aus dem Fenster, hinter dem die Landschaft sich nur mühsam aus dem feuchten Griff der Nacht befreite. Sie war der einzige Fahrgast. Als der Bus langsamer wurde, seufzte sie, griff nach ihrem Rucksack und ging nach vorne.

»Und Sie sind sicher, dass Sie hier rauswollen?«, fragte der Fahrer sie mürrisch.

»Ganz im Gegenteil«, antwortete die junge Frau, »ich bin mir ziemlich sicher, dass ich hier nicht rauswill.«

»Ich fahre Sie gerne weiter, bis nach Deauville.«

»Zurück nach Hause wäre noch besser.«

Die Türen öffneten sich mit einem Quietschen, das die Kühe kurz in ihrem gemächlichen Wiederkäuen innehalten ließ. Kurz darauf fuhr der Bus weiter, und die junge Frau blickte sich um. Gegenüber der kleinen Bushaltestelle bog eine unscheinbare Privatstraße in den Wald ab.

»Ach, Scheiße«, murmelte sie, schulterte ihren Rucksack und lief los, begleitet von einem leichten Wind, der den Nebel hinter ihr her trieb, und dem stumpfen Blick einer braun gefleckten Kuh. Ihre Schritte durchbrachen die Stille, während sie tiefer in den Wald eindrang. Schon bald war sie vollständig eingeschlossen von dichten Laubbäumen und der Vorahnung, dass sie einen sicheren Pfad verlassen hatte.

Was die junge Frau nicht wusste, war, dass sie an diesem Morgen nicht die Einzige war, die sich dem großen Anwesen des Comte de Tancarville näherte. Allerdings lief die andere Person nicht auf einer geteerten Privatstraße auf das Haupttor zu, sondern saß in einem sanft schaukelnden Ruderboot und blickte durch den dichten Nebel auf das sich nähernde Ufer.

Nicolas war erst vor wenigen Stunden aus Paris zurückgekehrt. Statt in sein Hotel zurückzufahren, hatte er seinen Wagen auf einen einsamen Parkplatz am Ufer der Seine gelenkt und hinaus in die Dunkelheit gestarrt, aus der sich ab und zu der Schatten eines Schiffes herausschälte. Direkt über ihm hatte sich der gewaltige Bogen des Pont de Normandie erstreckt, die Pfeiler standen wie dunkle Obelisken im kalten Wasser des Flusses. Nach einiger Zeit hatte er das Licht im Wagen angeknipst und die Unterlagen hervorgeholt, die der Butler des Comte ihm bei ihrem Treffen zur Verfügung gestellt hatte.

Zwei Stunden hatte er die Fotos, die Grundrisse, den Plan der Umgebung und die Analyse der Sicherheitsfirma studiert, die der Comte zu seinem Schutz engagiert hatte.

Dann, als das erste Licht des Morgens auf den höchsten Punkt der Brücke fiel, war er einige Kilometer zu Fuß am Fluss entlanggelaufen, bis er sein Ziel gefunden hatte. Und jetzt saß er in einem schaukelnden Ruderboot und fror, weil der kühle Wind durch seinen zu dünnen Anzug fuhr.

»Ich brauche wirklich mal andere Sachen zum Anziehen«, murmelte er, während er leise die Paddel ins Wasser setzte. Das Boot, das er bei einem Ruderverein gefunden hatte, glitt lautlos ans Ufer. Er sprang an Land und zog es unter einen dichten Busch. Seine Unterlagen hatte er im Auto gelassen.

Bevor Nicolas einen kleinen Hang hinaufstieg, blickte er noch einmal zurück. Der Wind schob den Nebel nun allmählich hinaus aufs Meer, und die gigantischen Umrisse des Pont de Normandie kamen zum Vorschein. Wie Schiffstaue hingen die dicken Stahlverstrebungen in der Luft, die Pfeiler glichen den turmhohen Masten eines Seglers, dessen Deck irgendwo unter Wasser lag und der nur darauf wartete, wieder emporsteigen zu können.

Nicolas blickte auf die Stelle, an der Christian Darbon an einem Seil gehangen hatte.

»Wer hat dich bloß dort hingehängt?«, überlegte er, während er auf seine Armbanduhr blickte. Es wurde Zeit. Er hatte eine Verabredung mit dem Comte, die er schon viel zu lange vor sich hergeschoben hatte.

Es war Zeit, seinen Auftrag zu beginnen.

Während Nicolas dem Hang folgte und sich vorsichtig dem Haupthaus des Anwesens von der Flussseite aus näherte, erreichte die junge Frau nicht weit davon entfernt das Haupttor. Misstrauisch blickte sie auf das Familienwappen, das mitten auf dem Tor prangte. Sie war immer noch schlecht gelaunt, auch der kurze Fußmarsch durch den Wald hatte daran nichts ändern können.

»Nun denn«, murmelte sie. »Dann bin ich also ein Zimmermädchen. Warum auch immer.« Sie fuhr sich über die Augen und rückte ihren Schal zurecht. Für einen kurzen Moment kam eine kleine Tätowierung am Hals zum Vorschein. Sie hatte die Form eines Ankers.

Als sie auf einen Knopf an der Seite des Tors drückte, war nichts zu hören. Ungeduldig starrte sie auf das Wappen. Ein springender Fisch und ein Schild mit einer gebrochenen Lanze. Sie wollte gerade noch einmal klingeln, als sie hinter sich ein Rascheln im Gebüsch hörte.

Sie drehte sich um und blickte angestrengt in die Schatten zwischen den Bäumen. Noch immer war das Blattwerk so dicht, dass sie kaum etwas erkennen konnte.

Es war still.

Einer der Schatten bewegte sich, sie war sich ganz sicher.

»Ist da jemand?«, fragte sie. Der Klang ihrer Stimme war das einzige Geräusch zwischen den hohen Bäumen.

Claire wollte gerade noch einmal rufen, als sie hinter sich ein Summen hörte.

Das Tor öffnete sich.

Als sie kurz darauf die Auffahrt hinaufging, drehte sie sich noch einmal um. Wind fuhr in die Zweige und die Blätter raschelten, die Schatten der Bäume verschoben sich.

»*Bonjour*, Sie müssen Mademoiselle Cantalle sein, nicht wahr?«

Ein älterer Mann, der sich auf einen Gehstock stützte, war aus dem Haupthaus gekommen. Mit langsamen Schritten umrundete er den großen Brunnen auf dem gekiesten Vorplatz, um sie zu begrüßen.

»Ja, das bin ich. Claire Cantalle. Sehr angenehm, Monsieur. Ich glaube, Sie erwarten mich bereits, tut mir leid, wenn ich etwas zu spät bin. Der Bus braucht offensichtlich den Hügel hinauf etwas länger, als es der Fahrplan vorsieht.«

Der alte Mann lächelte sie an, vermutlich hatte er ihre billige Ausrede schnell durchschaut.

»Unser gemeinsamer Freund hat nur Gutes über sie berichtet. Sie werden uns sicherlich sehr hilfreich sein im Haus. Es gibt viel zu tun, jetzt, unmittelbar vor dem Empfang.«

Claire blickte sich um. Das Haupthaus war ein wunderschönes Backsteingebäude mit Eck-Erkern, versehen mit Ornamenten

172

und in die Fassade eingesetzten Wappen. Efeu hatte sich im Stein festgebissen und rankte sich hinauf bis zum Dachgeschoss.

Das Haus war von einer einschüchternden Größe.

»18 Zimmer, fünf Bäder. Sie werden sich wohlfühlen.«

»Ich bin sehr gespannt«, antwortete Claire.

Der alte Mann stellte sich ihr höflich als Georges Dauzat vor und blickte sie verschmitzt an.

»Haben sie denn Erfahrungen als Zimmermädchen?«

Sie lächelte zurück und dachte an ihr eigenes Zimmer zu Hause in Le Havre.

»Ich werde mein Bestes geben.«

Kurz darauf blickte sie sich beeindruckt in der großen Eingangshalle um. Eine breite Marmortreppe führte in das obere Stockwerk, an der Decke hing ein ausladender Kronleuchter.

»Willkommen also«, sagte der Butler. »Ich schlage vor, ich stelle Sie zuerst Marthe vor, sie ist in der Küche. Anschließend bringe ich Sie kurz zum Comte. Und dann können Sie sich auch schon an die Arbeit machen.«

»Das Haus ist ja ganz schön gut bewacht.« Sie deutete durch ein Fenster hinaus in den Garten, wo ein Wachmann stand und zu ihnen herüberblickte. Der Butler winkte ihm zu.

»Ja, es gab da ein paar … Vorkommnisse, aber nichts, was Sie beunruhigen müsste, Mademoiselle Cantalle.«

Aber den Comte, dachte Claire, behielt diesen Gedanken aber lieber für sich.

Sie traten rechterhand in einen kleinen Gang und kamen in eine große, einladende Küche. Am Herd stand eine ältere Frau und rührte in einem großen Topf. Auf einem Hocker saß ein Mann und las eine Zeitung, vor ihm stand eine Tasse Kaffee.

Claire fühlte sich sofort wohl, und langsam spürte sie, wie die Wärme wieder in ihre Glieder zurückkehrte. Zudem merkte sie, dass sie Hunger hatte, sie hatte unten in Honfleur nur schnell ein Croissant gekauft, während sie auf den Bus gewartet hatte. Und hier in der Küche roch es so gut, dass sie spüren konnte, wie ihr Magen Purzelbäume schlug.

»Marthe, das hier ist Claire Cantalle. Ich habe dir von ihr erzählt.«

Die ältere Frau wischte sich die Hände an ihrer Schürze ab.

»Hallo, mein Kind! Herzlich willkommen bei uns, hast du schon gefrühstückt?«

Kurz darauf saß Claire an einem großen Holztisch, vor sich einen Kaffee und frisches Brot, und nahm sich vor, sich bei Gelegenheit bei Nicolas zu entschuldigen. Das hier war gar nicht so schlimm, wie sie erwartet hatte, als er sie gestern angerufen hatte.

»Spinnst du, Nicolas? Du willst, dass ich dort als angebliches Zimmermädchen arbeite? Ich will Polizistin werden.«

»Du sollst für mich die Augen aufhalten, Claire. Ist es nicht das, was Polizisten tun sollten? Außerdem bist du zurzeit arbeitslos.«

»Arschloch. Ich bin nicht arbeitslos, ich bin Polizeianwärterin.«

»Du wirst es mögen, der Butler weiß Bescheid, alle anderen nicht.«

Und jetzt erklärte ihr Georges Dauzat kurz die Abläufe. Sie würde vor allem als Zimmermädchen aushelfen und ansonsten bei der Vorbereitung des großen Empfangs in zwei Tagen mit anpacken.

»Für Samstag haben wir natürlich zusätzliches Personal gebucht«, erklärte ihr der Butler, der am Kopfende des großen Tisches Platz genommen hatte und die Suppe probierte, die Marthe ihm hingestellt hatte.

Er schüttelte den Kopf.

»Mehr Salz, Marthe. Und zwei Lorbeerblätter.«

Er lächelte Claire an.

»Nach so vielen Jahren hier im Haus kenne ich die Geschmäcker ziemlich genau.«

»Auch die speziellen«, ergänzte der Mann auf dem Hocker,

der sich Claire als Alain vorgestellt hatte. Er war der Gärtner auf dem Anwesen, Claire schätzte ihn auf etwa fünfzig Jahre. Alain war ein ruhiger, zurückhaltender Mann, und nachdem er sich für seine Bemerkung einen strengen Blick von Georges Dauzat eingehandelt hatte, saß er den Rest des Gesprächs schweigend in der Küche.

»Und wie ist der Comte so?«, wollte Claire wissen. »Ich meine, wer so viel Geld hat, der hat doch meistens einen Schuss, oder? Also, ich hätte einen Schuss, wenn ich in so einem Haus wohnen würde, so ganz alleine.«

Der Butler räusperte sich, und Claire merkte, dass sie wieder einmal zu schnell gesprochen und zu langsam gedacht hatte.

»Aristide de Tancarville hat keinen Schuss, Mademoiselle. Er ist ein äußerst honoriger Mann, der sein Geld umsichtig einsetzt, auch zum Wohle anderer.«

»Entschuldigen Sie, das war vielleicht etwas flapsig formuliert.«

»Allerdings.«

Sie wollte sich gerade nochmals entschuldigen, als die Köchin auf die Uhr blickte und aufsprang.

»Kinder, Schluss jetzt. *Monsieur le Comte* frühstückt um halb neun, ich bringe ihm gleich das Tablett hoch.«

Der Butler nickte und deutete auf Claire.

»Das kann Mademoiselle Cantalle doch machen, ich wollte sie ohnehin dem Comte vorstellen.«

Prima, dachte Claire. Und ich lass es dann wahrscheinlich fallen und Nicolas muss auf mich verzichten.

Kurz darauf betrat sie gemeinsam mit dem alten Butler das Esszimmer. Ein großer Tisch stand in der Mitte, am Kopfende war für eine Person gedeckt. Daneben lagen zwei Tageszeitungen und ein Tablett.

»*Monsieur le Comte* will immer auf dem neuesten Stand sein«, murmelte der Butler und bedeutete ihr, das Tablett auf den Tisch zu stellen. Claire atmete tief durch, sie war froh, in den

Zimmern eingesetzt zu werden. Da konnte sie weniger fallen lassen.

»Kommen Sie, er ist bestimmt im Wohnzimmer und trinkt seinen Espresso.«

Durch eine breite Doppeltür gelangten sie in einen großen Raum, der ganz offensichtlich das Herzstück des Hauses war. Eine breite Fensterfront gab den Blick auf die Mündung der Seine frei, die noch immer von Nebel verhangen war. Ein Flügel stand in einer Ecke des Wohnzimmers, ein großer Kamin sorgte im Winter für die nötige Wärme.

»Monsieur, das Frühstück ist angerichtet. Und ich würde Ihnen gerne unser neues Zimmermädchen vorstellen. Sie wird im Vorfeld Ihres Empfangs hier aushelfen.«

Aristide de Tancarville stand am Fenster, und Claire dachte, dass er von hinten exakt so aussah, wie sie sich einen Comte vorgestellt hatte. Er trug einen dunkelblauen, zart gestreiften Maßanzug und hielt sich kerzengerade. In der linken Hand balancierte er eine weiße Untertasse, auf der eine kleine Espressotasse stand. Sein Blick ging hinaus in den Garten und über die Baumwipfel, dorthin, wo der Pont de Normandie zu erkennen war.

Er schien sie nicht gehört zu haben, und der Butler räusperte sich. Er wollte gerade erneut den Comte ansprechen, als Claire nach seinem Arm griff.

»Nicht.«

Verwundert blickte Georges Dauzat sie an.

»Hören Sie«, flüsterte sie und zeigte auf die Tasse in der Hand des Comte.

Jetzt hörte der alte Butler es auch.

Die Tasse klapperte.

Die Hand des Comte zitterte leicht. Claire konnte sehen, wie etwas Espresso über den Rand der Tasse schwappte. Georges Dauzat machte einen Schritt nach vorne.

»Monsieur? Ist alles in Ordnung?«

»Nein.«

Der Comte flüsterte, als hätte er den Mund kaum geöffnet, beim Sprechen. Der Butler wollte zu ihm treten, aber der Comte hob nun langsam die rechte Hand.

Sie sollten dort stehen bleiben.

Claire blickte sich um. Seitlich von ihr war eine Sitzgruppe. Mit langsamen Schritten ging sie dorthin, während Georges Dauzat von seiner Position aus mit dem Comte sprach.

»Ist Ihnen nicht gut, Monsieur?«

»Roter Punkt.«

Wieder war es nur ein Flüstern.

Claire durchschritt behutsam den Raum, bis sie seitlich zu den großen Fenstern stand.

»Monsieur, soll ich die Sicherheitsleute holen?«, fragte Dauzat besorgt.

Der Comte hob erneut die Hand.

Claire näherte sich ihm von der Seite, langsam und vorsichtig, bis sie wenige Meter neben ihm stand, seitlich der Fenster. Von draußen war sie nicht zu sehen.

Das Geräusch der klappernden Tasse war das Einzige, was sie hörte.

Was hat er nur?, fragte sie sich. Sie konnte jetzt sein Profil erkennen, die scharfkantige Nase, den stechenden Blick der blauen Augen.

Die flackernden Augenlider.

Aristide de Tancarville hatte Angst, und als Claire noch einen Schritt auf ihn zuging, konnte sie auch sehen, warum.

Auf seiner Brust, direkt unterhalb des weißen Einstecktuchs, zeichnete sich ein roter Punkt ab.

Jemand hatte ihn im Visier.

Sie drehte sich zu Georges Dauzat um.

»Jemand zielt auf ihn. Da ist ein roter Punkt auf seiner Brust.«

»Oh mein Gott.«

Sie konnte sehen, wie der Butler seinen Gehstock fester umfasste und sich mit der anderen Hand auf einer Kommode abstützte.

»Kommen Sie nicht näher«, sagte sie.

»Nicht näher«, flüsterte auch der Comte. Er zitterte jetzt heftiger, Claire konnte sehen, wie sich Schweißflecken unter seinen Armen bildeten.

Sie holte tief Luft.

Was für eine Scheiße, dachte sie.

»Monsieur, ich bin Claire Cantalle, ihr neues Zimmermädchen. Ich stehe links von ihnen, hinter der Statue.«

Der sehr hässlichen Statue, dachte sie.

Aristide de Tancarville runzelte die Stirn, nickte dann aber langsam.

Claire überlegte fieberhaft. Sie sah, wie der rote Punkt langsam über die Brust in Richtung Herz wanderte. Ihnen blieb keine Zeit, die Sicherheitsleute zu informieren.

Der Schütze konnte jederzeit abdrücken. Wo immer er auch war. Versteckt im Nebel.

»Monsieur, ich zähle jetzt bis drei. Dann werde ich versuchen, Sie umzurennen, verstehen Sie mich?«

Der Comte schüttelte kaum merklich den Kopf.

»Zu gefährlich.«

»Stimmt. Aber eine andere Idee habe ich gerade nicht. Ich bin ja auch eher für die Zimmer zuständig, nicht wahr?«

Hinter ihnen stand immer noch Georges Dauzat und überlegte fieberhaft, was zu tun war.

»Mademoiselle Cantalle, sind Sie sicher …«

»Nein, aber ich wollte ja auch nicht aus dem Bus aussteigen. Und habe es trotzdem gemacht.«

Die Tasse klapperte jetzt noch stärker, und Claire holte tief Luft. Sie blickte aus dem Fenster, wo der Nebel langsam verschwand.

Die Sicht für den Schützen wurde besser.

Es war an der Zeit.

»Achtung, ich zähle. Eins – zwei – …«

Der Punkt war verschwunden.

Sie hielt inne und blickte verblüfft auf die Brust des Comte.

Für einen kurzen Moment war der Punkt tatsächlich verschwunden.

Dann erschien er wieder.

Diesmal auf der Stirn des Comte.

»Was soll denn das …?«, murmelte Claire. Aristide de Tancarville hatte den Kopf jetzt in ihre Richtung gedreht und blickte sie fragend an.

»Monsieur, ich versteh es selbst nicht ganz. Aber der Punkt ist jetzt grün. Was womöglich bedeutet, dass Sie sich bewegen können. Wie an einer Ampel, wissen Sie? Nach Rot. Also Gelb gibt es jetzt hier nicht, aber was sollte Gelb auch bedeuten …«

Mit einem lauten Scheppern fiel die Tasse zu Boden. Im gleichen Augenblick deutete Georges Dauzat nach draußen, wo sich langsam eine Gestalt aus dem Nebel herausschälte.

»Du blöder Arsch«, murmelte Claire, als sie sah, wer auf sie zukam.

KAPITEL 18

Es war sein dritter Espresso, und wenn Roussel den gestrigen Tag mitzählte, dann hatte er in den vergangenen 24 Stunden acht Tassen davon getrunken. Jeweils mit zwei Tütchen Zucker, das ergab zusammengerechnet eine Vollkatastrophe für seine Gesundheit.

Jetzt saß er im *Café du Coin* direkt gegenüber des *Commissariat* und blickte hinaus in den trüben Himmel und auf sein noch trüberes Spiegelbild. Der nächtliche Ausflug nach Paris war ihm deutlich anzusehen. Er war gegen Mitternacht in der Rue Jean Moinon in Paris angekommen, nach einer verregneten Fahrt und zwei Pappbechern Espresso. Mehr als vier Stunden lang hatte er gemeinsam mit den Kollegen aus Paris die Wohnung auf den Kopf gestellt, hatte mit der Spurensicherung geredet und immer wieder die Aufzeichnungen, die mutmaßlich von Christian Darbon stammten, auf der Innenseite des Bücherregals studiert. Schließlich hatte er alles abfotografiert und nun, da er seit einer halben Stunde wieder zurück in Deauville war, lagen die Abzüge vor ihm auf dem kleinen Bistrotisch.

Die Tür des Cafés öffnete sich, als Yves Colinas und Sandrine Poulainc eintraten. Sie nickten der Bedienung zu und setzten sich zu Roussel an den Tisch. Wortlos griffen sie nach den Abzügen und begannen, sie gründlich zu studieren. Zwanzig Minuten später standen drei leere Tassen zwischen ihnen, und immer noch schwiegen sie. Ab und zu war das Kritzeln eines Stiftes auf einem Notizblock zu hören.

Schließlich lehnte sich Yves Colinas zurück, nahm seine Brille ab und fuhr sich müde übers Gesicht.

»Schöne Scheiße«, murmelte er.

»Allerdings«, fügte Sandrine Poulainc hinzu.

Luc Roussel tippte auf die Fotos vor ihnen auf dem Tisch.

»Das hier ist viel mehr als nur eine schöne Scheiße«, sagte er mit kalter Stimme. »Das ist schlimm. Sehr schlimm.«

Sandrine Poulainc nahm ein Foto vom Tisch und hielt es hoch.

»Ich kann es noch immer nicht glauben. Ausgerechnet er.«

Es war die Aufnahme von Aristide de Tancarville, die in der Mitte der Wand gesteckt hatte und zu der alle Fäden gelaufen waren.

Roussel blickte das abfotografierte Bild voller Verachtung an.

»Die Kollegen in Paris prüfen jetzt alles nach, was dieser Christian Darbon und seine Freundin herausgefunden haben. Wenn das alles stimmt, was sie zusammengetragen haben, dann ist das hier unser Mann. Aber noch haben wir gar nichts.«

»Kaum zu glauben, dass wir davon nichts mitbekommen haben«, wunderte sich Colinas. »Es muss doch ein richtiges Netzwerk geben.« Er stand auf und lief im Café hin und her.

Sandrine Poulainc blickte auf einen Zeitungsartikel, den Roussel ebenfalls in der Rue Moinon abfotografiert hatte.

Er war vor etwa zwei Jahren erschienen. Einen Tag, nachdem ein Lager in Calais geräumt worden war, das unter dem Namen »Dschungel« bekannt war. Christian Darbon hatte mit rotem Filzstift etwas danebengeschrieben.

Eine Frage.

Wo sind die Mädchen?

»*Salut*, zusammen.«

Keiner von ihnen hatte gehört, wie Michel Bonnet, ihr ehemaliger Chef, das Café betreten hatte. Sandrine Poulainc stand auf und begrüßte ihn, während Colinas eine weitere Runde Kaffee bestellte.

»Ich habe Michel hergebeten«, erklärte Roussel seinen verdutzten Kollegen.

»Ich dachte, Sie wollten lieber angeln, Chef?«

»Und dabei bleibt es auch, Yves«, erklärte Bonnet. »Aber Roussel hat mich um etwas gebeten. Und jetzt bin ich hier.«

Sandrine Poulainc schaute aus den Augenwinkeln zu Roussel hinüber. Sie hatte das Gefühl, dass er einiges von seinem herrischen Temperament und seiner Machohaftigkeit verloren hatte, seit sie in Villers-sur-Mer den Keller des *Kakadu* betreten hatten.

Roussel stellte Bonnet einen Stuhl an den Tisch und erklärte ihm in wenigen Minuten die Lage. Der ehemalige Leiter des *Commissariat* überflog einen kurzen Augenblick die Fotos.

»Schöne Scheiße«, sagte er dann und atmete langsam aus. »Habe ich das richtig verstanden: Es gibt hier an der Küste eine Art Netzwerk, das womöglich Frauen verschleppt hat, die illegal hier sind? Und das diese dann unter der Hand anbietet?«

»Nicht Frauen. Mädchen«, fügte Colinas hinzu.

»Und woher kommen diese Mädchen?«, fragte er.

»Vermutlich aus Afghanistan. Oder Pakistan. Immer mehr Familien aus diesen Ländern versuchen, von hier aus nach England hinüberzukommen. Es heißt, oben in Calais versuchen jede Nacht hunderte, auf die Lkw zu klettern, die vor der Verladestation warten.«

»Neulich erst haben mehrere Flüchtlinge versucht, heimlich auf die Fähre von Le Havre hinüber nach Southampton zu kommen«, erklärte Sandrine Poulainc.

Bonnet dachte einen Augenblick nach.

»Und ihr meint, diese Mädchen wurden aus einem der Flüchtlingslager entführt.«

Roussel tippte auf die Abzüge.

»Das ergeben zumindest die Recherchen von Christian Darbon und seiner Freundin Danielle. Die Kollegen in Paris prüfen das jetzt, mal sehen, wie weit sie kommen.«

Bonnet zeigte auf das Foto des Comte.

»Dass er hier der Kopf sein soll, kommt mir einigermaßen logisch vor.«

Die anderen drei blickten ihn überrascht an. Sie hatten eher daran gezweifelt, dass jemand wie der Comte de Tancarville tatsächlich in diese Sache verwickelt sein sollte. Aber kaum jemand kannte die Menschen an der Küste besser als Michel Bonnet.

»Wie kommst du darauf, Michel?«, fragte Yves Colinas.

»Wer so etwas macht, der macht es nicht alleine. Er braucht Mitarbeiter, Gehilfen. Sehr verschwiegene Gehilfen. Und dafür braucht er Geld. Viel Geld.«

»Das haben andere auch«, wandte Roussel skeptisch ein.

»Das ist richtig. Aber haben die auch sowohl eine Baufirma, als auch eine Spedition, die beide an der gesamten Küste operieren?«

Die drei Beamten schwiegen.

»Aristide de Tancarville ist sehr vermögend, und zwar deshalb, weil er in unterschiedliche Bereiche investiert. Unter anderem hat er eben eine sehr erfolgreiche Baufirma, die vor allem eines macht: Abrissarbeiten, und zwar im großen Stil. Und er ist an einer großen Spedition beteiligt, die die Häfen entlang der Küste anfährt. Le Havre, Dieppe, Boulogne, Calais. Und natürlich Deauville, Caen, bis in den Cotentin hinein. Es ist ein großes Logistik-Netzwerk.«

»Aber das macht ihn noch lange nicht zum Kopf eines Mädchenhändlerrings.«

»Wir wissen doch gar nicht genau, ob es diesen Ring wirklich gibt«, wandte Sandrine Poulainc ein.

»Christian Darbon glaubte daran«, antwortete Roussel.

»Aber wir haben überhaupt keine Beweise!«

»Wartet«, unterbrach Bonnet die aufgebracht durcheinanderredenden Kollegen. »Es gibt noch etwas, das den Comte interessant macht.« Er deutete auf die Fotos auf dem Tisch, auf denen auch die Gesichter der Männer zu erkennen waren, die an der Regalwand in der Pariser Wohnung gehangen hatten.

Männer in dunklen Anzügen.

Männer, von denen sie zumindest einige erkannten.

»Wenn das hier Männer sind, die womöglich Mitglieder oder Kunden des Rings sind, dann haben sie eines gemeinsam: Aristide de Tancarville kennt sie alle.«

»Warum denn das?«, entfuhr es Roussel.

Bonnet zwinkerte ihm zu.

»Weil diese Gesellschaft sich eben kennt, mein lieber Roussel. Nur weil der Comte in der beschaulichen Normandie sitzt, heißt das noch lange nicht, dass er abgeschnitten ist vom Rest des Landes.«

Wieder zeigte er auf die Fotos.

»Ich sehe da einen Teilhaber bei einer seiner Firmen. Ich sehe einen alten Studienfreund. Und da noch einen. Mit dem hier macht er Urlaub, er ist Staatsanwalt in Paris. De la Haye heißt er, glaube ich.«

Yves Colinas pfiff leise durch die Zähne.

»Dann sollten wir mal mit dem Comte reden, oder?«

»Nein, sollten wir nicht«, fuhr ihn Roussel an. »Ich habe einen anderen Plan.«

Sie wurden unterbrochen, als sich die Tür des Cafés erneut öffnete und ein hektisch schnaufender Alphonse hereinstolperte.

»Entschuldigen Sie die Störung ... oh, hallo Chef!« Er strahlte Bonnet an.

»Alphonse, was gibt es?«, schnauzte ihn Roussel an.

»Also, ich wollte nur sagen: Es gab offensichtlich wieder einen Zwischenfall, diesmal bei dem kleinen Lebensmittelladen, drüben gleich hinter der Brücke, wisst ihr, der die leckeren ...«

»Alphonse!«

»Entschuldigung. Jedenfalls, drei Kerle wollten was klauen. Und angeblich sind es dieselben, die neulich den Fisch gestohlen haben.«

Roussel blickte ihn verärgert an.

184

»Verdammt, Alphonse, dann gehen Sie halt hin und klären Sie das auf. Wir haben dafür wirklich keine Zeit.«

Entgeistert blickte Alphonse ihn an.

»Ich? Aber ich habe doch am Empfang …«

»Dann stellen Sie das Telefon um. Es sind doch nur ein paar Schritte. Das schaffen Sie schon.«

»Äh …«

»Auf Wiedersehen, Alphonse!«

Die Tür schloss sich mit einem leisen Klacken, und die Besitzerin des Cafés blickte Alphonse mit einigem Mitleid hinterher. Roussel packte die Fotos zusammen und legte den Werbezettel eines Restaurants auf den Tisch.

»Das ist der Flyer eines Restaurants in Étretat«, erklärte er. »Es ist das *Chez Jef*.«

Er zeigte auf den Werbespruch.

»Ihr wisst schon, wie in dem Lied von Brel. Fritten und Muscheln. Muscheln und Fritten.« Er blickte kurz zu Sandrine Poulainc hinüber. Sie hatte bei seiner Bemerkung gelächelt.

»Dieser Flyer lag bei dem toten Mädchen zwischen den Mülltonnen«, erklärte Roussel. »Und Serge, der Barkeeper, hat uns erzählt, dass das Ganze womöglich über Restaurants entlang der Küste läuft.«

Durch die Fensterscheibe konnten sie sehen, wie Alphonse mit gesenktem Kopf in Richtung Brücke lief, er kaute aufgeregt an einem Stück Brot, das er offensichtlich in seiner Verzweiflung noch aufgetrieben hatte.

Roussel drehte den Flyer herum, so dass seine Kollegen ihn genau betrachten konnten. Er senkte seine Stimme, als befürchtete er, dass jemand ihre Pläne mitbekommen könnte.

»Ganz egal, was sich hinter dem *Chez Jef* möglicherweise verbirgt – es ist immer noch ein Muschelrestaurant. Und deshalb finde ich, wir sollten einfach mal hinfahren und Muscheln essen. Und sehen, was dabei herauskommt.«

Sandrine Poulainc runzelte die Stirn.

»Aber die erkennen uns doch, von uns allen waren Bilder in der Zeitung, wie wir vor dem *Kakadu* stehen.«

Roussel lächelte kurz.

»Aber unseren alten Angler, den kennen sie nicht.«

Ein halbe Stunde später standen die vier Männer auf und bezahlten ihre Kaffees. Michel Bonnet griff nach seiner Angeltasche und wollte gerade zur Tür gehen, als Sandrine Poulainc noch etwas einfiel.

»Was ist mit François Faure, dem Minister? Von ihm gibt es auch ein Foto, gehört er ebenfalls dazu?«

»Er ist ein alter Freund des Comte«, versuchte Roussel zu erklären. »Wenn mich nicht alles täuscht, ist Aristide de Tancarville einer seiner größten Spendensammler.«

»Also könnte er auch zum Ring gehören«, erwiderte Sandrine Poulainc.

»Glaube ich nicht«, sagte Michel Bonnet und setzte seine Mütze auf. »Faure ist ein wildes Tier, wenn es um Frauen geht. Das ist bekannt. Aber er braucht dafür keine jungen Mädchen in einem Keller.«

Yves Colinas hielt ihm die Tür auf.

»Aber warum sollte Christian Darbon dann ein Foto von ihm auf seine Regalwand geklebt haben?«

Michel Bonnet prüfte die Windrichtung und entschied dann, dass er heute unterhalb der Marina angeln gehen würde. Er blickte seine Kollegen erstaunt an.

»Na, das ist doch ganz offensichtlich«, sagte er fröhlich.

»Und zwar?«, fragte Roussel.

»Weil François Faure vor zwei Jahren Staatssekretär war, als der Dschungel von Calais geräumt wurde. Wenn mich nicht alles täuscht, war er sogar dafür verantwortlich.«

KAPITEL 19

Anwesen des Comte
Kurz darauf

Der Nebel begann sich aufzulösen. Von dem schweren Ledersessel aus, in dem er Platz genommen hatte, konnte Nicolas die Baumwipfel sehen, die in einiger Entfernung die Grenze des Anwesens markierten. Durch die feuchten Wiesen führten an mehreren Stellen kleine Pfade, von denen einer bis hinab zum dunklen Wasser der Seine führte, das er vor einer guten halben Stunde mit einem kleinen Ruderboot überquert hatte. Jetzt saß er in einem kleinen, holzvertäfelten Kaminzimmer, das offensichtlich die Bibliothek des Comte darstellte, und wartete darauf, dass eine ältere Angestellte, die sich ihm als Marthe vorgestellt hatte, ihm eine Tasse Tee einschenkte. Hinter ihm reichten Bücherwände bis unter die Decke, er konnte vor allem Geschichtsbände und schwere Atlanten erkennen. Er fragte sich, ob er etwas entdecken würde, wenn er die Regale ausräumen und die Bretter herausnehmen würde.

Die ältere Angestellte blickte ihn misstrauisch an und entschwand dann leise durch eine Tür im hinteren Teil der Bibliothek. Nicolas schloss die Augen und rief sich den Grundriss in Erinnerung, den Georges Dauzat ihm überlassen hatte. Marthe würde durch einen kleinen Gang gehen, dann nach links abbiegen und über zwei Treppenstufen hinab in ihre geräumige Küche zurückkehren. Der Herd war in einer Kücheninsel eingelassen, gegenüber waren die Arbeitsfläche und ein Regal angebracht, vermutlich für Gewürze. Mittelpunkt des Raumes aber war ein breiter, einladender Holztisch, an dem sich die Angestellten des

Hauses zum Essen trafen. Direkt vor dem Durchgang in die Küche führte eine Treppe hinab in den Keller, von dem Nicolas nur wusste, dass er mehrere Räume enthielt.

In diesem Augenblick öffnete sich die Tür zur Bibliothek.

»Bleiben Sie bitte sitzen.«

Nicolas hatte nicht vorgehabt aufzustehen, aber offensichtlich war es der Comte gewohnt, dass die Leute sich so verhielten, wenn er einen Raum betrat.

Womöglich erst recht, wenn sie ihn kurz zuvor zu Tode erschreckt hatten.

»Schmeckt der Tee? Ich bevorzuge Espresso.«

»Ich weiß«, antwortete Nicolas, während sich Aristide de Tancarville ihm gegenüber in einen zweiten Ledersessel setzte und den Blick nach draußen richtete, wo vier Männer am Rande eines kleinen künstlichen Teiches standen und aufgeregt miteinander diskutierten.

Das Sicherheitspersonal hat Gesprächsbedarf, dachte Nicolas.

»Sie trinken vier Stück am Tag«, fuhr er fort, während er seinen Tee umrührte. »Drei davon vor dem großen Fenster, den ersten am Tag hingegen am Tisch, wo Sie sich über die Nachrichtenlage informieren. Marthe verwendet ausschließlich Bohnen aus der Medellin-Region, aus tausendfünfhundert Meter Höhe. Sie achten auf ihren Cholesterinspiegel, hassen jedoch Sport. Ihre Anzüge kommen aus Mailand, ihre Krawatten aus London. Sie haben vier verschiedene Armbanduhren, zwei von Patek, eine Piaget und ein Modell aus der Schweiz, die Marke heißt IWC, wenn ich mich nicht täusche. Und, mit Verlaub, Sie schaffen es nicht, mit dem Rauchen aufzuhören. Auch wenn Sie das sofort bestreiten werden.«

Aristide de Tancarville gelang es nicht, seine Überraschung zu verbergen. Er wandte sich Nicolas zu und zog die rechte Augenbraue hoch.

»Sie haben sich offensichtlich gut auf mich vorbereitet«, sagte er mit leiser Stimme. Nicolas bemerkte, dass seine Stirn leicht glänzte, offenbar hatte der Comte den Schock des roten Punktes auf seiner Brust noch nicht ganz überwunden.

»Bis auf das mit dem Rauchen ist alles richtig.«

Nicolas lächelte.

»Sie haben einen Tabakkrümel auf Ihrem linken Manschettenknopf. Die kaufen Sie übrigens ebenfalls in London, wo Sie einmal im Monat sind, um bei Ihren Beteiligungen vorbeizuschauen. Und bei Ihrem Sohn, obwohl diese Treffen oft nicht zustande kommen. Sie fliegen First Class, Ihren eigenen Jet haben Sie vor drei Jahren verkauft.«

»Er lohnte sich nicht mehr.«

»Das tat er tatsächlich nicht.«

Aristide de Tancarville stand auf und strich mit dem Finger über den Buchrücken einer Biographie über Otto Bismarck. Nicolas musterte seine Schutzperson, die eingehüllt in teure Seide und ein scheinbar unerschütterliches Selbstbewusstsein vor ihm stand und ganz offensichtlich nicht glücklich darüber war, wie ihr erstes Aufeinandertreffen verlief.

»François Faure versprach mir, seinen besten Mann zu schicken. Jetzt sind Sie hier. Und zudem noch sehr spät. Die Drohungen könnten längst umgesetzt worden sein.«

»Sie nehmen sie doch gar nicht wirklich ernst«, erwiderte Nicolas und stand ebenfalls auf, nachdem er seine Teetasse auf einem kleinen Tisch aus Teakholz abgestellt hatte.

Überrascht drehte sich der Comte zu ihm um.

»Wie kommen Sie darauf? Immerhin wird für übermorgen mein Tod angekündigt. Wie könnte ich das nicht ernst nehmen?«

Nicolas zeigte nach draußen, wo noch immer die vier Männer standen und diskutierten.

»Sie haben insgesamt sieben Männer engagiert, von einer Sicherheitsfirma in Rouen. Für ein Anwesen von dieser Größe sind das viel zu wenig, es sei denn, es soll nur abschreckend wirken. Zudem kennt sich keiner dieser Männer wirklich auf Ihrem Anwesen aus.«

»Wie kommen Sie darauf?«

»Sie bewegen sich völlig unkoordiniert auf dem Gelände, es reicht, sie aus der Deckung heraus für zehn Minuten zu beobachten, um die Lücken zu sehen.«

»Und weiter?«

»Sie haben, seit die Drohungen aufgetaucht sind, mehrmals Ihr Anwesen verlassen, zuletzt vorgestern am späten Abend.«

»Immer mit einem Bewacher.«

»Wenn Sie die Drohungen ernst nehmen würden, würden Sie hierbleiben. Und Ihren Espresso im Schlafzimmer trinken, denn das ist der einzige Raum im Haus, vor dessen Fenster es kein freies Schussfeld gibt. Sie hingegen stellen sich direkt vor das große Panoramafenster. Also, warum haben Sie keine Angst, Monsieur?«

Der Comte ging zu einem kleinen Beistelltisch und goss etwas Whisky in ein schweres Kristallglas. Nachdem er einen Schluck genommen hatte, blickte er Nicolas erwartungsvoll an.

Er ist ein Spieler, dachte Nicolas. Ein Machtmensch und ein Spieler. Und womöglich noch viel mehr.

Roussel hatte ihm bei ihrem nächtlichen Aufeinandertreffen in Paris deutlich zu verstehen gegeben, was Nicolas' eigentliche Aufgabe auf dem Anwesen sein müsste: Herauszufinden, ob der Comte tatsächlich an einem Ring beteiligt war, der Mädchen entführte und sie Kunden anbot.

Nicolas sollte Aristide de Tancarville nicht nur beschützen. Er sollte gleichzeitig klären, ob er ins Gefängnis gehörte.

Ein roter Teppich bei einem internationalen Gipfel ist nichts dagegen, dachte Nicolas und blickte auf das schwere Glas in der Hand des Comte. Er hatte noch mehr Fakten.

»Bruichladdich. Single Malt. Sehr rauchig. Von der Insel Islay. Was aber kein Wunder ist, denn die Brennerei gehört mittlerweile einer Gruppe aus Frankreich, an der Sie beteiligt sind. Ich glaube mit sieben Prozent.«

»Sieben Komma fünf.«

»Verzeihen Sie den Fehler.«

Nicolas und der Comte standen sich gegenüber, während der Whisky in gleichmäßigen Kreisen durch das Glas in der rechten Hand des Comte strich.

»Sie wollten wissen, warum ich keine Angst habe«, sagte Aristide de Tancarville schließlich.

»Das wollte ich.«

Der Comte blickte nach draußen zu den Männern, die dabei waren, wieder ihre Positionen einzunehmen, die ihm das Leben nicht sichern würden. »Weil ich Menschen verabscheue, die aus der Deckung heraus agieren«, erklärte er. »Ich bevorzuge das offene Visier, und ich werde mich nicht beugen, wenn der Feind das anders sieht. So hat meine Familie es stets gehalten. Und so halte ich es auch.«

Jetzt klingt er wie Bismarck, dachte Nicolas. Er hatte diese Antwort erwartet.

»Und wer ist der Feind?«

Der Comte zuckte mit den Schultern.

»Das ist Aufgabe der Polizei. Ich weiß nur, dass Männer wie ich natürliche Feinde haben. Kreaturen, geboren aus Neid und Missgunst, mit fauligem Atem und einer Herkunft, die so weit von meiner entfernt ist, dass ich sie selbst mit einem Vergrößerungsglas nicht im Dreck erkennen kann.«

Im Haus wurde eine Tür geschlossen, Nicolas vernahm Schritte.

»Was schlagen Sie also vor, Monsieur Guerlain? Wie wollen wir mich vor diesen Kreaturen beschützen, die ich nicht fürchte und die mir den Empfang am Samstag auch nicht kaputt machen werden.«

Nicolas lächelte, während er auf die Uhr blickte.

Es war mittlerweile später Vormittag.

»Sie, *Monsieur le Comte*, machen gar nichts. Sie machen genau so weiter. Und ich kümmere mich um den Rest. Bis Samstag sind es ja noch zwei Tage.«

»Sie glauben also nicht, dass es vorher passieren könnte, wenn es überhaupt passiert?«

»Nein, das glaube ich tatsächlich nicht. Sie wären sonst bereits tot.«

Die Schritte kamen näher, und die Tür zur Bibliothek wurde vorsichtig geöffnet.

»Ah, da sind Sie ja, Monsieur Guerlain. Georges Dauzat bat mich, Ihnen Ihr Zimmer zu zeigen. Ich habe alles frisch bezogen.«

Nicolas blickte zu der jungen Frau, die heute ihren Dienst als Zimmermädchen begonnen hatte und die er seit dem Gipfel von Deauville vor sechs Monaten nicht mehr gesehen hatte.

»Das will ich hoffen, Mademoiselle Cantalle. So war doch Ihr Name, nicht wahr?«

Ihre Antwort konnte er auf Ihrer zornigen Stirn ablesen.

KAPITEL 20

Im Haus des Comte

Als Nicolas und Claire hinaus in die große Eingangshalle traten, kam ihnen Georges Dauzat entgegen, in der Hand eine große Papierrolle, die er mit sichtlicher Gereiztheit vor sich her trug.

»Das hier, Monsieur Guerlain, ist nichts anderes als der zu Papier gebrachte Vorhof der Hölle«, murmelte er leise. Als Nicolas und Claire ihn verständnislos anblickten, tippte er auf die Rolle und rollte sie ein Stück auf.

»Der Plan für den Empfang am Samstag. *Monsieur le Comte* und ich arbeiten jetzt seit zwei Wochen daran. Ständig gibt es eine Änderung, weil nun doch dieser Politiker neben jenem Geschäftsmann sitzen muss. Es ist das Grauen, aber das haben Sie nicht von mir gehört.«

Er zwinkerte Claire zu.

»Mademoiselle Cantalle, wie ich sehe, bringen Sie unseren Gast zu seinem Zimmer. Ich habe mir erlaubt, das Bett noch mal etwas, sagen wir …, korrekter vorzubereiten. Aber ich bin mir sicher, dass Sie sich hier schnell und gut einarbeiten werden, nicht wahr?«

Claire blickte ihn mit einem ganz offensichtlich mühsamen Lächeln an und nickte langsam.

»Wissen Sie, Monsieur Dauzat, der junge Mann hier neben uns ist so ziemlich das Unkorrekteste, das ich kenne. Und daran ändert auch sein perfekt sitzender Krawattenknoten nichts. Folgen Sie mir bitte, *Monsieur le Bodyguard*.

Nicolas zeigte auf die Tür zur Bibliothek.

»Er trinkt bereits seinen ersten Whisky.«

Dauzat runzelte die Stirn.

»Das ist früh für ihn.«

»Nicht nur für ihn.«

»Konnten Sie etwas mit den Informationen anfangen, die ich Ihnen gegeben habe?«, fragte der Butler mit einem belustigten Unterton.

»Absolut. Vor allem das mit den vier Uhren hat ihn beeindruckt.«

»Das kann nie schaden. Bis später also, wenn Sie Hunger haben – Mademoiselle Cantalle zeigt Ihnen den Weg zur Küche. Marthe kann Ihnen dann etwas zubereiten.«

Nicolas' Zimmer lag in einer Ecke des großen Hauses, nicht weit vom Schlafzimmer des Comte entfernt. Er hatte ursprünglich darum gebeten, direkt im Nebenzimmer zu wohnen, in dem es eine Verbindungstür zum Comte gab. Das hatte Aristide de Tancarville jedoch abgelehnt.

Claire zog die schweren Vorhänge zur Seite, das Fenster ging nach Norden, und Nicolas konnte über die Baumwipfel hinweg die Industrieanlagen von Le Havre sehen.

»So, jetzt erklärst du mir erst mal, was ich hier überhaupt machen soll«, fauchte Claire ihn an, sobald er die Tür geschlossen hatte.

»Mein Bett«, antwortete Nicolas mit einem Lächeln. »Und Dauzat hat recht, da fehlt dir noch ein bisschen die Übung. Aber das kriegst du schon hin.«

»Du bist der Einzige, der hier gleich etwas kriegt«, erwiderte sie und blickte ihn finster an. »Ich will Polizistin werden und nicht Zimmermädchen.«

»Da ist der alte Georges bestimmt froh drüber.«

»Nicolas …«

»Ist ja gut …«, beschwichtigte er sie und hob entschuldigend die Hände. »Ich erkläre dir alles. Und ich versichere dir, es geht nur bis Sonntag. Dann ist alles vorbei. Aber bis dahin brauche ich jemanden, der die Augen und Ohren offenhält.«

Kurz darauf war er alleine in seinem Zimmer, Claire hatte mit einem mürrischen Blick die Tür hinter sich geschlossen und war hinunter in die Küche gelaufen, wo sie Marthe bei den Vorbereitungen für das Mittagessen helfen sollte.

»Schlimmer als zu Hause«, hatte sie gemurmelt.

Nicolas stellte seine Reisetasche auf das große Bett, setzte sich daneben und ließ sich nach hinten fallen. Den Blick auf die weiße Stuckdecke gerichtet, horchte er in sich hinein.

»Du drückst dich«, sagte er laut und hörte dem Klang seiner Stimme nach. In seiner Tasche spürte er die Medikamente, er hatte heute noch keine Tablette genommen. Durch das Fenster hörte er die Rufe der Sicherheitsleute, die über das Gelände patrouillierten. In der Ferne vernahm er das gemächliche Tuckern eines Lastenschiffes, das die Seine hinauffuhr, unterwegs nach Rouen, Mantes-la-Jolie oder gar Paris.

»Jetzt.«

Er setzte sich auf und griff nach seinem Handy. Während er die Nummer von Marion Venoit eingab, verlangsamte er bewusst seine Atmung, so wie Gilles Jacombe es ihm beigebracht hatte, vor brenzligen Situationen.

Situationen wie dieser.

Einatmen

Ausatmen.

Klick.

»*Allô, Bonjour?*«

Nicolas räusperte sich und versuchte den Gedanken, der sich ihm aufgedrängt hatte, fortzuschieben.

Dass dies seine letzte Patrone war.

»Madame Venoit? Bitte entschuldigen Sie die Störung.«

»Wer spricht denn da?« Es war die warme Stimme einer älteren Dame, von der er sich vorstellte, dass sie womöglich gerade in den Park gehen wollte, um die Tauben zu füttern.

»Mein Name ist Nicolas Guerlain, ich rufe Sie im Auftrag des Théâtre des Champs-Élysées in der Avenue Montaigne an.«

Er konnte spüren, wie sie zögerte.

»Und was möchten Sie? Ich brauche kein Abonnement, wenn es also darum geht …«

»Nein, nein, Madame, darum geht es nicht. Einer unserer Angestellten hat Sie glaube ich neulich angesprochen, am Sonntag, kurz vor dem Konzert. Kann das sein?«

Er hörte, wie ein Stuhl herangezogen wurde und Marion Venoit sich setzte.

»Am Sonntag, sagen Sie … nein … doch, Moment! Warten Sie, es ging um das Schmuckstück, oder?«

»Richtig, Sie erinnern sich. Das ist gut.« Nicolas atmete auf, die alte Dame war offensichtlich sehr klar im Kopf.

»Wir suchen eine Frau, Anfang 30, die vor dreieinhalb Jahren ein Gustav-Mahler-Konzert besucht hat. Wir glauben, dass ihr das Collier gehört, das wir gefunden haben.«

»So lange Zeit danach?«, fragte sie argwöhnisch.

Sie ist nicht auf den Kopf gefallen, dachte Nicolas und versuchte, sie abzulenken. Seine Geschichte war nicht sehr glaubhaft, aber er hatte nicht vor, ihr die Wahrheit zu erzählen.

Meine Freundin ist mir davongelaufen, Madame Venoit. Sie hat sich umgesetzt und mich vorbeilaufen lassen. Und drei Jahre später ruft sie mich an und legt gleich wieder auf. Als würde sie das Messer, das sie mir in die Brust gestoßen hat, einfach noch mal reinstecken. Und es umdrehen. Haben Sie zufällig damals etwas bemerkt?

Nein, seine Geschichte musste hier und jetzt eine andere sein.

»Madame Venoit, Sie waren damals auch in dem Konzert, nicht wahr?«

»Ja, natürlich! Ich erinnere mich, weil es mein erstes dort war.

Es ist ein wunderschöner Konzertsaal, den Sie da haben. Ich bin erst vor vier Jahren nach Paris gekommen, wegen der Kinder, wissen Sie. Und der Enkelkinder, ich habe acht Stück!«

»Herzlichen Glückwunsch, Madame Venoit.«

»Aber wie kann ich Ihnen jetzt helfen?«, fragte sie.

Nicolas atmete tief ein. Alles oder nichts, dachte er.

»Wir glauben, dass sich die besagte Frau kurz vor dem Konzert in Ihre Reihe gesetzt hat. Genauer gesagt, zwei Plätze neben Sie.«

Marion Venoit blieb einen Augenblick still und Nicolas konnte hören, wie sie einen Schluck Wasser trank. Dann stellte sie das Glas wieder ab, ihr Stuhl knarzte leicht. Es schien, als würde er jedes Geräusch verstärkt wahrnehmen, seine Sinne waren ebenso gespannt wie seine Nerven.

»Madame Venoit, sind Sie noch dran?«

»Natürlich bin ich noch dran, wo soll ich sein?«

»Entschuldigen Sie, es war kurz so still, und …«

»Ich habe nachgedacht.«

»Wie gesagt, entschuldigen Sie.«

»Die Frau trug ein rotes Kleid.«

Klick.

»Das ist richtig.«

»Es war ein schönes Kleid, es stand ihr sehr gut.«

Klick.

»Ganz bestimmt, Madame Venoit. Erinnern Sie sich vielleicht an noch etwas anderes?«

Nicolas ließ sich langsam wieder zurück auf das Bett sinken und blickte zur Decke.

»Warten Sie, ja natürlich, wie konnte ich das vergessen …«

»Ja?«

»Sie setzte sich zu uns in die Reihe, kurz bevor die Lichter ausgingen. Ich habe mich noch gewundert, aber dann ging das Konzert ja schon los.«

»Worüber haben Sie sich gewundert?«

»Weil sie ja weinte. Ganz leise, hören konnte man es nicht. Aber ich habe mich noch gefragt, warum so eine junge Frau sich nach hinten setzt und dabei weint.«

»Hat sie etwas gesagt?«

»Nein, gesagt hat sie nichts. Nur leise geweint.«

Nicolas merkte, dass er schwitzte. Sein Atem ging gleichmäßig und ruhig, während er den Ausführungen der alten Dame am Telefon lauschte.

»Haben Sie noch etwas bemerkt?«, fragte er vorsichtig.

»Nein«, antwortete sie, »das Konzert ging ja dann los. Und der Mann hat sich ja um sie gekümmert.«

Klick.

Nicolas setzte sich mit einem Ruck wieder auf und musste sich beherrschen, um nicht ins Telefon zu brüllen.

Seine letzte Patrone hatte womöglich doch nicht danebengezielt.

»Welchen Mann meinen Sie, Madame Venoit?«

»Na, zwischen uns war ja noch ein Platz. Und da saß eben dieser Mann.«

»Und der kümmerte sich um die Frau?«

»Na ja, er hielt zumindest ihren Arm. Und später drückte er sie an sich, das war, als jemand vorbeilief. Aber das habe ich nicht mehr ganz genau mitbekommen, schließlich war der Dirigent schon auf der Bühne, ich habe mich auf die Musik gefreut.«

Das war ich, dachte Nicolas.

»Könnten Sie den Mann beschreiben, Madame Venoit?«

»Eher nicht. Er war älter als sie. Es geht doch um die Frau und um ihr Collier?«

Nicolas war mittlerweile aufgestanden und blickte durch das

Fenster auf die Baumwipfel und auf das Meer, das dahinterlag und eine trügerische Gelassenheit ausstrahlte.

»Ich fürchte, Madame Venoit, ich habe Ihnen nicht ganz die Wahrheit erzählt.«

Zehn Minuten später stand er in dem kleinen Badezimmer und betrachtete sich im Spiegel.

Sich und sein Lächeln.

Er war ein Stück weiter. Ein großes Stück sogar. Nur noch einen Mann entfernt von Julie.

Einen älteren Mann mit einem gepflegten Dreitagebart.

Er würde ihn finden.

Jemand klopfte an seine Tür. Einmal, zweimal.

»Einen Moment, bitte!« Ohne zu zögern ging er zurück ins Zimmer, nahm die kleine Medikamentenschachtel und leerte sie über der Toilette aus.

»Schau nicht so entsetzt«, sagte er zu seinem Spiegelbild. »Den Rest schaffen wir zwei alleine.«

Draußen stand Georges Dauzat, er stützte sich auf seinen Gehstock auf.

»Sie wollten das Haus kennenlernen, Monsieur Guerlain. Ich könnte Ihr Führer sein, wenn Sie mögen.«

»Das hört sich nach einem guten Plan an«, sagte Nicolas. »Dann lassen Sie uns doch gleich hier oben anfangen. Dieser Gang dort, er führt zu den Räumen des Comte, nicht wahr?«

Dauzat nickte.

»*Monsieur le Comte* bevorzugt aber, dass diese Räume nicht von anderen …«

Aber Nicolas war bereits losgelaufen.

KAPITEL 21

Alphonse hatte Schluckauf. Aus der Tiefe seines gewölbten Bauches drang alle zwölf Sekunden ein lautes Hicksen empor, und obwohl er genau wusste, wann es wieder so weit war, konnte er sich nicht dagegen wappnen. Es schnellte durch seine Luftröhre, durchquerte in Schallgeschwindigkeit seine Mundhöhle und ließ sich auch nicht von den energisch aufeinandergepressten Lippen daran hindern, mit einem lauten »Hicks« aus seinem Mund zu knallen. Selbst, als er unauffällig seine linke Hand vor den Mund hielt, schaffte es Alphonse nicht, das Hicksen zu verhindern, geschweige denn, es abzumildern. Vielmehr sah es jetzt von weitem so aus, als würde er sich in seine Hand übergeben. Wer ihn beobachtete, wie er in seiner etwas zu engen blauen Uniform die Brücke hinüber nach Trouville überquerte und alle zwölf Sekunden ein kleines bisschen hochhüpfte, weil das Hicksen ihn nicht nur innerlich, sondern auch äußerlich im Griff hatte, der konnte durchaus auf den Gedanken kommen, dass Alphonse für die Herausforderung, die vor ihm lag, nicht unbedingt der richtige Mann war.

Aber Roussel hatte ihm keine Wahl gelassen, und nun schritt er auf die andere Seite der Touques wie ein Todgeweihter zum Schafott.

Wieder waren zwölf Sekunden vorbei.

Jedes Mal, wenn er hickste, rutschte sein Hemd ein Stück aus seiner Hose heraus und er musste es umständlich wieder hineinstopfen, was schwierig war, da er dafür eigentlich den Gürtel aufmachen musste, dies aber hier auf der Brücke nicht wirklich für eine gute Idee hielt.

Also stopfen. Danach blieben ihm noch ungefähr fünf Sekunden, die er nutzte, um in Richtung des Hafens zu blicken, in dem die Fischkutter lagen und sich ihre Bäuche hielten vor Lachen.

Hicks.

Alphonse beschloss, das Hemd doch lässig über der Hose zu tragen und bog nach links ab, um am Hafenbecken entlang bis zur Fischhalle von Trouville zu laufen. Womöglich hatte sich der Schluckauf gelegt, bis er dort war. Die Mittagspause war aufgrund einer Besprechung entfallen, und Roussel hatte ihm aufgetragen, die Hintergründe der beiden Schlägereien weiter aufzuklären, die in den vergangenen Tagen im *Commissariat* gemeldet worden waren. Heute Morgen hatte er bereits den kleinen Lebensmittelladen aufgesucht, war dort aber nicht wirklich schlauer geworden. Vier junge Männer, die angeblich etwas aus dem Laden hatten klauen wollen, hatten Reißaus genommen, als der Besitzer mit einem schweren Stock auf sie losgegangen war.

»Keine Franzosen!«, das war das Einzige, was der Mann, der selbst Algerier war, abfällig zu Alphonse gesagt hatte. Beschreiben konnte er sie auch nicht, er hatte die Polizei ohnehin nur informiert, weil seine Frau es ihm befohlen hatte.

»Dann frag eben bei der Fischhalle nach, ich will wissen, wer hier ständig Essen klaut«, hatte Roussel gelangweilt gemurmelt, während er Alphonse' Croissant vom Teller genommen hatte.

Und da war er nun, ohne Croissant, dafür mit Schluckauf. In einiger Entfernung konnte er die kleine Fischhalle von Trouville sehen, der Geruch des Meeres hing zwischen den Platanen, und Alphonse dachte, dass die einzige Möglichkeit gegen seinen Schluckauf wohl ein schnelles Mittagessen war. Danach würde er weitersehen.

Auf der anderen Seite der Touques, in Deauville, betraten Sandrine Poulainc und Luc Roussel den Eingangsbereich eines Hauses in der Rue Castor. »Wohnungen frei« stand auf einem kleinen Schild, das an einem windschiefen Fensterladen angebracht war und das in regelmäßigen Abständen gegen den Fensterrahmen schlug. Das Geräusch klang wie das Hicksen eines nervigen Schluckaufs, befand Roussel. Er war müde und gereizt, was an seinem nächtlichen Ausflug nach Paris und an der stetig wachsenden Zahl an Espressos liegen musste.

Warum kriege ich dieses tote Mädchen nicht aus dem Kopf, überlegte er und staunte selbst über das Desinteresse, mit dem er den Hintern seiner Kollegin musterte, die vor ihm eine kleine Holztreppe nach oben stieg.

»Dritter Stock«, hatte der Besitzer am Telefon gesagt, »ich leg Ihnen den Schlüssel unter die Matte.«

Sie hatten Glück gehabt, Sandrine Poulainc hatte bereits nach kurzer Zeit eine Rückmeldung vom Fremdenverkehrsamt der Stadt bekommen. Ein kleines Gästehaus in der Rue Castor vermisste einen Gast, einen jungen Mann mit einem nicht besonders großen Hund. Sein Name: Christian Darbon. Er hatte vor einer Woche das Apartment bezogen und für zwei Wochen im Voraus bezahlt.

Dann hatte ihn jemand erschossen und seine Leiche an einem Seil vom großen Pont de Normandie hängen lassen, bis hinab ins gurgelnde Wasser des Hades, der hier Seine hieß.

»Da ist es«, sagte Sandrine Poulainc und riss Roussel aus seinen Gedanken, in denen es zu wenig um ihren Hintern und zu sehr um zwei Mülltonnen im Hinterhof eines billigen Bordells ging.

Der Schlüssel lag tatsächlich unter der Fußmatte, und als Sandrine Poulainc aufschloss, zogen sie beide ihre Waffe, was sich kurz darauf als unnötig erwies.

Die kleine Wohnung war leer.

Roussel roch die feuchte Abwesenheit eines Hundes, in der offenen Wohnküche standen zwei Näpfe mit abgestandenem Wasser und vertrocknetem Futter auf dem Boden. Die Jalousien waren nur halb hochgezogen, und im dämmrigen Licht, das hereinfiel, konnte er sehen, dass es auf dem kleinen Tisch im Wohnzimmer ähnlich aussah.

Ein halb leeres Glas abgestandener Weißwein und ein Teller mit vertrockneten Nudeln. Auf dem Fußboden darunter lag eine Papierserviette, der Stuhl war zurückgeschoben.

»Hier ist offensichtlich jemand mitten im Essen aufgestanden und gegangen«, sagte Sandrine Poulainc und deutete auf die Garderobe. Dort hing ein Mantel, wie ihn jemand anziehen würde, der um diese kalt werdende Jahreszeit hinausging. Christian Darbon hatte offensichtlich beschlossen, ohne Mantel hinauszugehen.

Sie blickten sich in der kleinen Wohnung um und sahen sofort, dass Darbon sie ganz offensichtlich nicht aus freien Stücken verlassen hatte. Und dass, wer auch immer ihn abgeholt hatte, nicht zimperlich gewesen war. Die Schubladen waren herausgerissen worden und der Eckschrank im Schlafzimmer stand weit offen. Das Bett war durchwühlt, jemand hatte sich sogar die Mühe gemacht, die Matratze aufzuschlitzen. Im Badezimmer lagen Zahnbürste und Rasierapparat auf dem Boden, in der Küche hatte jemand die wenigen Teller und Gläser herausgeräumt.

»Sie haben irgendwas gesucht«, sagte Sandrine Poulainc.

»Und weil sie nichts gefunden haben, sind sie nach Paris gefahren. In Darbons eigentliche Wohnung. Und haben dort weiter gesucht.«

»Und weiter getötet«, antwortete sie und sah Christian Darbons Freundin im Wohnzimmer ihrer Wohnung liegen, erschossen, so wie er.

»Die machen offenbar keine Gefangenen«, murmelte Roussel.

Bislang hatten sie drei Leichen. Das unbekannte Mädchen im Hinterhof, Darbon auf der Brücke und seine Freundin in Paris. Und sie würden weitere finden, wenn sie sich nicht beeilten. Da war er sich sicher. Der Ring oder wie auch immer sich die Organisation nannte, musste ahnen, dass die Polizei ihr auf der Spur war. Ihr einziger Vorteil war, dass sie offensichtlich noch nicht wussten, wie weit Christian Darbon bei seinen Recherchen gekommen war.

Bis zum Kopf.

Bis zu Aristide de Tancarville.

Erschöpft setzte sich Roussel auf einen Stuhl und blickte seine Kollegin an.

»Und, was hältst du davon, dass unser Monsieur Guerlain plötzlich wieder auftaucht?«

Sandrine Poulainc zuckte mit den Schultern.

»Keine Ahnung, seltsam ist es schon. Ausgerechnet den Comte soll er beschützen.«

Roussel schnaubte verächtlich.

»Immerhin haben wir jetzt jemanden da oben sitzen, vielleicht bekommt er auf dem Anwesen etwas mit. Aber wohl ist mir nicht dabei, er hat schon ganz andere Sachen vermasselt.«

»Ach komm, Roussel, das ist doch jetzt auch schon ein halbes Jahr her. Du musst zugeben, dass er ansonsten ein recht schlaues Kerlchen ist, sogar sehr schlau, wenn du mich fragst.«

Sie zog weitere Schubladen auf und verschob eine Kommode, um dahinter nach etwas zu suchen, von dem sie selbst nicht wusste, was es sein könnte.

»Meinetwegen ist er nicht dumm, aber einen Schuss hat er trotzdem.«

»Hättest du vielleicht auch, wenn deine große Liebe plötzlich aufsteht und verschwindet.«

»Kanntest du sie?«, fragte er und überlegte, ob er seiner Kollegin bei der Durchsuchung behilflich sein sollte. Aber er war schlicht zu müde, also blieb er sitzen.

»Nur flüchtig, ich war schon von der Schule runter, als sie nach Deauville kam. Und später hab ich sie aus den Augen verloren, ich wusste noch nicht mal, dass sie gemeinsam mit Nicolas auf der Polizeischule war.

»Ihr seid ein ganz schön kleines Nest hier«, murmelte Roussel.

»Du hältst es ja jetzt auch schon ein paar Jahre hier aus.«

Roussel blickte aus dem Fenster, hinter dem der Tag sich mühsam auf den langen Weg in Richtung Nacht machte.

»Wie war sie so, diese Julie?«

»Nicht einfach. Jedenfalls hat das meine Mutter immer behauptet, sie hatte es wohl irgendwo aufgeschnappt. Rebellisch, hat sich nicht viel sagen lassen. Angeblich hat sie deswegen auch Probleme auf der Polizeischule bekommen. Was sie nicht daran hinderte, als Jahrgangsbeste abzuschneiden.«

»Besser als unser Bodyguard?«

Sie lachte kurz auf.

»Ja, und der war schon ziemlich gut. Dann sind sie nach Paris, er hat bei der Regierung als Personenschützer angefangen. Und dann war sie plötzlich weg. Ende der Geschichte.«

»Oder der Anfang«, sagte Roussel.

Sandrine Poulainc zog ihre Latexhandschuhe aus und hob resigniert die Hände.

»Hier ist nichts. Ich habe alles abgesucht. Keine Ahnung, was die Typen hier vermutet haben. Und Blutspuren sehe ich auch keine. Da muss die Spurensuche noch mal genauer schauen.«

Roussel stand auf und blickte sich um.

»Die haben ihn gezwungen mitzukommen. Erschossen haben sie ihn woanders.«

»Und der Hund hat es geschafft abzuhauen. Lass uns gehen, hier ist nichts.«

Aber Roussel blieb plötzlich stehen, sein Blick flog ein letztes Mal durch das kleine Zimmer und die angrenzenden Räume.

»Was ist?«, fragte ihn Sandrine Poulainc.

Roussel machte einen Schritt in die Küche hinein und betrachtete die Schubladen, die ganz offensichtlich ebenfalls hektisch durchsucht worden waren. Messer und Gabeln lagen zerstreut im Spülbecken, eine Tasse war heruntergefallen, die Scherben lagen auf dem Boden. Und auch Roussel kniete sich jetzt auf den Boden.

»Sandrine, wenn du es eilig hättest, worauf würdest du dich konzentrieren? Du hättest vermutlich nicht viel Zeit, du müsstest ja noch Christian Darbon loswerden.«

»Die Schubladen. Die Schränke. Vielleicht noch unter der Spüle.«

»Da ist nichts.«

»Dann würde ich woanders suchen, hier ist ja sonst nichts.«

»Doch.«

Er stand auf und lächelte sie an.

»Es ist direkt vor unserer Nase«, sagte er und hielt ihr einen Fressnapf entgegen, der in einer Ecke der Küche gestanden hatte. Er gehörte einem alten und schlauen Hund, der nicht besonders groß war und der in diesem Augenblick in Paris von einem alten Mann mit einer Vorliebe für französische Chansons mit Gänseleberpastete gefüttert wurde.

Der silberne Fressnapf war noch halb voll mit Hundefutter. Roussel griff beherzt und ohne zu zögern in die braune Pampe hinein, und Sandrine Poulainc sah das triumphierende Blitzen in seinen Augen.

In seiner Hand hielt er einen kleinen USB-Stick, den jemand ganz offensichtlich in das Hundefutter gesteckt hatte.

»*Voilà*«, sagte Roussel leise. »Wer auch immer hiernach gesucht hat, er war sich zu fein dafür, im Dreck zu wühlen. Im Gegensatz zu uns.«

Währenddessen blickte Alphonse abwechselnd auf den Besitzer des kleinen Fischstandes am Ausgang der Fischhalle von Trouville und auf den kleinen Notizblock in seiner Hand. Darauf standen jetzt die Wörter »Araber« und »Pack«.

Was sollte er damit anfangen?

»Monsieur«, unterbrach er den erbosten Redeschwall seines Gegenübers, »wie viel waren es denn, wissen Sie das noch?«

»Zu viert waren sie«, antwortete der Mann, der in einer Schürze vor ihm stand, ein Tranchiermesser in der einen Hand und den abgetrennten Kopf einer Makrele in der anderen.

»Drei Männer und der Junge«, giftete seine Frau neben ihm.

»Den Jungen habe ich noch erwischt, und als ich ihm eine verpassen wollte, kam einer der Älteren zurück und riss ihn mit sich.«

»Und Sie haben sich also mit den Männern geprügelt?«, fragte Alphonse. Sein Schluckauf war weg, sein Hunger jedoch war noch da, gefüttert von dem köstlichen Duft der Fischstände, der ihn umgab. Sehnsüchtig blickte er hinüber zu den Crevetten.

»Was heißt hier geprügelt? Gewehrt habe ich mich, der ist mit Fäusten auf mich los! Und die Kiste haben sie einfach mitgenommen, so schnell konnte ich gar nicht gucken.«

»Haben Sie die Männer denn vorher schon mal gesehen?«, fragte Alphonse, der merkte, dass er selbstsicherer wurde. Roussel würde zufrieden mit ihm sein, wenn er zurück in die Rue Désiré le Hoc kam.

»Nein, die habe ich noch nie gesehen«, antwortete der Verkäufer und wischte das Messer an seiner Schürze ab.

»Die gehören bestimmt zum Lager«, warf ein Mann ein, der wenige Meter neben ihnen eine Languste mit festgezurrten Scheren aus einem Salzwasser-Aquarium fischte. Alphonse schluckte schwer und versuchte, das Wasser zurückzudrängen, das ihm im Mund zusammenlief.

Er hatte wahrlich Hunger, und wenn er nicht gleich hier aufbrach, würde sein Schluckauf zurückkommen.

»Welches Lager, Monsieur?«, fragte er den Mann.

»Na, das oben in den Hügeln. Mein Schwager meint, da oben haben sich irgendwelche Zigeuner illegal eingenistet, ganze Familien.«

»Wissen Sie, wo genau das ist?«

Der Mann packte die Languste in eine Tüte, kippte etwas Eis dazu und übergab sie einer Kundin. Dann trat er kurz zurück und deutete auf einen Plan, der an der Wand der Fischhalle hing.

»Ungefähr hier, aber die ziehen wohl ständig umher. Sind erst seit ein paar Tagen da.«

Alphonse blickte auf die Stelle oberhalb von Honfleur, die der Mann ihm zeigte. Und plötzlich fasste er einen Entschluss. Roussel würde wahrlich zufrieden mit ihm sein.

»Sagen Sie, bekomme ich hier irgendwo ein Baguette mit Fisch zum Mitnehmen? Am besten gleich zwei.«

KAPITEL 22

Normandie
Zwei Stunden später

Hoch über den Felsen von Étretat stemmte eine Möwe ihre Flügel gegen den Wind, blickte in Richtung Meer, wo am Horizont die Fähre nach Portsmouth zu sehen war, und flog in einem weiten Bogen zum Strand hinab. Kleine Steine spritzten zur Seite, als sie unweit des Wassers landete, in das gerade eine amerikanische Touristin misstrauisch ihren rechten großen Zeh streckte. Die Möwe krächzte hämisch, als die Frau, erschrocken über die niedrige Wassertemperatur, zu ihrem Mann blickte und ihn kurz darauf bat, ihr doch beim Anziehen ihres Strumpfes behilflich zu sein. Der Vogel trippelte einige Meter über den Sand, der hier zum Großteil aus feinen Kieselsteinen bestand, und suchte nach etwas Essbarem. Das amerikanische Paar beschloss, das Meer aus der sichereren Entfernung eines kleinen Strandrestaurants zu genießen, und nickte einem älteren Mann zu, der auf einem Plastikstuhl direkt am Wasser saß und seine Angel ausgeworfen hatte. In einem kleinen Korb links von ihm steckten einige Dutzend unterschiedliche Köder, der Werbeflyer eines Restaurants mit dem nur allzu vorhersehbaren Namen *Chez Jef* und ein kleines Stück Baguette.

»Hau ab«, murmelte der Mann schläfrig, als die Möwe vorsichtig in Stellung ging und hinter seinem Stuhl die Jagd auf ein paar Brotkrumen starten wollte. Er nahm seine Mütze vom Kopf und schleuderte sie nach dem Vogel, der kurz darauf entrüstet von dannen flog, der Fähre nach Portsmouth hinterher.

»Dann wollen wir mal«, sagte Michel Bonnet und streckte

sich. Er war vor einer Stunde in Étretat angekommen und hatte beschlossen, erst mal beim Angeln sein Glück zu versuchen. Außerdem war er hier von der Außenterrasse des *Chez Jef* aus gut zu sehen. Ein älterer Mann, der zum Angeln hierhergekommen war, in die Bucht zwischen den Felsen, bewacht von der Kirche Notre Dame de la Garde oben auf dem Hügel und einer Möwe, die sich gegen den Wind stemmte und empört zu ihm herabblickte.

»Muscheln mit Parmesan«, murmelte er abfällig und packte seine Sachen ein. Gefangen hatte er nichts, aber deswegen war er auch nicht hier.

Der Ring und seine Restaurants an der Küste. Sie brauchten eine Spur. Irgendetwas.

Bonnet wusste nicht warum, aber er hatte das Gefühl, dass ihnen die Zeit davonrannte, und er hätte gelächelt, wenn er gewusst hätte, dass Alphonse, der sonst immer das Telefon im Empfangsraum des *Commissariat* bewachte, in eben jenem Augenblick etwa fünfzig Kilometer weiter südlich genau das gleiche Empfinden hatte.

Auch ihm rannte die Zeit davon.

Alphonse stand keuchend unter einer großen Pappel, deren Blätter leicht raschelten, als der kühle Wind sanft durch sie hindurchfuhr. Die Anhöhe, auf der er war, war nicht besonders hoch, und dennoch hatte er für den Anstieg, der auch nicht besonders steil war, exakt siebzehn Minuten gebraucht. Hinter ihm erstreckte sich der Wald bis hinunter nach Honfleur, aus einiger Entfernung drangen die Geräusche des kleinen Flughafens von Saint-Gatien zu ihm.

Der Schwager des Fischverkäufers hatte recht gehabt. Nachdem Alphonse unterwegs mehrere Anwohner gefragt hatte, hatte er schließlich einen kleinen, schlammigen Feldweg gefunden, der von tiefen Furchen durchzogen war. Mühsam hatte er seinen kleinen Dienstwagen bis an den Waldrand gelenkt und war die Anhöhe hinaufgelaufen.

Und nun war er da. Und er wusste nicht, was er als Nächstes tun sollte.

Etwa hundertfünfzig Meter entfernt befand sich tatsächlich ein kleines Lager, er machte einige Lagerfeuer aus, die stark rauchten. Offensichtlich war das Brennholz feucht. Vereinzelt spielten Kinder zwischen den Zelten, er sah eine Frau, die an einer Leine Wäsche aufhing.

»Von denen heißt bestimmt keine Emily«, murmelte er und zog sich unwillkürlich etwas tiefer in den Schatten des Baumes zurück. Er musste sich eingestehen, dass er ein mulmiges Gefühl hatte, und für einen Augenblick wünschte er sich zurück in die angenehme Ruhe des kleinen Empfangsraumes in der Rue Désiré le Hoc in Deauville.

Alphonse wollte gerade sein Hemd wieder in die Hose stopfen, als sein Blick auf den hinteren Teil des Lagers fiel.

Dort saßen die Männer. Er zählte mindestens zwölf, die um ein größeres Feuer saßen und eine Wasserpfeife herumgehen ließen. Einige von ihnen aßen Reis von einem Teller, auf einem silbernen Tablett standen kleine glänzende Teegläser. Alphonse hörte das Gelächter der Männer und überlegte, wie er weiter vorgehen sollte. Er war sich sicher, dass die Bewohner des Lagers kaum Französisch sprachen.

Er brauchte einen Dolmetscher.

Diese einfache Erkenntnis war es, die ihm ein Lächeln entlockte, es war das erste an diesem so furchtbar komplizierten Donnerstag, fernab der Sicherheit seines Empfangstresens im *Commissariat*. Er konnte hier oben in den Hügeln gar nicht viel ausrichten, er würde zurück nach Deauville fahren müssen, Roussel Meldung machen und einen Dolmetscher anfordern.

»Was die wohl sprechen?«, murmelte er und begann, die kleine Anhöhe wieder hinabzusteigen.

Aber dann sah er etwas, das alles veränderte. Und das seinen Tag noch schlimmer machte.

Nicht weit entfernt von ihm, etwas seitlich von seiner Position, hatte er ein kurzes Aufblitzen unter den Bäumen bemerkt. Er blieb stehen und blickte angestrengt zum Waldrand hinüber, hinter dem das dichte Buschwerk begann.

Hatte er sich geirrt?

Nein, da war es wieder.

Die blasse Sonne dieses Tages spiegelte sich in einem Glas oder einer Scheibe, irgendwo hinter der ersten Baumreihe, oberhalb des kleinen Lagers.

Da ist jemand, dachte Alphonse plötzlich. Und diesmal konnte er sich nicht damit herausreden, dass er ohne Dolmetscher nichts ausrichten würde. Sehnsüchtig blickte er in Richtung seines Dienstwagens, dann schnaufte er kurz durch und machte sich vorsichtig auf den Weg zum Waldrand, immer außerhalb des Blickfelds. Er war sich jetzt sicher, dass dort hinten jemand hinter den Bäumen war und das Lager beobachtete.

Luc Roussel und Sandrine Poulainc waren unterdessen in Deauville ins *Commissariat* zurückgekehrt, sie waren alleine im großen Besprechungszimmer. Roussel saß auf dem Tisch, in der linken Hand einen Plastikbecher mit Kaffee, während seine Kollegin nachdenklich einen Teebeutel um einen Löffel wickelte.

Keiner von ihnen sprach ein Wort.

Zuvor hatte Roussel den USB-Stick aus der Rue Castor in eine kleine Plastiktüte gesteckt und diese ins *Commissariat* gebracht.

»Verdammt, wo ist Alphonse?«, hatte er die Kollegen angeblafft, als er den verwaisten Platz hinter dem Tresen registrierte.

»Drüben am Hafen, weißt du doch«, hatte Yves Colinas ihm kurze Zeit später erklärt, während er die Tüte mit dem Stick entgegennahm. Für eine halbe Stunde waren sie in Roussels Büro verschwunden, dann war Colinas wieder herausgekommen und hatte begonnen zu telefonieren.

Roussel und Sandrine Poulainc hatten sich Kaffee und Tee besorgt und waren in den großen Besprechungsraum gegangen, in dem an den Wänden die Fotos und die Ergebnisse ihrer Ermittlungen hingen.

Alles, was Christian Darbon zusammengetragen hatte. Alles, was der Barkeeper aus dem *Kakadu* ihnen verraten hatte. Aufnahmen von drei Leichen, vom Pont de Normandie. Aus dem Keller des *Kakadu*. Mögliche Aufenthaltsorte des Besitzers, Lama, von dem noch immer jede Spur fehlte.

Dann hatte Roussel sich an den Tisch gesetzt und vorgeschlagen, zehn Minuten nichts zu sagen.

»Du fängst an«, sagte er schließlich leise zu Sandrine Poulainc, die ihn die letzten zwei Minuten von der Seite angesehen hatte.

Sie hasst mich nicht mehr, dachte er. Warum auch immer. Ihre Affäre lag schon einige Zeit zurück, und er dachte, dass es trotz allem schön gewesen war.

»Wollen wir mal wieder was essen gehen?«, fragte er plötzlich.

»Wie bitte?« Sie blickte ihn für einen kurzen Moment irritiert an, aber Roussel hatte sich schon wieder gefangen.

»Vergiss es, nicht so wichtig. Also, was denkst du?«

»Dass wir nichts haben.«

Roussel nickte. Sie hatte recht, obwohl die Tonaufnahme, die sie jetzt schon viermal abgehört hatten, ihnen eine eindeutige Richtung vorgab.

»Es reicht nicht, das sehe ich genauso«, bemerkte Roussel und nippte an seinem Kaffee.

»Alles deutet darauf hin, dass Christian Darbon mit seiner Vermutung recht hatte. Aber Beweise hatte er auch nicht.« Sandrine Poulainc legte den Teelöffel behutsam auf die Untertasse und dachte über Roussels Essenseinladung nach.

»Nein, hatte er nicht. Aber er hat sie aufgescheucht, und dafür hat er teuer bezahlt«, erwiderte dieser und blickte mürrisch aus dem Fenster.

»Wir müssen hoffen, dass Nicolas etwas findet, oben beim Comte«, sagte Sandrine Poulainc.

Roussel seufzte und drehte den Laptop auf dem Tisch zu sich.

»Komm, ein letztes Mal. Vielleicht haben wir etwas über-hört.«

»In Ordnung.«

Roussel drückte auf eine Taste und stellte den Ton lauter.

»Dies ist der Anschluss von Aristide de Tancarville, wie kann ich Ihnen helfen?«

»Guten Tag, mein Name ist Christian Darbon. Ich arbeite für eine Menschenrechtsorganisation in Paris. Ich möchte gerne ...«

»Es tut mir leid, aber Monsieur le Comte spendet nichts am Telefon, Monsieur.«

»Ich rufe nicht wegen einer Spende an. Ich möchte den Comte sprechen, wenn es geht.«

»Darf ich fragen, worum es geht, Monsieur?«

»Sagen Sie ihm, es geht um den Dschungel. Und um die Mädchen.«

»Ich verstehe nicht ...«

»Er wird es verstehen ...«

»Einen Augenblick, bitte ...«

Sandrine Poulainc beugte sich zu Roussel hinüber.

»Meinetwegen gehen wir essen. Aber du zahlst.«

Er nickte abwesend.

»Hier spricht Aristide de Tancarville.«

»Mein Name ist Christian Darbon. Ich möchte mit Ihnen über den Tag sprechen, an dem der Dschungel in Calais geräumt wurde.«

»Aha.«

»Ich glaube, dass Sie etwas zu erzählen haben, Monsieur le Comte.«

»Habe ich das? Wie kommen Sie dazu, einfach hier anzurufen?«

»Wo sind die Mädchen?«

»Entschuldigung?«

»Die Mädchen, wo sind sie? Die Mädchen aus dem Lager, das Ihre Firma vor zwei Jahren hat räumen lassen, im Auftrag der Regierung.«

»Ich lege jetzt auf.«

»Tun Sie das. Ich zeichne dieses Telefongespräch übrigens auf.«

»Ich glaube, Sie überschätzen sich, Monsieur Darbon.«

»Ihre Firma hat damals das Lager zerstört, ist das richtig?«

»Es ist nicht meine Firma, ich habe daran Anteile, ja. Und richtig: Die Regierung bat uns, die Räumung vorzunehmen.«

»Ihr Freund, François Faure, bat Sie darum.«

»Wenn Sie das sagen.«

»Damals sind dreizehn Mädchen verschwunden. Spurlos verschwunden.«

»Davon weiß ich nichts.«

»Sie lügen, Monsieur le Comte. Und ich habe die Beweise dafür.«

»Papa, wer ist es?«

»Ah, Cédric, du bist es. Ich bin gleich da.«

»Mit wem sprichst du?«

»Geh schon mal rüber, ich bin gleich da.«

»Beeil dich, Georges hat den Tisch schon gedeckt.«

»Weiß Ihr Sohn, dass Sie Mädchen verkaufen? Er ist erwachsen, weiß er von Ihren Geschäften? Darf er auch mal ran?«

»Vorsicht, Monsieur Darbon. Mir gefällt Ihr Ton nicht.«

»Drohen Sie mir? Haben Sie Angst, Monsieur le Comte?«

»Nicht vor Ihnen.«

»Sollten Sie aber. Wo sind die Mädchen?«

»Guten Abend, Monsieur Darbon.«

Die Aufnahme endete abrupt, und Roussel fuhr sich müde durchs Gesicht.

»Colinas meint, dass Darbon die Datei erst vor wenigen Tagen auf den Stick gezogen hat.«

»Wenn wir davon ausgehen, dass er das sofort nach dem Gespräch gemacht hat, dann hat der Comte wirklich schnell reagiert«, antwortete Sandrine Poulainc. »Kurz darauf haben sie ihn an der Brücke aufgehängt.«

»Aber es bleibt dabei, wir haben keine Beweise dafür. Nichts. Nur ein Gespräch voller Andeutungen.«

Sandrine Poulainc nickte langsam.

»Meinst du, es war Christian Darbon, der die Drohungen an den Comte geschrieben hat? Und er hat sie am Zaun des Anwesens aufgehängt?«

Roussel schüttelte den Kopf.

»Nein, es gab ja noch eine weitere, nach seinem Tod. Und ehrlich gesagt, für mich sieht das eher wie das Gekritzel von jemandem aus, der kaum Französisch kann.« Roussel blickte auf die abfotografierten Zettel an der Wand, auf denen der Tod von Aristide de Tancarville für den kommenden Samstag angekündigt wurde.

Als sein Handy auf dem großen Besprechungstisch brummte, griff er danach, runzelte kurz die Stirn und blickte dann zu Sandrine Poulainc.

»Es ist Bonnet. Er war in Étretat, bei dem Muschelrestaurant, dessen Karte wir bei dem toten Mädchen gefunden haben.«

»Und? Hat er etwas?«

»Möglich. Er schreibt, dass ich ihn morgen dort zum Essen einladen soll.«

Einige Kilometer entfernt, in den Hügeln oberhalb von Honfleur, hatte sich Alphonse langsam und schnaufend bis unter die ersten Bäume vorgearbeitet. Als er nach rechts den Hügel hinabblickte, sah er den Rauch des Lagers, er hörte die fröhlichen Rufe einiger Kinder.

Ihre Sprache verstand er nicht.

Ein leichter Wind ließ die herbstlich gefärbten Blätter der Bäume rascheln. Vorsichtig bog er einige Zweige zur Seite und zwängte sich an einem feuchten Baumstamm vorbei. Seine Uniform war bereits verdreckt, er hatte unter einem herabgestürzten Ast durchkriechen müssen. Sein Hemd hing lose aus der Hose, und sein Seitenstechen fühlte sich mittlerweile an wie ein Messer, das ihm jemand in die Hüfte rammte.

Behutsam setzte er seine Schuhe auf den moosigen Untergrund und versuchte, kleineren Zweigen auszuweichen, die auf dem Boden lagen und die verräterisch knacken konnten. Die Spiegelung des Sonnenlichts hatte er noch zweimal gesehen, etwa auf Kniehöhe, und jetzt war er sicher, dass sie von einem Fernglas stammte.

Irgendjemand lag hier oben und beobachtete das Lager mit einem Fernglas.

Plötzlich vernahm Alphonse eine Stimme. Kurz darauf ein leises Auflachen.

Durch die Zweige hindurch sah er zwei Beine, die unter einem Busch hervorschauten. Sie lagen auf einer braunen Decke, offensichtlich hatte derjenige, der sich dort verbarg, vorgesorgt.

»Esst nur, esst. Bald gibt es nichts mehr ... Komm, zieh deinen Schleier mal aus. Ich wette du siehst rattenscharf aus darunter.«

Der Mann sprach mit sich selbst, es war kaum mehr als ein leises Murmeln. Alphonse konnte noch immer nur die Beine sehen, sie steckten in einer beigen Hose, der Mann trug braune Wildlederschuhe.

»So ist es gut.«

Alphonse merkte plötzlich, dass er Gänsehaut hatte und fror.

Irgendetwas ließ ihn innehalten. Er holte tief Luft und tat etwas, das er in den vielen Jahren seiner Arbeit als Polizist noch nie getan hatte.

Er zog seine Waffe.

Dann schlich er so leise wie möglich um einen Busch herum, hinter den er sich eben noch geduckt hatte, bis er nur noch wenige Meter von dem Mann entfernt war. Etwas weiter vorne erkannte er eine braune wattierte Jacke und einen blonden Haarschopf.

Der Mann flüsterte noch immer.

»Lächle noch mal für mich, du kleines Luder. Komm schon, nur ein kleines Lächeln.«

Alphonse merkte, dass seine rechte Hand zitterte. Er hielt sie mit der linken Hand fest und hielt den Atem an.

Bleib ruhig, befahl er sich.

Der Mann mit dem Fernglas hatte ihn noch nicht bemerkt, es war eine Tatsache, die Alphonse hätte beruhigen können, es aber nicht tat. Stattdessen wanderte sein Blick weiter nach vorne, dorthin, wo der Mann aus dem Gebüsch hinab auf das Lager blickte.

Wo das Fernglas war. Das aber gar kein Fernglas war.

Es war ein Zielfernrohr, befestigt an einem langen, schmalen Lauf, der unheilvoll aus dem Dickicht ragte und seinen tödlichen Blick hinab auf die Menschen warf, die um ein Feuer herumsaßen und sich fröhlich unterhielten.

Komm zu Papa.

Angst und Hunger. Diese beiden Gefühle hatten Alphonse' Leben stets geprägt, und so war es auch diesmal. In einem Augenblick, in dem er nicht damit rechnete. In einem Moment, in dem sein Körper und sein Geist all das verarbeiteten, was vor ihm im Dickicht lag.

Merde, dachte Alphonse, aber es war zu spät.

Hicks.

Für einen kurzen Moment war es still.

Dann sah Alphonse mit einigem Entsetzen, wie der Lauf des Gewehres herumschwenkte und ihn ins Visier nahm. Kurz darauf teilte sich das Gebüsch, Zweige wurden zur Seite gebogen.

»Bleiben Sie stehen.«

»Ich bin Polizist«, sagte Alphonse mit zitternder Stimme. »Nehmen Sie die Waffe runter.«

»Erst Sie!«, sagte der Mann.

»Haben Sie verstanden, ich bin von der Polizei. Ich zähle jetzt bis drei …«

»Ist gut, ich komme raus.«

Alphonse bemerkte, wie sich der Schluckauf wieder ankündigte, und richtete vorsichtshalber seine Dienstwaffe auf einen Baum. Er wollte den Mann nicht mit einem Hicks erschießen, nur weil er selbst Angst und Hunger hatte.

»Legen Sie Ihre Waffe hin!«, befahl er ihm. Seine Stimme klang nicht sonderlich fest, und er merkte, dass der Mann, der ihm nun gegenüberstand, ihn spöttisch anblickte.

»Monsieur Polizist, Sie sehen sehr erschrocken aus.«

»Die Waffe. Drehen Sie sie mit dem Griff zu mir und reichen Sie sie mir rüber.«

»Ist ja gut. Sie ist ohnehin nicht geladen. Hier.«

Der Mann hielt Alphonse das Gewehr hin, es war ein schlankes und elegantes Fabrikat, ein Scharfschützengewehr. Der Mann war schätzungsweise Anfang dreißig, sein blondes Haar hatte er mit viel Gel nach hinten gekämmt.

Alphonse wollte gerade nach dem Gewehr greifen, als der Mann es fallen ließ.

»Ups.«

»Heben Sie es auf.«

»Ist Ihnen bewusst, dass Sie sich auf einem Privatgrundstück befinden?«, fragte der Mann kalt lächelnd.

»Und ist Ihnen bewusst, dass Sie vorläufig festgenommen sind?«

»Weshalb?«, fragte der Mann. Er machte keine Anstalten, sein Gewehr aufzuheben, und Alphonse begann zu schwitzen. Der Mann spielte mit ihm, und er wusste nicht damit umzugehen.

»Sagen Sie mir Ihren Namen«, forderte er. Er versuchte, Zeit zu gewinnen.

Der Mann fuhr sich durch die Haare und setzte offenbar zu einer Antwort an, als hinter ihnen eine Stimme erklang.

»Ich mach das schon, Alphonse.«

Alphonse blickte sich erstaunt um, als ein Mann in einem dunklen Maßanzug mit schnellen Schritten auf sie zukam, ihm zunickte und schließlich vor dem jungen Mann stehen blieb.

»*Salut*, Cédric.«

Dann holte Nicolas mit dem rechten Arm aus und schlug seinem Gegenüber mit aller Kraft die Faust ins Gesicht. Noch bevor Cédric de Tancarville auf dem Boden aufschlug, war Alphonse' Schluckauf endgültig verschwunden.

KAPITEL 23

Oberhalb von Honfleur
Zur gleichen Zeit

Claire hatte bereits jetzt, am ersten Tag ihres seltsamen Under-cover-Einsatzes als Zimmermädchen, die Schnauze voll. Marthe, die offensichtlich nicht nur die Köchin des Hauses war, sondern auch diejenige, die mit harter Hand alle anderen führte, hatte sie durch die Gästezimmer gejagt, sie Böden und Bäder schrubben lassen. Sie hatte zehn Betten neu bezogen, zweimal das silberne Besteck durchgezählt und in die entsprechende Schublade sortiert. Sie hatte nach einer etwa zehnminütigen Mittagspause sieben Fenster im zweiten Stock geputzt und die drei großen Bücherregale in der Bibliothek abgestaubt.

Nur der alte Butler schenkte ihr ab und zu ein Lächeln. Nicolas hatte ihn als Einzigen über den wahren Grund ihrer Anwesenheit informiert und so versuchte er, ihr das Leben hier so angenehm wie möglich zu machen.

Aber Marthe war unerbittlich.

»Seien Sie ihr nicht böse, Mademoiselle Cantalle«, flüsterte Georges Dauzat ihr zu. »Der Empfang muss einwandfrei werden, und wir alle hier sind dafür verantwortlich.«

In einem kurzen Moment der Ruhe hatte Claire sich auf einem der Gästebetten ausgeruht und ihren müden Rücken gestreckt. Der Butler hatte ihr heimlich eine Tasse Tee gebracht.

»Sie kennen die Familie seit vielen Jahren, nicht wahr?«

Georges Dauzat hatte gelächelt und genickt.

»Ich kam als junger Mann hierher, meine Eltern haben auch schon für die Tancarvilles gearbeitet.«

220

»Ich kann mir das gar nicht vorstellen, immer nur für einen Mann zu arbeiten, alles dafür zu tun, dass es ihm an nichts mangelt. Ich meine, er ist ja nicht immer einfach, soweit ich das hier mitkriege.«

Der alte Butler legte nachdenklich den Kopf zur Seite.

»Nun ... er ist ein viel beschäftigter Mann.«

»Sie weichen mir aus.«

»Das ist richtig.«

Sie hatte gelacht. »Wenigstens sind Sie ehrlich. Aber haben Sie nie den Wunsch gehabt, selbst mal so bedient zu werden?«

Er blickte sie erstaunt an.

»Ehrlich gesagt, nein! Ich fühle mich in meiner Rolle sehr wohl. Es bereitet mir durchaus Befriedigung, Wünsche zu erfüllen.«

Claire hatte auf die Uhr geblickt und geseufzt.

»Wo bleibt eigentlich Nicolas? Wollte der nicht nur einen Rundgang machen? Ich meine, er lässt mich hier antanzen und dann ist er verschwunden ...«

»Monsieur Guerlain scheint seine Eigenarten zu haben. Er wollte noch mal eine Runde auf dem Grundstück drehen. Aber Sie haben recht, er ist schon längere Zeit weg.«

In diesem Augenblick hörten sie, wie unten in der Haupthalle die große Eingangstür aufgestoßen wurde und jemand laut fluchte.

»Das hat ein Nachspiel, das kannst du mir glauben! Meine Nase ist gebrochen!«

»Ist sie nicht.«

Claire und der Butler blickten sich verwundert an.

»Das ist doch Nicolas«, sagte sie.

»Das ist doch Cédric«, sagte er. »Wir hatten ihn erst für Samstag erwartet.«

»Wer ist Cédric?«

Georges Dauzat blickte sie an und schmunzelte.

»Wenn es nach Monsieur Cédric ginge, würden Sie das bald

am eigenen Leib erfahren.« Er räusperte sich verlegen »Entschuldigen Sie, das war etwas ... unpassend.«

Claire stemmte die Hände in die Hüften.

»Kein Problem. Ich muss mir ohnehin erst mal Nicolas vorknöpfen.«

Sie hörte, wie unten eine Tür laut zugeschlagen wurde.

»Vater! Ich bin da! Und ich blute wie ein Schwein!«

Dauzat lächelte kurz.

»Monsieur Cédric ist kein Freund der leisen Töne.«

Eine halbe Stunde später schickte Marthe Claire in die Bibliothek, beladen mit einem großen silbernen Tablett, auf dem mehrere Porzellantassen und eine Kanne mit Kaffee standen. Sie kam sich vor wie eine schwankende Schaluppe, die mit rutschender Ladung in einen Sturm geraten war, als sie mit einer Hand umständlich die hohe Holztür öffnete.

»Mademoiselle Cantalle, endlich. Ich dachte schon, der Kaffee wird heute kalt serviert«, zischte der Comte und blickte sie eisig an. Aus den Augenwinkeln sah sie, wie Nicolas, der in einer Ecke stand, sie schmunzelnd musterte. Am Fenster stand ein Mann in senffarbenen Cordhosen und starrte verdrießlich hinaus in den zu Ende gehenden Nachmittag. Er war etwa im gleichen Alter wie Nicolas. Offensichtlich war dies Cédric, der Sohn des Comte. Als er sich zu ihr umdrehte, sah sie, wie er sie musterte und sein Blick für einen etwas zu langen Moment auf ihrer Brust hängen blieb.

Arschloch, dachte sie, während sie das Tablett abstellte und sich dafür beglückwünschte, nichts verschüttet zu haben.

»Vielen Dank«, sagte Nicolas und schenkte dem Comte etwas Kaffee ein.

»Gern geschehen«, murmelte sie und blickte ihn an.

»Ach, könnten Sie das vielleicht dem Butler geben?«, Nicolas reichte ihr einen kleinen Zettel und wandte sich ab.

»Natürlich, Monsieur.«

Sie verließ den Raum, schloss die Tür und blickte sich in der

Halle um. Sie war alleine, und so warf sie einen Blick auf den Zettel, der ganz offensichtlich für sie bestimmt war.

Schlafzimmer Comte. Fenster.

Sie lächelte. Endlich ging es los.

Nicolas reichte dem Comte eine kleine Porzellandose mit Zucker und betrachtete aufmerksam Cédric, der mit der Hand über seine Nase fuhr, die bereits begann, sich an einer Seite blau zu verfärben.

Es war ein satter Schlag gewesen, satt und befriedigend.

Er war überrascht gewesen, Cédric de Tancarville im Wald oberhalb des *Lys dans la vallée* anzutreffen. Jeder auf dem Anwesen hatte seine Anreise erst am Samstag erwartet, am Tag des Empfangs. Dass Cédric jedoch mit einem Präzisionsgewehr unter einem Busch lag, darüber war Nicolas nicht überrascht gewesen.

Er hat sich nicht verändert, dachte er, während er beobachtete, wie Cédric sich etwas Erde von der Hose klopfte. Marthe hatte ihn notdürftig versorgt.

Sie blickten sich an.

»Das wirst du mir büßen«, zischte Cédric ihn an, und Nicolas dachte, dass er seinem Vater in vielerlei Hinsicht ähnlich war.

»Du hast es vergessen, nicht wahr?«, sagte er mit einem freundlichen Unterton, der den jungen Adligen nur noch wütender machte.

»Was vergessen? Und was machst du überhaupt hier?«

Nicolas deutete auf die Nase.

»Ich habe es dir angekündigt. Es ist lange her, aber im Gegensatz zu dir habe ich es nicht vergessen.«

Cédric runzelte die Stirn, aber nach einem kurzen Augenblick schien er zu begreifen. Er zeigte Nicolas ein Lächeln, das so kalt und hart war, wie der Schlag, der ihn oben am Waldrand niedergestreckt hatte.

»Du hast recht, Nicolas. Ich hatte es vergessen. Aber weißt du was?«

»Was?«, fragte Nicolas, während er sich befahl, ruhig zu bleiben.

»Julie habe ich nicht vergessen. Und du offensichtlich auch nicht.«

Nicolas spürte, wie sich alles in ihm verkrampfte, und für einen kurzen Augenblick verwandelte sich die Bibliothek vor seinen Augen in einen verwaschenen Vorhang, der die Farbe von kaltem Kaffee annahm. Er atmete tief ein und überlegte, ob er Cédrics Nase nachträglich nicht doch noch brechen sollte.

»Genug jetzt.«

Aristide de Tancarville sprach leise, mit einer Stimme, die keinen Widerspruch duldete. Er rührte mit einem kleinen silbernen Löffel in seinem Kaffee und blickte dann zu seinem Sohn.

»Eure Spielchen interessieren mich nicht, Cédric. Monsieur Guerlain hat einen Auftrag, nämlich mich zu beschützen. Zugegeben ein lächerliches Unterfangen, da ich mich nicht bedroht fühle, aber gut, er ist jetzt hier. Und damit hat er jedes Recht, dich aus einem Busch hervorzuzerren. Was hast du dort oben überhaupt gemacht?«

Cédric lächelte kurz und zeigte dann aus dem Fenster.

»Ich habe unsere Nachbarn beobachtet, ist das verboten? Sie scheinen nett zu sein, auch wenn es mich wundert, dass du sie dort oben duldest. Immerhin sind die Wiesen hinter dem Wald auch in unserem Besitz, nicht wahr?«

»In meinem Besitz.«

»Natürlich. Dies ist alles dein Besitz, ich bin nur ein unterwürfiger Besucher, der sich an der offensichtlich guten Gesundheit seines alten Vaters erfreut.« Cédric de Tancarville hatte sich gegen die Fensterbank gelehnt und blickte mit spöttischem Blick zu Nicolas hinüber.

»Ich verbitte mir diesen Ton, Cédric«, zischte sein Vater.

»Tu das, Vater. Ich verbitte mir seine Anwesenheit hier.«

Nicolas blickte aus dem Fenster hinter Cédric und sah, wie Claire mit einem vollen Wäschekorb den Hof betrat und in Richtung der Waschräume ging, die sich unmittelbar neben der Garage befanden.

Marthe gönnte ihr keine Pause, und er konnte nur hoffen, sie würde eine Gelegenheit finden, unbemerkt das Schlafzimmer des Comte aufzusuchen. Der Butler war ihm nicht von der Seite gewichen, als er es sich angesehen hatte. Ihm war dabei so gut wie nichts aufgefallen, es war ein gewöhnliches, wenn auch sehr geräumiges Schlafzimmer mit einem prächtigen Ausblick auf die Mündung der Seine und die Hafenanlagen von Le Havre.

Und auf den Pont de Normandie.

Das Einzige, was er bemerkt hatte, waren zwei seltsame Markierungen auf der Fensterbank, aber er hatte mit dem Butler im Rücken keine Zeit gehabt, sie zu überprüfen.

Er hoffte, dass Claire sie ebenfalls fand. Und eine Erklärung dafür.

»Monsieur Guerlain ist auf Anraten des Ministeriums hier«, erklärte der Comte und stellte seine Tasse vor sich auf den kniehohen Couchtisch. »Er bleibt bis unmittelbar nach der Feier am Samstagabend. Danach darf er uns sofort verlassen.«

Nicolas blickte zu den beiden Zetteln, die auf einer Anrichte lagen.

Du wirst sehr bald sterben.

Samstag. 19 Uhr.

»Es wäre besser, wenn ich noch ein bisschen länger bleiben würde, wir wissen nicht, was passiert, wenn Sie ...«

»Wenn ich nicht sterbe?«, unterbrach ihn der Comte scharf. »Ist es das, was Sie sagen wollten? Nun, ich will Ihnen sagen, Monsieur Guerlain, was dann passieren wird! Wenn ich nach der Feier noch lebe, dann war das hier alles eine Farce und die Drohungen waren nichts weiter als ein makabrer Scherz. Genau wie erwartet. Und dann werde ich Ihnen die Hand geben und mich für Ihre Hilfe bedanken.«

Für einen kurzen Moment war es still, nur das Holz knisterte leise im Kamin, während das Feuer seinen rötlichen Schein auf die Wände legte. Draußen begann sich der Nachmittag allmählich zurückzuziehen, und zwischen den Bäumen rund um das Anwesen wurden die Schatten länger.

Claire kam aus dem Waschhaus zurück und blickte hinauf zu den Fenstern im zweiten Stock. Offensichtlich wollte sie es jetzt gleich versuchen.

Cédric räusperte sich.

»Das Pack, was du dort hinten auf den Wiesen duldest, meinst du nicht, die Drohungen kommen von denen? Du sagtest doch, sie seien voller Rechtschreibfehler.«

Der Comte schwieg und blickte aus dem Fenster.

»Das ist möglich. Aber wir haben keine Beweise«, sagte Nicolas.

»Dann schickt sie einfach weg.«

»Das habe ich bereits versucht.« Aristide de Tancarville war aufgestanden. »Offenbar ist die Polizei hier sogar zu blöd, ein paar Landstreicher oder Flüchtlinge oder was auch immer zu vertreiben. Sie kommen immer wieder. Und – warum auch immer – es kommt mir so vor, als wären sie jedes Mal näher an unserem Anwesen.«

»Darf ich Sie etwas fragen, *Monsieur le Comte*?« Nicolas stand noch immer in der Ecke des Raumes, von der er sowohl die Tür zur Bibliothek, als auch die große Fensterfront im Blick hatte.

Der Comte nickte ihm zu.

»Hätten die Menschen dort oben auf der Wiese denn einen Grund, Ihnen zu drohen?«

Nachdenklich ging Aristide de Tancarville zu einer Kommode, auf der einige Zeitschriften fein säuberlich aufeinanderlagen. Er verschob den Stapel etwas und legte eine der Zeitschriften schräg daneben.

»Dass Georges aber auch alles ordnen muss«, murmelte er und drehte sich dann zu Nicolas um.

»Sehr viele Menschen hätten einen Grund, mir zu drohen, Monsieur Guerlain. Und jetzt möchte ich gerne mit meinem Sohn sprechen, alleine.«

Nicolas nickte und ging Richtung Tür. Als er Cédrics Blick in seinem Rücken spürte, drehte er sich noch mal um und lächelte ihn an.

»Was wolltest du eigentlich dort oben mit dem Gewehr?«, fragte er.

Cédric lächelte zurück.

»Gucken, Nicolas. Nur gucken. Das Zielfernrohr ist besser als jedes Fernglas. Man sieht Dinge plötzlich ganz anders, findest du nicht auch?«

»Du hast Dinge schon immer ganz anders gesehen als ich.«

»Nicht nur Dinge.«

Cédric pustete sich eine Strähne aus dem Gesicht und Nicolas musste sich eingestehen, dass der junge Mann, der früher in Deauville alle Frauen verzaubert hatte, immer noch gut aussah.

Alle Frauen.

Auch die eine.

»Ich bleibe in der Nähe«, sagte Nicolas und schloss kurz darauf die Tür der Bibliothek hinter sich. Er trat in die große Empfangshalle und setzte sich auf einen Stuhl, den er eigens zu diesem Zweck in eine Ecke hatte stellen lassen. Müde fuhr er sich durchs Gesicht und schloss für einen kurzen Augenblick die Augen. Von draußen hörte er das beruhigende Geräusch einsetzenden Regens, einzelne Tropfen klatschten auf das Vordach.

Die eine Frau.

Während er hinter der Tür zur Bibliothek die Stimmen der beiden Männer vernahm, drang das helle Lachen einer Frau an sein Ohr.

Auch Julie hatte laut gelacht, damals.

»Nur weil wir uns einmal geküsst haben, mein lieber Nicolas, gehöre ich noch lange nicht dir, ist das klar?«

»Aber auch nicht ihm.«

»Ich gehöre nur mir, das wird immer so sein. Ich lasse mir von niemandem etwas sagen.«

»Cédric ist ein Idiot. Ein reicher, arroganter Idiot.«

»Das Gleiche könnte ich über dich sagen. Immerhin hattest du mal eben hundert Francs übrig.«

»Aber ich bin nicht arrogant.«

»Oh doch!«

Es waren keine schönen Wochen gewesen, aber sie gingen vorbei, und plötzlich war Julie wieder da, als wäre sie nie weggewesen. Und sie ging nicht wieder fort, sondern blieb an seiner Seite, den nur noch kurzen Rest der Schulzeit und all die späteren Jahre auch. Immer, wenn die Polizeiausbildung sie an unterschiedliche Orte führte, hatte er sie am Abend davor geküsst und gesagt:

»Lern mir keinen Cédric kennen.«

»Und wenn doch?«

»Dann verlasse ich dich und komme nie wieder.«

Nicolas öffnete die Augen und sah, wie der Schatten eines Zimmermädchens über die breite Treppe wanderte. Claire hatte seinen Zettel gelesen.

Sie hat schon einmal etwas gefunden, dachte er. Auf hoher See, vor einem halben Jahr. Alleine mit einem verzweifelten Kapitän an Bord eines Fischkutters.

Sein Handy klingelte in der Innentasche seines Jacketts, das Geräusch hallte in der großen Eingangshalle wider. Und weil Nicolas es so schnell wie möglich unterdrücken wollte, reagierte er zu hastig und tat das einzig Falsche.

Er nahm den Anruf entgegen.

»Nicolas, ich bin es. Deine Mutter! Wo bist du gerade?«

Es schien ihm, als würde das gesamte Haus die Stimme seiner Mutter vernehmen, sie sprach lauter und noch schneller als sonst. Im Hintergrund war der Lärm einer belebten Halle zu hören, dazu die Durchsage eines Lautsprechers: Der Zug nach Paris würde in drei Minuten abfahren.

Nicolas deckte seinen Mund und das Handy mit der Hand ab und versuchte, leise zu sprechen. Er musste seine Mutter so schnell wie möglich loswerden, hinter der Tür zur Bibliothek erklangen jetzt die erregten Stimmen des Comte und seines Sohnes.

»Ich bin bei der Arbeit. Was willst du in Paris?«

»Woher weißt du, dass ich nach Paris will?«, fragte sie misstrauisch. Er konnte sie vor sich sehen, wie sie ihren Hut festhielt, damit der Wind ihn nicht fortwehte.

»Dein Zug fährt gleich ab«, sagte er bestimmt und blickte in Richtung der Bibliothek. Hinter der Tür waren die Stimmen leiser geworden.

»Wie auch immer, du weißt genau, was ich in Paris möchte, Nicolas.«

»Ach ja?«

»Du hast es vergessen!«

Nicolas schloss die Augen und überlegte einen Moment. Es fiel ihm nicht ein.

»Du hast nicht Geburtstag, *Maman*.«

»Nein, habe ich nicht. Immerhin das weißt du!« Er hörte, wie seine Mutter über den Bahnsteig stöckelte. Sie trug offenbar hohe Absätze, er konnte das Rascheln von Seide hören, vermutlich ihr roter Rock, den sie so sehr mochte und den sie nur …

»Heute ist euer Hochzeitstag. Du fährst zu ihm.«

»Natürlich mache ich das, Nicolas. Wie jedes Jahr, wir gehen heute Abend aus, dein Vater und ich. Einmal im Jahr, ist das erlaubt?«

Nein, dachte er.

»Natürlich«, sagte er. Er hatte seinen Vater seit vielen Jahren nicht mehr gesehen, seit er ihn und seine Mutter verlassen hatte. Damals stand Nicolas kurz vor dem Abitur. Ganze Nächte hatte er mit Julie in einer der Kabinen an den *Planches* gesessen und über das Leben geflucht, das ihm einen solchen Vater beschert hatte, der seine Familie im Stich ließ.

»Wir gehen essen, dein Vater lädt mich ein«, sagte seine Mutter, während er hörte, wie sie in den Zug stieg.

»Freut mich für dich. Ich muss jetzt leider auflegen, *Maman*, ich …«

»Moment, ich wollte dich noch etwas fragen.«

»Dann mach schnell.«

»Ist ja gut! Es ist nur … Also, dein Vater hat noch mal gefragt, ob er etwas tun kann. Für dich, meine ich. Du weißt, dass er das könnte.«

Nicolas atmete tief ein.

Dann legte er auf.

Er schob seinen Stuhl etwas näher an die Tür zur Bibliothek und konzentrierte sich. Das Gemurmel hinter der Tür wurde klarer, einzelne Wörter schoben sich zwischen den schweren Eichendielen und der weißen Flügeltür hindurch, krabbelten auf allen vieren zu ihm und verdrängten Julies Lachen.

»Lage … bedrohlich. Kundenstamm. Ergebnisse. Sonst … aus.«

Das war der Comte.

»Mein Bestes … Vertrauen … Lösung.«

Das war Cédric.

»Nicht gewusst … Ermittlungen … Börsenaufsicht …«

»Katastrophe … ganzes Geld.«

»Ich weiß! … Kurse … erholen sich … Vertrau mir …«

Dann wurden die Stimmen wieder schwächer, offensichtlich hatten sie sich ans Fenster zurückgezogen und sprachen leise miteinander.

Follow the money, kam Nicolas der Ausspruch eines Informanten aus der Watergate-Affäre in den Sinn. Offenbar hatte der Comte ein Geldproblem, das sich lohnte, genauer angesehen zu werden.

Schritte kamen in seine Richtung, und als er die Augen öffnete, sah er, dass Marthe ihn misstrauisch anblickte. Nicolas wollte sie anlächeln, aber da war sie schon wieder verschwunden.

Claire stand zwei Stockwerke über Nicolas und lauschte in das alte Anwesen hinein. Die beiden anderen Zimmermädchen standen in der Küche und machten gerade eine Pause. Von draußen hörte sie das Geräusch eines Rasenmähers, und als sie im Treppenhaus aus einem kleinen Fenster schaute, konnte sie Georges Dauzat erkennen, der sich vor den Garagen mit dem Chauffeur des Comte unterhielt.

Sie hatte nur ein paar Minuten, bevor Marthe auffallen würde, dass sie noch nicht aus dem Waschraum zurückgekommen war.

»Verdammte Sklaventreiberin«, murmelte sie leise und legte vorsichtig die Hand auf die Klinke der Schlafzimmertür des Comte. Mit einem leichten Knarzen öffnete sie sich, ein kleiner Flur führte in ein großes En-suite-Zimmer. Einige Kunstdrucke hingen an den Wänden, auf einem Nachttisch neben dem Bett lagen drei Armbanduhren, jede für sich schien mehr wert zu sein als Claires gesamtes Schlafzimmer in Le Havre.

Anders als in den übrigen Räumen herrschte hier keine penible Ordnung vor. Einige Zeitschriften lagen durcheinander auf einem Tisch, neben einer kleinen Musikanlage stapelten sich mehrere CDs, zwei leere Hüllen lagen offen daneben.

Der Comte hörte Blues.

»Nicht schlecht *Monsieur le Hochgeboren*«, sagte Claire leise und blickte sich um.

Das Fenster. Warum hatte Nicolas das Fenster erwähnt?

Vor der großen Glasfront stand ein breiter Korbsessel, daneben, auf einem kleinen Tisch, ein Glas mit Wasser. Claires Blick wanderte nach draußen.

»Das nenne ich mal eine Aussicht.« Durch den leichten Regen blickte sie hinab auf die Seine und auf den Pont de Normandie, der sich über den dunklen Wassern bis zum anderen Ufer erstreckte. Das Gelände des Anwesens beschrieb einen leichten Bogen hinab bis zum Wasser, vereinzelt führten schmale Wege über die grüne Wiese, der Abhang war mit einigen Büschen und kleineren Bäumen bepflanzt.

Auf einem der Wege sah sie einen Sicherheitsmann, der offenbar seinen Kontrollgang machte.

Nachdenklich drehte sich Claire um und ließ ihre Blicke durchs Zimmer streifen. Sie überlegte, ob sie die Schubladen der Kommode oder den großen Eichenschrank durchsuchen sollte.

Aber Nicolas hatte ihr ausdrücklich das Fenster ans Herz gelegt, und sie wusste nicht, warum.

»Was soll ich hier, Nicolas?«, murmelte sie und blickte sich um.

Die Tür zum Badezimmer stand offen, dahinter konnte sie eine freistehende Badewanne und ein Waschbecken erkennen. Hinter einer gefliesten Wand war offenbar die Dusche. Aber Nicolas hatte das Fenster erwähnt, nicht das Bad.

Als sie nochmals den Fensterrahmen in Augenschein nahm, bemerkte sie zwei kleine Haken, links und rechts.

Für was sind die denn gut?, fragte sie sich und setzte sich nachdenklich auf den Korbsessel, der hinter ihr stand. Ihr Blick fiel auf eine Wanduhr.

Sie musste zurück in die Küche.

Als könnte man daran etwas arretieren, dachte Claire. Zwei Haken, im exakt gleichen Abstand zum Fensterrahmen, sie war sicher, dass es das war, worauf Nicolas sie hatte hinweisen wollen. Etwas anderes Auffälliges gab es hier nicht.

Sie blickte nach draußen, wo der Regen Schlieren an die Außenseite der Scheibe zeichnete, ihre Nase berührte das kalte Glas. Sie stellte sich vor, wie die Sicht wohl war, wenn die Nachmittagssonne über dem Meer stand und ihr Licht auf die Seine-Mündung unter ihr warf.

Wie ein Spot.

Dies war der perfekte Ausguck.

Sie beugte sich etwas nach vorne, um unten auf die Wiese zu schauen und verlagerte leicht ihr Gewicht.

Klick.

Ihre Hände, mit denen sie sich auf der Fensterbank abgestützt hatte, waren einige Millimeter nach unten gesackt. Überrascht stellte sie fest, dass die hölzerne Oberfläche der Fensterbank sich abheben ließ.

Es war ein Deckel, der sich durch einen simplen Druckmechanismus öffnen ließ.

»Du kennst mich zu gut, Nicolas«, murmelte sie und hob vorsichtig den Deckel an. Als sie sah, was sich darunter verbarg, sorgfältig eingeschlagen in ein rotes Samttuch, pfiff sie leise durch die Zähne.

Nicolas würde zufrieden sein.

Dann überlegte Claire, ob sie es wagen sollte.

Sie überlegte nicht lange.

Nicolas konnte die Stimmen wieder hören, leise und abgehackt, als würden die beiden Männer hinter der großen Flügeltür der Bibliothek sich darüber bewusst sein, dass jedes Haus Ohren hatte.

Und dass seine Ohren besonders gut trainiert waren.

»Zuerst hörst du, Nicolas. Dann erst siehst du. Und wenn du endlich siehst, ist es vielleicht schon zu spät.«

Gilles Jacombe hatte während seiner Ausbildung zum Personenschützer immer wieder versucht, Nicolas' Sinne anzusprechen, sie zu schärfen.

Gehör. Geruch.

Alles konnte wichtig sein, und alles konnte ihnen die entscheidenden Millisekunden Vorsprung verschaffen. Also hatte Nicolas Stunden, ja Tage, damit verbracht, mit geschlossenen Augen mitten in Paris zu stehen, auf der Place de la Concorde, in der Métro-Station von *Les Halles,* inmitten der Touristen vor dem *Centre Pompidou.* Er hatte sich auf eines der *Bateaux Mouches* gesetzt und war mit Japanern, Deutschen und Amerikanern zwischen dem Eiffelturm und der neuen Nationalbibliothek hin und her gependelt. Er hatte hinter seiner dunklen Sonnenbrille die Augen geschlossen und sich die Menschen vorgestellt, die vor ihm saßen. Er hatte ihren Geschichten gelauscht, ihre Stimmen eingeordnet, auf die Zwischentöne geachtet.

Und irgendwann hatte er sie gesehen, bevor er sie sah. Die Menschen, die Autos, die Stadt. Die Tauben auf dem schmutzigen Bürgersteig.

Als ihn jemand auf dem belebten Platz vor dem *Hôtel de Ville* angerempelt hatte, hatte er instinktiv »*perdono*« gemurmelt. Das italienische Paar hatte ihn verwundert angeblickt, nicht ahnend, dass er ihre Unterredung über die Unfreundlichkeit französischer Kellner einige Meter vorher mitbekommen hatte.

»Vergessen Sie nicht Ihren Nacken, die Sonne sticht heute sehr«, hatte er einer beleibten Amerikanerin zugeraunt, als er den Platz neben ihr für eine ältere Dame frei machte. Er hatte zuvor ihr Schnaufen gehört, das Geräusch der Creme, die aus der Tube kam, er hatte ihre Bewegungen neben sich gespürt.

Sie hatte den Nacken vergessen.

Er war am *Musée d'Orsay* von Bord gegangen und hatte sich ein Taxi zurück in die Rue de Miromesnil genommen, wo sein Dienst saß.

»Ich bin so weit«, hatte Nicolas zu Gilles Jacombe gesagt und dieser hatte genickt und die Dienstpläne neu sortiert. François Faure, der aufstrebende neue Minister der französischen Regierung, hatte ab sofort einen neuen, hochtalentierten Personenschützer.

Dass Nicolas' Gemüt zu schwer für diese Aufgabe sein könnte, daran hatte niemand gedacht.

Auch nicht er selbst.

Bis Julie aufstand und ging und nicht wiederkam und er seinen Job nicht mehr richtig machte.

Und nun saß er in der großen Eingangshalle eines großen Anwesens in der Normandie und lauschte dem Gespräch zwischen dem Comte de Tancarville und seinem Sohn, während draußen der Tag langsam die Hügel hinunter zum Meer kroch, sich in eine schwankende Schaluppe setzte und dem Horizont entgegenruderte.

Cédric hatte sich nicht geändert, sein Ton war rotzig, sein Auftreten ließ den missglückten Aufenthalt in einem Schweizer Internat erahnen.

Julie hatte ihn gemocht, für den flüchtigen Moment eines Sommers.

Das war vor der Schweiz und lange bevor Cédric de Tancarville nach London gezogen war, um dort die Finanzgeschäfte seines Vaters zu leiten. Nicolas musste zugeben, dass Cédric dafür ein Händchen hatte, offenbar hatte er in den vergangenen Jahren das Vermögen der Familie zu vermehren gewusst.

Aber jetzt war etwas schiefgelaufen. Hinter der Tür zur Bibliothek zischten sich zwei Männer an, deren Linie zurückging bis zu Wilhelm dem Eroberer.

»... in so kurzer Zeit ... wie ... passieren.«

»Pech ... Schuld.«

»Lösung ... Samstag.«

»Immer das Gleiche ... du ... neue Mädchen ...«

Da war es. Nicolas öffnete schlagartig die Augen, er merkte, wie sein Puls sich erhöhte.

Neue Mädchen.

Es war der Comte gewesen, der diese Worte hinter der geschlossenen Tür ausgesprochen hatte. Vielleicht meinte er nur Cédrics Lebenswandel. Womöglich ging es aber auch um ganz andere Mädchen.

»Mein lieber Nicolas, du steckst in der Scheiße«, murmelte er. Noch nie hatte er eine Schutzperson gehabt, die auf der anderen Seite des Gesetzes stand.

Aber das würde François Faure, dem Minister und guten Freund des Comte, völlig egal sein, so wie er ihn kannte. Aristide de Tancarville erhielt Morddrohungen und er war ein Geldgeber des künftigen Präsidentschaftskandidaten.

Alles andere musste warten.

Die Tür zur Bibliothek wurde plötzlich aufgerissen und Cédric stürmte aus dem Raum. Er blieb kurz stehen, fuhr sich durch die Haare und setzte sein kaltes Lächeln auf.

»Sag, wie geht es Julie eigentlich, hast du mal was von ihr gehört?«

»Du weißt ganz genau, dass ich nichts von ihr gehört habe«, antwortete Nicolas nach einer kurzen Pause.

»Hätte ja sein können, dass sie sich mal gemeldet hat bei dir.«

Nicolas stand langsam auf, er spürte, wie seine rechte Hand sich zu einer Faust ballte, sein Mund war mit einem Schlag trocken.

»Sie hat sich nicht bei mir gemeldet. Bei dir vielleicht, Cédric?«

Der junge Mann lächelte noch immer.

»Warum sollte sie sich bei mir melden? Sie hat immer nur einen geliebt, Nicolas. Immer nur einen. Und jetzt entschuldige mich. Pass gut auf meinen alten Herrn auf. Nicht, dass er plötzlich verschwindet. Sich in Luft auflöst, wie ein Geist, du weißt schon.«

Die letzten Worte flüsterte er, seine rechte Hand fuhr sachte durch die Luft, als würde sie etwas Staub verteilen. Nicolas hingegen hatte mit einem Mal ein ganz anderes Problem als Cédric de Tancarville.

Nämlich dessen Vater.

Der in diesem Augenblick die breite Treppe nach oben stieg und ankündigte, er werde sich kurz auf sein Zimmer zurückziehen.

Nicolas wartete zwei Sekunden, bis Vater und Sohn das Foyer verlassen hatten. Dann schoss er von seinem Platz hoch und stürzte durch die große Eingangstür nach draußen.

»Scheiße, Scheiße, Scheiße«, fluchte er.

Während er losrannte, wählte er Roussels Handynummer.

»Roussel, hören Sie mir zu, ich habe kaum Zeit.«

»Was ist denn jetzt schon wieder?«

»Überprüfen Sie die Konten der Familie. Ich glaube, der Sohn des Comte, Cédric, hat eine Menge Geld verloren, an der Londoner Börse. Vielleicht ist das ja eine Spur.«

»Was soll das heißen, geht es nicht ein bisschen genauer?«

»Nein!«, schrie Nicolas, während er um die Hausecke in den Garten rannte.

»Cédric hat viel investiert und jetzt ein Problem. Und der Comte ist stinksauer. Mehr weiß ich nicht.«

Er legte auf und blickte nach oben, hinauf zum Schlafzimmerfenster des Comte. Es stand offen, ein schwarzer Lauf ragte in die Luft.

»Scheiße, sie hat tatsächlich etwas gefunden.«

Er begann hektisch mit beiden Armen zu winken.

Claire hatte noch nie eine solche Waffe gesehen. Sie blickte fast ehrfürchtig auf den langen schwarzen Lauf, auf dem ein dunkles Zielfernrohr thronte, wie das Auge eines Zyklopen, der seinen Blick so lange auf das Ziel richtete, bis es zitternd zu Boden fiel, in Erwartung des tödlichen Schusses.

»Was ist denn das für ein perverses Arschloch«, flüsterte Claire und fuhr über den Schaft und die beigefarbene Schulterhalterung.

»Arctic Warfare« stand auf der Seite des Gewehrs.

Behutsam schob sie einen kleinen Deckel vom Zielfernrohr und setzte die beiden Metallstützen des Präzisionsgewehrs auf die offenbar eigens dafür angebrachten Haken auf der Fensterbank. Da sie deutlich kleiner war als der Comte, musste sie sich zwei Kissen holen. Sie setzte sich damit auf den Korbsessel, das hintere Teil des Gewehrs stützte sie auf dem kleinen Glastisch ab.

Claire öffnete das Fenster und feiner Regen drang zu ihr herein. Der schwarze Lauf schob sich tief in den grau werdenden Himmel.

»Dann wollen wir mal«, flüsterte sie.

Als sie ihr rechtes Auge auf das Objektiv legte, spürte sie, wie eine Gänsehaut ihren Arm entlangwanderte. Sie brauchte ein bisschen, bis sie das Objektiv scharf gestellt hatte, ihre Schulter presste sich gegen das Gewehr, sie merkte, dass sie leicht schwankte.

»Ich würde nicht mal die Flussmündung treffen«, sagte sie sich und atmete tief ein.

Dieses Haus begann ihr Angst zu machen.

Die Schritte, die von der Treppe zu hören waren, und die langsam näher kamen, bemerkte sie nicht.

»Leck mich am Arsch«, flüsterte sie stattdessen, als sich ihr Blick durch das Objektiv hindurchgearbeitet hatte.

Es war, als würde sie direkt am Ufer stehen, am gegenüberliegenden Ufer. Das Objektiv hatte eine solche Reichweite, dass sie das Gefühl hatte, sie könnte die zwei Arbeiter, die drüben vor einem großen Wassertank standen, mit der Hand berühren. Ein Fahrradfahrer fuhr vorbei, sie folgte ihm mit dem Lauf für einige Meter. Als er an einer Gruppe Enten vorbeikam, schwenkte sie etwas runter, bis sie einen Erpel fest im Blick hatte.

Unwillkürlich legte sie einen Finger auf den Abzug.

»Peng«, murmelte sie. Dann schob sie das Gewehr wieder nach rechts, schwenkte den Lauf durch die kalte Luft, bis sie die große Brücke im Visier hatte. Den Pont de Normandie, an dem noch vor wenigen Tagen eine Leiche gehangen hatte, Nicolas hatte ihr davon erzählt.

»Der Idiot findet aber auch immer etwas«, murmelte sie leise. »Damals eine Hand, jetzt gleich eine Leiche. Und das nächste Mal womöglich einen ganzen Friedhof oder was?« Das Zielfernrohr glitt die Streben der Brücke hinauf bis zum höchsten Punkt, wo die Lichter blinkten, als würden sie eine Botschaft senden, auf die andere Seite des Ärmelkanals, wo der Piccadilly Circus womöglich mit seinen Leuchtreklamen zurückgrüßte.

Der Comte hatte von hier oben alles im Blick, er konnte jedes Auto, jeden Spaziergänger auf der Brücke sehen.

Jeden, der an einem Seil hing.

Jeden, der daran zog.

Sie hob ihren Kopf und blickte in das Fach in der Fensterbank. Unter dem roten Tuch, in das der Comte das Präzisionsgewehr eingewickelt hatte, lagen zwei kleine Schachteln. Sie öffnete die erste und fand darin einen kleinen Aufsatz für das Zielfernrohr und eine schwarze Verlängerung für den Lauf.

Ein Nachtsichtgerät.

Und einen Schalldämpfer.

»Es wird immer besser«, murmelte sie.

In der anderen Schachtel befand sich die Munition. Sieben goldene Bolzen lagen in kleinen Einbuchtungen, »Kaliber 7,62« stand im Deckel des Kästchens.

Aber es waren nicht die tödlichen Bolzen, die ihr Angst einjagten. Es war die Tatsache, dass einer fehlte.

In der Schachtel war Platz für acht Bolzen.

»Du schießt wirklich, du krankes Hirn.«

Ein letztes Mal blickte sie durch das Zielfernrohr. Sie schwenkte den Lauf des Scharfschützengewehrs etwas nach unten, bis sie ein kleines Ruderboot sah, das am Ufer des Anwesens befestigt war. Langsam schwenkte sie weiter, wanderte mit ihrem tödlichen Blick den Hang hinauf, der bis zum Haus führte, in dessen zweitem Stock sie sich befand und dessen Besitzer gerade seine Hand auf die Klinke zum Schlafzimmer legte.

»Was soll denn das?«, murmelte Claire plötzlich, als sie unten im Garten eine Gestalt durch das Zielfernrohr sah, die heftig gestikulierte. Sie stellte das Objektiv etwas schärfer.

»Scheiße.«

Es war Nicolas, und ganz offensichtlich wollte er ihr etwas mitteilen.

Sie hörte plötzlich, wie hinter ihr die Tür geöffnet wurde.

»Wer ist denn das jetzt?«

Aristide de Tancarville griff verärgert in die Innentasche seines Jacketts, um sein Handy herauszuholen. Er stand im Türrahmen seines Zimmers und spürte einen leichten Windzug. Offenbar hatte jemand vergessen, das Fenster zu schließen. Womöglich das neue Zimmermädchen, er würde Georges sagen, dass er sie nach der Feier nicht wiedersehen wollte.

Obwohl sie ihm gefiel. Sehr jung natürlich, aber mit einem gewissen Charme.

Auf seinem Display erkannte er die Mobilnummer von François Faure.

»Was gibt es, *Monsieur le Président?*«, begrüßte er abschätzig seinen Freund.

»Mach dich nicht lustig, Aristide«, antwortete der Minister. Er flüsterte, offenbar war er kurz aus einer Sitzung herausgegangen und wollte nicht gehört werden.

»Warum, du willst doch Präsident werden, oder nicht? Ich übe nur schon mal die korrekte Anrede.«

»Für dich bleibt es bei François.«

»Und für dich bei *Monsieur le Comte.*«

»Haha.«

Der Comte betrat sein Zimmer, ging zum Fenster und schloss es verärgert. Sanft fuhr er mit der Handinnenfläche über die Fensterbank. Dann blickte er auf die Uhr.

Vielleicht sollte er sich auf die Schnelle etwas gönnen, es würde ihm guttun. Er atmete tief ein und blickte aus dem Fenster.

Komm zu Papa.

»Bist du noch da, Aristide?«

»François, sag endlich, was du willst.«

»Ich will dich schützen.«

»Du willst immer nur einen schützen: dich selbst.«

»Das ist in diesem Fall das Gleiche. Ich bin gerade im Innenausschuss. Es wird Ermittlungen geben, gegen dich.«

»Machst du Witze?« Aristide de Tancarville blieb mitten im

Raum stehen und merkte, wie er anfing zu schwitzen. Er fluchte, das hatte gerade noch gefehlt.

»Nein, kein Witz.«

»Dann verhindere es.«

»Aristide, das kann ich nicht, nicht ohne …«

»Das ist mir scheißegal, hörst du?« Der Comte brüllte in sein Handy, während er begann, sich sein Jackett und sein Hemd auszuziehen.

»Du löst dieses Problem, sonst kannst du deine beschissenen Gelder vergessen, hörst du? *Monsieur le Scheiß-Président*!«

»Aristide, es geht um Entführung. Um Missbrauch. Und um Mord. Jemand hat dich mit einer Organisation in Verbindung gebracht, die sich ›Der Ring‹ nennen soll.«

»Und wer ist dieser Jemand?«

»Der Mitarbeiter einer Menschenrechtsorganisation vermutlich. Er hat alle möglichen Hinweise zusammengetragen. Und du kommst darin sehr oft vor.«

»Dieses Arschloch hat vor ein paar Tagen hier angerufen. Ich muss mich auf Samstag konzentrieren, der Empfang ist wichtig. Haben die Ermittlungen schon begonnen? Wer weiß davon?«

»Kaum jemand. Nur ich und ein paar Leute im Ausschuss, aber die habe ich im Griff. Aber lange kann ich es nicht unter den Teppich kehren, sonst fällt es auch auf mich zurück.«

Aristide de Tancarville ging ins Badezimmer und betrachtete sich im Spiegel. Er dachte kurz darüber nach, ob die Zeit noch für eine Dusche reichen würde. Er griff nach dem Duschvorhang, überlegte es sich dann aber anders.

»Sieh zu, dass es vor Samstag nicht rauskommt. Ich brauche diesen Abend, alle wichtigen Kunden kommen.«

»Ist gut«, antwortete der Minister auf der anderen Seite der Leitung. »Ich muss wieder rein, aber eines muss ich noch wissen.«

Der Comte trat wieder in sein Schlafzimmer und öffnete den großen Eichenschrank.

»Was willst du noch?«

»Das mit den Vorwürfen. Da ist doch nichts dran, oder, Aristide? Ich muss das fragen, ich darf nun mal nicht mit so etwas …«

Der Comte unterbrach ihn.

»Du warst schon immer ein Feigling, *Monsieur le Président.*« Dann legte Aristide de Tancarville auf und blickte auf die Uhr.

Er fuhr sich durch die Haare und öffnete das Fenster wieder. Der Regen hatte aufgehört, die Sicht wurde besser.

Perfekt, dachte er und legte die Hand auf die Fensterbank.

Es klopfte an der Tür.

»Jetzt nicht!«, brüllte er, aber er wusste, dass es vorbei war. Er würde es verschieben müssen.

»Was ist?«

Einer der Sicherheitsleute öffnete die Tür und trat in sein Zimmer.

»Verzeihen Sie, Monsieur, es ist …«

»Es heißt *Monsieur le Comte*, verdammt!«

»Verzeihung. *Monsieur le Comte*, das hier sollten Sie sehen.« Der Mann reichte ihm einen Zettel, der vom Regen der vergangenen halben Stunde durchweicht war.

Aristide de Tancarville nahm ihn entgegen und setzte seine Lesebrille auf.

Während er die Nachricht las, schwieg er.

Dann lachte er hämisch auf.

»Wir haben bereits Verstärkung angefordert, *Monsieur le Comte*«, sagte der Sicherheitsmann. »Wir werden die Patrouillen rund um das *Lys dans la vallée* verstärken.«

»Tun Sie das«, antwortete der Comte abfällig und blickte noch einmal auf den Zettel.

Noch zwei Tage. Dann wirst du sterben.

»Die feigen Schweine können noch nicht mal zwei Sätze fehlerfrei schreiben«, murmelte er.

»*Monsieur le Comte?*«

Aristide de Tancarville blickte den Mann an.

»Sorgen Sie dafür, dass dieses Pack, das oben in den Hügeln sein Lager hat, von dort verschwindet. Ich will das Gesindel nicht mehr sehen.«

»Glauben Sie, die Drohungen kommen von denen?«

»Weiß ich nicht. Ist mir auch egal, sie müssen jetzt endgültig weg.«

Als die beiden Männer das Schlafzimmer verließen, sackte im Badezimmer Claire hinter dem Duschvorhang zusammen und atmete erleichtert aus. Mit ihren zitternden Händen hielt sie noch immer das Gewehr umklammert.

KAPITEL 24

Paris
Am frühen Abend

Im Innenhof des Ministeriums wanderten die Scheinwerfer der ankommenden und abfahrenden Dienstwagen über die Fassaden, während in den Büros der Angestellten Bildschirme und Leselampen ausgeknipst wurden. Der frühe Abend legte sich über die Stadt und mit ihm die Aussicht, die Aktenberge und unbeantworteten Memos für einige Stunden zu vergessen. Die Arbeit blieb, aber sie wurde verdrängt von den warmen Lichtern der Cafés und der Musik der Straßenmusikanten, die in den angrenzenden Straßen die Menschen durch ihren Feierabend begleiteten.

Thomas Bolden blickte hinab auf die Straße und wünschte sich für einen Augenblick, dort unten zu sein, unterwegs zu einer Verabredung, einem Abendessen, bei dem es ausschließlich um Fußball oder die Frauen am Nebentisch gehen würde. Er wusste nicht, wann er zum letzten Mal privat unterwegs gewesen war. Als persönlicher Referent des Ministers hatte er mit Sicherheit unter allen Angestellten des Ministeriums den längsten Tag.

Den Minister inbegriffen.

»Was soll's, nächste Runde«, seufzte er, als er sah, wie die dunkle Limousine von François Faure durch das große Tor in den Hof fuhr. In fünf Minuten war ein dringendes Treffen anberaumt, er hatte davon erst vor einer halben Stunde durch eine SMS des Ministers erfahren.

Nur Faure selbst, Gilles Jacombe und er. Es ging um die Einladung in der Normandie in zwei Tagen. Und um die möglichen

244

Ermittlungen gegen Aristide de Tancarville, den Gastgeber. Boldens Haltung dazu war eindeutig.

Fallen lassen. Sofort.

Er wartete, bis François Faure in sein Büro zurückgekehrt war, und betrat es exakt fünfundvierzig Sekunden später. Der Referent war ein Meister, wenn es darum ging, den nötigen Respekt gegenüber seinem Dienstherrn mit dem richtigen Timing in Einklang zu bringen. Darin konnte ihm nur einer das Wasser reichen. Und wie er es vorhergesehen hatte, folgte ihm dieser Jemand exakt fünf Sekunden später.

Erst der Referent, dann Gilles Jacombe, der Personenschützer. Sie nickten sich zu und nahmen in zwei kleinen Sesseln Platz, die vor dem großen Schreibtisch des Ministers standen. Im selben Augenblick öffnete sich eine versteckte Tür in der Wand und Faure betrat den Raum, während er ein frisches Hemd zuknöpfte.

»Guten Abend, die Herren. Thomas, Sie haben nichts verpasst.«

»Sie auch nicht, Monsieur.« Diese Worte umschrieben den Idealzustand ihrer Arbeitsbeziehung. Zwei kurze Sätze, die Lage war überschaubar, keine Probleme. Dass das Treffen beim Sozialminister keine Neuigkeiten bringen würde, war vorhersehbar gewesen.

»So, ich mache es kurz. Sie sind beide auf dem Laufenden, was unsere Einladung in der Normandie betrifft?«

Gilles Jacombe nickte und fasste in wenigen Sätzen das Konzept für den Abend zusammen. Abfahrt mit drei Wagen um 18 Uhr, Ankunft auf dem Anwesen des Comte gegen 20 Uhr. Rückfahrt spätestens um 23 Uhr.

»Wer kommt mit?«

»Ich werde selbst dabei sein. Dazu Bertrand und Carole Adams. Drei Leute für den inneren Zirkel sind bei einer solchen Feier genug. Dazu kommen vier Kollegen, die sich um das Anwesen kümmern werden, also sieben insgesamt.«

»Klingt nach viel.«

Thomas Bolden räusperte sich.

»Immerhin hat Aristide de Tancarville in den vergangenen Tagen mehrere Morddrohungen erhalten. Vielleicht wäre es deshalb ratsam, wenn Sie überhaupt nicht ...«

François Faure wischte seine Bedenken wie erwartet beiseite.

»Vergessen Sie es. Diese Drohungen haben sich meiner Kenntnis nach als Scherz herausgestellt.«

»Da wissen Sie mehr als ich, *Monsieur le Ministre*.«

»Da sehen Sie mal, Thomas, Sie können auch nicht alles wissen.«

»Haben wir diese Information von Nicolas?«, fragte Gilles Jacombe vorsichtig und erntete dafür ein spöttisches Lächeln.

»Von Nicolas haben wir anscheinend überhaupt keine Nachricht, zumindest keine, die irgendjemandem weiterhilft. Aber es gab auch keinen Zwischenfall, das ist doch schon mal was. Und meinen Freund Aristide hat er auch noch nicht niedergeschlagen, so wie mich vor einem halben Jahr.«

Thomas Bolden und Gilles Jacombe warfen sich einen Blick zu, während durch das geöffnete Fenster der Feierabendverkehr zu ihnen hereindrang.

»Ich bleibe dabei, wir fahren. Die Drohungen sind ein Witz, und ein sehr schlechter.« Der Minister stand auf und blickte aus dem Fenster nach unten.

Thomas Bolden sah in seine Unterlagen und versuchte erneut sein Glück. Was hier vor ihm lag, war ein guter Grund, nicht in die Normandie zu fahren.

Sogar ein sehr guter.

»Sie haben von den Ermittlungen gegen Aristide de Tancarville gehört?«, fragte er leise und blickte Gilles Jacombe an, der ganz offensichtlich noch nichts davon wusste.

François Faure drehte sich langsam zu ihnen um, seine Augen waren jetzt schmal, und er zeigte mit dem Zeigefinger auf seinen Referenten.

»Woher wissen Sie davon?«

Thomas Bolden zuckte mit den Schultern.

»Das wollen Sie nicht wissen.«

Auch so eine Floskel, die einen Zustand ihrer Arbeitsbeziehung beschrieb. Es gab ein Problem. Und eine Lösung.

Nur dass diesmal die Lösung nicht erwünscht war.

»Darf ich fragen, worum es geht«, meldete sich Gilles Jacombe zu Wort, der bemerkt hatte, dass der Minister auffallend oft auf die Straße hinabblickte.

Der Referent wartete drei Sekunden, dann erklärte er die Lage.

Gilles Jacombe schwieg, offenbar wägte er ab.

»Wenn Sie erlauben, *Monsieur le Ministre*.«

»Nur zu, Gilles …«

»Das ist eine verbotene Zone. Niemandsland, was bedeutet, dass niemand Sie dort sehen sollte. Wenn herauskommt, dass Sie auf der Feier eines Mädchenhändlers …«

»Schluss jetzt!«, fuhr François Faure seine Mitarbeiter an, während er zurück zum Schreibtisch ging. »Diese Ermittlungen beschäftigen sich mit Hypothesen und sie sind totaler Schwachsinn, das hat mir Aristide versichert.«

Hat er nicht, dachte er gleichzeitig.

»Außerdem weiß noch niemand davon außer einigen Mitgliedern im Ausschuss und Ihnen beiden.«

Bolden schüttelte den Kopf.

»Staatsanwalt, Polizisten, Ermittler, Bereichsleiter …«

»Jajaja, ich weiß. Aber seien Sie unbesorgt: Der Staatsanwalt ist auch in die Normandie eingeladen.«

»Natürlich«, murmelte Gilles Jacombe.

»Aber der Staatsanwalt möchte nicht Staatspräsident werden«, versuchte es Bolden ein letztes Mal, obwohl er bereits ahnte, welche Antwort kommen würde. Er hatte sie dem Minister eigenhändig mehr als einmal in ein Redemanuskript geschrieben.

»Ich möchte vor allem eines nicht werden: Jemand, der seine Freunde im Stich lässt, wenn sie ihn brauchen.«

Faure blickte auf die Uhr.

»Und jetzt entschuldigen Sie mich, ich bin noch zum Essen verabredet. Sie müsste gleich da sein.«

»Kommt Ihre Frau mit dem Taxi?«, fragte Gilles Jacombe. Er wusste exakt eine Sekunde später, dass diese Frage ein Fehler gewesen war.

Als er kurz darauf mit Thomas Bolden im Aufzug stand, der sie nach unten brachte, grinste ihn der Referent an.

»Seine Frau? Hast du diese Frage ernst gemeint?«

Jacombe seufzte.

»Vielleicht war es eine Hoffnung. Ich mag sie, sie tut mir leid.«

»Mag sein, aber das behältst du für dich.«

»Ist gut. Wer ist sie?«

»Die neue Kulturbeauftragte der Stadt. Jung, ehrgeizig, kommt ursprünglich aus Marokko. Und ja, sie sieht verdammt gut aus.«

»Davon gehe ich aus.«

»Gibt es Neues von Nicolas?«

»Ja.«

»Und zwar was?«

Gilles Jacombe lächelte.

»Das willst du nicht wissen.«

KAPITEL 25

Nicolas Arme schmerzten, als er das kleine Ruderboot zurück an Land zog und es unter einem Gebüsch mit einigen Zweigen abdeckte. Natürlich hätte er es zurück zum Ruderverein bringen können, wo er es sich vor zwei Tagen ausgeliehen hatte, aber er hatte das Gefühl, dass es ihm noch einmal nützlich sein könnte.

Ein Fluchtweg. Ein Rückzug.

Die Luft war klar und er blickte zurück auf das Wasser der Seine, das sich stetig in den Ärmelkanal drückte, skeptisch beäugt von den gewaltigen Pfeilern des Pont de Normandie.

Die Brücke sieht aus wie ein stählerner Wächter, dachte er und überlegte zum wiederholten Male an diesem Morgen, warum jemand ausgerechnet an diesen Wächter einen Mann binden und hinab ins Wasser lassen sollte.

Einen Mann, der schon tot war, erschossen aus nächster Nähe. Nicolas ließ einen kleinen, flachen Stein über das Wasser hüpfen und wartete, bis die Kreise sich aufgelöst hatten.

Eine Warnung, ein Zeichen, so weit waren Roussel und er in ihren Überlegungen bereits. Aber für wen? Die Brücke war vom Anwesen des Comte gut einsehbar, vor allem durch ein hoch auflösendes Objektiv, das auf den schwarzen Lauf eines Präzisionsgewehrs angebracht war. Claire hatte Nicolas von ihrem Fund erzählt, als sie für einen kurzen Augenblick unbeobachtet waren. Und vom Gespräch des Comte mit seinem Freund, dem Minister.

Aber ein Beweis war nichts davon.

Wieder hüpfte ein Stein, erneut zogen Kreise über das Wasser. Und lösten sich auf.

Nichts bleibt, dachte Nicolas und rieb seine brennenden Oberarme. Er hatte spontan beschlossen, seine morgendliche Laufrunde durch eine Rudereinheit zu ergänzen. Immer wieder hatte er dabei in Richtung des Anwesens geblickt, aber er hatte nicht erkennen können, ob das Fenster zum Schlafzimmer des Comte geöffnet war. Und ob zufällig gerade ein schwarzer Lauf herausragte.

Sie würden auf weitere Ermittlungen setzen müssen, Roussel hatte ihn angerufen und Michel Bonnet erwähnt, der einer Spur in Étretat nachging. Nicolas jedenfalls musste sich eingestehen, dass er selbst noch nicht sonderlich erfolgreich gewesen war.

Morgen Nachmittag begann der große Empfang im Garten des Comte, er würde also heute, am Tag davor, endlich etwas finden müssen.

Wenn es denn etwas zu finden gab.

30 Minuten später betrat Nicolas frisch geduscht die Küche, in der Marthe gerade dabei war, selbst gebackene Scones auf einen Teller zu stapeln.

»Bringen Sie das ins Esszimmer, Claire.« Ein genervter Blick streifte ihn, als Claire den Teller nahm und an ihm vorbeiging.

»Guten Morgen, Monsieur Bodyguard«, murmelte sie.

»Guten Morgen, Mademoiselle Cantalle. Guten Morgen, Marthe.«

»Guten Morgen, Monsieur Guerlain. Heute nicht im Anzug?«
Er lächelte sie an.

»Jemand sagte mir, ich müsse mal raus aus dieser Förmlichkeit. Und da bin ich jetzt.«

Sie blickte auf sein Poloshirt und die Jeans.

»Steht Ihnen. Möchten Sie ein paar Scones?«

»Danke, Zwieback tut es auch.«

Sie schnaufte verächtlich, als sie einen Teller mit einem Messer vor ihm auf den Tisch stellte.

»Wo ist Monsieur Dauzat?«, fragte Nicolas, während er nach der Butter griff.

»Georges ist unterwegs nach Étretat, *Monsieur le Comte* macht sich Sorgen wegen der Muscheln. Er hat Angst, es könnte nicht genug geben.«

Knack.

»Verdammt, das ist zu dünn ...«, murmelte Nicolas und betrachtete den zerbrochenen Zwieback auf seinem Teller. Die Butter war zu hart gewesen und er zu ungeschickt.

»Warum Étretat?«, fragte er die Köchin.

»*Monsieur le Comte* ist der Meinung, dass die Muscheln dort am besten schmecken. Es gibt dort ein kleines Restaurant, das uns beliefert.«

Nicolas legte das Messer beiseite, sein Zwieback konnte warten.

»Wissen Sie, wie das Restaurant heißt, Marthe?«

Sie zeigte auf eine leere Schachtel, die in einer Ecke der Küche lag.

»Nein, aber da müsste es draufstehen.«

Chez Jef stand in roten Buchstaben auf der beigen Verpackung. *Moules et frites. Frites et moules.*

»Dämlicher Name, oder?« Claire war zurück in die Küche gekommen und blickte auf seinen zerbrochenen Zwieback.

»Jacques Brel«, murmelte Nicolas leise.

Er hatte womöglich einen weiteren Hinweis gefunden.

»Wer hört schon Brel«, antwortete Claire, und Nicolas dachte für einen kurzen Augenblick daran, dass er exakt denselben Satz vor einigen Jahren selbst schon einmal gesagt hatte.

»Wer hört schon Brel?«

»Sag das noch einmal und ich verlasse dich sofort.«

»Im Ernst, Julie, der Typ hat in den Sechzigern Lieder geschrieben, traurige, kleine Lieder. Das ist lange her.«

»Du bist auch gleich lange her.«

Er hatte sie küssen wollen, aber sie hatte sich ihm entzogen.

Stattdessen hatte sie ihn an der Hand genommen und hoch auf die Dachterrasse geführt.

»Setz dich hin, dahinten siehst du die halbe Spitze des Eiffelturms. Die schaust du jetzt an und hältst die Klappe.«

Er hatte getan, was sie sagte.

»Monsieur Tito, sind Sie da?«, hatte sie laut in die Dunkelheit gerufen.

Nach einer Weile hörten sie auf dem Balkon unter sich das Knarzen eines Schaukelstuhls, aus dem sich ein alter Mann mühsam herausarbeitete.

»Was gibt es, Julie?«

»Wer hört schon Brel?«

»Wer fragt das?«

»Ein Mann.«

»Kennen Sie ihn?«

»Nicht mehr lange. Er sitzt hier.«

Sie hatten gehört, wie Tito nach etwas suchte. Kurz darauf war das Kratzen einer Plattennadel zu ihnen nach oben gedrungen.

»Hören Sie das Lied zu Ende. Respekt. Ich geh solange pissen.«

»Ist gut, Monsieur Tito.«

»Tito reicht.«

Und dann hatte Brel angefangen zu singen. Davon, wie es war, nur noch die Liebe zu haben, und die spitze Nadel des Eiffelturms hatte seine Melodie in den Himmel über Paris graviert. Es war das gute Ende eines schwierigen Tages gewesen, an dem Julie wie so oft in letzter Zeit genervt und wütend vom Quai des Orfèvres nach Hause gekommen war, dem Sitz der Pariser Kriminalpolizei, wo sie als Fallanalystin begonnen hatte. Nicolas hatte ihr ein Glas Rotwein hingestellt und auf die Uhr geschaut. Mindestens die nächsten sechzig Minuten würde sie über die Unfähigkeit der Behörden sprechen und erst leise und dann lautstark über die dringende Notwendigkeit grundsätzlich etwas zu ändern in jenem System, in dem nichts voranging und in dem alles so fürchterlich verstaubt war. Julie war ein streitbarer Mensch, und Nicolas' Vorteil war, dass er gut darin war, einem Streit aus dem Wege zu gehen.

Dass dies womöglich auch ein Nachteil war, darüber hatte er sich damals keine Gedanken gemacht. Er hatte Brel gehört, während Julie sich an seine Schulter lehnte und nach Westen blickte.

»Jeder sollte Brel hören«, sagte Nicolas zu Claire.

Sie rollte mit den Augen, blickte auf seinen Teller und lächelte.

»Jetzt will ich Ihnen mal was beibringen, Monsieur Bodyguard. Etwas, das man wirklich gut gebrauchen kann im Leben.«

»Da bin ich aber gespannt.«

»Monsieur Guerlain«, sagte sie mit spitzer Stimme, »jemand, der keinen Zwieback mit Butter bestreichen kann, der kann auch niemanden beschützen, merken Sie sich das.«

Aus den Augenwinkeln sah er, wie Marthe lächelte.

»Versuchen Sie es noch mal.«

Nicolas nahm einen Zwieback und ein Stück Butter, das er behutsam verstrich.

Knack.

»Die Butter ist zu hart«, sagte er.

Claire seufzte.

»Passen Sie auf.«

Sie legte zwei Stück Zwieback übereinander, nahm seine Hand und führte sie vorsichtig mit dem Messer zur Butter. Marthe schaute ihnen interessiert zu.

»Erst die Butter, gut so, Sie machen das prima. Und jetzt schmieren Sie sie einfach auf den oberen Zwieback. Ruhig feste aufdrücken, es kann nichts passieren.«

Claire hatte sich jetzt hinter ihn gestellt und flüsterte ihm ihre Anweisungen ins Ohr.

Nicolas räusperte sich verlegen.

»Nicht aufhören, da ist noch etwas Butter übrig. Sehen Sie,

Monsieur le Bodyguard, das obere kann nicht brechen, weil es durch das untere gestützt wird. *Et voilà.*«

»Nicht schlecht, Mademoiselle Cantalle, woher haben Sie das mit dem zweiten Zwieback?«

»Ein Film, Monsieur Guerlain, ein sehr alter Film.«

»Worum geht es in dem Film?«, wollte Marthe wissen.

»Um geraubte Küsse. Und jetzt gehe ich ihr Zimmer aufräumen, *Monsieur le Bodyguard.*«

Nicolas atmete tief aus, als Claire die Küche verlassen hatte.

»Na, die hat es wohl auf Sie abgesehen«, sagte Marthe fröhlich, während sie die Butter wegräumte.

Nicolas griff in seine Hosentasche, in die Claire etwas gesteckt hatte, während sie ihm ins Ohr geflüstert hatte.

»Nein, ich glaube nicht«, antwortete er. Nicht schlecht, Claire, dachte er und blickte auf das kleine Notizbuch in seiner Hand.

»Ich bin gleich wieder da, Marthe. Ich würde einen Kaffee nehmen.«

»Sehr wohl, Monsieur.«

»Wissen Sie, wo Cédric ist?«

»Er frühstückt gemeinsam mit seinem Vater im Esszimmer.«

»Danke.«

Hastig lief er durch die große Empfangshalle und schloss kurz darauf leise die Tür zur Bibliothek hinter sich. Dann setzte er sich in einen der Sessel und blätterte das kleine Buch durch.

Es enthielt ausschließlich Namen und Telefonnummern, dazu Mailadressen oder Postfachnummern. Es gab Nummern aus England und aus der Schweiz, die meisten aber waren von hier. Keiner der zugehörigen Namen kam ihm bekannt vor, aber es waren auffällig viele Adlige darunter.

Nicolas tippte auf den sehr ausgewählten Freundeskreis derer zu Tancarville.

Auf der letzten Doppelseite war eine Handvoll unterstrichener Mobilnummern eingetragen, allerdings ohne Namen. Lediglich zwei Buchstaben standen jeweils hinter einer Nummer, einige waren abgehakt.

Nicolas überlegte kurz, ging dann ans Fenster und holte sein Handy heraus.

»Und wehe, Alphonse, du bist wieder mal nicht da«, murmelte er und wählte die Nummer des *Commissariat* von Deauville.

Aber Alphonse war da, und er war sofort bereit, Nicolas zu helfen.

Als Claire drei Minuten später die breite Treppe hinunterlief, ging unten die Eingangstür auf und Georges Dauzat kam von draußen herein.

»*Bonjour*, Mademoiselle Cantalle, ein herrlicher Tag, nicht wahr? Ah, *bonjour*, Monsieur Guerlain.«

»*Bonjour*, wie war es in Étretat?«

»Ich sehe, Sie sind gut informiert!«

»Ich bin der Personenschützer des Comte, Monsieur Dauzat. Ich weiß einiges.«

Der alte Butler lachte und streckte seinen Rücken durch.

»Ich werde langsam zu alt für die Überlandfahrten, selbst in einem Rolls-Royce. Aber die Muscheln sind gesichert. Die Angst des Comte ist diesbezüglich« – er blickte sich um – »etwas übertrieben, fürchte ich.«

Nicolas nickte ihm zu und ging Richtung Küche. Als er an Claire vorbeikam, streiften sich ihre Hände flüchtig und ein Notizbuch wechselte unauffällig wieder den Besitzer …

»Georges?« Als eine Stimme aus dem Esszimmer erklang, rollte der Butler mit den Augen.

»Ich bin hier, Monsieur Cédric!«, rief er und ging ins Esszimmer. Claire räumte bereits den Tisch ab, während Cédric de Tancarville sich verärgert umsah.

»Haben Sie zufällig mein Notizbuch gesehen?«, fragte er.

»Nein, Monsieur, ich bin ja gerade erst …«

»Ist gut, Sie sind keine Hilfe«, zischte der Sohn des Comte.

»Ist es das hier?« Claire stand neben einer Anrichte und deutete auf ein schwarzes Notizheft.

»Geben Sie her«, blaffte Cédric sie an.

»Die Vergesslichkeit hast du nicht von mir geerbt«, sagte sein Vater mit schneidender Stimme.

»So wie vieles andere auch nicht, Vater«, antwortete sein Sohn, nickte Claire zu und ging nach oben. Aristide de Tancarville wischte sich mit einer Stoffserviette über den Mund.

»Georges, könnten Sie unserem Beschützer etwas ausrichten?«

»Natürlich, *Monsieur le Comte.*«

»Wir werden heute Abend einen Ausflug machen. Nach Paris.«

»Aber, Monsieur …«

Der Comte unterbrach ihn unwirsch.

»Ersparen Sie mir Ihre Bedenken, Georges! Wir fahren gegen 18 Uhr los. Cédric wird hierbleiben.«

»Darf ich fragen, was der Grund für den Ausflug in die Hauptstadt ist?«

»Sie dürfen. Ich bin verabredet, mit einem Freund. Im Théâtre des Champs-Élysées, Avenue Montaigne.«

»Das heißt …«

»Das heißt, Georges, Monsieur Guerlain und ich gehen ins Konzert.«

KAPITEL 26

Étretat, Alabasterküste
Drei Stunden später

Roussel blickte auf die Speisekarte und fragte sich, was sein ehemaliger Chef ihm sagen wollte. Michel Bonnet saß ihm gegenüber und genoss die Sonne, die mittlerweile hoch über der Porte d'Aval stand, dem berühmten Kreidefelsen, der wie ein ausgestrecktes Knie in das kalte Wasser des Ärmelkanals hineinragte.

»Schau halt genau hin«, murmelte Bonnet und blickte genüsslich zu Roussel hinüber, der irritiert die Auswahl an Muschelgerichten studierte.

»Wer isst denn bitte schön Muscheln mit Parmesan?«, fragte er mürrisch.

»Niemand, aber darum geht es nicht. Es geht darum, was es gibt. Und darum, was es nicht gibt.« Bonnet blickte sich um, und als er sah, dass der Patron des *Chez Jef* hinter seinem Tresen stand und auf einen Fernsehbildschirm guckte, schob er den Werbeflyer über den Tisch, den sie bei dem toten Mädchen gefunden hatten.

»Vielleicht findest du hier etwas.«

Roussel blickte ihn schlecht gelaunt an.

»Ich habe keine Zeit für Spielchen, Bonnet«, sagte er leise, besah sich aber dann doch den Flyer.

Dreißig Sekunden später sah er es. Er tippte auf die Karte des Restaurants.

»Hier fehlen die *Muscheln Bombay*.«

»Richtig.«

»Auf dem Flyer sind sie drauf. Wer isst denn bitte schön Muscheln mit Mango?«

»Keiner, aber darum geht es nicht. Es geht darum, dass wir einen Flyer neben einem toten Mädchen gefunden haben. Die Werbung eines Restaurants in Étretat, das angeblich *Muscheln Bombay* im Angebot hat.«

»Oder eben nicht.«

Der Patron kam aus dem Restaurant hinaus auf die Außenterrasse. Er war leicht untersetzt und seine weiße Schürze hatte durchaus weißere Zeiten erlebt.

»Probieren wir es aus«, murmelte Roussel.

»Ich dachte mir, dass du das sagst.«

»Oder wir nehmen den Kerl einfach fest. Und quetschen alles aus ihm raus.«

»Weil er keine Muscheln mit Mango auf der Speisekarte hat? Viel Glück.«

»Einen Versuch wäre es wert.«

Bonnet beugte sich zu ihm hinüber und zischte ihn an.

»Wir haben genau einen Versuch, Roussel. Nur diesen einen.«

Der Patron kam an ihren Tisch und stellte die beiden Gläser hin.

»Sind Sie Touristen? Ich hoffe, Étretat gefällt Ihnen.«

»Nein, wir sind auf der Durchreise, Ihr Restaurant wurde uns empfohlen.«

»Freut mich zu hören. Was darf ich Ihnen bringen?«

Roussel nippte an seinem Glas und blickte sich kurz um. Dann senkte er die Stimme.

»Es heißt, Sie hätten auch, sagen wir, etwas ungewöhnlichere Sachen im Angebot.«

Der Patron blickte ihn an.

»Alles, was auf der Karte steht, Monsieur.«

»Ich verstehe. Man sagte uns, es gäbe eine Spezialität des Hauses – ist das so?«

»Alle Muscheln auf unserer Karte sind frisch, Monsieur.«

»Auch die *Muscheln Bombay*?«, fragte Bonnet.

Der Patron schwieg einen Moment, dann blickte er sich um. Trotz des guten Wetters waren sie alleine auf der Terrasse.

»Wir haben keine *Muscheln Bombay*, Monsieur.«

»Ich glaube doch«, sagte Bonnet und tippte sanft auf den Werbeflyer auf seinem Teller.

Der Mann schien kurz zu überlegen. Er blickte sich unauffällig um, dann lächelte er.

»Ich werde sehen, was sich machen lässt.«

Bonnet und Roussel blickten sich an. Keiner von ihnen sprach ein Wort, während sie auf ihr Essen warteten. Roussel hatte unter dem Tisch seine Waffe entsichert, er merkte, wie er schwitzte.

»Bleib ruhig«, blaffte Bonnet ihn an. Mittlerweile hatte sich ein älteres Ehepaar an den Nachbartisch gesetzt und lächelte sie an.

»Was nehmen Sie, können Sie etwas empfehlen?«, fragte die Frau.

»Muscheln mit Parmesan«, antwortete Roussel schroff, die Frau wandte sich leicht angewidert ab.

»Er kommt zurück.«

Tatsächlich kam der Patron mit zwei Schüsseln Muscheln zurück und stellte sie vor sie auf den Tisch.

Es waren normale Muscheln in Weißweinsauce.

»*Bon Appetit*«, sagte der Patron mit einem Lächeln und ging hinüber zum Nachbartisch.

Roussel runzelte die Stirn. Bonnet blickte dem Mann nachdenklich hinterher. Hatten sie etwas übersehen? War dies womöglich doch eine völlig falsche Spur?

»Guten Appetit«, murmelte Roussel. Er griff nach der Serviette, in die der Patron Messer und Gabel eingewickelt hatte.

Da war noch etwas.

»Michel, sieh mal.«

Eine Postkarte war in die Papierserviette eingerollt. Sie zeigte das berühmteste Bild, das Étretat zu bieten hatte.

Einen Kunstdruck.

Kleine Segelschiffe, die hinaus aufs Meer fuhren. Einige hatten bereits die spitze Felsennadel und die *Porte d'Aval* umrundet und segelten dem Horizont entgegen.

Ein sonniger Morgen im Jahr 1886.

Die schwarzen Segel führten. Die roten lagen hoffnungslos zurück.

Roussel drehte die Postkarte um.

Sie war unbeschrieben.

Als sie eine halbe Stunde später ihre Rechnung bezahlten und der Patron ihnen ein wissendes Lächeln hinterherschickte, überlegte Bonnet, ob Roussels Idee mit der spontanen Festnahme nicht doch besser gewesen wäre.

Sie hatten eine Karte mit einem Kunstdruck von Claude Monet. Und sie wussten nichts damit anzufangen.

»Schöne Scheiße«, murmelte Roussel, als sie zurück zum Auto gingen. Er wollte gerade aufschließen, da klingelte sein Handy.

Es war Nicolas.

»Was gibt es?«, fragte Roussel mürrisch.

»Sie sind wie immer von einer ausgiebigen Herzlichkeit, Roussel«, begrüßte ihn Nicolas. »Ich habe etwas für Sie.«

»Wird auch Zeit, bislang waren Sie nicht sehr ergiebig, was unseren Fall betrifft. Also, was haben Sie, Guerlain?«

»Namen. Und Telefonnummern, die dazu passen. Ich habe sie aus einem Notizbuch.«

»Was für Namen?«, fragte Bonnet. Mittlerweile hatte Roussel sein Handy laut gestellt.

»Erinnern Sie sich an die Fotos auf der Rückseite des Bücherregals von Christian Darbon in Paris? Die Gesichter der Männer, die möglicherweise Kunden des Rings sind?«

»Natürlich«, antwortete Roussel. »Und einige sind durchaus bekannt, der Staatsanwalt aus Paris etwa, wie heißt er gleich?«

»De la Haye. Gregor de la Haye.«

»Richtig. Der war auch darunter.«

»Die Nummern all dieser Männer stehen in dem Notizbuch,

das ich hier einsehen konnte. Alphonse hat sie für mich überprüft. Die Initialen hinter den Nummern stimmen alle.«

»Dann könnte das der Kundenstamm sein«, bemerkte Bonnet.

»Könnte«, antwortete Nicolas.

»Wie sind Sie an das Notizbuch des Comte gelangt?«, fragte Roussel.

»Es gehört nicht dem Comte.«

»Ach nein? Wem sonst?«

»Seinem Sohn. Cédric de Tancarville.«

Für einen Moment sagte keiner von ihnen etwas. Michel Bonnet war es schließlich, der als Erster sprach.

»Kann es sein, dass beide gemeinsam …«

»Dagegen spricht, dass sie sich beide spinnefeind sind. Eine verkorkste Vater-Sohn-Beziehung, wie sie im Buche steht. Und glauben Sie mir, ich weiß, wovon ich spreche.«

Michel Bonnet lächelte, er hatte schon viel von Nicolas' Mutter und ihrem Exmann gehört.

»Haben Sie beide denn in Étretat etwas herausgefunden?«, fragte Nicolas. »Und machen Sie es kurz, ich muss gleich zurück zum Comte.«

Roussel und Bonnet erzählten ihm in aller Kürze von ihrem erfolglosen Besuch im *Chez Jef* und von der Postkarte, die sie erhalten hatten.

Claude Monet, der Strand von Étretat, das Meer.

Sie wussten nichts damit anzufangen.

»Wie machen wir also weiter?«, fragte Nicolas.

»Wir haben keine Wahl«, antwortete Roussel. »Wir werden den Besitzer zu allen seinen verdammten Muscheln befragen. Es kann ja kein Zufall sein, dass der Comte ausgerechnet hier seine Muscheln für die Feier bestellt hat. Es ist wahrlich kein Sternerestaurant.«

»Meinen Sie, das bringt etwas, Roussel? Der Ring wird dadurch nur noch mehr aufgeschreckt.«

»Haben Sie eine bessere Idee, Bodyguard? Wir haben nichts, außer einem Restaurant, das beschissene Muscheln mit beschissenem Parmesan anbietet oder meinetwegen mit Mango! Irgendwo sind vielleicht noch mehr Mädchen, die festgehalten und von beschissenen Arschlöchern missbraucht werden. Und ich stehe hier mit einer beschissenen Postkarte von einem beknackten Maler, der seine saublöden siebzehn Boote in Schwarz und Rot dem Horizont entgegenschickt, als gäbe es da irgendetwas zu entdecken!«

Roussel schlug mit der Faust auf das Autodach, während Bonnet nachdachte. Aber auch ihm fiel nichts ein.

»Es sind sechzehn«, sagte Nicolas.

»Wie bitte? Meinetwegen, mir doch egal!«

»Ganz sicher, sechzehn. Dreizehn schwarze und drei rote. Ich habe das Bild neulich erst gesehen.«

»Mir egal, ich rufe jetzt die Kollegen und wir nehmen den Kerl fest.«

»Hier sind aber vier rote«, murmelte Bonnet.

»Wollen Sie mich verarschen, Bonnet?«, fragte Roussel. »Was spielt denn das jetzt für eine Rolle?«

»Es dürften nur drei sein«, sprach Nicolas durch das Handy.

»Aber es sind nun mal vier.« Bonnet hielt die Postkarte hoch und betrachtete sie nachdenklich.

»Das ist eines zu viel.«

Jetzt beugte sich auch Roussel über die Karte. Nach einigen Sekunden sah er es.

»Das da, ganz rechts.«

»Ja, ich sehe es auch.«

»Hey, sprechen Sie mit mir!«, rief Nicolas.

»Fresse, Bodyguard.« Roussel hatte jetzt die Karte genommen und betrachtete das vierte rote Boot, das jemand nachträglich in das Bild kopiert hatte. Zuerst schnüffelte er an dem Bild, roch aber nichts. Erst als er mit dem Fingernagel über die Stelle fuhr, merkte er, dass sie etwas dicker war.

»Bonnet, haben Sie eine Münze?«

»Was haben Sie gefunden, Roussel?«, fragte Nicolas.

»Ich sagte: Fresse, Bodyguard!«

Roussel kratzte vorsichtig am Segel des vierten roten Bootes, die Farbe löste sich bereits nach wenigen Augenblicken.

»Wie bei einem Lotterielos«, murmelte Bonnet.

»Und hier kommt der Jackpot«, flüsterte Roussel. Unter dem roten Segel schimmerte eine silberne Fläche durch, auf die jemand eine schwarze Nummer gedruckt hatte.

»Bitte schön, Bonnet: Sie hatten *Muscheln Bombay* bestellt, Sie kriegen *Muscheln Bombay*.«

Es war eine Telefonnummer.

»Guerlain, wir melden uns später.«

»Ist gut. Ich werde heute Abend übrigens mit dem Comte …«

Aber Roussel hatte bereits aufgelegt. Er blickte Bonnet an und tippte die Nummer in sein Handy.

»Ich habe keine Lust mehr, Zeit zu verlieren. Sind Sie bereit?«

»Ja. Was werden Sie sagen?«

»Dass ich *Muscheln Bombay* bestellt habe.«

Es klingelte.

Dreimal.

Dann hörten sie, wie eine Umleitung aktiviert wurde.

Wieder dreimal.

Jemand hob ab.

Roussel spürte, wie sich alles in ihm anspannte.

»Wer ist da?« Es war eine dumpfe Männerstimme, und Roussel erkannte sie sofort.

Es war Lama, der Besitzer des *Kakadu* in Villers. Lama, der verschwunden war. Lama, nach dem sie fahndeten.

Lama, das Arschloch.

Hastig nahm Roussel eine Papierserviette aus dem Restaurant und legte sie über den Hörer.

»Hallo? Wer ist da? Ich brauche einen Namen.«

Roussel blickte sich um, auf der Suche nach einem Namen, der auf einer Werbetafel oder einem Straßenschild stand.

Scheiße, dachte er. Dann fiel ihm etwas ein.

»Hier spricht Gregor de la Haye.«

Es war still in der Leitung.

Dann drang Lamas leise Stimme zu ihnen durchs Handy.

»Es ist schlecht derzeit. Es ist zu riskant.«

»Es ist dringend«, sagte Roussel.

»Ist es immer. Es geht nicht.«

Roussel überlegte weiter, Bonnet rieb Daumen und Zeigefinger gegeneinander.

»Ich zahle das Doppelte. Und für Sie extra.«

Lama zögerte.

»Scheiße … Ich habe nur noch ein Mädchen hier. Die anderen sind aufgeteilt worden.«

»Eines reicht«, sagte Roussel.

Lama seufzte.

»Heute noch?«

»Ja.«

»Gut. 21 Uhr. Die Hafenanlagen, der Getreidesilo ganz links. Da ist eine Tür an der Seite. Seien Sie pünktlich.«

Als Roussel auflegte und sein Handy wegsteckte, hatte er das dringende Bedürfnis, sich die Hand zu waschen.

Er nickte Bonnet zu, seine Augen blitzten.

»Wir haben sie.«

KAPITEL 27

Mittlerweile hatten die Vorbereitungen für den großen Empfang des Comte das Anwesen fest im Griff. Aristide de Tancarville erwartete für den morgigen frühen Abend etwa hundertzwanzig Gäste und dafür benötigte er deutlich mehr Platz, als in seinem großen Haus vorhanden war. Und so trugen in diesem Augenblick Dutzende von Helfern weiße Stehtische und Gartenstühle vom Vorplatz der Villa hinüber zur weitläufigen Terrasse, wo der Empfang stattfinden würde. Seitlich der Steintreppe, die hinab in den Garten führte, standen mehrere Tische, auf denen morgen Mittag das Buffet aufgebaut werden würde, im ganzen Gartenbereich würde man weitere Sitznischen und Wärmelampen aufstellen.

Vor der Villa parkten die Lieferwagen und Transporter der Handwerker und Lieferanten, durch die Eingangstür kamen und gingen Menschen mit Töpfen, Besteckkästen und Warmhalteplatten. Auf einem der Wagen stand »Le Canard Normand«, der Schriftzug des teuren Restaurants im *Hôtel de la Plage* von Deauville, das am morgigen Abend das Catering übernehmen würde.

Nur die Muscheln kamen aus Étretat, vom *Chez Jef*, zumindest dachten dies an jenem Vorabend noch alle, die mit der Organisation des Empfangs zu tun hatten. Dass das Muschelrestaurant in wenigen Stunden von einem Sondereinsatzkommando der Polizei gestürmt werden würde, davon wusste hier niemand außer Nicolas. Er stand an der geöffneten Seitentür des Rolls-Royce *Silver Shadow* und blickte auf seine Armband-uhr.

17.47 Uhr.

Er atmete tief ein und blickte zum Gebäude hinüber. Mit dem Comte hatte er ausgemacht, ihn um Punkt 18 Uhr vor seinem Zimmer im zweiten Stock abzuholen. Bei den vielen unbekannten Helfern wollte er nicht riskieren, ihn unbewacht bis zu seinem Wagen laufen zu lassen.

Nicolas musste immer noch den Kopf schütteln, wenn er an ihren bevorstehenden Ausflug nach Paris dachte. Dass sie überhaupt das Anwesen verließen, war für ihn ein höchst ärgerliches Risiko, unmittelbar vor dem großen Tag und dem angedrohten Tod des Comte. Den gesamten Nachmittag über hatten Georges Dauzat und er versucht, Aristide de Tancarville von seinem Treffen in Paris abzuhalten, aber er war stur geblieben.

»Das Treffen ist wichtig, der Rest nicht.« Das war immer wieder seine Antwort gewesen und mit jedem Mal war der Ton des Comte kälter geworden, bis Nicolas und der Butler aufgegeben hatten. Dass es dann ausgerechnet das Théâtre des Champs-Élysées in der Avenue Montaigne sein würde, in dem er sich mit einem Geschäftspartner treffen wollte, damit hatte Nicolas nicht rechnen können.

Erneut blickte er auf seine Uhr, es war jetzt 17.51 Uhr. In exakt zwei Stunden und neun Minuten würde die Vorstellung in der Avenue Montaigne beginnen, dann würden die Türen verschlossen sein. Während er mit der linken Hand über die silberne Kühlerfigur an der Spitze des *Silver Shadow* strich, dachte er an die beiden Konzertkarten, die bei ihm zu Hause an der Place Sainte-Marthe auf seinem Schreibtisch lagen.

Es war ein Klavierabend, was selten vorkam in einer solch großen Halle wie dem Théâtre des Champs-Élysées. Aber der junge Interpret galt als Wunderkind, und weil es Beethovens Klaviersonate Nr. 14 war, hatte Nicolas bereits vor zwei Monaten Karten für diesen Abend gekauft.

Zwei Karten, so wie immer. Gegen jede Vernunft und gegen jede Absprache mit Leon Blum, seinem Therapeuten.

Es war Julies liebstes Stück gewesen.

»Monsieur Guerlain, ich glaube, *Monsieur le Comte* ist bereits unterwegs zu uns.«

»Verdammt!«

Der Chauffeur des Rolls-Royce war ausgestiegen und deutete auf die Eingangstür der Villa. Nicolas lief sofort los, erreichte jedoch den Eingang nicht, bevor der Comte bereits draußen war.

Einige Handwerker nickten ihm misstrauisch zu, wissend, dass er derjenige war, der sie alle bezahlte.

Aber dafür mussten sie ihm noch nicht ihre Sympathie schenken.

»Können wir fahren?«, fragte der Comte unwirsch und blickte Nicolas an.

»Natürlich, Monsieur, auch wenn es mir lieber gewesen wäre, wenn ich Sie wie verabredet oben ...«

»Unsinn. Wir haben es eilig, ich möchte nicht zu spät kommen.«

Als Nicolas sich kurz darauf in den Rolls-Royce setzte, dachte er für einen kurzen Augenblick an seinen Teamleiter in Paris, Gilles Jacombe. Normalerweise war er bei offiziellen Fahrten mit der Limousine des Ministers immer der »Sitz«, die Position innerhalb des Teams, von der alles abhing.

Der Chef, der stets vorne rechts im Wagen saß.

Jetzt bin ich der Chef, dachte Nicolas und überlegte, ob ihm zum Schmunzeln war.

Es war nicht der Fall.

Der Wagen rollte über den knirschenden Kies die Einfahrt hinunter, kurz darauf öffnete sich das große Eisentor und sie glitten hinaus in die Schatten der Bäume, die sich ihnen in der Abenddämmerung entgegenstreckten wie eine böse Vorahnung all dessen, was an jenem Abend auf sie zukommen würde.

Begleitet wurde die Abfahrt des *Silver Shadow* von den Blicken zweier Menschen, die bislang kaum mehr miteinander gesprochen hatten als nötig, und Claire fand, dass dies auch durchaus so bleiben konnte. Cédric de Tancarville hingegen, der oben in seinem Zimmer aus dem Fenster blickte und das neue Zimmermädchen unten am Eingang stehen sah, dachte an den kleinen Anker am Hals der jungen Frau und an Langeweile, die diesen Ort für ihn schon immer ausgemacht hatte.

Er konnte Abwechslung gebrauchen.

»Einen Anruf mache ich noch«, murmelte er leise und spielte dabei mit einem kleinen Klappmesser, das er in regelmäßigen Abständen in die Fensterbank vor sich rammte. Als er zurück zu seinem Schreibtisch ging, blickte er auf das Gewehr, das er in einer Ecke des Zimmers abgestellt hatte. Dieser dämliche Nicolas hatte es ihm abnehmen wollen, aber er hatte es erfolgreich verhindert.

Er griff zum Telefonhörer. Die Signale, die er aus London bekam, waren keine guten. Dass sein Vater sauer auf ihn war, war verständlich, aber damit kam er zurecht. Er würde dem alten Mann sein Geld schon wieder besorgen, bisher waren nach jeder Pechsträhne auch wieder gute Zeiten gekommen.

Aber es ging eben nicht nur um das Geld seiner Familie. Und das war ein Problem. Und zwar ein großes.

Er seufzte. Ihm blieb nicht mehr viel Zeit. Dieser Anruf noch, dann hatte er sich wahrlich ein bisschen Abwechslung verdient. Cédric fragte sich, ob das neue Zimmermädchen außer dem Anker am Hals noch weitere Tätowierungen hatte.

Claire seufzte, als sie dem Rolls-Royce hinterherblickte. Dann ging sie zurück in die Küche und trocknete eine letzte Ladung Kristallgläser ab, die sie kurz zuvor alle mit der Hand hatte spülen müssen. Marthe war unerbittlich. Nur zu gerne wäre sie stattdessen mit Nicolas nach Paris gefahren. Auch, um den Ort zu sehen, der ganz offensichtlich der Grund für all die Schwere in seinem Gemüt war: Das *Théâtre des Champs-Élysées* in der Avenue Montaigne.

Reihe D, Plätze dreizehn und vierzehn.

Bertrand, ein Mitglied von Nicolas' ehemaligem Team im Ministerium, hatte ihr an einem trinkfreudigen Abend in Paris vor einigen Monaten Nicolas' Geschichte erzählt: Er kaufte immer zwei Tickets, in der absurden Hoffnung, dass Julie plötzlich auftauchen könnte, um ihren Platz an seiner Seite wieder einzunehmen.

Sie war nie erschienen, seit mittlerweile dreieinhalb Jahren nicht.

Und sie würde es auch jetzt nicht.

Aus einem kleinen Radio über der Spüle kam Musik, ein Oldie-Sender spulte sein erwartbares Programm ab, und wieder einmal merkte Claire, dass sie keinen Sinn hatte für diese alten Kamellen.

»*Ich bin gekommen, um dir zu sagen, dass ich gehe* – wer denkt sich solche Zeilen aus?«, murmelte sie, während sie das letzte Kristallglas in den Schrank stellte.

»Claire!«

Sie rollte mit den Augen, legte das Trockenhandtuch über ein warmes Heizungsrohr und hielt sich an dem Gedanken fest, dass in zwei Tagen alles vorbei sein würde. Und dann würde sie sich endlich Roussel vorknöpfen, der ihr noch ein Zeugnis schuldete, und zwar ein verdammt gutes. Das Zeugnis einer künftigen Polizeischülerin.

Marthe stand im Flur vor der Küche und hob zur Begrüßung immerhin entschuldigend die Hände.

»Claire, es tut mir leid, aber der Lieferant ist schon weg, er hat die Kiste mit den Orangen einfach hier abgestellt. Könnten Sie die bitte in den Keller tragen?«

Claire nickte, holte tief Luft und griff nach der Holzkiste, in der mindestens fünfzig Orangen lagen, aufgetürmt zu einem großen ungeordneten Haufen. Leicht schwankend lief sie zur Kellertür, sie wollte gerade Marthe fragen, ob sie ihr nicht wenigstens das Licht anmachen könnte, aber die Köchin war schon wieder in ihrer Küche verschwunden, wo sie versonnen die Melodie aus dem Radio mitsummte.

Im Halbdunkel erkannte Claire die ersten Treppenstufen, die hinunter in den Keller führten. Am unteren Ende der Treppe war ebenfalls ein Lichtschalter, und so beschloss sie, dass das dämmrige Licht aus dem Flur ausreichte, um die Treppen sicher hinabzusteigen. »Scheiße, ist das schwer«, fluchte sie und tastete sich vorsichtig vorwärts. Ihr Schatten verlor sich in der Dunkelheit, ein Staubkorn kitzelte sie in der Nase, und Claire spürte, dass sie gleich niesen würde.

Wie viele Stufen waren es überhaupt bis nach ganz unten? Aus dem Halbdunkel wurde vollkommene Dunkelheit, sie verdeckte mit ihrem eigenen Körper die Türöffnung, durch die das Licht aus dem Flur nach unten fiel.

»Scheiße!« Für einen kleinen Augenblick hatte sie das Gleichgewicht verloren, und sie spürte, wie etwas ins Rutschen geriet.

»Oh nein, bitte …«

Sie merkte, wie der große Haufen Orangen leicht nach links kippte, und mit ihrem Ellbogen gelang es ihr, zwei der Früchte zurück in die Kiste zu drücken. Bei drei weiteren war sie zu langsam, und kurz darauf drang durch die Stille des dunklen Kellers das Geräusch von Orangen, die die Treppenstufen hinabrollten und weiter unten gegen ein Regal prallten.

»Ach, leck mich doch«, sagte Claire in die Dunkelheit hinein und atmete erleichtert aus, als sie sechs Stufen später den kalten und steinernen Boden unter ihren Füßen spürte. Vorsichtig setzte sie die Kiste ab, rieb sich ihre linke Hand und tastete nach dem Lichtschalter.

Aber irgendetwas ließ sie innehalten.

Sie konnte eine der Orangen unter einem kleinen Schrank auf dem Boden liegen sehen, und das war schlicht nicht möglich, denn rings um sie herrschte tiefstes Schwarz. Und doch war es so, wie ein orangefarbener kleiner Ball lag sie dort, beschienen von einem schwachen Licht, das durch eine Ritze in der Wand fiel. Als sie näher heranging, spürte sie einen leichten Windhauch auf ihrem Unterarm.

Ein Windhauch, der nicht da sein durfte.

Begleitet von einem Lichtschein, der nicht da sein konnte.

Claire angelte unter der Kommode nach der Orange und wollte gerade mit ihren Fingern in den Lichtspalt fassen …

… als über ihr plötzlich das grelle Neonlicht an der Decke aufflammte. Erschrocken und geblendet kniff sie die Augen zusammen und fluchte laut, als sie mit ihrem Kopf gegen das harte Holz der Kommode stieß.

»Mademoiselle Cantalle, ich darf Ihnen versichern, dass Ihr Hintern von hier oben betrachtet ein ganz vorzüglicher Anblick ist.«

Die Stimme war höhnisch und kalt zugleich, und Claire dachte, dass unter all den Stimmen, die zu diesem Zeitpunkt durch die Villa schwirrten, diese die letzte war, die sie jetzt hören wollte.

»Ist das eine Art Versteckspiel?«, fragte die Stimme. Sie hörte, wie jemand langsam und bedächtig die Treppenstufen herunterkam.

»Wenn Sie mitspielen wollen, gerne. Ich gehe derweil nach oben und zähle bis zehn«, antwortete sie und richtete sich auf.

Cédric de Tancarville stand grinsend auf der Treppe und blickte sie an.

Er mustert mich, dachte sie, wie eine Sache, von der er noch nicht genau weiß, was sie ihm wert ist. Ihre rechte Hand umfasste die Orange, mit der linken rieb sie sich den schmerzenden Hinterkopf.

»Vielleicht sollte ich das Licht wieder ausmachen«, bemerkte der junge Mann und blickte Richtung Küche. »Die alte Marthe hört ohnehin nicht sehr gut, wir wären also ganz unter uns.«

»Ich könnte mir nichts Schöneres vorstellen«, murmelte sie und klopfte sich etwas Staub von der Hose, während sie verstohlen zur Wand blickte.

Der Lichtschein war verschwunden, aber vielleicht sah sie ihn auch einfach nicht mehr, weil das grelle Licht der Neonröhren alles überdeckte.

»Was suchen Sie, einen Geheimgang?«, fragte Cédric de Tancarville. Er hatte ihren Blick bemerkt.

»Wohl eher einen Fluchtweg«, erwiderte sie. »Ich muss nach oben, Marthe hat mit Sicherheit noch jede Menge Beschäftigung für mich.«

Cédric de Tancarville deutete auf die Wände des Kellers.

»Irgendwo dahinter finden Sie womöglich jede Menge Fluchtwege. Es heißt, meine Familie hätte das *Lys dans la vallée* mit geheimen Gängen ausgestattet. Allerdings habe ich noch nie einen gefunden.«

»Vermutlich kommen Sie einfach zu selten in den Keller«, fügte Claire hinzu.

Er stand jetzt direkt vor ihr, und als sie an ihm vorbeigehen wollte, versperrte er ihr mit einem Lächeln den Weg.

»Das mag sein, aber jetzt bin ich ja hier. Und Sie auch. Finden Sie nicht, dass das ein schöner Zufall ist?«

Sie konnte förmlich sehen, wie er in seinem Kopf eine Möglichkeit abwägte, sie betrachtete, so wie ein Jäger seine Beute betrachtete, kurz bevor er sie erlegte.

Nur dass Claire keine Lust hatte, Beute zu sein.

»Lassen Sie mich durch«, sagte sie und überlegte, ob sie ihm einfach die Orange ins Gesicht schleudern sollte.

»Sonst noch was?«, zischte er leise.

Claire machte einen Schritt zurück, ihr Rücken stieß gegen die Kante der Kommode, irgendwo klirrte ein Einmachglas.

Und Nicolas, der Idiot, hört sich Mondscheinsonaten an, dachte sie. Jetzt, wo sie endlich mal einen Personenschützer gebrauchen könnte.

»Das hier ist mein Zuhause«, sagte Cédric mit leiser aber schneidender Stimme. »Und Sie haben da eine Tätowierung am Hals, die mich zu der Frage veranlasst, ob das die einzige ist …«

»Das geht Sie einen Scheiß an.«

»Ich weiß, aber …«

»Hallo!? Mademoiselle Cantalle, sind Sie immer noch da unten? Wo bleiben Sie denn?«

Während Cédric verärgert seine Stirn runzelte, dachte Claire, dass sie Marthes Stimme nie lieber gehört hatte als jetzt.

»Ich komme, einen Augenblick!«, rief sie und schob Cédric zur Seite.

»Wirklich schade«, flüsterte er ihr zu, und dieses Flüstern begleitete sie nach oben. Marthe stand in dem kleinen Flur, in der Hand hielt sie einen großen, vollen Müllsack.

»Der muss raus, am besten stellen Sie ihn draußen vor das Haupttor, die Müllabfuhr kommt gleich morgen früh.«

Die Luft draußen war kühl geworden, und Claire hätte durchaus gefroren, wenn sie nicht zu sehr damit beschäftigt gewesen wäre, erleichtert durchzuatmen. Sie glaubte nicht, dass Cédric de Tancarville es zum Äußersten hätte kommen lassen, dort unten im Keller.

Anderseits, sie kannte ihn kaum. Eigentlich sogar überhaupt nicht.

»Arschloch«, murmelte sie, während sie über den gekiesten Vorplatz die Einfahrt hinunter zum Haupttor schritt. Es war geöffnet, damit die Lieferanten und Handwerker direkt hineinfahren konnten. Und der Comte war ohnehin nicht zu Hause, sondern auf dem Weg nach Paris.

Claire stellte den Müllsack draußen neben das Tor und wollte gerade wieder zurück zur Villa laufen, als sie ein Flüstern hörte.

Ein Wispern, als würde der Wind leise durch die Blätter fahren. Vielleicht tat er das auch, sie war sich nicht sicher. Claire blickte zwischen die Bäume auf der anderen Seite der kleinen Zufahrtsstraße. Lange Schatten wanderten zwischen den Ästen und Baumstämmen hin und her, schwaches Sonnenlicht brach sich in den Tropfen, die an den Blättern hingen.

Da war es wieder.

Ein Raunen, nicht mehr.

»Scheiße, ich brauche eine Zigarette«, dachte sie und klopfte ihre Taschen ab. Aber da war nichts.

Sie blickte sich um, und als sie nichts sah, ging sie vorsichtig ein paar Schritte auf die Bäume zu. Die Schatten legten sich auf ihre Schulten, auf ihr kurzes Haar und ihre Tätowierung am Hals. Fast schien es, als würde irgendetwas sie in diese Schatten hineinziehen, als wollten sie ihr etwas sagen.

Claire dachte an den seltsamen Lichtspalt im Keller, an die Orange. Sie hatte sie immer noch in der Hand, als sie einen weiteren Schritt in das Halbdunkel machte.

Ohne Vorwarnung traf sie ein schwerer Schlag am Kopf.

Sie sackte auf dem feuchten Waldboden zusammen, und das Letzte, was sie sah, war ein Schatten, der gierig nach ihr griff.

KAPITEL 28

Paris, Avenue Montaigne
Eine Stunde später

Nicolas' Handy klingelte in dem Augenblick, in dem der Rolls-Royce des Comte hinter dem *Palais de Tokyo* die Rive Droite entlangfuhr und der Chauffeur den Blinker setzte, um hinauf zur Place Alma-Marceau zu fahren. Rechts von ihnen warf der Eiffelturm sein glitzerndes Licht auf das Wasser der Seine, und von den *Bateaux Mouches*, den Touristenbooten mit ihren Glasdächern und Aussichtsplattformen, schallte Musik zu ihnen herüber.

Musik für Verliebte, dachte Nicolas. Während er aus dem Fenster in den beleuchteten Abend hinausblickte, schob sich ein längst verblichenes Bild zwischen ihn und die Welt dort draußen. Julie und er an Deck eines ebensolchen Bootes, alleine in der Dunkelheit, weil der einsetzende Regen die übrigen Gäste nach drinnen vertrieben hatte. Für einen Moment spürte Nicolas das Wasser, das seine Nasenspitze herunterlief, und Julies Atem auf seiner Haut, während er mit der rechten Hand versuchte, den Regenschirm aufrecht zu halten.

»Lass ihn fliegen«, hatte sie gemurmelt und ihn geküsst, und als kurz darauf Musik für Verliebte aus den Lautsprechern schallte und der Kapitän des Ausflugsbootes die baldige Ankunft am Pont Marie ankündigte, da hatte er sein Herz klopfen gehört, so heftig wie nie zuvor. Die Brücke war als »Brücke der Liebenden« bekannt, unter der jeder, der sich küsste, einen Wunsch frei hatte.

Julie musste sein klopfendes Herz auch gehört haben, denn sie hatte ihm den Schirm aus der Hand genommen und ihn fliegen lassen.

»Falls du mich dort unter der Brücke etwas fragen willst, bring ich dich um, Nicolas.«

Aber er hatte nur einen Kuss gewollt, der nach Regen und nach Salz schmeckte, weil dieser Moment zum Weinen schön war. Nicolas hatte ihr nie verraten, was er sich gewünscht hatte an jenem Abend. Julie ihm auch nicht.

Und jetzt, da er dazu bereit gewesen wäre, da war sie nicht da. Verschwunden im Regen, aufgelöst in einer Luft, die nach Salz schmeckte, weil ihr Verschwinden zum Weinen schön war.

»Wollen Sie nicht drangehen?«, fragte der Comte von hinten.

»Ich bin im Dienst, *Monsieur le Comte.*«

»Gehen Sie gefälligst ran, es nervt.«

»*Pardon*, Monsieur«, murmelte Nicolas entschuldigend und griff verärgert nach seinem Handy. Als er die Nummer auf dem Display sah, merkte er, wie sein Mund plötzlich trocken wurde.

Es war Marion Venoit, die Dame, in deren Nähe sich Julie damals gesetzt hatte.

»Hier spricht Nicolas Guerlain. *Bonsoir*, Madame Venoit.«

»*Bonsoir*, Monsieur Guerlain, entschuldigen Sie bitte die Störung.«

»Keine Ursache. Ich habe nur nicht viel Zeit.« Der Wagen bog in die Avenue Montaigne ein, von weitem waren bereits die Lichter des Théâtre des Champs-Élysées zu sehen.

»Sie sagten, ich solle nicht zögern, Sie anzurufen, wenn mir noch etwas einfällt«, sagte die alte Dame, und Nicolas fiel auf, dass sie aufgeregt klang. »Ich hatte Ihre Nummer verlegt, sonst hätte ich bereits heute Morgen … aber jetzt habe ich sie gefunden, der Zettel lag in der Küche, dort, wo ich sonst …«

»Madame Venoit«, unterbrach Nicolas sie freundlich, »was ist Ihnen denn noch eingefallen?«

»Ich hatte Ihnen doch von diesem Mann erzählt …«

Nicolas nickte, aber da sowohl der Chauffeur als auch der

Comte misstrauisch seinem Gespräch lauschten, sagte er nicht mehr als nötig.

Der Mann, der damals neben Julie saß. Zu dem sie sich gesetzt hatte, weinend. Und der sie festgehalten hatte, während er selbst, Nicolas, an den beiden vorbeigelaufen war.

»Ich habe ihn wiedergesehen! Gestern Abend.«

Nicolas atmete langsam aus und schloss für einen Augenblick die Augen.

»Sind Sie sicher?«

»Ganz sicher. Wir waren aus, meine Freundinnen und ich, gestern, es war ein wunderschöner Abend, und …«

»Madame Venoit, ich muss gleich auflegen!« Der Wagen fuhr bereits langsamer, der Chauffeur würde in wenigen Sekunden vor dem Konzertsaal stoppen.

»Entschuldigen Sie, Monsieur Guerlain. Jedenfalls, da habe ich ihn plötzlich gesehen, in einem Restaurant. Mit einer Frau, aber nicht mit der Frau aus dem Konzert damals. Mit einer anderen.«

Er wollte ihr eine Frage stellen, aber ihm versagte die Stimme.

Der Wagen hielt.

»Und wissen Sie, was das Beste ist?«, fuhr Marion Venoit fort. »Eine meiner Freundinnen hat so ein Handy, mit dem man fotografieren kann. Also haben wir heimlich ein Bild gemacht, von draußen. Ich kann es Ihnen morgen schicken, das geht doch mit diesen Apparaten ganz gut, nicht wahr? Meine Freundin ist heute nicht zu Hause, morgen bin ich aber bei ihr zum Brunch eingeladen, da wird es gehen. Monsieur Guerlain, sind Sie noch dran?«

Ja, dachte Nicolas. Ich bin dran. Dicht dran.

»Haben Sie vielen Dank, Madame Venoit. Sie haben mir sehr geholfen.«

Von draußen drang das Licht der beleuchteten Fassade zu Ihnen herein, das Gemurmel der Konzertbesucher, die in einer langen Schlange standen und auf Resttickets hofften, perlte an den Fenstern des Wagens ab.

Nicolas fuhr sich durch das Gesicht und versuchte, sich zu konzentrieren.

Dreieinhalb Jahre hatte er gewartet. Morgen würde er endlich mehr wissen.

Aber das durfte jetzt nicht zählen.

»Monsieur, bitte warten Sie. Ich öffne Ihnen die Tür.«

Er stieg aus und ging um den Wagen herum. Bis zum Konzert blieben ihnen noch zehn Minuten.

»Nein«, sagte der Comte plötzlich, als Nicolas die Tür öffnete.

»Monsieur? Wir müssen rein, bleiben Sie bitte dicht bei mir.«

Der Comte beugte sich leicht vor, er blickte Nicolas aus seinen kalten Augen an.

»Machen Sie die Tür wieder zu. Wir warten.«

Es waren exakt diese Worte, die Roussel zweihundert Kilometer weiter westlich in ein Funkgerät sprach.

»Wir warten.«

Er hatte das Funkgerät des Einsatzwagens aus der Halterung genommen und Yves Colinas' Frage beantwortet, der in einem weiteren Wagen saß. Sandrine Poulainc saß neben Roussel am Steuer und blickte auf die großen runden Schatten der Getreidesilos.

Wie gestrandete Wale, dachte sie und öffnete leicht das Fenster. Der salzige Geruch des Meeres und das weit entfernte Tuckern eines Binnenschiffes drangen zu ihnen.

»Warum warten?«, fragte sie ihren Kollegen, der sichtlich nervös auf einem Zahnstocher kaute.

»Weil er 21 Uhr gesagt hat. Daran halten wir uns.«

»Im *Kakadu* haben wir auch gewartet, bis es zu spät war.«

Roussel schnaubte verächtlich.

»Irgendjemand hat die gewarnt. Deshalb ist alles so gekommen, wir waren nicht zu spät.«

»Das sieht das tote Mädchen zwischen den Müllcontainern anders«, erwiderte sie, und ihre Worte taten ihr in dem Augenblick leid, als sie sie ausgesprochen hatte. Roussel sprach fortan kein Wort mehr, sondern malträtierte seinen Zahnstocher und blickte stur geradeaus in die Dunkelheit. Drei Kleinbusse mit dem Sondereinsatzkommando aus Caen standen etwas weiter weg hinter einem Rangierbahnhof. Sandrine Poulainc hörte das Glucksen der Seine, und als sie die Augen zusammenkniff, konnte sie auf der anderen Seite der Mündung die Lichter von Honfleur sehen. Etwas weiter südlich, in den Hügeln, musste das Anwesen des Comte liegen.

»Die Villa ist wirklich genau gegenüber«, murmelte sie.

»Gibt es Neues von Nicolas?«, fragte sie Roussel, der daraufhin seinen Zahnstocher in den Fußraum spuckte.

»Der ist in Paris, mit dem Comte. Geschäftstermin, mehr wissen wir nicht.«

Roussel blickte auf die Uhr.

Es war 19.55 Uhr.

Sie hatten noch Zeit.

Auch Nicolas wollte in diesem Augenblick in Paris auf seine Uhr schauen, wurde aber vom grellen Licht eines Autos geblendet, das direkt vor ihnen gegen die Fahrtrichtung parkte. Unwillkürlich griff er nach seiner Waffe.

»Wir können«, befahl der Comte und öffnete seine Tür.

»Monsieur, bitte …«, erwiderte Nicolas, aber da war es bereits zu spät. Aristide de Tancarville trat hinaus in die heraufziehende Dunkelheit, rückte seine Krawatte zurecht und lief los. Nicolas glitt an seine Seite, als er den Bürgersteig erreicht hatte, und blickte besorgt hinüber zu dem anderen Wagen.

»Keine Sorge, Monsieur Guerlain«, sagte der Comte mit einem leicht spöttischen Unterton. Er blieb vor der schwarzen Limousine stehen, deren Beifahrertür in diesem Augenblick geöffnet wurde.

»Monsieur, bitte warten Sie kurz, ich mache Ihnen …«

Gilles Jacombe riss verwundert die Augen auf, als er erst Nicolas und dann Aristide de Tancarville vor sich stehen sah.

»*Bonsoir*, Gilles«, begrüßte Nicolas ihn knapp, und er konnte mit ansehen, wie sein Teamleiter innerhalb weniger Augenblicke die Situation neu einordnete und Entscheidungen traf. Ganz offensichtlich hatte ihm der Minister nicht mitgeteilt, mit wem er sich während eines Klavierkonzerts in der Avenue Montaigne unterhalten wollte.

»*Salut*, Nicolas. Du übernimmst die Position hinten.«

»In Ordnung.«

Mehr Worte brauchte es nicht, und Nicolas spürte mit einem Mal, wie sein Körper und sein Geist begannen, von alleine zu funktionieren. Abläufe, Bewegungen, Instinkte, alles war da.

Er hatte es nicht verlernt.

François Faure nickte ihm kurz zu und umarmte dann den Comte, der jedoch reserviert blieb und auf die Uhr schaute.

»Wir müssen rein.«

»Wir haben eine Loge für uns«, erklärte ihm der Minister. »Mein Büro hat extra …«

»Davon ging ich aus, François«, unterbrach ihn der Comte kühl. »Komm jetzt.«

Gilles Jacombe und Nicolas warfen sich einen kurzen Blick zu und passten ihre Schritte dem Tempo des Comte an. Sie überquerten den Platz und betraten die Eingangshalle des Théâtre des Champs-Élysées. Gilles Jacombe ging voraus, er und Nicolas änderten ihre Positionen ständig, sobald die beiden Männer in der Mitte eine Treppe hinaufliefen oder sie eine Tür öffnen mussten.

Sie waren spät dran, der Kellner, der für ihre Loge zuständig war, blickte erleichtert auf, als er sie kommen sah.

»*Monsieur le Ministre*, es ist mir eine Ehre, Sie in unserem Haus …«

»Danke, ich nehme Champagner und du, Aristide?«

»Whisky, den teuersten«, murmelte Nicolas, und er sollte recht behalten.

»Du hast ihn schnell und gut kennengelernt«, bemerkte Gilles leise.

»Ich befürchte, nicht so gut, wie ich sollte.«

Die beiden Männer nahmen in ihren Sesseln Platz, Gilles blickte kurz in das weite Rund des Konzertsaals. Auf der Bühne stand ein einsamer Flügel, das Licht im Saal wurde bereits gedämpft.

Nicolas bezog im Gang vor der Tür zur Loge Stellung und ließ den Kellner mit den Getränken vorbei. Kurz darauf kam auch Gilles heraus.

»Sie wollen alleine sein«, flüsterte er und stellte sich auf die andere Seite der Tür.

»Was machst du hier?«, zischte er.

»Das Gleiche könnte ich dich fragen«, erwiderte Nicolas.

»Du kennst doch Faure«, sagte Gilles Jacombe mit einem Lächeln. Der Kellner kam wieder heraus, und Nicolas wollte gerade die Tür schließen, als ein Mann in einem Smoking auf sie zusteuerte.

»Moment, ich muss noch rein!«

Nicolas stellte sich dem Mann in den Weg.

»Ich glaube nicht, Monsieur.«

Er hatte ihn schon einmal gesehen, konnte ihn aber in diesem Moment nicht einordnen. Er durchforstete in Windeseile sein Hirn, durchwühlte seinen Hinterkopf, suchte nach Auffälligkeiten, Hinweisen, womöglich …

»Du kannst ihn durchlassen, Nicolas. Der Minister erwartet Sie bereits, Monsieur de la Haye.«

Ein Foto. Ein Zeitungsausschnitt. Eine Aufnahme, befestigt mit einer dünnen Stecknadel mit rotem Kopf auf der versteckten Innenwand eines Bücherregals in der Rue Moinon.

Gregor de la Haye, der Staatsanwalt. Der womöglich zum Ring gehörte.

»Vielen Dank.« Der Mann schlüpfte an Nicolas vorbei und betrat die Loge. Die beiden Männer standen von ihren Sitzen auf und begrüßten ihn wie einen alten Freund.

Oder wie einen Mitwisser, dachte Nicolas. Allerdings musste er sich eingestehen, dass er sich François Faure als Kunde bei einem Mädchenhändlerring beim besten Willen nicht vorstellen konnte. Faure nahm sich die Frauen, die er wollte. Sein Ring hieß Macht, politische und gesellschaftliche Macht. Das war sein Schenkelöffner, so hatte sein Freund und Teampartner Manou es einmal bezeichnet.

Manou, der wusste, wovon er sprach.

»Gregor, schön dich zu sehen«, sagte der Minister in diesem Augenblick und zeigte hinunter in den Saal. »Wir sprachen gerade über die Frechheit, eine Karte zu kaufen und dann nicht zu kommen. Der Platz da unten wäre draußen an der Kasse mit Sicherheit heiß begehrt. Was trinkst du?«

»Wasser, danke.«

»Ach, komm schon! Der Champagner ist exzellent …«

Die Tür wurde geschlossen und kurz darauf waren Nicolas und Gilles Jacombe alleine im Flur.

»Also, erzähl, was hast du rausbekommen?«, fragte Jacombe.

»Nicht viel«, antwortete Nicolas.

In der Normandie starrte Roussel währenddessen hinaus ins Dunkel und drehte lustlos am Knopf des Autoradios. Musik wechselte sich mit Nachrichten ab, das Rauschen zwischen den Sendern füllte das Innere des Wagens. Er konnte sehen, wie die Einsatzkräfte in den kleinen Bussen ihre Ausrüstung kontrollierten.

Das hier war ihr letzter Schuss, und er musste treffen. Sie hatten keine andere Spur zum Ring. Wenn sie heute Abend nicht einen entscheidenden Schritt nach vorne machten, wusste er nicht, ob sie überhaupt noch etwas erreichen würden. Für einen Moment dachte er an das Mädchen zwischen den Müllcontainern. Und an das, was sie in einem der Getreidesilos erwarten würde. Womöglich noch ein Mädchen. Womöglich noch mehr Bilder, die er nicht mehr aus dem Kopf bekam. Womöglich ein Bordellbesitzer, der junge Frauen entführte und sie …

»Hey, warte. Dreh zurück!«

Sandrine Poulainc schob seine Hand beiseite und machte

den Ton lauter. Mit einem Lächeln lehnte sie sich zurück und lauschte der Ansage des Moderators. Roussel runzelte die Stirn, aber ihm war egal, was sie hörte. Ihm war heute Abend sogar ihr Hintern egal.

»… Klavierkonzert ausstrahlen, in voller Länge. Freuen Sie sich mit uns auf dieses junge Talent. Und auf Ludwig van Beethovens *Mondscheinsonate*.«

Es war still, vollkommen still für einige Sekunden, die Roussel vorkamen wie eine Ewigkeit. Dann glitten behutsam die ersten Klaviertöne aus dem Radio zu ihnen in den Innenraum, so leicht wie die salzige Luft des Meeres und so sanft wie die Hand von Sandrine Poulainc, die sich mit einem Mal auf seine legte.

Roussel schloss die Augen, aber es half ihm nicht. Die Bilder gingen nicht weg.

»Nicolas, hörst du mir zu? Ich habe dich was gefragt!«

Durch die Tür der Loge drangen leise Klaviertöne zu ihnen heraus in den Gang, ab und zu unterbrochen vom Flüstern der drei Männer, die ganz offenbar Wichtigeres zu tun hatten, als einem Jahrhunderttalent am Flügel zuzuhören.

»Nicolas, wie gut ist das Anwesen in Honfleur gesichert? Kannst du mir das bitte sagen?«

Nicolas achtete nicht auf die Stimme seines ehemaligen Teamleiters. Er versuchte, ein Gefühl zu ergründen, einer Empfindung auf den Grund zu gehen.

Da war etwas. Etwas Wichtiges.

»Nicolas?« Gilles blickte ihn jetzt skeptisch von der Seite an.

Eine Tür, die sich schloss. Ein Mann, der begrüßt wurde. Drei Männer, die sich setzten. Applaus, der einsetzte. Ein weltberühmter Pianist, der zu spielen begann.

»Nicolas, verdammt, was ist los? Du bist ja ganz blass.«

Er hörte noch einmal die Stimme des Ministers.

»Eine Frechheit, eine Karte zu kaufen und dann nicht zu erscheinen.«

Eine Frechheit.

Eine Karte.

Nicolas' Knie sackten weg, ganz plötzlich. Er hielt sich mit der linken Hand am Türgriff fest, und als er wegknickte, riss er dabei aus Versehen die Tür zur Loge auf.

»Scheiße!«

Gilles Jacombe sprang zu ihm, richtete ihn auf und schloss die Tür leise wieder.

»Nicolas, ist alles in Ordnung?«

»Ja.«

Selten war er sich so sicher gewesen.

Alles war in Ordnung.

Alles war an seinem Platz.

An ihrem Platz.

Mit einem Ruck befreite er sich von seinem Teamleiter und riss die Tür erneut auf. Bevor Gilles Jacombe ihn daran hindern konnte, sprang er zwischen die Sessel der Männer, die ihn erstaunt anblickten.

»Monsieur Guerlain, was soll das?«

»*Pardon, Monsieur le Comte*, ich muss nur mal eben …«

Ohne zu zögern schob er den Sessel zur Seite, auf dem der Staatsanwalt saß, und trat nach vorne an die Balustrade.

Reihe D, Plätze dreizehn und vierzehn.

Die Karten lagen auf seinem Schreibtisch an der Place Saint-Marthe.

Wie konnte es dann sein, dass jemand auf dem Platz mit der Nummer dreizehn saß?

Doch nur, weil einer der Saaldiener den Gast hereingelassen hatte, weil er wusste, dass er erwartet wurde.

Jedes Mal.

Jedes Mal vergeblich.

Bis heute.

Er spürte eine Hand auf seiner Schulter, dem Druck nach zu schätzen, war es nicht die von Gilles Jacombe, sondern eher die des Staatsanwaltes.

»Junger Mann, das ist ungeheuerlich …«

Allerdings.

Das war es.

Ungeheuerlich.

Julie.

Die dort unten saß und auch nicht verschwand, wenn er blinzelte.

Die da war, ganz ohne Zweifel.

Ihr Haar war dunkler, fast schwarz, sie trug es kürzer als sonst.

Kürzer als damals.

Als sie eine Haarsträhne hinters Ohr schob, musste Nicolas sich am Balkongeländer festhalten.

Ich stürze ab, dachte er. Er hatte diese Bewegung tausende Mal beobachtet, im Bad, in der Küche, auf der Fähre nach England.

Sie trug ein marineblaues Kleid, auf dem leeren Platz neben ihr lag eine kleine weiße Handtasche, gerade groß genug für ein bisschen Puder und einen Lippenstift.

Julie hatte nie eine Handtasche besessen.

Aber dort unten saß sie nun, sie lauschte den Klängen des Klaviers und wandte den Kopf zur Seite.

Dann blickte sie hoch.

Direkt in seine Augen, hinter denen ein Sturm tobte, der ihn mitzureißen drohte.

Alles lief rückwärts.

Der Pianist am Flügel hörte auf zu spielen. Die Hand auf

Nicolas' Schulter zog sich wieder zurück, das Licht ging an. Die Tür zur Loge schloss und öffnete sich, seine Knie sackten weg. Champagner wurde gebracht, Whisky, nur der teuerste. Eine schwarze Limousine parkte auf der Straße, eine silberne Kühlerfigur blickte skeptisch in die Nacht.

Ein *Bateau Mouche* fuhr unter dem Pont Marie hindurch, der Eiffelturm warf sein glitzerndes Licht aus, wie Fischer ihre Netze.

Julie lächelte. Es war ein kleines, wissendes Lächeln.

Es war eine Erlösung.

Ein teurer Wagen rollte durch die Nacht, sechzehn Boote, drei davon rote, durchpflügten die See. Ein Hund suchte seinen fünften Baum, der Hades schrie schrill nach Vergeltung. Bücher wurden verrückt, Drohungen angebracht, Zielfernrohre in Position geschoben. Zwei Müllcontainer brachten sich in Stellung, ein alter Angler saß am Meer und prostete ihm zu.

Nicolas hörte das Kratzen einer Nadel und das Geständnis eines Freundes. Er vernahm das höhnische Lachen eines Ministers und blickte auf den Anker am Hals eines Zimmermädchens.

Junge Frauen, alte Männer, tote Mädchen, eine Hand, abgehackt und verzweifelt ins Meer geschleudert. Strandgut, achtlos von der See zurückgeworfen.

Ein roter Teppich.

Ein Lächeln.

Ihm wurde schwindelig. Der Mann am Flügel spielte wieder.

Und Julie war weg.

Nur ihre weiße Handtasche lag einsam auf ihrem Platz, Reihe D, Platz vierzehn.

Nicolas rannte los.

Sein Blick lief flackernd über die weißen Wände des Flurs, als er den Gang entlanghastete. Er glich dem Schein einer Taschenlampe, der in diesem Augenblick weiter im Westen über die Wände eines Getreidesilos wanderte. Rote Punkte glitten über die Außenhaut des großen Wals, ein schwerer Stiefel trat eine unscheinbare Seitentür ein.

In der Normandie hatte Roussel in diesem Augenblick die Operation begonnen.

In Paris eilte Nicolas eine kleine Treppe hinab, er nahm vier Stufen auf einmal, bis er die Schatten des Treppenhauses durchbrach und in die gleißende Helligkeit des Foyers stürmte. Sein Atem ging stoßweise, auf seiner Stirn glänzte der Schweiß.

Philippe trat ihm entgegen.

»Ist alles in Ordnung, Monsieur Nicolas?«

»Wo ist sie?«, keuchte er.

»Wer, Monsieur?«

»Julie!«

Er hörte Schritte hinter sich und sah kurz darauf, wie Gilles Jacombe Philippe wegwinkte.

»Wo-ist-Julie?«

Sie musste hier sein, es war unmöglich.

»Nicolas …«, sagte Gilles vorsichtig, aber er hörte ihn nicht.

Er vernahm nur, ganz schwach, irgendwo in seinem Hinterkopf, das Schließen einer Tür.

Einer Autotür.

Lichter wanderten über die Ecke des Foyers, er hörte den Ruf eines Zeitungsjungen, der draußen auf dem Vorplatz die Abendausgabe anbot.

Nicolas hastete nach draußen, die kühle Luft war angenehm, nach all der Hitze dort drinnen. Allein, er spürte sie nicht.

Er sah den niemals versiegenden Strom der Autos, die weiter hindurchfuhren durch dieses Monster namens Paris, das alles verschlang und nichts davon wieder preisgab.

Zehn Taxis hatten zu Beginn des Konzerts auf dem Vorplatz gewartet.

Jetzt waren es nur noch neun.

Und Julie war weg.

Erneut.

KAPITEL 29

Eine Orange fiel zu Boden. Ein Schatten wanderte über die Erde, kroch vorwärts, züngelte an ihren Füßen. Blickte zu ihr empor. Ein kalter Windhauch legte sich auf ihren Arm, streichelte sie und ließ sie für einen Augenblick erschauern. Tief in ihrem Innern begann sich etwas zu regen. Ein Stein kam ins Rollen, eine Ahnung wurde geweckt, wuchs und nistete sich in ihrem Hinterkopf ein.

Ihr Hinterkopf, der sich feucht anfühlte. Stöhnend tastete Claire die Stelle ab, die am meisten wehtat. Als sie ihre Hand zurückzog, spürte sie klebriges Blut an ihren Fingern, etwas tropfte auf den Steinboden. Jetzt erst bemerkte Claire, dass sie auf der Seite lag und ihre Finger nur wenige Zentimeter über dem Boden schwebten.

Ihre rechte Hand zitterte, einige Augenblicke betrachtete sie ihr eigenes Blut und versuchte, das aufgeregte Pochen in ihrem Kopf zu ignorieren.

Vor ihr lag die Orange, als hätte jemand sie absichtlich dorthin drapiert, direkt vor ihren Augen, die sich nur langsam an das dunkle Licht gewöhnten. Sie überlegte, ob sie nach der Frucht greifen sollte, die runzelige Haut betasten, ihren Duft einatmen.

Claire stöhnte leise auf, ihr Körper war noch nicht so weit. Erneut tastete sie nach ihrem Kopf, wieder spürte sie klebriges Blut in ihrem Haar. Der Schlag musste hart gewesen sein. Hart und schnell, sie hatte nichts bemerkt, außer den Schatten, die sich bewegten, und dem leisen Rascheln des Windes in den Blättern der Bäume.

Claires Hand fuhr über den Steinboden, der kalt und feucht war. Sie schloss die Augen für einen Augenblick, und als sie sie wieder öffnete, waren die Kopfschmerzen stärker als zuvor.

Ihre Finger schoben sich zu der Orange, die nur einen Meter von ihr entfernt im Staub lag. Im matten Licht des Raumes sah sie aus wie ein grauer Ball.

»Au, Scheiße!«

Sie hatte ihren Kopf etwas heben wollen, ihren Körper drehen, um besser an diesen grauen Ball zu kommen. Aber etwas zerrte an ihr, umklammerte sie mit hartem Griff.

»Was für eine Scheiße ist das denn hier?«, fluchte sie, und ihre brüchige Stimme fiel auf den Boden, so wie zuvor die Tropfen ihres Blutes.

Jetzt erst bemerkte sie das Gewicht am Hals. Das kalte Metall, das sich um ihre Haut schloss, sie in den Schwitzkasten nahm. Als sie sich vorsichtig zur Seite rollte, hörte sie das Klirren einer Kette in der Dunkelheit.

Claire musste sich beherrschen, um nicht loszuschreien. Ein Wimmern presste sich durch ihre trockenen Lippen, und ihr Blick heftete sich an die Orange, die alles war, was ihr hier von der Welt da draußen blieb.

Wo auch immer sie war, die Welt war woanders.

Claire spürte, wie ihre Augen sich mit Tränen füllten, ihr Atem wurde schneller, hektischer.

Sie hatte Angst.

Aus der Dunkelheit vor ihr schälte sich plötzlich ein matter Schatten, er züngelte wieder nach ihr, kroch über den Steinboden und leckte am Staub. Claire fuhr zurück, die Kette klirrte, der Schatten zuckte.

Dann war es still.

Zehn Sekunden.

Zwanzig.

Dreißig.

Eine schmale und verdreckte Hand glitt aus der Dunkelheit, abgebrochene Fingernägel kratzten auf Stein, dünne Finger tasteten sich voran.

Erreichten die Orange, umschlossen sie.

Claire hielt den Atem an, ihre Augen waren weit aufgerissen, das Blut an ihren Fingern spürte sie nicht mehr.

Sie bemerkte nur ihre eigene Angst und das Metall um ihren Hals, das sie nicht losließ und ihr das Fortlaufen unmöglich machte.

Die Hand hatte die Orange mittlerweile fest umschlossen, die Finger tasteten sich über die Haut der Frucht, befühlten jede Unebenheit.

Claire versuchte zu erkennen, zu wem die Hand gehörte, aber die Dunkelheit machte es ihr unmöglich. Da waren nur die Hand, ein Stück Arm und die Orange, der graue Ball, der in diesem Augenblick losrollte.

In ihre Richtung.

Die Finger hatten sich gelöst, hatten die Frucht angestoßen, gerade so fest, dass sie sich in Bewegung setzte. Langsam, fast zögerlich holperte sie über den Steinboden, sprang über eine kleine Ritze, drehte sich um sich selbst und blieb schließlich direkt vor Claires Gesicht liegen.

Aus Grau wurde Orange.

Die Schatten nahmen Gestalt an, aus der Hand wurde ein Arm, aus dem Arm ein Körper, ein Kopf, Haar, viele dunkle Haare. Claire blinzelte, ihre blutigen Finger griffen nach der Frucht.

Jemand saß ihr gegenüber, betrachtete sie, wägte ab. Weiße Zähne blitzten im Dunkeln, schmale Schultern schoben sich neugierig nach vorne, und als sich Claires Augen schließlich an die Dunkelheit gewöhnt hatten, sah sie, wer ihr gegenüber auf dem Boden hockte.

Es war die Hoffnung.

Die Hoffnung eines Mädchens mit dichtem dunklem Haar, das glaubte, dass nun alles vorbei war. Alles zu Ende ging.

Claire schluckte.

Hier geht nichts zu Ende, dachte sie bitter. Hier geht alles nur weiter. Immer weiter.

Der Klang ihrer eigenen Stimme tastete sich zitternd durch die kalte Luft, in der sich der Duft der Orange mit dem Geruch ihrer eigenen Angst vermischte. Sie wusste nicht, ob die Schatten sie verstanden. Ob das Mädchen antworten würde.

Es war ihr auch egal.

Claire sprach, weil es ihre eigene Angst ein Stückchen fortschob.

»Wie heißt du?«

Die Gestalt schwieg. Wirre Gedanken nahmen Form an.

Und wandelten sich schließlich zu einem Entschluss, der voller Misstrauen war.

Denn schlimmer konnte es ohnehin nicht mehr kommen.

»Ich ... heiße ... Zorah.«

Teil drei

PICCADILLY CIRCUS

Calais, Nordfrankreich
22. *September*
Vor zwei Jahren

An jenem Morgen war François Faure mit dem Gefühl aufgewacht, dass dies ein fantastischer Tag werden würde. Es war der Moment, für den sich all das Buckeln und Nicken gelohnt hatte, die langen Abende in der öden Parteizentrale, die Kompromisse und vor allem die Geduld. So viele Jahre hatte er damit verbracht, sich mühsam nach oben zu arbeiten, durch alle Parteiinstanzen hindurch und durch sämtliche Bürokratien dieses verfluchten Regierungsapparates.

Aber jetzt war es so weit. Es war ein prächtiger, wolkenloser Tag und er, der prächtige, wolkenlose Politiker, würde in wenigen Augenblicken ein Zeichen setzen. Es ging dabei um die harte Hand, mit der die amtierende Regierung endlich etwas zu tun beabsichtigte, eine Hand, die zu lange schlaff am Körper Frankreichs gehangen hatte und die sich immer nur erhob, um all diejenigen freundlich zu grüßen, die an Frankreichs Grenzen um Einlass baten.

Jetzt wurde es Zeit, dass diese Hand sich endlich erhob, um zuzuschlagen. Und sei es auf dieses zugegeben karge Fleckchen Erde, das sich vor den Toren von Calais an die Brandung schmiegte und das zu dieser frühen Stunde noch geruhsam vor sich hin schlummerte und dabei laut schnarchte.

Er selbst war diese Hand, es war sein Projekt. Die überraschende Räumung des Auffanglagers hier oben an der Küste würde für Aufsehen sorgen. Und einen neuen Abschnitt in der französischen Asylpolitik markieren. Der Dschungel würde verschwinden und seine eigene Karriere würde endlich so richtig beginnen.

Der heutige Tag machte ihn zu einem Kandidaten auf einen Ministerposten. Und genau dies war der Grund, warum dieser Tag fantastisch werden würde.

François Faure lehnte sich entspannt auf der Rückbank seines schwarzen Dienstwagens zurück und blickte aus dem Fenster. Er hatte den Fahrer gebeten, das Radio laufen zu lassen, und jetzt summte er leise die Melodie eines sehr alten Liedes mit. Er meinte, dieses Lied einmal in einem Film gehört zu haben. Es ging um Küsse. Geraubte Küsse. Jetzt fiel es ihm wieder ein. Während er leise mitsummte und durch das Panzerglas seiner Limousine hinausblickte, dachte er an den gestrigen Abend zurück. Er war bereits am Vorabend nach Calais gereist, damit er heute Morgen so früh hier draußen vor dem Lager sein konnte. Er hatte im besten Hotel der Stadt übernachtet, und die junge und noch sehr neue Mitarbeiterin seiner Stabsstelle hatte sich durchaus erfreut gezeigt, als er sie noch auf ein Glas auf seine Suite mitgenommen hatte.

Geraubte Küsse. Er war ein Meister seines Fachs.

Jemand klopfte an sein Fenster, es war Gilles Jacombe, sein Personenschützer. Als er die Scheibe herunterließ, strömte salzige Luft in das Wageninnere.

»Monsieur, der Comte ist jetzt da.«

»Sehr gut. Ich komme raus.«

Jacombe öffnete ihm die Tür und der zukünftige Minister setzte seine Sonnenbrille auf. Die frühe Herbstsonne schien ihm ins Gesicht und wärmte sein siegessicheres Lächeln.

»Aristide!«

Der Wagen des Comte stand am Ende der Kolonne, die vor etwa zehn Minuten oberhalb der Dünen gehalten hatte. Noch etwas verdeckt von hohen Ginsterbüschen reihten sich Polizeibusse an Abrissbagger, Traktoren standen hinter den Mannschaftswagen eines Sonderkommandos. François Faure würde an diesem Tag nichts dem Zufall überlassen, und so standen ganz am Ende auch einige Übertragungswagen der nationalen Fernsehsender.

Es war angerichtet.

»*Bonjour*, François!«, sagte Aristide de Tancarville mit leicht unterkühltem Ton und blickte hinab auf das Lager, das noch immer unschuldig zu ihren Füßen lag und auf die große Hoffnungslosigkeit wartete, die sich auch an einem so sonnigen Herbsttag rasch hier einnisten würde.

»Ist alles bereit, Aristide?«, fragte Faure aufgeregt. Der Comte blickte ihn mit ernster Miene an.

»Natürlich. Ich habe Georges losgeschickt, er überprüft, ob alle auf ihren Positionen sind. Von uns aus kann es losgehen.«

Jetzt war es Faure, der seinen langjährigen Freund von der Seite anblickte.

»Was hast du mit dem Gelände vor?«

Der Comte lächelte.

»Das wird sich zeigen. Du hast meine Firma mit dem Abriss beauftragt und um genau darum geht es jetzt.«

»Dass du dir nebenbei auch das Gelände gesichert hast, hättest du mir sagen können, Aristide.«

Der Comte runzelte die Stirn, er schien verärgert.

»Ich bin Geschäftsmann. Hätte es denn etwas geändert?«

»Nein. Ich wäre nur gern informiert gewesen, immerhin …«

»Jetzt bist du es.«

Faure zuckte innerlich zusammen, ließ sich aber nichts anmerken. Stattdessen sah er zu, wie Aristide de Tancarville seinen Blick über das Lager schweifen ließ.

Es war ein gieriger Blick.

Wir haben alle unsere Pläne, dachte Faure. Er wollte gerade den Befehl geben, die Operation zu beginnen, als sich hinter dem Comte die Beifahrertür des Wagens öffnete, von dem er annahm, dass es ein Rolls-Royce war. Die silberne Kühlerfigur passte genauso wenig hierher wie der junge Mann, der soeben ausgestiegen war und ihn spöttisch musterte.

Faure hatte den Sohn seines Freundes noch nie ausstehen können.

»Cédric, welche Überraschung!«, sagte er. »Ich wusste nicht, dass du auch kommen würdest.«

»Offensichtlich wissen Sie so einiges nicht«, erwiderte der junge Mann und strich sich eine Strähne aus dem Gesicht, als würde er gerade an Bord einer Jacht an der Côte d'Azur stehen und nicht oberhalb eines verwahrlosten Auffanglagers, das in wenigen Minuten geräumt wurde.

»Cédric!«, zischte der Comte, aber sein Sohn hatte sich bereits dem Lager zugewandt.

»Das ist es also. Ich habe viel von diesem Dschungel gehört. Und von den Menschen, die hier leben.«

»Nun, es ist Zeit, dass diese Menschen wieder nach Hause zurückkehren. Dort werden sie gebraucht.« François Faure sah, wie die Türen der Mannschaftsbusse sich öffneten und mehrere Dutzend Beamte in Schutzuniformen ausstiegen. Einer der Baggerführer ließ kurz den Motor aufheulen.

Sie sollten nicht länger warten.

»Ich glaube, es kann losgehen. Wo ist euer Georges?«

»Dort kommt er. Er ist nicht der Schnellste, leider.«

Faure sah, wie sich ihnen ein alter Mann näherte, der sich auf einem Gehstock aufstützte.

»Na, Georges, zwischendurch noch die altersschwache Blase geleert?«, lachte Cédric.

Der Butler hob entschuldigend die Hände.

»Nein, sie haben mich erst nicht durchgelassen, hier sind ja überall Sicherheitsleute …«

»Genug«, unterbrach ihn der Comte. »Sind unsere Leute bereit? Immerhin müssen sie gleich ein ganzes Lager plattmachen.«

»Ja, alle sind an ihrem Platz. Ich habe alle noch mal gebeten, auf die Flüchtlinge zu achten. Nicht, dass unsere Leute sie aus Versehen mit einer der Walzen überrollen.«

»Es wäre kein großer Verlust«, sagte Cédric de Tancarville

beiläufig, und Faure konnte sehen, wie der alte Butler ihn zornig anblickte.

Dann klatschte er in die Hände.

»So, dann wollen wir mal, der Dschungel hat lange genug …«

»Wartet! Da vorne!«

Cédric zeigte hinunter zum Meer, wo in diesem Augenblick ein Mädchen durch die Dünen lief.

Sie rannte, und als Faure seine Sonnenbrille abnahm, konnte er sehen, dass sie sich immer wieder umblickte und einige Mal stürzte. Kurz darauf rappelte sie sich wieder auf und rannte weiter. Sie schien die Wagenkolonne weiter oberhalb der Dünen nicht bemerkt zu haben.

»Hübsches Ding«, murmelte Cédric de Tancarville. »Wenn Sie die nicht mehr brauchen, Monsieur, ich würde sie nehmen.«

Faure lächelte gequält.

»Die Bewohner werden alle behutsam von hier fortgebracht«, sagte er schließlich. »Keinem geschieht etwas, es sei denn …«

»… er wehrt sich. Oder versteckt sich«, ergänzte der Comte. »Wenn bei den Abrissarbeiten noch Nachzügler gefunden werden, informieren meine Leute wie besprochen die Polizei.«

»Wie etwa die Kleine dort hinten«, sagte Cédric.

»So ist es. Auch sie wird mitgenommen. Keiner bleibt hier.«

Aber alle kommen irgendwann wieder, dachte François Faure, behielt diesen Gedanken aber für sich. Dies war sein großer Tag und er war mehr als bereit, ihn endlich zu beginnen.

Die Räumung verlief lange Zeit völlig planmäßig. Die Polizisten hatten mithilfe eines Einsatzkommandos das Lager innerhalb weniger Minuten unter ihre Kontrolle gebracht, und die Bagger und Traktoren, die das Unternehmen des Comte gestellt hatte, begannen unverzüglich mit ihrer Arbeit. Durch die kalte Herbstluft drang das Geräusch krachenden Holzes zu ihnen hinauf, als die ersten Verschläge und Unterkünfte zusammengeschoben und zerstört wurden. Die verzweifelten Schreie der Flüchtlinge vermischten sich mit dem lauten Wummern der Motoren, und fast schien es François Faure, als würden die Möwen über ihren Köpfen mit Absicht besonders laut krächzen, um das Schauspiel unten auf dem Boden angemessen zu begleiten. Staub stieg zwischen den Bäumen und Sträuchern auf, und er konnte sehen, wie eine Gruppe Polizisten etwas weiter links einen Mann festnahm und abführte, der sich offensichtlich vehement gewehrt hatte. Die spitzen Schreie einiger Frauen waren zu hören, die in einer ihm fremden Sprache nach etwas riefen, verzweifelt reckten sie ihre Hände in die Höhe.

»Was rufen sie?«, fragte Faure.

»Woher soll ich das wissen?«, antwortete Aristide de Tancarville, der neben ihm stand und mit einiger Belustigung auf das Chaos zu ihren Füßen blickte.

»Hauptsache, sie hören bald wieder damit auf, das ist ja kaum zu ertragen.«

François Faure richtete sich etwas auf und strahlte, als er bemerkte, dass sich ihnen einige Reporter mit ihren Kameramännern näherten. Während unten im Lager die Reise von knapp 300 Flüchtlingen unmittelbar vor ihrem Ziel auf brutalstmögliche Weise endete, gab er, der für ihr Schicksal verantwortlich war, Interviews, in denen es um die Zukunft und die Perspektiven eines Landes ging.

Seines Landes.

Einige hundert Meter weiter sammelten Polizisten die letzten Campbewohner ein und führten sie zu den dafür vorgesehenen Bussen. Faure konnte sehen, wie sein Freund und dessen Sohn den Männern und Frauen hinterherblickten, und einen Moment lang meinte er, Verachtung in ihren Gesichtern zu erkennen.

Aristide de Tancarville hatte weder die Zeit, sich mit den Menschen im Camp auseinanderzusetzen, noch hatte er ein Gespür für ihre Lage.

Und sein Sohn kam ganz nach seinem Vater.

»Hören Sie sofort mit der Räumung auf!«

Ein einzelner Mann drängelte sich verzweifelt durch die Journalistentraube und schoss zielsicher auf Faure los. Sein Blick war wutverzerrt, sein Widerstand war ungebrochen. Er war Franzose, ganz offensichtlich arbeitete er für eine der Menschenrechtsorganisationen, die das Camp betreuten.

Ein Gutmensch, dachte Faure verächtlich.

»Sie dürfen nicht …«

Der Mann war noch zwei Meter entfernt, als Gilles Jacombe ihn von hinten packte und ihm den Arm auf den Rücken drehte. Ehe er sich versah, wurde er von drei Sicherheitskräften umringt und abgeführt.

»Es gibt immer welche, die alles besser wissen«, bemerkte Aristide de Tancarville, während Faure seine Krawatte zurechtrückte.

»Lass dich von denen nicht vom Weg abbringen, François. Niemals, hörst du?«

Faure nickte und rückte seine Brille zurecht. Da riss sich der Mann plötzlich aus der Umklammerung der Beamten und rannte den Abhang wieder hinunter in Richtung Camp.

»Ihr Schweine!«

Faure zuckte leicht zusammen, als er sah, wie einer der Polizisten den Mann niederschlug. Er sackte vor einem der platt gewalzten Bretterverschläge zusammen und blieb bewusstlos liegen.

Eine halbe Stunde später war alles beendet, die Sonne hatte sich über die Hügel geschoben und ließ ihre Strahlen über jenen Ort wandern, der kurz zuvor noch als der »Dschungel« bezeichnet worden war. Ein Ort der Unordnung und des Chaos, ohne jede Regeln. Außer der, dass alle Sehnsüchte, alle Hoffnungen hier erlaubt waren.

Und jetzt waren sie fort, die Sehnsüchte und die Hoffnungen, und zurück blieb nur platt gewalzte Erde, auf der sich womöglich bald ein Hotelkomplex oder ein Golfplatz erheben würde. Aristide de Tancarville hatte mit Sicherheit bereits Pläne dafür im Kopf, überlegte Faure.

»Monsieur, wir müssen los«, sagte Gilles Jacombe mit einem Blick auf seine Armbanduhr.

»In Ordnung, wir sind ja hier fertig«, antwortete Faure.

»Wenn du willst, kannst du bei uns mitfahren, François«, sagte der Comte und zeigte auf den Rolls-Royce. »Wir könnten noch ein paar Dinge besprechen.«

Faure blickte auf den teuren Wagen und traf seine Entscheidung sehr schnell.

»Gilles, bleiben Sie im Dienstwagen, ich fahre mit dem Comte und seinem Sohn.«

»Monsieur, dann müsste ich ebenfalls …«

»Ist schon gut, ich bin sicher dort drinnen. Fahren Sie einfach vor uns her.«

Aristide de Tancarville gab seinem Chauffeur ein Zeichen und wandte sich an seinen Butler.

»Georges, Sie fahren bitte mit einem der Kleinbusse, sonst wird es zu eng.«

»Sehr wohl, Monsieur.« Georges nickte ihnen zu und kletterte mit einiger Mühe auf den Beifahrersitz eines grauen Transporters. Faure bewunderte den alten Mann für seinen Gleichmut, angesichts des oft sehr herrischen Tons seines Dienstherrn.

»*Allez*, wir brechen auf!«, rief Cédric de Tancarville, und Faure wunderte sich, woher der junge Mann das Selbstbewusstsein hatte, das Kommando zu übernehmen.

Als sie kurz darauf über eine holprige Schotterstraße fuhren, beglückwünschte er sich zu seinem Entschluss, im Rolls-Royce mitgefahren zu sein. Die weichen Polster des Wagens ließen die Bodenwellen nur erahnen, während hinter ihnen die Kleintransporter der Baufirma beängstigend schwankten, als sie über Grasnarben und durch Sandlöcher fuhren.

Die Sonne schien auf die kleine silberne Kühlerfigur, und Faure wollte gerade fragen, ob es nicht angemessen sei, auf den Erfolg des Tages zu trinken.

Da passierte es.

Der Tag drehte sich, er kippte zur Seite. Der Gesang der Möwen wurde schief und schrill, und für einen Augenblick schien es François Faure, als würde der Horizont auf ihn zurasen.

Tatsächlich war er selbst es, der auf etwas zuraste. Der Wagen hatte scharf und ohne jegliche Vorwarnung gebremst, und Faure fiel nach vorn und prallte mit dem Gesicht gegen den Beifahrersitz. Das cremefarbene Polster drückte hart gegen seine Wange, bevor die Kraft der Bremsscheiben ruckartig nachließ und er wieder nach hinten geworfen wurde.

»Scheiße, was ist denn los?«, fluchte der Comte, der ebenfalls aus seinem Sitz geflogen war und jetzt im Zwischenraum saß und sich sein schmerzendes Schienbein rieb.

»Monsieur, da ist …«

»Was!? Verdammt, mein Anzug ist gerissen«, schimpfte der Comte und setzte sich mühsam wieder auf.

»Vater, da liegt jemand.«

Cédric de Tancarville deutete nach vorne, er war angeschnallt gewesen und war daher glimpflich davongekommen. Faure prüfte, ob seine Nase gebrochen war. Offensichtlich hatte er Glück gehabt.

»Monsieur, da liegt tatsächlich jemand …«, stotterte der Chauffeur.

»Haben Sie etwa jemanden überfahren?«, fuhr der Comte ihn an. Hinter ihnen wurde die Beifahrertür des Dienstwagens geöffnet und Faure konnte sehen, dass Gilles Jacombe ausstieg und rasch in ihre Richtung kam.

»Bleiben Sie drinnen, Monsieur«, rief er. Aber Faure war schneller, er hatte die Tür bereits geöffnet, salzige Luft schob sich zu ihnen herein.

Auch Cédric und der Chauffeur waren jetzt ausgestiegen. Vorsichtig gingen sie um den Wagen herum.

Auf dem sandigen Boden vor ihnen lag ein Mädchen. Ihre schwarzen Haare waren zerzaust, ihr Blick flackerte. Sie trug eine Trainingsjacke, die ihr zu groß war, dazu ein Paar billige Turnschuhe und eine zerlöcherte Hose. Ihr Atem ging stoßweise.

»Bleiben Sie zurück, Monsieur«, sagte Gilles Jacombe zu Faure, er hatte die Hand an seiner Waffe und beugte sich zu dem Mädchen herunter.

»Sind Sie verletzt?«, fragte er, aber ganz offensichtlich konnte sie ihn nicht verstehen.

»Sie kam plötzlich aus dem Gebüsch gerannt«, bemerkte der Chauffeur, »beinahe hätte ich sie zu spät gesehen.«

Auch Cédric de Tancarville hatte sich mittlerweile zu dem Mädchen herabgebeugt und musterte sie aufmerksam.

»Dich kenn ich doch …«, murmelte er. »Du bist doch …«

»Das ist doch das Mädchen, das wir zwischen den Dünen gesehen haben«, bemerkte jetzt auch sein Vater.

»Kannst du uns verstehen?«, fragte Cédric und stupste sie leicht mit dem Fuß an. Das Mädchen zuckte zusammen. Jetzt erst sah François Faure, dass sie mit ihrer linken Hand eine Postkarte umklammerte.

Eine Postkarte mit leuchtenden Farben, die von einem Ort weit hinter dem Horizont stammte.

Piccadilly Circus.

Das Mädchen schloss für einen Augenblick die Augen, als müsse es sich konzentrieren. Als es sie wieder öffnete, blickte es Faure müde an.

»Ich … heiße … Zorah.«

»Und was machen wir jetzt mit ihr?«, murmelte François Faure.

Es war Cédric de Tancarville, der antwortete.

»Fahren Sie los. Wir kümmern uns schon um sie.«

KAPITEL 30

Normandie
Im September
Heute

Wie ein zum äußersten gespannter Bogen erstreckte sich der Pont de Normandie über den schwarzen Wassern der Seine-Mündung. Unterhalb der Brückenpfeiler schob sich der Fluss in den Atlantik, vorbei an den Hafenanlagen auf der einen Seite und den ersten Häusern Honfleurs auf der anderen. Der salzige Geschmack des Meeres lag in der Luft, und irgendwo, zu beiden Ufern der Seine, schälten sich die Konturen zweier Mädchen aus dem Schatten, beide gefangen in einem Land, in dem sie nicht sein wollten. Ihre flackernden Blicke suchten nach Halt, nach einem Licht in der Dunkelheit, die sie seit zwei Jahren umgab. Als sie den Blick fremder Augen auf sich spürten, begannen sie zu zittern. Aber immerhin, sie schienen zu spüren, dass diese Augen anders waren. Augen ohne Gier und Blicke ohne Lust.

War es tatsächlich vorbei?

Ein Getreidesilo in Le Havre. Ein Keller oberhalb von Honfleur. Zwei Orte voller Dunkelheit und Schatten. Zwei Mädchen mit gleicher Vergangenheit.

»Hallo, Zorah«, flüsterte Claire leise auf ihrer Seite des Flusses, an jenem Ort, von dem sie nicht wusste, wie sie dorthin gelangt war.

»Verdammte Scheiße«, murmelte Roussel drüben in den Hafenanlagen, als er seinerseits ein Mädchen erblickte, das aus der dunkelsten Ecke eines Verschlages zu ihnen hinaufstarrte.

Sie saß auf einer Matratze mit bunter Bettwäsche, ihre linke Hand war an einen Ring in der Wand gekettet.

»Oh, mein Gott«, flüsterte Sandrine Poulainc neben ihm und hielt sich an seinem Arm fest.

»Diesmal sind wir nicht zu spät«, sagte Roussel, sein Mund war trocken.

Das Mädchen war keine fünfzehn Jahre alt. Ihr Blick flackerte, ihr Mund war leicht geöffnet. Sandrine Poulainc erkannte auf der Innenseite ihres nackten Armes mehrere Einstiche.

»Die Schweine haben sie ruhiggestellt«, murmelte sie.

Sonst war niemand in dem großen Silo, das Mädchen war alleine gelassen worden. Ruhig gestellt und festgekettet, zur freien Verfügung.

Wie ein Selbstbedienungsladen, dachte Roussel. Er hatte gehofft, Lama, den Besitzer des *Kakadu*, hier anzutreffen, dessen Stimme er am Telefon erkannt hatte. Aber das Mädchen war alleine, die Tür des Silos war angelehnt gewesen, als sie eingetroffen waren.

»Wieder keine scheiß Hintermänner«, fluchte Roussel.

»Wir werden den Besitzer des *Chez Jef* in Étretat befragen«, besänftigte ihn Sandrine Poulainc. Aber auch sie musste sich eingestehen, dass sie enttäuscht war. Sie trat einen Schritt auf das Mädchen zu, das auf der Matratze kauerte und sie ruhig anblickte.

»Hallo«, flüsterte Sandrine leise und versuchte zu lächeln. Es fiel ihr schwer. Das Mädchen trug ein Nachthemd.

Sonst nichts.

Es fror.

»Alles ist gut«, sagte sie. »Verstehst du mich? Alles ist gut.«

Als sie noch einen Schritt näher trat, begann das Mädchen zu zittern.

Auf der anderen Seite der Seine-Mündung streichelte das andere Mädchen mit ihren zitternden Händen Claires Wange. Behutsam fuhren die trockenen Fingerkuppen über ihren Mund, ihre

Nase, bevor sie schließlich von ihr abließen. Claire blickte in ein Gesicht, das müde und von den dunklen Schatten der vergangenen Jahre gezeichnet war.

»Ich … bin … Zorah«, sagte das Mädchen leise.

»Claire. Ich heiße Claire. Verstehst du mich?«

»Claire«, wiederholte sie langsam. Dann hielt sie ihr die Orange hin.

»Willst du essen? Hast du Hunger. Wo sind wir hier überhaupt?«

Ich stelle zu viele Fragen auf einmal, dachte sich Claire, aber ihre Angst hatte sie immer noch fest im Griff, so fest wie die Kette, die an ihrem Hals befestigt war.

Und an einem Ring in der Wand.

Das Mädchen blickte sie fragend an und zeigte auf die Orange. Claire verstand nicht sofort, dann aber begriff sie.

»Du meinst mich? Du willst wissen, ob ich Hunger habe? Ehrlich gesagt … ja, sogar sehr. Weißt du, ich habe immer Hunger, wenn ich Angst habe, obwohl ich ja gar nicht so oft Angst habe, also nicht so sehr, und … ach, ich rede zu viel, nicht wahr?«

Das Mädchen begann, die Orange zu schälen, langsam und mit zitternden Händen. Claires Augen hatten sich mittlerweile an die Dunkelheit gewöhnt, und sie konnte die Konturen der Wände sehen, die sie umgaben. Es war kein Verlies, eher eine Art Durchgang. Hinter ihr war etwas, das aussah wie eine Klappe, die sich aber von innen nicht öffnen ließ. Von der anderen Seite des Durchgangs, von dort, wo die Dunkelheit zu dicht war, um etwas zu erkennen, kam kühle Luft. Dort musste ein Ausgang sein oder ein Fenster.

»Wie lange bist du schon hier, Zorah? Und wer hat dich hergebracht?«

Aber das Mädchen verstand sie nicht. Sie hielt Claire ein Stück Orange hin und betrachtete sie aufmerksam, als sie es aß.

»Zorah«, versuchte Claire es erneut. Ihr Kopf pochte immer noch schmerzhaft, und das Blut in ihrem Haar trocknete nur langsam. »Wo sind wir? Wo?«

Das Mädchen schien zu überlegen, dann lächelte es und blickte sie mit einem fast sanftmütigen Blick an. Dann fing es langsam an zu sprechen, und Claire wusste sofort, dass es die traurigsten Worte waren, die sie jemals aus dem Mund eines Kindes gehört hatte.

»Zieh … dich … aus.«
  »Leg … dich … hin.«

Zorah lächelte noch immer, aber ihr Blick flackerte. Ihre Fingernägel gruben sich in die Orange, etwas Saft spritzte auf Claires Füße.

»Die Beine … breit.«
  Ihre Stimme wurde schriller.

»Es ist gut«, flüsterte Claire. »Es ist vorbei.«

»Zieh … dich … aus.«
  »Nimm … in den … Mund!«
  Zorahs Schultern bebten, die Orange lag in Fetzen in ihrer Hand.

»Zieh … dich … aus!«
  Claire nahm ihre Hand und drückte sie, versuchte, den Schwall Wörter aufzuhalten, der aus Zorahs Mund kam wie ein Schwall Magensäure, der einen geschundenen Körper verließ.
  »Es ist … vorbei.«

Zorah schüttelte sich und schwieg für einen Augenblick. Dann hob sie den Kopf und Claire dachte, dass sie diesen Blick nie wieder vergessen würde. Ebenso wenig wie die Worte, die das Mädchen leise in die Dunkelheit flüsterte.

»Komm … zu … Papa.«

Jenseits der dunklen Wasser blickte Roussel auf das blaue Licht, das die Signalleuchten der Polizeifahrzeuge in die Dunkelheit warfen. Die Brücke war nur noch als dunkle Ahnung zu erkennen, hinter ihm hob sich der runde Bauch des Silos gegen den Nachthimmel ab.

Er wusste nicht, was er denken sollte. Er wusste auch nicht, was er fühlen sollte. Und so dachte und fühlte er für wenige Minuten nichts, bis eine schwere und schuldbeladene Wut in ihm aufstieg. Weil er nicht wusste, wohin mit dieser Wut, schleuderte er einen Stein über das Wasser und hörte, wie das Geräusch des Aufpralls sich über die kräuselnden Wellen schob.

Neben ihm stand ein Polizeibus, in dem das Mädchen aus dem Silo saß, eingepackt in eine dunkle Decke. Als er zu ihr hineinblickte, sah er, wie sie in einen warmen Plastikbecher blies und dem Dampf ihres heißen Tees hinterherblickte.

Er hätte sich gewünscht, dass sie lächelte, nur ein bisschen. Aber sie tat es nicht. Im Silo suchte die Spurensicherung jetzt nach Hinweisen, es gab jede Menge Fingerabdrücke, so viel hatte er bereits erfahren. Das konnte ihnen helfen. Musste es aber nicht.

»Scheiße, Scheiße, Scheiße«, fluchte er leise. Dann fasste er einen Entschluss.

»Sandrine, komm mal her!«

»Was ist?«

»Ich brauch den Laptop aus dem Wagen.«

Fünf Minuten später saßen sie dem Mädchen gegenüber. Es pustete noch immer den Dampf aus dem Becher und beachtete sie nicht.

Roussel nickte seiner Kollegin zu.

»Einen Versuch ist es wert.«

»Wenn du meinst.«

Sandrine Poulainc klickte auf eine Audiodatei auf dem Desktop und kurz darauf erklang im Bus die Stimme von Christian Darbon.

Der Tote von der Brücke.

Der Mann, der alles recherchiert und die Ergebnisse hinter seinem Bücherregal versteckt hatte.

Der Mann, der den Comte de Tancarville angerufen hatte. Und der dieses Gespräch aufgezeichnet hatte.

Das Mädchen lauschte einen kurzen Augenblick den Stimmen aus den Lautsprechern, dann pustete es wieder in seinen Becher.

Langsam. Ohne Hast.

Christian Darbons Stimme drang durch das Wageninnere.

Dann Georges Dauzat, der den Anruf entgegennahm.

Schließlich die Stimme des Comte, herrisch und kontrolliert.

Als der heiße Dampf aus dem Becher nach oben stieg, begann es zu zittern.

Dann schrie es. Solange, bis der Becher zu Boden fiel und Sandrine Poulainc es mit beiden Armen umklammerte. So lange, bis Roussel die Wiedergabe der Audiodatei beendete.

So lange und noch viel länger.

KAPITEL 31

Normandie

Am nächsten Morgen

Nicolas entdeckte die Ente auf seiner zweiten Runde. Sie hing in den dürren Zweigen eines Gebüschs, das an dieser Stelle leicht über das Wasser der Seine ragte. Offensichtlich war der Vogel von der Strömung dorthin getrieben worden, und nur, weil die Schnürsenkel seines rechten Laufschuhs sich gelöst hatten, hatte er die Ente gesehen.

Der Kopf fehlte.

Es war ein Erpel, und kurz oberhalb der Brust, dort wo sonst der schlanke Hals begonnen hätte, klaffte ein hässliches Loch. Das Fleisch hing ausgefranst am Körper herab, kleinere Maden und Insekten krabbelten auf dem Kadaver herum. Es war, als hätte jemand den Kopf einfach abgerissen.

So wie die Ente im Hafenbecken von Deauville, dachte er. Hugo und er hatten ihr hinterhergeblickt, bis die Flut sie fortgetrieben hatte.

Er hätte früher darauf kommen können, wenn nicht gar müssen. Kein Fisch jagte einen Erpel und biss ihm den Kopf ab. Keine Krabbe zwackte einer Ente den Hals durch.

Nicolas atmete die klare Luft des frühen Morgens ein und blickte hinauf zu dem Hügel, auf dem die Villa thronte und mit blinden Augen hinunter auf die Mündung starrte. Die Fenster im zweiten Stock waren geschlossen, die Fensterläden ebenso. Dahinter schlief ein Mann, der zum Spaß Enten schoss. Mit einem tödlichen Präzisionsgewehr, das problemlos gefiederte Köpfe vom Hals abtrennte.

»Er ist ein guter Schütze«, murmelte Nicolas, und er merkte, dass ihm diese Tatsache nicht sonderlich gefiel.

Immer noch nahm er alles gedämpft wahr, als hätte jemand seit dem gestrigen Abend im Théâtre des Champs-Élysées eine schalldichte Mauer um ihn herum erbaut.
Er sah nichts, er hörte nichts.
Er fühlte nichts.

Julie war da gewesen. Dort, wo sie vor mehr als dreieinhalb Jahren hätte sein sollen.
Ein Taxi, das in der Dunkelheit verschwand. Ein Herzschlag, der aussetzte, ein Verstand, der nicht begriff.
Da war sie. Nicht.
Da war er. Nicht.

Und zurück blieb nur eine weiße Handtasche, liegen gelassen auf Platz 14, Reihe D. Er hatte sich erst daran erinnert, als der Comte bereits zum Aufbruch gedrängt hatte.

Nicolas war noch mal zurückgehastet und hatte die Handtasche an sich genommen. Und den schmalen Umschlag darin.

Und jetzt stand er am kalten Wasser der Seine, an einem Tag, an dem der Comte de Tancarville womöglich sterben sollte, und blickte auf eine Ente mit abgerissenem Kopf.
In seinen leicht zitternden Händen lag Julies Umschlag, den er erst nach der Rückkehr aus Paris geöffnet hatte, in seinem Zimmer oben auf dem Anwesen. Er hatte Julies Handschrift sofort erkannt und begonnen zu lesen. Dann hatte er den Brief zusammengefaltet und zurück in den Umschlag gesteckt.
Mit zitternden Händen.
Dann hatte er ihn wieder herausgeholt, ihn gelesen, ihn zurückgesteckt.
Herausgeholt, gelesen, zurückgesteckt.

Bis dieser neue Tag nach ihm gegriffen hatte, mit zitternden Händen, und ihn fortzog, hinunter an das kalte Wasser.

Wo er stand und das tat, was er all die vergangenen Stunden getan hatte.

Mein lieber Nicolas,

irgendwann, das verspreche ich Dir, werde ich da sein, wo auch Du bist. Und Du wirst dort sein, wo ich bin.

Ich weiß, Du suchst nach Antworten, aber ich kann Dir keine geben. Noch nicht. Noch ist die Zeit nicht gekommen, Du musst geduldig sein.

Ich bin es auch, wenn ich auch zugeben muss, dass es mir schwerfällt. Von Tag zu Tag schwerer, vielleicht. Und vielleicht sogar schwerer als Dir, Nicolas. Aber ich kann nichts daran ändern.

Weil der Preis zu hoch wäre.

Ich denke an uns, an das, was war, an all die Musik, das Licht, die Stunden mit Dir. Dein Gesicht im Halbdunkel, Deinen Atem, der stets stockte, wenn Du mich sahst. So hast Du es mir jedenfalls gesagt, und ich glaube Dir. Immer.

Ich bin nicht fortgegangen von Dir. Ich habe mich selbst zurückgelassen, ich bin auf Distanz gegangen zu mir. Und ich konnte Dich nicht mitnehmen, so gerne ich es auch gewollt hätte.

Irgendwann, ich verspreche es Dir, wirst Du eine Tür öffnen und ich werde vor Dir stehen. Ich werde Dir vielleicht keine Erklärung liefern können, jedenfalls keine, die Dir gefällt.

Aber ich werde da sein und ich weiß, das wird Dir genug sein, Nicolas. Und bis dahin, nimm mich in den Arm, auch wenn Du mich nicht spürst. Sing mit mir unsere Lieder, auch wenn Du mich nicht hörst.

Küss mich, Nicolas, und zahl mir hundert Francs. Ich geb sie Dir zurück.

Warte auf mich. Aber suche mich nicht.

Ich bin bald da. Zurück aus den Untiefen.

Julie

Nicolas blickte auf seine Hände. Und auf sein Handy, zum wiederholten Mal an diesem Morgen. Es war noch zu früh. Marion Venoit würde ihm das Foto, das sie gemacht hatte, erst im Verlauf des Tages schicken.

Das Foto von dem Mann, der damals an Julies Seite gesessen hatte.

Ich bin bald da.

Bis dahin konnte er nicht warten.

Nicht mehr.

Er blickte auf den ausgefransten Hals der Ente.

Genauso fühle ich mich, dachte er. Kein Kopf, nur tote Fransen.

Sein Handy klingelte, aber es war nicht Marion Venoit.

»Monsieur Guerlain, bitte kommen Sie zurück ins Haus!«
Es war die aufgeregte Stimme von Georges Dauzat, dem Butler.

»Was gibt es, ist was mit dem Comte?«

»Nein, aber Mademoiselle Cantalle … Sie ist verschwunden! Wir können sie nirgendwo finden!«

KAPITEL 32

Normandie
Kurz darauf

Claire rieb sich die schmerzenden Schultern und versuchte zum wiederholten Mal, das eiserne Band an ihrem Hals zu öffnen. Sie krallte ihre Fingernägel in das Scharnier und zog mit aller Gewalt daran. Mit der Zeit hatte sie festgestellt, dass sich ein leichter Spalt öffnete, aber sie hatte es noch nicht geschafft, ihn zu vergrößern. Ihre Finger rutschten ab, und sie spürte die schmerzhaften Schürfwunden.

»Zorah!«

Mehrmals hatte sie den Namen des Mädchens geflüstert, aber dieses hatte sich in die Dunkelheit im hinteren Teil des Raumes zurückgezogen. Immer noch meinte Claire, einen leichten Luftzug von dort zu spüren.

»Zorah!«

Keine Antwort. Das Mädchen hatte eine Stunde in ihren Armen gelegen, hatte ihren Kopf an ihre Schulter gelegt und ihren Schmerz in Claires Zimmermädchen-Bluse geweint. Ihre Schultern hatten gebebt, immer wieder hatte sie die Sätze wiederholt, leise, dann flüsternd.

Irgendwann hatte sie aufgehört. Und war in der Dunkelheit verschwunden.

»Scheiße, Nicolas, ich könnte dich jetzt echt gebrauchen«, fluchte Claire. Sie hatte mehrmals laut gerufen, in der Hoffnung, dass Marthe oder der Butler sie hören würden. Denn sie war sich sicher, dass sie im Haus war, irgendwo in einem verborgenen Teil des Kellers. Dort, wo sie das Licht gesehen hatte.

»Zorah! Wo bist du?«

Sie blickte auf ihr Handy, das sie irgendwann in ihrer Hosentasche gespürt hatte. Sie hatte es völlig vergessen, aber die Freude über den Fund währte nicht lange.

Sie hatte kein Netz.

Mit dem Licht des Handys hatte sie versucht, den Raum auszuleuchten, aber es war zu spärlich gewesen. Kahle Wände, einige Regale. Sonst nichts.

Außer einem Schatten, der sich plötzlich bewegte.

Ohne Vorwarnung erschien das Mädchen zurück in ihr Blickfeld. Sie war barfuß, Claire hatte sie nicht kommen gehört.

»Da bist du ja! Du sollst nicht einfach abhauen, ich habe doch sonst hier niemanden, verstehst du?«

Glücklicherweise ließ sich das Mädchen von dem neuerlichen Redeschwall nicht irritieren, sondern zauberte sehr zur Freude von Claire eine Wasserflasche hervor.

»Wasser!«

Fast hätte Claire ihre Halskette vergessen und wäre ihr entgegengesprungen. Zorah hielt ihr vorsichtig die Flasche an den Mund und wartete, bis Claire sie fast komplett ausgetrunken hatte. Dann zeigte das Mädchen auf das eiserne Band an Claires Hals.

»Zieh … dich … aus.«

Claire lächelte.

»Ja, das muss weg. Da hast du recht. Und dann schauen wir, dass wir hier rauskommen.«

KAPITEL 33

Der weitere Verlauf dieses entscheidenden Tages war geprägt von Enttäuschungen und zerstörten Hoffnungen, und zu jenen, die sich darüber am lautesten aufregten, gehörte Roussel, der in seinem Büro in der Rue Désiré le Hoc saß und sein Telefon mit solcher Wut durch den Raum schleuderte, dass es an der gegenüberliegenden Wand zerschellte.

»Scheiß Arschlöcher! Hurensöhne!«

Alphonse, der hinter seinem Tresen im Empfangsraum des *Commissariat* saß, zuckte unweigerlich zusammen und überlegte, wo er für Roussel auf die Schnelle ein neues Telefon herkriegen würde. Und ob irgendwann wieder ruhigere Zeiten kommen würden in dieser Dienststelle und in dieser Stadt, die doch eigentlich den Sommer verabschiedet hatte, mit seinen Touristen und seiner betriebsamen Unruhe. Aber seitdem die Ermittlungen gegen den sogenannten Ring sich immer mehr ausweiteten, ohne dass sie den Kopf der Gruppe ausfindig gemacht hatten, seitdem herrschte im *Commissariat* eine rastlose Hektik. Und Alphonse saß mittendrin – dabei hatte er wahrlich genug von Außeneinsätzen und Ermittlungsarbeit.

Das Telefon klingelte.

»Chef, Paris!«

Fünf Sekunden später kam Roussel aus seinem Büro geschossen. Sein Blick war glasig, er war unrasiert und unleidig, so viel konnte Alphonse sehen.

Den Rest hörte er.

»Hallo? Ja, hier ist Roussel, Monsieur Bolden. Ja, mein Anschluss ist nicht zu erreichen, ich habe das Telefon an die Wand geschmissen!«

Aus dem Hörer klang gedämpft die eindringliche Stimme eines Mannes, der offenbar versuchte, Luc Roussel die Sachlage zu erklären. Aber Roussel wollte keine Sachlage, er wollte einen Haftbefehl.

Gegen Aristide de Tancarville. Und zwar unverzüglich.

»Hören Sie, *Monsieur le Referent* oder was immer Sie auch sind. Ich verstehe nicht, warum Ihr Ministerium sich einschaltet, die Sachlage ist doch eindeutig! Und ja, ich schreie Sie an!«

Mittlerweile waren Sandrine Poulainc und weitere Kollegen in den Empfangsraum gekommen und beobachteten Roussel, der zornig vor dem Tresen auf und ab lief. Als er die Kollegen sah, stellte er den Lautsprecher des Telefons an. Die Stimme von Thomas Bolden, dem Referenten von François Faure, war nun klar und deutlich zu hören.

»… Staatsanwalt in Rouen hat sich an den Amtskollegen in Paris gewandt, weil die Ermittlungen gegen den Ring – und das wissen Sie ganz genau – in Paris koordiniert werden. Der Grund dafür …«

»… ist Christian Darbon mit seiner Beweisführung hinter dem Bücherregal, das weiß ich alles, *Monsieur le Kofferträger*! Dann soll uns eben einfach der Staatsanwalt in Paris den scheiß Haftbefehl ausstellen!«

»Sehen Sie, das wird der Staatsanwalt vielleicht auch tun«, antwortete Thomas Bolden. »Aber nicht heute, sondern erst nach eingehender Prüfung des ganzen Falles. Wir wissen Ihre Arbeit wirklich zu schätzen …«

Roussel fuhr sich müde durchs Gesicht und blickte seine Kollegen an, während er ins Telefon sprach.

»Sie haben das Mädchen nicht gesehen, Sie waren nicht dabei. Sie hat seine Stimme erkannt, hören Sie? Das Mädchen hat ihn erkannt. Aristide de Tancarville ist unser Mann, das wissen wir hier in Deauville und das wissen Sie in Paris ebenso.«

»Wie gesagt, der Staatsanwalt wird es prüfen. Sobald …«

»… die Feier auf seinem Anwesen vorbei ist, zu der auch Ihr beschissener Minister kommen wird.«

Sandrine Poulainc hatte sich neben Roussel gestellt. Auch sie sah müde aus. Erschöpft.

Am anderen Ende der Leitung herrschte kurz Stille. Dann antwortete der Referent, und seine Stimme hatte jetzt einen sehr endgültigen Klang.

»Monsieur Roussel, damit wir uns richtig verstehen: Das *Commissariat*, das Sie derzeit vorübergehend leiten dürfen, untersteht in letzter Instanz diesem Ministerium. Und für dieses Ministerium spreche ich gerade. Sie werden nichts unternehmen, solange der Staatsanwalt in Paris Ihnen kein grünes Licht gibt. Haben Sie das verstanden, Monsieur Roussel?«

Alphonse hielt den Atem an, während er zu Roussel hochblickte, der zwischen seinen Beamten stand, den Telefonhörer am Ohr. Kurz überlegte Alphonse, ob er ihn an die Wand schleudern würde.

Aber Roussel legte einfach auf und ging schweigend zurück in sein Büro. Nach wenigen Augenblicken war der Empfangsraum leer, nur Alphonse saß hinter seinem Tresen und blickte nach draußen, wo dieser so entscheidende Tag allmählich eine aschfahle Farbe annahm.

Als würde ihn jemand mit einem Bleistift zeichnen, diesen Tag, dachte Alphonse.

Er erschrak, als Roussel plötzlich wieder vor ihm stand, er hatte ihn nicht kommen hören.

»Alphonse, ich brauche eine Nummer in London. Und dann einen Wagen.«

Etwas weiter nördlich, jenseits der grünen Hügel, dort, wo das Hinterland sich zur Mündung der Seine hinabbeugte und wo der Geruch von salzigem Fisch und kopflosen Enten in der Luft hing, kauerte Claire vor einer Stahltür und weinte. Ihre Tränen galten ihren wunden Fingern, der pochenden Wunde an ihrem

Hinterkopf und dem Glucksen des Wassers, das wie ein höhnisches Lachen in ihren Ohren klang.

Die Freiheit war nur wenige Zentimeter entfernt, aber sie blieb ihnen verschlossen, weil die Tür nach draußen sich einfach nicht öffnen ließ.

»Ach, Scheiße«, fluchte sie und lächelte Zorah an, die mit der Orangenschale spielte. Ganz offensichtlich hatte sie ohnehin nicht allzu viel Hoffnung in diese Tür gesteckt. Das Mädchen hatte ganze drei Stunden gebraucht, bis sie das Metallband an Claires Hals aufgebogen hatte. Immer wieder hatte sie ihre Finger in die Stelle hineingekrallt, die bereits verrostet war. Bis sie bluteten, aber das war ihr egal gewesen. Immer wieder hatte sie ihre wenigen Sätze gemurmelt, und als das Band aufgesprungen war, hatte sie tatsächlich gerufen:

»Komm zu Papa!«

Claire und sie hatten sich durch die Dunkelheit vorangetastet, vorbei an Regalen mit Vorräten und Wasser. Ganz offensichtlich hatte, wer auch immer Zorah hier gefangen hielt, sie nicht töten wollen.

Immerhin, dachte Claire.

Zorah hatte sie einen Gang hinuntergeführt, der leicht bergab führte und Claire hatte sich das Grundstück ins Gedächtnis gerufen.

Sie waren unterwegs zum Ufer. Ein Ufer, von dem aus kalte Luft durch einen Spalt zu ihnen hereinströmte. Die Tür musste schräg in den Hang gebaut sein, womöglich unter einem Gebüsch oder versteckt unter Zweigen. Aber es war egal, denn sie ließ sich nicht öffnen, hier gab es keine rostige Stelle.

Und weil dies alles nicht zu ändern war und weil ihr Handy noch immer keinen Empfang hatte, weinte Claire. Neben ihr hockte Zorah in der Dunkelheit und murmelte ihre dumpfen Befehle.

»Alles wird gut«, murmelte Claire und dachte an Nicolas, der irgendwo da oben sein musste und der sie zwar suchte, aber der sie nicht finden würde.

Doch darin irrte Claire. Nicolas saß auf seinem Bett, blickte auf sein Handy und wartete auf eine Nachricht von Marion Venoit. Er wartete auf ein Foto, das ihn zu Julie führen konnte.

Führen musste.

Wenigstens zu ihr, dachte er. Die Suche nach Claire hatte er vorübergehend eingestellt. Sie war spurlos verschwunden, und auch mithilfe der Wachleute der Sicherheitsfirma hatten sie keine Spur gefunden.

»Ihr Bett war nicht benutzt, sie muss also seit gestern Abend weg sein«, hatte Georges Dauzat aufgeregt erzählt. Aber eine Erklärung hatte auch er nicht.

»Sie wird abgehauen sein, keinen Bock mehr auf Arbeit«, hatte Cédric ihnen zugerufen. Der Butler hatte ihm zornig hinterhergeblickt.

»Sie mögen ihn nicht, nicht wahr?«, hatte Nicolas Dauzat zugeflüstert, und der hatte kurz geschwiegen auf der Suche nach einer diplomatischen Antwort, die er jedoch nicht fand.

»Nein.«

Dann war er gegangen und hatte die Arbeiter beaufsichtigt, die draußen im Garten alles für den Empfang aufbauten.

Nicolas stand von seinem Bett auf und blickte aus dem Fenster. Draußen legten livrierte Angestellte letzte Hand an die weißen Hussen der Stehtische, Kellnerinnen ordneten Tischdekorationen und Blumensträuße, während der Gärtner ein letztes Mal mit einer kleinen Schere einen Buchsbaum zurechtstutzte. Etwas weiter links war eine Champagner-Pyramide aufgestellt worden, und an einem Fahnenmast flatterte das Familienwappen derer zu Tancarville.

Nicolas überprüfte den Sitz seiner Dienstwaffe unter seinem Anzug und sah in den Spiegel. Der Mann, der ihm entgegenblickte, lächelte gequält.

In diesem Augenblick hörte er einen Schuss.

KAPITEL 34

Anwesen des Comte
Kurz darauf

Das Echo des Knalls hing noch in der Luft, als Nicolas die Tür seines Zimmers aufriss und hinaus in den Flur stürzte. In einer fließenden Bewegung steckte er sein Handy weg und zog seine Dienstwaffe aus dem Holster. Er versuchte, nachträglich die Quelle des Schusses zu lokalisieren – und sich in Erinnerung zu rufen, wo sich der Comte in diesem Augenblick befand.

Auf seinem Zimmer. Dort hatte er ihn vor zehn Minuten persönlich hinbegleitet.

Nicolas blickte zum Gang auf der anderen Seite der Treppe hinüber, der an einer großen Holztür endete. Dahinter lagen die Räume des Comte. Aber von dort war der Schuss nicht gekommen.

Sondern von weiter unten im Haus.

Nicolas fluchte. Er hätte vor dem Zimmer des Comte warten sollen, auf einem Stuhl direkt vor der Tür. Stattdessen war er auf sein Zimmer gegangen, um auf eine Nachricht von Marion Venoit zu warten. Er hatte seinen Auftrag vernachlässigt, das war eine Tatsache. Und jetzt stand er mit gezogener Waffe vor der Tür des Comte und zog sie vorsichtig auf. Er spürte einen leichten Windhauch an der Hand, offenbar war eines der großen Fenster geöffnet.

Das Zimmer war leer.

»Scheiße«, murmelte Nicolas und dachte dabei einen Augenblick an Gilles Jacombe, seinen Teamleiter in Paris.

»Du darfst alles, Nicolas. Nur eines nicht: Deine Schutzperson aus dem Auge verlieren.«

Genau das hatte er getan. Seine Schutzperson war nicht mehr dort, wo er sie zuletzt gesehen hatte. Sondern womöglich dort, wo gerade ein Schuss gefallen war.

Nicolas wollte gerade wieder zurück in den Flur eilen, als er das Tablet des Comte auf dem Bett liegen sah. Hastig nahm er es an sich und blickte auf den Bildschirm.

Aktienkurse. Börsendaten.

Und soweit er sehen konnte, zeigte keine der Kurven nach oben. Ganz im Gegenteil.

Er hastete zurück in Richtung Treppe, als er einen Schrei vernahm. Er kam von weiter unten, und er war durchtränkt von Wut.

»Ich bring dich um, hörst du? Ich knall dich einfach ab!«

Ohne nachzudenken, sprang Nicolas über das Treppengeländer und landete weiter unten auf der ersten Treppenstufe. Er kannte den Grundriss des Hauses auswendig und wusste genau, was sich hinter der Tür verbarg, durch die jetzt Schreie drangen.

»Nimm die Waffe runter!«

»Ganz im Gegenteil!«

»Ich sag dir: Nimm sie runter! Du bist ja wahnsinnig!«

Nicolas atmete einmal ruhig aus, schloss die Augen und legte sein Ohr an die geschlossene Tür.

Die erregten Stimmen von Aristide und Cédric de Tancarville drangen zu ihm, und er versuchte, sich ihren Standort im Raum hinter der Tür zu vergegenwärtigen.

»Du hast alles verloren! Alles!«

»Das ist nicht wahr, ich …«

»Verarsch mich nicht, Cédric. Ich habe es gerade selbst gesehen.«

»Es war nicht vorherzusehen! Du hast gesagt, ich soll zusehen, dass wir wieder zu Geld …«

»Und deshalb setzt du alles auf irgendwelche Scheiß-Firmen, die nichts wert sind?«

Cédric stand am Fenster, vier Meter links von der Tür, auf 11 Uhr. Sein Vater stand weiter rechts. Näher an Nicolas. Vier Uhr.

Wenn er die Tür öffnete, würde er direkt zwischen ihnen stehen.

»Nicht! Nimm sie runter!«

»Der nächste sitzt, Cédric. Keine Sorge, ich erschieß dich nicht, du bist mein Sohn. Aber deinen Schwanz, den schieß ich dir ab. Der ist an allem schuld, du und deine verfluchten Mädchen!«

Nicolas hatte keine Zeit mehr.

»Eine Entscheidung, Nicolas«, hatte Gilles Jacombe stets gepredigt. »Eine schnelle Entscheidung. Nicht richtig. Nicht falsch. Nicht gewissenhaft. Sondern schnell. Bevor es zu spät ist.«

»Dann eben eine Entscheidung«, murmelte Nicolas, ging zwei Schritte zurück in den Flur und zog zweimal den Abzug seiner Waffe durch.

Das Echo der Schüsse hallte durch den Flur, arbeitete sich die Treppe hinauf, kehrte zurück und schob sich unter der Tür hindurch in das Zimmer, in dem ein Vater gerade hasserfüllt auf seinen Sohn starrte.

Mit dessen eigenem Gewehr im Anschlag.

Die Kugeln landeten im dichten Pelz des Hirschkopfes, der an der Wand im Treppenhaus hing.

Als er merkte, dass hinter der Tür, so wie er gehofft hatte, einen Moment Stille einsetzte, stürmte er hinein. Die Tür flog auf und prallte gegen den erhobenen Lauf des Gewehres, das Aristide de Tancarville in den Händen hielt. Nicolas hatte gehofft, dass die Wucht der Tür ihm die Waffe aus der Hand schleudern würde, aber der Comte hatte das Gewehr seines Sohnes so fest gepackt, dass der Aufprall nicht ausreichte.

Seine Augen waren weit aufgerissen, eine verschwitzte Haarsträhne fiel ihm ins Gesicht. Der Comte atmete schnell, sein Blick war immer noch wutverzerrt.

»Hauen Sie ab, Guerlain.«

Nicolas drehte sich zu ihm und blickte seinem Auftraggeber in die Augen. Aus den Augenwinkeln sah er, wie Cédric sich hinter ihn stellte.

»Nicolas, mein Vater ist wahnsinnig geworden.«

»Das glaube ich kaum. Immerhin erwartet er heute noch Gäste. Da macht sich Wahnsinn nicht so gut, nicht wahr, *Monsieur le Comte?*«

Wie erwartet lächelte Aristide de Tancarville einen kurzen Augenblick.

»Immer einen Spruch auf den Lippen, Monsieur Guerlain. Sie gefallen mir. Gehen Sie zur Seite.«

»Verzeihen Sie, *Monsieur le Comte*, das ist nicht möglich.«

»Dann muss ich durch Sie hindurchschießen.«

Der Comte hob die Waffe an.

»Sie scheinen beide eine Vorliebe für Scharfschützengewehre zu haben. Dieses hier ist natürlich nicht mal annähernd so gut wie Ihres, *Monsieur le Comte*. Eine Ente aber trifft man mit dieser Waffe wohl auch, nicht wahr?«

Der Comte blickte zu seinem Sohn hinüber.

»Monsieur Guerlain, wenn Sie glauben, Sie kennen alle Geheimnisse dieses Hauses, dann wissen Sie mehr als ich.«

»Das wage ich zu bezweifeln«, antwortete Nicolas und hob langsam seine Dienstwaffe.

Was Gilles hierzu wohl sagen würde, dachte er. Er zielte jetzt direkt auf die Stirn des Comte, der nur zwei Meter von ihm entfernt stand. Und der seinerseits mit dem langen Lauf des Gewehres auf ihn zielte.

»Waffe runter«, sagte Nicolas langsam.

»Sie wagen es nicht.«

»Mag sein, dass ich manches nicht wagen würde. Das hier gehört nicht dazu.«

Der Comte schwitzte, seine Augen flackerten unruhig. Voller Hass blickte er zu seinem Sohn hinüber.

»Du hast unser Vermögen verspielt. An der Börse. Seit Monaten sag ich dir, sei vorsichtiger! Aber nein, du und deine verdammten Mädchengeschichten, du gehst lieber feiern, als dich richtig um unsere Geschäfte zu kümmern.«

»Denk an den Empfang, Vater! Wer alles da ist. Deswegen machst du doch die Feier. Die haben alle Geld, die legen es wieder bei uns an. Das waren doch deine Worte!«

Nicolas konnte sehen, wie der rechte Zeigefinger des Comte sich um den Abzugshahn seiner Waffe krümmte.

Plötzlich hörten sie Schritte im Flur.

Es waren die hektischen Schritte eines alten und sehr aufgeregten Butlers.

»*Monsieur le Comte*, ist alles in Ordnung? Ich habe Schüsse vernommen, ich war im Keller und dann sind ja auch … *Oh, mon dieu!*«

Georges Dauzat war ins Zimmer getreten und betrachtete entsetzt die drei Männer vor ihm, von denen sich zwei mit erhobenen Waffen bedrohten.

»Monsieur Guerlain, nehmen Sie sofort …«

»Entschuldigen Sie, Monsieur Dauzat, dies ist eine etwas heikle Situation«, erklärte ihm Nicolas und blickte dabei dem Comte in die Augen.

Irgendwo im Haus war eine Glocke zu hören.

Der Butler blickte auf seine Uhr, dann wieder zu Nicolas und dem Comte.

Dann zu Cédric de Tancarville.

»Ich befürchte, das werden die ersten Gäste sein.«

Aus den Augenwinkeln blickte Nicolas auf eine Uhr, die an der Wand hing.

Es war 18 Uhr.

Alles begann.

Und alles endete.

KAPITEL 35

Die beiden schwarzen Fahrzeuge bogen von der Landstraße zwischen Honfleur und Trouville ab und tauchten kurz darauf in die langen Schatten ein, die die dichten Laubbäume um diese Zeit bereits auf den rissigen Asphalt der kleinen Zufahrtsstraße zum *Lys dans la vallée* warfen. In gewissen Abständen standen Helfer am Straßenrand und wiesen ihnen den Weg tiefer hinein in das Waldstück, bis nach einigen hundert Metern die große Auffahrt zu erkennen war, die auf dem gekiesten Vorplatz der Villa von Aristide de Tancarville endete. Livrierte Angestellte begrüßten die Gäste, die von ihren Fahrern abgesetzt wurden und die anschließend, ausgestattet mit einem Glas Champagner, den Garten betraten und in Richtung der großen Terrasse schlenderten. Fackeln beleuchteten den Vorplatz und den Brunnen, blaue, weiße und rote Scheinwerfer bestrahlten die umstehenden Bäume und gaben diesem frühen Abend den nötigen Glanz.

»Bitte halten Sie kurz an!«

Gilles Jacombe runzelte die Stirn, als er die schneidende Stimme des Mannes hinter sich hörte. Gregor de la Haye, Pariser Staatsanwalt und ein guter Freund des Ministers, hatte sich aufgerichtet und deutete auf einen Wagen, der nicht besonders unauffällig am Straßenrand geparkt war, einige Meter hinter dem eisernen Tor des Anwesens.

Gilles Jacombe kniff die Augen zusammen und erkannte im dämmrigen Licht einen Mann, der hinter dem Steuer saß und eine Zigarette rauchte. Sonst war niemand im Wagen.

»Monsieur, bitte bleiben Sie im Wagen«, befahl Jacombe mit ruhiger Stimme und hob sein linkes Handgelenk an den Mund.

»Bertrand, Übernahme«, sprach er in das unter seinem Ärmel versteckte Mikro, und im nächsten Augenblick sah er im Außenspiegel, wie sich die Beifahrertür des zweiten Wagens öffnete.

»Verstanden.« Bertrand war mit zwei großen Schritten bei ihnen, genau in dem Moment, in dem der Staatsanwalt gegen seinen ausdrücklichen Befehl seine Tür öffnete und ausstieg.

»Gregor, was hast du?«, fragte François Faure und blickte jetzt ebenfalls angestrengt durch die Frontscheibe des Wagens.

»Das kann doch nicht wahr sein …«, murmelte de la Haye nur und nickte Bertrand zu.

»Ich muss zu dem Wagen dort.«

»Ich begleite Sie, Monsieur.«

Von seinem Beifahrersitz konnte Gilles Jacombe sehen, dass der Staatsanwalt ganz offensichtlich sauer war. Mit schnellen Schritten ging er auf den Wagen zu, Bertrand hatte die Hand an seine Waffe gelegt und blickte besorgt in die Schatten der Bäume. Ein leichter Wind war aufgekommen.

»Steigen Sie aus!«, rief Gregor de la Haye.

Der Mann hinter dem Steuer ließ ohne jegliche Spur von Eile seine Scheibe herunter und zog ein letztes Mal an seiner Zigarette, bevor er sie direkt vor die Füße des Staatsanwaltes schnipste.

»Ein schöner Abend, nicht wahr, Monsieur de la Haye?«

Bertrand erkannte den Mann augenblicklich, ebenso seine Stimme, die einen angewiderten Tonfall angenommen hatte.

»Gilles, hörst du mich?«, fragte er in sein Mikro. »Es ist Luc Roussel, aus dem *Commissariat* in Deauville. Alles in Ordnung.«

»Danke.«

»Nichts ist in Ordnung!«, entfuhr es dem Staatsanwalt, während er zornig zu Roussel in den Wagen blickte.

»Sie haben einen ausdrücklichen Befehl erhalten, sofern ich mich erinnere! Und zwar sowohl vom Ministerium in Paris als auch von meinem Büro.«

»So ist es, Monsieur.« Roussel lächelte noch immer, als er seinem Päckchen eine weitere Zigarette entnahm. Bertrand konnte auf dem Beifahrersitz drei weitere Päckchen erkennen, auf dem Boden lag ein leerer Kaffeebecher, dazu zwei große Cola-Flaschen und mehrere Zeitungen.

Roussel hatte offenbar nicht vor, seinen Platz hier so schnell wieder zu verlassen.

De la Haye funkelte Roussel an.

»Und was machen Sie dann hier? Gegen Aristide de Tancarville wird derzeit nicht ermittelt, hören Sie?«

»Ich ermittle nicht, Monsieur. Ich verbringe meinen freien Abend in meinem Wagen und rauche ganz zufrieden eine Zigarette.«

»Das ist ein Dienstwagen Ihres *Commissariat*! Das habe ich am Kennzeichen erkannt.«

»Meiner ist in der Werkstatt. Aber keine Sorge, Monsieur de la Haye, das Benzin zahle ich selbst.«

Der Staatsanwalt blickte Bertrand an, der aber keine Miene verzog. Anschließend wandte er sich wieder an Roussel.

»Das hat ein Nachspiel. Und ich will Sie nicht auf dem Grundstück sehen.«

»Natürlich, Monsieur.«

»Und hören Sie auf, mich so dämlich anzugrinsen.«

»Entschuldigen Sie«, antwortete Roussel und senkte die Stimme. »Ich habe mir nur eben Ihren Blick vorgestellt, wenn ich demnächst bei Ihnen vor der Tür stehe. Mit einem Haftbefehl.«

De la Haye wurde blass und zerrte an seiner Krawatte.

»Was fällt Ihnen ein!«

»Bertrand, sichern!«

Es war die Stimme von Gilles Jacombe, die plötzlich in Bertrands Ohr zu hören war, und er wusste sofort, was zu tun war.

Es war keine Empfehlung.

Es war ein Befehl.

Er packte den Staatsanwalt an der Schulter, drückte ihn gegen Roussels Wagen und stellte sich direkt hinter ihn, sodass sein eigener Körper den anderen verdeckte.

Dann zog er seine Waffe und wartete auf Gilles Anweisungen.

»Verdammt, was soll das! Sie tun mir weh …«

»Seien Sie still!« Das war Roussels Stimme. Auch er hatte seine Waffe gezogen und blickte aus dem hinteren Fenster.

Dorthin, wo die Schatten am längsten waren.

»Bleib so, Bertrand.« Gilles Stimme war jetzt ein Flüstern, und Bertrand bemerkte, dass es ohnehin sehr ruhig geworden war. In der Ferne näherte sich ein weiterer Wagen dem Anwesen des Comte.

Hinter sich hörte er, wie die Beifahrertür des vorderen Wagens sich öffnete.

Vorsichtig.

Das Knirschen von Kieselsteinen, als Gilles Jacombe ausstieg. Das Klicken eines Sicherungshebels, langsames Ausatmen.

Konzentration.

»Da ist jemand. Dreh dich langsam um, fünf Uhr.«

»Monsieur, bitte bewegen Sie sich nicht«, flüsterte Bertrand. Langsam drehte er sich um.

»Was für eine Scheiße …«

Das war Roussels Stimme.

Gilles Jacombe kam langsam auf sie zu, die Tür des Wagens des Ministers war wieder geschlossen. Bertrand wusste, dass sein Fahrer alle Türen automatisch verriegelt hatte. Im Innern saß Carole Adams, die vermutlich mit ihrer Dienstwaffe in die Schatten zielte.

Da war ein Junge.

Er stand direkt neben einer alten Eiche, sein Blick war ruhig und eindringlich. Er hatte schwarzes Haar und dunkle Augen. Bertrand fiel auf, dass der Junge keine Schuhe trug. Und dass seine Hose verdreckt und zu kurz war, er musste frieren.

Für einen kurzen Augenblick sagte niemand etwas. Gilles Jacombe stand mittlerweile dicht neben Bertrand und sicherte zusätzlich die Seite ab, sodass Gregor de la Haye vollkommen geschützt war.

»Wir gehen langsam zurück zum Wagen«, sagte er. »Guten Abend, Roussel.«

»*Salut*, Jacombe.«

Das Geräusch eines elektrischen Fensterhebers drang zu ihnen und Gilles Jacombe runzelte die Stirn.

»Verdammt, ich habe ihm doch …«

»He, die Herren! Können wir endlich reinfahren?« François Faures ungeduldige Stimme drang durch die kalte Luft. Gilles Jacombe und Bertrand blickten zum Wagen zurück, um sicherzugehen, dass keine Gefahr bestand.

Als sie wieder zu der alten Eiche blickten, war der Junge verschwunden.

Zwei Minuten später fuhren die beiden schwarzen Limousinen die Auffahrt zum *Lys dans la vallée* hinauf, begleitet vom rötlichen Schein der Fackeln und den neugierigen Blicken eines Jungen, der barfuß im Schatten der Bäume stand und dabei nicht alleine war.

KAPITEL 36

Nicolas wich dem Comte nicht von der Seite. Nach dem Vorfall zwischen Vater und Sohn hatte er Aristide de Tancarville auf sein Zimmer begleitet und es auch nicht verlassen, als dieser sich im angrenzenden Badezimmer frisch machte und einen Smoking anzog.

Der Comte war merklich ruhiger, nur als er das Tablet auf dem Bett entdeckte, war sein Zorn noch einmal aufgekeimt.

Dann jedoch fing er sich wieder und blickte hinaus auf die Seine-Mündung. Die Luft war klar und kühl, vom Garten drangen die Stimmen der ersten Gäste zu ihnen herauf, die sich über den Ausblick und die *Amuse-bouches* unterhielten, die die eigens für den heutigen Anlass eingestellten Kellner servierten.

»Sie sind meine letzte Chance«, murmelte der Comte, während er sich auf die Fensterbank aufstützte und nach unten blickte. Nicolas hingegen blickte auf das Versteck, in dem das Scharfschützengewehr lag.

Aber es blieb geschlossen, heute würde Aristide de Tancarville keine Enten schießen.

Er hatte andere Sorgen.

»Auf in den Kampf«, sagte der Comte und lächelte, als er auf seine teure Armbanduhr blickte.

Er hatte sich für die Patek entschieden.

»In vierundvierzig Minuten soll ich sterben. Ich muss mich also beeilen, wenn ich noch ein paar Aufträge und Investoren an Land ziehen will.«

Humor hat er, dachte Nicolas und hielt ihm die Tür auf. Er selbst trug einen dunklen Anzug und eine schwarze Krawatte zum weißen Hemd, die Basisausstattung seiner Branche. Es fehlte nur das Mikro am Ärmel, er vermisste es.

Ich vermisse einiges, dachte er, während er vor dem Comte die Treppe hinabging. Die Tür zu Cédrics Zimmer war angelehnt.

»Er wird schon draußen sein«, murmelte Aristide de Tancarville.

Nicolas trat vor ihm aus dem Haus und blickte sich um. Mittlerweile reihten sich die Limousinen in der Auffahrt aneinander, die Gäste strömten in ihren eleganten Kleidern und schwarzen Smokings in den Garten, unter einem kleinen Baldachin hatte ein Streichquartett Platz genommen, geschwungene Akkorde mischten sich unter die Gäste.

»Aristide! Hier drüben!«

Es war François Faure, der am unteren Ende des großen Buffets stand und seinen Teller mit Austern volllud. Der Staatsanwalt stand einige Meter abseits und betrachtete gemeinsam mit einem Kollegen die zwei Meter hohe Champagner-Pyramide. Ein Kellner stand auf einem kleinen Schemel und schenkte aus einer Magnum-Flasche immer wieder in das oberste Glas nach, so dass der Champagner nach unten in die übrigen Gläser abfloss.

»Du siehst etwas blass aus, mein Freund«, sagte der Minister, als er den Comte überschwänglich begrüßte.

»Nicht, dass du uns vor 19 Uhr noch abhandenkommst, was wäre denn das für ein Timing, nicht wahr?« Faure lachte laut, etwas Zitronensaft tropfte auf seine linke Hand.

Der Comte lächelte gequält.

»Keine Sorge, ich kratze nicht ab. Nicht jetzt und auch nicht um 19 Uhr. Ich bin nur etwas … angespannt.«

»Kein Wunder, du hast viele Gäste, ich will dich nicht aufhalten.« Faure zwinkerte ihm zu.

Er weiß nichts von seinen Geldsorgen, dachte Nicolas. Fran-

çois Faure sah im Comte immer noch seinen größten Spenden-
eintreiber, dabei war dieser ganz offensichtlich pleite.

»Die letzte Party ist immer am schönsten«, murmelte Nicolas
und stellte sich unauffällig neben den Comte, als dieser sich zu
einer Gruppe Geschäftsleute gesellte.

»Na, na, Monsieur Guerlain, wer wird denn gleich so pathetisch sein?« Nicolas hatte Georges Dauzat nicht kommen hören.
Der alte Butler zwinkerte ihm zu und deutete mit seinem Gehstock auf die Gäste.

»Jeder hier genießt den Abend, das sollten Sie auch tun.«
Nicolas atmete tief ein.

»Das gehört leider nicht zu meinem Job, verehrter Monsieur
Dauzat.«

»Und zu Ihrem Leben offenbar auch nicht. Aber sehen Sie,
wir haben an alles gedacht. Sie sind hier, Ihre Kollegen vom
Ministerium. Und dort hinten die sechs Männer vom Sicher-
heitsdienst.«

Nicolas blickte zu den Männern, die sich so aufgestellt hatten,
dass sie einen Halbkreis um die Gäste im Garten zogen.

Alles war gut.

Neben ihnen unterhielten sich Frauen in eleganten Cocktail-
kleidern über die Filmfestspiele von Deauville im kommenden
Frühling, während ihre Männer ein Fazit der gerade abgelau-
fenen Pferderennsaison zogen. Nicolas konnte aus den Augenwinkeln erkennen, wie François Faure seine Kreise zog wie ein
Raubtier, das seine Beute umkreiste, bereit, zuzuschlagen, sobald
diese für einen kurzen Moment unachtsam wurde.

Ein Raubtier mit einem Teller Austern. Und zwei Personenschützern, die ihre Zielperson nicht aus den Augen verloren.

Als Gilles Jacombe für einen kurzen Moment neben Nicolas
stehen blieb, erzählte er ihm von dem Vorfall mit dem Jungen
im Schatten der Eiche. Und dass Roussel draußen parkte, bereit
für einen langen Abend.

»Guter Mann«, murmelte Nicolas.

»Ich dachte, ihr mögt euch nicht«, wunderte sich Jacombe.

»Tun wir auch nicht. Trotzdem ist es ein guter Mann.«

Nicolas blickte auf seine Uhr.

Es waren noch neunundzwanzig Minuten.

Zum wiederholten Mal an diesem Tag fragte er sich, wo Claire wohl sein mochte. Er hatte Marthe, die Köchin, mehrmals gefragt, ob sie sich gemeldet hätte, vielleicht sogar von zu Hause aus. Vielleicht hatte Claire tatsächlich einfach die Schnauze voll gehabt, als Zimmermädchen arbeiten zu müssen. Aber er glaubte nicht an diese Theorie.

Nicolas blickte die Fassade der Villa hinauf, dorthin, wo im zweiten Stock das Schlafzimmer des Comte war. Die Sonne hatte sich mittlerweile flach auf den Horizont gelegt und wärmte das Wasser der Seine.

Ein Aufblitzen.

Für einen kurzen Moment.

Dort oben, in der Spiegelung des Fensters.

Und in seinem Kopf.

»Monsieur, darf ich Ihnen die Aktentasche abnehmen?«

Neben ihm begrüßte Georges Dauzat einige weitere Gäste.

»Ich stelle sie in die Bibliothek. Ihre auch? Gerne, Monsieur.«

Nicolas blickte dem Butler hinterher, der humpelnd die Taschen in die Bibliothek brachte.

»Nicolas, der Comte geht weiter«, sagte Gilles Jacombe neben ihm.

»Danke.«

»Alles in Ordnung?«

Nein, dachte Nicolas.

»Ja«, sagte er.

Wo, verdammt, war Claire?

In diesem Augenblick vibrierte sein Handy in der Innentasche seines Jacketts. Als er es rausholte, hielt er unwillkürlich den Atem an.

Es war eine Nachricht aus Paris.

Eine Nachricht von Marion Venoit.

Eine Nachricht und ein Foto.

Alles begann.

Alles endete.

Er erkannte den Mann sofort.

KAPITEL 37

Jenseits der Lichter, die die Fackeln im Garten in die Abenddämmerung zeichneten, saßen zwei junge Frauen auf einem kalten Steinboden und blickten in die Dunkelheit, die vor ihnen lag.

Und hinter ihnen.

Insgesamt viermal in den vergangenen Stunden waren Claire und Zorah den langen Gang entlanggelaufen, der ganz offensichtlich irgendwo in den Kellerräumen der Villa begann und kurz oberhalb der Seine-Mündung endete. Viermal hatten sie versucht, irgendwo eine Abzweigung zu erkennen, eine Öffnung oder ein Licht. Sie waren durch die Dunkelheit gestolpert und jedes Mal froh gewesen, wenn sie an einem der beiden Enden angekommen waren, wo das dichte Schwarz einem durchsichtigen Grau gewichen war.

Und jetzt saßen sie wieder in dem Kellerraum, der stickig und muffig war, und der einzige Grund, warum sie lächelten, war der, dass es ihnen beiden guttat.

Zorah hatte beim Laufen durch die Dunkelheit Claires Hand nicht losgelassen, und sie hatten sich gegenseitig Mut gemacht, indem sie miteinander sprachen. Ihre Stimmen drangen wie ein Licht durch das Schwarz, schoben die Schatten und die Ängste beiseite. Claire plapperte auf Französisch und Zorah antwortete in der Sprache ihres Landes, von dem Claire mittlerweile begriffen hatte, dass es Afghanistan war. Ohne es zu wissen, erfuhren sie so ihre jeweilige Lebensgeschichte, sie erzählten einander Geheimnisse aus Le Havre und von den ockerfarbenen Hügeln jenseits des Hindukusch. Sie teilten Schulerlebnisse und Kindheitserinnerungen, verrieten ihre Lieblingsfarben und sprachen über Musik und die Kunst, sich mit wenig Geld gut zu kleiden.

Aber sie bekamen nichts davon mit, denn sie verstanden kein Wort.

Eine Jugendliche und eine junge Frau, die einander zulächelten, weil es ihnen guttat, und die sich ihr Leben erzählten, ohne es zu verstehen.

»Wenigstens haben wir genug zu essen und zu trinken«, sagte Claire, aber ihre Stimme klang verzerrt.

Ihr war plötzlich zum Weinen zumute.

»Wie lange bist du schon hier unten?«

Diese Frage hatte sie Zorah ein Dutzend Mal gestellt, allein, eine Antwort erhielt sie nicht.

Nur eine Ahnung.

Du bist es schon gewohnt, festgehalten zu werden, hatte sie gedacht, und dieser Gedanke hatte sie traurig gemacht.

»Wir kommen bestimmt bald hier raus«, sagte sie. »Nicolas findet uns. Ich habe dir von ihm erzählt, erinnerst du dich? Nicolas, der Typ mit der Freundin, die verschwunden ist. Ich mag ihn, aber das darfst du ihm nicht sagen, in Ordnung? Das muss unter uns bleiben!«

Zorah lächelte sie an und nickte. Dann fing sie an zu reden und erzählte von einem Zimmer mit Plüschtieren und Pferdepostern an den Wänden. Mit einem großen Bett und einer rosa Tagesdecke. Ein Zimmer, dessen Tür aufging, und dann war da eine Spritze und dann erinnerte sie sich an nichts mehr.

Aber sie hatte sich gewundert, warum die Tagesdecke zerwühlt war.

»Ach, Zorah«, sagte Claire, »ich verstehe dich nicht. Aber bestimmt redest du über etwas Schönes. Ganz bestimmt, denn du lächelst ja.«

Claire blickte auf ihr Handy, das sie die ganze Zeit in der Hand hielt. Der Akku war jetzt fast alle, aber das war egal. Nichts ging, keine Nachricht ging nach draußen.

Es mussten dicke Wände sein, hinter denen sie gefangen waren. Dicke, feuchte Wände, die alles verschluckten, was hier unten gesprochen wurde.

Sie kratzte ein wenig an einer der Mauern und legte den Kopf auf den kalten Stein.

»Nicolas«, murmelte sie. »Jetzt wäre ein guter Moment, hier aufzutauchen. Ich kann nicht mehr.«

KAPITEL 38

Etwas blitzte auf.

Etwas spiegelte sich.

Ein Gedanke, eine Reflexion.

Auf einer Fensterscheibe. In seinem Kopf.

»Monsieur Guerlain? Ist alles in Ordnung?«

Der Butler berührte ihn am Arm. Begrüßte weitere Gäste. Wies Kellner an. Stützte sich auf seinen Stock.

Nicolas hatte immer noch sein Handy in der Hand. Er hatte vor exakt vier Minuten auf das Display geschaut, auf dem das Foto zu sehen war.

Das Foto des Mannes, neben den sich Julie damals im Théâtre des Champs-Élysées gesetzt hatte. Und der sie festgehalten hatte, während sie weinte.

Und während er, Nicolas, an ihnen vorbeilief.

Ein Blitz.

Eine Reflektion.

Ein Gedanke.

Eine Drohung, die nicht ernst genommen wurde, von dem, dem sie galt.

Ein Fehler.

»Monsieur Guerlain, der Comte wird gleich seine kleine Rede halten. Sie wollten bei ihm sein …« Georges Dauzat fasste ihn sanft am Ellbogen.

Sein Handy klingelte, es war Roussel.

»Ja?«, flüsterte Nicolas abwesend, während sein Blick über die Gäste strich und er nach jemandem suchte, der sich auffällig unauffällig benahm.

Böse Absichten waren auf den ersten Blick nicht zu erkennen. Aber manchmal auf den zweiten.

»Guerlain, wir haben ein Problem. Ich habe gerade einen Anruf aus dem *Commissariat* bekommen. Es geht um Lama, den Chef des *Kakadu*.«

»Ist er wieder aufgetaucht?«

Hände, die Gläser hielten. Finger, die nach Muscheln griffen. Lachende Gesichter, Gespräche über Geld und Macht.

Wer schwitzte? Wer war nervös? Wer war zu ruhig?

Nicolas sah sich um und behielt dabei immer den Comte im Blick.

Was hatten sie übersehen?

»Was ist mit Lama? Ist er aufgetaucht?«

»Nein«, erklärte Roussel. »Aber Sandrine Poulainc hat sich seine Akte noch mal angeschaut. Er war lange Jahre beim Militär. Auch im Ausland. Bislang hielten wir das nicht für sehr relevant.«

»Beim Militär waren viele. Sie glaube ich auch, Roussel.«

»Richtig. Aber ich war kein Scharfschütze. Lama offenbar schon, und zwar ein richtig guter. Das ist lange her, aber womöglich noch nicht lange genug.«

Da war er wieder, der Blitz.

Er spiegelte sich in der Fensterscheibe.

Nicolas legte auf, ohne sich von Roussel zu verabschieden, und ließ den Blick über den Garten wandern, vorbei an den Gästen und der Pyramide aus Champagnergläsern. Den Hang hinab bis ans Wasser, wo in der Ferne die Wellen ermattet ans Ufer rollten. Und wieder zurück. Hinaus in den Trichter der Mündung, der sich ins Meer schob und dabei die Silos und Containerterminals rechts liegen ließ.

Die Sonne schickte ihren Abschiedsgruß, noch einmal leuchtete der Horizont auf wie eine Werbetafel am Rande des Himmels. Der goldene Schein fiel auf ein Ungetüm, das auf stählernen Stelzen mitten zwischen den Ufern stand, gehalten von gewaltigen Seilen.

Der Pont de Normandie war mehr als einen Kilometer entfernt, so wie auch die Silos und das gesamte gegenüberliegende Ufer.

Zu weit für einen Schützen, da waren sich Gilles Jacombe und er schnell einig gewesen.

Keine Gefahr.

Es sei denn …

Der Comte schritt jetzt in Richtung des kleinen Podestes, das für seine kurze Begrüßung aufgebaut worden war. Er sah besser aus als vorhin. Zuversichtlicher. Sein Sohn, Cédric, stand etwas abseits und unterhielt sich mit zwei jungen Frauen. Er beachtete seinen Vater nicht.

»Zu weit«, murmelte Nicolas und scannte die Gesichter der Umstehenden. »Zu weit für einen Schützen.«

»Was sagen Sie?«, fragte ihn der Butler mit einem leicht besorgten Unterton.

»Es sei denn …«

»Monsieur Guerlain? Ist wirklich alles in Ordnung?«

»Nein.«

Nicolas eilte, so gut es ging, durch die nun eng beieinander stehenden Gäste und entschuldigte sich mehrmals, als er einige von ihnen dabei anrempelte.

Er musste zu François Faure.

Er musste zu Gilles Jacombe.

Er hatte kein Mikro im Ärmel.

Es war sechs Minuten vor 19 Uhr.

Es war Carole Adams, die er zuerst sah, sie sicherte den linken Flügel ab, während ihre Schutzperson, der Minister, eine ganz offensichtlich leicht angeheiterte jüngere Frau mit einer Auster fütterte.

»Carole, entschuldigen Sie bitte, ich erkläre es später.«

Nicolas riss der überraschten Personenschützerin das versteckte Mikro aus dem Ärmel am linken Handgelenk.

»Gilles! Hier ist Nicolas. Einer muss den Comte für mich übernehmen. Sofort.«

»He, was soll das!« Carole Adams blickte ihn mit finsterer Miene an, ihre Hand lag auf ihrer Dienstwaffe.

Aus den Augenwinkeln sah Nicolas, dass sein ehemaliger Teamleiter hingegen keine Zeit mit Fragen vergeudete.

Er vertraut mir noch immer, dachte Nicolas, während er weiterhastete, durch die Menge hindurch in Richtung der Villa. Als er sich kurz umblickte, konnte er sehen, wie Bertrand sich von seiner Position am rechten Flügel löste und sich dem Comte näherte.

Kurz darauf eilte Nicolas durch den Haupteingang in die große Eingangshalle. Mit schnellen Schritten sprang er die Treppe hinauf, sein Puls verlangsamte sich trotz der Anstrengung.

Vielleicht sehe ich schon Gespenster, dachte er. Spiegelungen und Gespenster.

Drei Sekunden später erreichte er den Flur im zweiten Stock, er bog nach links ab und rannte in Richtung des Schlafzimmers des Comte.

Die Tür stand offen.

Er blickte auf seine Uhr.

Noch drei Minuten.

Ich habe die Tür vorhin selbst geschlossen, dachte er.

Er blickte sich um, alles schien normal. Das Tablet lag noch immer auf dem Bett, das Handtuch des Comte hing über einem Stuhl. Auf einer Anrichte lag ein säuberlich geordneter Zeitungsstapel, daneben zwei Gläser mit Wasser.

Das Fenster war geschlossen.

Nicolas blickte nach draußen. Noch immer war es hell, nur allmählich schob sich etwas Grau über die Mündung und die anliegenden Hügel auf dieser Seite des Flusses.

Die Sicht war noch immer gut.

»Bitte, mach, dass ich nicht recht habe«, murmelte Nicolas, als er mit beiden Händen sanften Druck auf die Fensterbank ausübte.

Er hörte ein leichtes Klacken und spürte, wie eine Klappe sich öffnete.

»Danke, Claire«, murmelte er. »Wo auch immer du bist.«

Er hielt den Atem an und klappte die Fensterbank nach oben. Der verborgene Hohlraum war mit einem roten Samttuch ausgelegt.

»Scheiße«, sagte Nicolas laut.

Dort wo vor kurzem noch das Präzisionsgewehr des Comte gelegen haben musste, lag nur noch das Nachtsichtobjektiv.

Gewehr und Munition waren verschwunden.

»Scheiße, scheiße, scheiße, scheiße.« Nicolas merkte, dass er leicht schwitzte. Er öffnete das Fenster und nahm das Objektiv heraus.

Wenn alles so kam, wie er befürchtete, dann blieben ihm noch zwei Minuten.

Als er durch das Objektiv hindurchblickte, verwandelte sich die Seine-Mündung vor seinem rechten Auge in ein fluoreszierendes Gebilde. Grüne Linien durchzogen die Luft, es waren die beiden Ufer entlang des Wassers. Alles verschwamm vor seinem

Auge, ein Binnenschiff, ebenfalls grün, tuckerte unten auf dem Wasser, das durch das Objektiv grau geworden war.

Nicolas versuchte, es schärfer zu stellen, was ihm nur leidlich gelang. Als er sich leicht nach rechts drehte, konnte er den Pont de Normandie erkennen. Die Streben schossen in grünlicher Eintracht in die Höhe, die Brückenpfeiler schossen hinab in die ewige Dunkelheit.

Am höchsten Punkt der Brücke fuhren zwei Autos entlang. Nicolas suchte weiter hektisch das Geländer ab, fuhr mit seinem nachtsichtigen Blick über das Geländer und die Verstrebungen und hoffte dabei inbrünstig, dass alles nicht so war, wie es schien.

Als er für den Bruchteil einer Sekunde einen hellen Blitz wahrnahm, wusste er, dass seine Hoffnung vergeblich war.

Alles war genau so, wie es schien.

Der Mann lag im Schatten eines Pfeilers. Er wurde so vom Geländer verdeckt, dass die Autofahrer ihn von der Straße aus nicht sehen konnten. Er lag flach auf dem Boden, das Gewehr vor sich, aufgestützt auf zwei kleinen metallenen Füßen.

Nicolas konnte sein Gesicht durch das Objektiv nicht erkennen, aber er war sich sicher, dass der andere wiederum ihn erkennen konnte.

Für einen guten Schützen mit einer *Arctic Warfare* war ein knapper Kilometer keine Entfernung.

Wieder spiegelte sich die Abendsonne im Objektiv des Mannes, sie schickte seine unheilvolle Absicht hinüber an das andere Ufer, dort, wo Nicolas jetzt stand und fieberhaft überlegte, was er tun sollte.

Er beugte sich nach vorne und blickte hinab in den Garten, um Gilles Jacombe zu warnen, um ihm etwas zuzurufen.

Aber da war niemand.

Aristide de Tancarville hielt seine kurze Ansprache an der anderen Seite des Hauses, jenseits von Nicolas' Sichtfeld. Alles, was er sah, waren Kellner, die die Gelegenheit nutzten, um die Stehtische abzuräumen.

Nicolas beugte sich noch weiter vor. Die Sicht war gut, die wenigen Wolken am Himmel hatten sich wohlweislich zurückgezogen, als wollten sie das Schauspiel nicht stören, das sich ihnen bot.

Nicolas Blick flog durch den Garten, suchte nach Halt, nach etwas, womit er Gilles warnen konnte.

Es war 19 Uhr.

»Guten Abend, liebe Freunde, ich freue mich, dass ihr alle gekommen seid!«

Die Stimme des Comte drang zu ihm herauf, sehen konnte er ihn nicht.

»Ach, scheiß drauf.«

Nicolas zog seine Dienstwaffe aus dem Holster, zielte kurz und drückte dreimal ab.

Dann rannte er los, zurück in Richtung Treppenhaus, zurück in den Garten, zurück zu Aristide de Tancarville, der in diesem Augenblick auf einem kleinen Podest stand und zitterte.

KAPITEL 39

Hast du das gehört?«

Claire sprang auf und starrte in die Dunkelheit. Immer noch schmerzte ihr Hals von dem eisernen Band, das ihr wer auch immer umgelegt hatte.

Da war ein Geräusch gewesen, irgendwo dort draußen. Schüsse, wenn sie sich nicht täuschte. Gefolgt von einem infernalischen Lärm, als würde etwas in sich zusammenstürzen.

Dann war es wieder ruhig, die dicken und feuchten Mauern ließen keine Geräusche mehr durch.

Auch Zorah war aufgestanden, sie runzelte die Stirn und deutete auf einen Punkt, irgendwo in der Wand. Sie rief etwas, aber Claire verstand nicht, was sie sagen wollte.

»Willst du zum Wasser?«, fragte Claire. »Ans andere Ende? Meinst du, da ist etwas?«

Zorah zeigte wieder in die Dunkelheit.

»Na gut, besser als hier rumsitzen. Dann gehen wir eben mal wieder in diese Richtung.«

Während die beiden Frauen erneut in der Dunkelheit des Ganges verschwanden, rannte Nicolas im vollen Lauf durch die Eingangshalle hinaus ins Freie und umrundete kurz darauf die nördliche Ecke des Hauses.

Als er den seitlichen Teil des Gartens erreichte, blickte er auf das reinste Chaos.

»Bertrand! Den Comte, bring ihn weg!«

Die drei Kugeln aus seiner Dienstwaffe hatten die unterste Schicht der Champagner-Pyramide getroffen, und das gesamte Kunstwerk mitsamt seinem teurem Inhalt war unter einem ohrenbetäubenden Lärm in sich zusammengestürzt. Die Gäste, die eben noch der Begrüßung des Comte gelauscht hatten, hatten panisch angefangen zu schreien, einige verkrallten sich so in ihren Nebenmann, dass sie gemeinsam umfielen und dabei weitere Gäste mit sich rissen.

Überall war Unordnung, genau wie Nicolas es geplant hatte.

Es war seine einzige Chance gewesen, und er wusste noch nicht, ob er das Schlimmste verhindert hatte.

Der Lärm war so unvorbereitet über die Gäste des Empfangs hereingebrochen, dass die meisten von ihnen sich noch immer die Ohren zuhielten, als Nicolas im Garten erschien. Die sechs angestellten Sicherheitsleute versuchten verzweifelt, den Überblick nicht zu verlieren, was ihnen nur leidlich gelang. Nicolas' Blick flog hinüber zum Comte, der zitternd auf seinem Podest kauerte und womöglich an die Drohungen dachte, die er nie wirklich ernst genommen hatte.

Die Schreie einer zu Tode erschrockenen Frau gellten durch die klare Luft, irgendwo weinten lautstark zwei kleine Kinder, während einige Gäste versuchten, wieder auf die Beine zu kommen.

Es ist noch nicht vorbei, dachte Nicolas.

Im Gegensatz zu den anderen Gästen hatte Gilles Jacombe seinen Schrecken nach wenigen Sekunden überwunden.

»Carole, raus!«, rief er in sein Mikro und riss kurz darauf François Faure auf die Beine. Der Minister war mit Austern und Zitronensaft bekleckert, die Frau an seiner Seite gehörte zu jenen, die zu Boden gegangen waren und dabei ihren Nebenmann mitgerissen hatten.

»Mademoiselle, bitte lassen Sie den Minister los.«

Carole Adams packte die Frau und setzte sie auf einen Stuhl, bevor sie ihrem Teamleiter hinterhereilte, der Faure bereits in Richtung der Wagen zerrte.

»Ich sichere ab«, rief sie und blickte sich kurz um.

»Bertrand!«

»Komme! Ich habe den Comte.«

Alles schrie jetzt durcheinander, Menschen rannten quer durch den Garten, auf der Suche nach einem Platz, an dem sie sich einen Überblick verschaffen konnten.

Nicolas war stehen geblieben, inmitten der Gästeschar, die um ihn herumwogte wie ein aufgewühltes Meer um das Heck eines Fischkutters. Rote Kleider, schwarze Smokings. Dunkle Schuhe, helle Stolas. Ausschweifende Hüte, Champagnergläser in zitternden Händen. Verunsicherte Blicke. Panische Rufe. Sechs Sicherheitsleute, die versuchten zu beruhigen.

Ein siebter, der nicht mehr da war.

Nicolas erspähte Georges Dauzat, der beruhigend auf eine ältere Dame einredete. Dahinter sah er, wie Bertrand den Comte in Sicherheit brachte.

Es ist nicht vorbei, dachte er erneut. Warum ließ ihn dieses Gefühl nicht los? Er hatte mit seinen Schüssen auf die Pyramide die Ordnung der Gäste durcheinanderbringen wollen, die Zielscheibe verwischen.

Der Schütze hatte bislang nicht geschossen.

»Nicolas, was soll der Mist! Das warst doch du!«

Etwa dreißig Meter entfernt von ihm stand Cédric de Tancarville und fuchtelte mit den Händen. Auf seinem linken Hosenbein thronte ein großer Grasfleck, offenbar war auch er zu Boden gegangen. Nicolas beachtete ihn nicht und versuchte, das Geschimpfe auszublenden.

Es war vier Minuten nach sieben.

Vier Minuten über der Zeit. Wo war der Comte?

»Guerlain!«

Etwas weiter oben, am Übergang zum Vorplatz stand plötzlich

Roussel und blickte zu ihm herüber. In der rechten Hand hielt er seine Dienstwaffe.

Der Schütze auf der Brücke hatte nicht geschossen, dabei hatte der Comte bestimmt eine Minute auf seinem Podest gekauert. Gut sichtbar, Nicolas hätte es nicht verhindern können.

Warum hatte er nicht geschossen?

Um ihn herum kam die Menge langsam zum Stehen, die aufgeregten Rufe wurden weniger, die panischen Schreie nahmen ab. Jemand schnäuzte sich, ein anderer rief doch tatsächlich nach einem neuen Glas.

Es war eben nur eine Champagner-Pyramide, dachte Nicolas.

Du wirst sterben.
Du wirst bald sterben.
Du wirst sehr bald sterben.
Samstag. 19 Uhr.

Du.

Jemand rief nach ihm, aber Nicolas hörte nicht zu.

Auch nicht, als ihn jemand am Arm berührte und sagte, dass er nach dem Comte sehen wolle.

Nicolas hörte nicht zu.

Du.

»Oh nein«, flüsterte Nicolas, als ihm schlagartig klar wurde, was ihnen allen entgangen war.

Wie sehr sie sich alle geirrt hatten.

Von Anfang an.

Er wirbelte herum, es kam ihm vor, als würde er sich in Zeitlupe bewegen. Sein Mund öffnete sich, er schrie etwas, jemand blickte ihn erschrocken an.

Nicolas rannte los.

Und er wusste, dass er zu spät war.

Er war immer zu spät.

»Was ist jetzt wieder, Bodyguard?«

Cédric de Tancarville, einziger Sohn des Comte de Tancarville, Alleinerbe und gleichzeitig Verursacher der größten Finanzpleite in der hundertjährigen Vergangenheit der Familie blickte spöttisch zu ihm herüber.

Cédric wunderte sich einen kurzen Augenblick, warum Nicolas plötzlich auf ihn zurannte und ihm mit weit aufgerissenen Augen etwas zurief.

Aber da war es bereits zu spät.

Im Schatten eines stählernen Pfeilers, verborgen vor den neugierigen Blicken der entlangfahrenden Autos, holte ein Mann tief Luft.

»Geht doch«, flüsterte er.

Dann zog er sanft den Abzug durch.

Irgendwo weit unter ihm schnatterte aufgeregt eine junge Ente.

Es war sieben Minuten nach sieben.

Er war spät dran, aber das spielte keine Rolle.

Jetzt nicht mehr.

KAPITEL 40

Zwei Stunden später

Von Norden kommend hatte sich ein leichter Wind über das Anwesen des Comte de Tancarville gelegt und in der kühlen Luft, die er mit sich brachte, lag ein Hauch von Abschied. Der große Garten war verwaist, einige herabgefallene Blätter wehten über die breite Terrasse, vorbei an den Stehtischen, zwischen denen die Scherben einer in sich zusammengefallenen Champagner-Pyramide lagen. Blaues Licht flackerte auf und bestrahlte für einen kurzen Augenblick die umstehenden Bäume, die wie stumme Zeugen auf das weiße Tuch blickten, das jemand über die Leiche von Cédric de Tancarville gelegt hatte.

Nur seine Schuhe schauten heraus.

Direkt daneben standen zwei Männer, der eine rauchte, der andere beneidete ihn darum. Aber Nicolas hatte noch nie geraucht und er würde jetzt nicht damit anfangen.

Roussel blickte hinab auf die Seine, die mittlerweile dunkel und drohend unter ihnen lag, und schnipste nach einiger Zeit seine Zigarette im hohen Bogen in die Dunkelheit. Der rote Punkt blieb als kurze Erinnerung in der kalten Luft hängen, bevor er zu Boden fiel und im feuchten Rasen für immer erlosch.

»Der Gärtner wird Sie hassen.«

»Er soll sich hinten anstellen.«

Aus der Villa fiel warmes Licht nach draußen, der Comte hatte sich in die Bibliothek zurückgezogen. Georges Dauzat kümmerte sich um ihn, während Marthe die anwesenden Be-

352

amten versorgte. Jeder war offensichtlich froh, wenn er etwas zu tun hatte.

Nicolas blickte auf den Leichnam zu seinen Füßen.

»Sie können nichts dafür«, murmelte Roussel.

»Wollen Sie mich trösten?«, fragte Nicolas.

»Nennen Sie es, wie Sie wollen, Guerlain. Wir haben uns alle geirrt.«

Sie hörten, wie Mitarbeiter der Spurensicherung im oberen Teil des Hauses nach Hinweisen suchten, irgendwo auf dem Gelände kläffte ein Suchhund.

»Gibt es etwas von der Brücke?«, wollte Nicolas wissen, aber Roussel schüttelte den Kopf.

»Wir waren zu spät, der Schütze hat alles mitgenommen. Die Patrone dürfte mittlerweile weit hinaus ins Meer gespült sein. Aber die Waffe kennen wir ja ohnehin.«

»Allerdings«, antwortete Nicolas.

»Wir fahnden nach Lama, aber bisher gibt es noch keine Spur. Dafür ist es aber auch noch zu früh.«

Es ist nie zu früh, dachte Nicolas. Es ist immer zu spät.

Er war eine halbe Sekunde zu spät gekommen. Fünf Meter hatten ihn noch von Cédric getrennt.

Er wollte gerade abspringen, mitten im Lauf.

Er hatte es nicht mehr geschafft.

Und wo war Claire?

»Alle haben wir uns geirrt«, brummelte Roussel weiter vor sich hin. »Auch Christian Darbon dachte, es wäre der Vater, der hinter dem Ring steht. Aber der war es offenbar nicht. Es war der Sohn, der mit den Drohungen gemeint war.«

»Offensichtlich.« Nicolas dachte an Christian Darbon, der an einem Seil von der Brücke gehangen hatte und der sie erst mit seinen Recherchen auf die richtige Spur gebracht hatte.

Die fast richtige Spur.

»Wir brauchen Licht.«

Claires Stimme klang verzweifelt, aber Zorah blickte sie verständnislos an.

»Verstehst du, diese Dunkelheit macht mich noch wahnsinnig. Immer wieder laufen wir hin und her, her und hin, runter, rauf, das bringt doch nichts.«

Ihr war kalt, von draußen kroch der kalte Wind zu ihnen herein, er brachte den Duft von Salz und trügerischer Hoffnung mit sich. Das Salz blieb, die Hoffnung verstarb augenblicklich. Die Klappe, die vor ihnen nach draußen führte, blieb verschlossen, und auf ihre hilflosen Rufe antwortete niemand.

Zorah hatte wieder begonnen, ihr etwas zu erzählen. Vielleicht eine Geschichte aus der Heimat, aus ihrer Zeit als Kind in den Bergen von Gahnzi.

Tatsächlich jedoch erzählte Zorah von einem Ort, der nicht weit weg war, einem Ort voller Licht und hellen Farben.

Piccadilly Circus, ihr ewiger Traum.

Aber Claire verstand sie nicht. Als sie zu weinen begann, legte das Mädchen ihren Arm um sie.

Währenddessen war Nicolas ins Haus gegangen und klopfte leise an die Tür der Bibliothek.

»Kommen Sie herein!«, rief von innen der Butler. Als Nicolas zu ihm hereinblickte, sah er, dass Georges Dauzat alleine war. Er war gerade dabei, einen Teller mit Suppe zurück auf ein Tablett zu stellen.

»Er isst nichts, wir haben ihn zu Bett gebracht und ihm ein Schlafmittel verabreicht«, seufzte der alte Mann und stützte sich müde auf seinen Gehstock auf.

»Wer mag es ihm verübeln«, antwortete Nicolas und fuhr sich durchs Gesicht.

Dauzat blickte ihn nachdenklich an.

»Sie machen sich Vorwürfe, Monsieur Guerlain.«

»Natürlich tue ich das.«

»Sie konnten es nicht verhindern. Woher sollten Sie wissen,

dass nicht der Comte das Ziel war, sondern sein Sohn. Es ist so grausam.«

Nicolas blickte durch die Bibliothek, draußen konnte er bereits Roussels Stimme hören, der seine Beamten anraunzte.

»Monsieur Dauzat, darf ich Sie etwas fragen?«

»Natürlich. Alles.«

Nicolas deutete hinaus aus dem Fenster, wo in der Dunkelheit ein weißes Tuch auf dem Rasen lag und den Leichnam eines jungen Menschen bedeckte.

»Wussten Sie, dass Cédric der Kopf eines Ringes war, der aus einem Flüchtlingslager Mädchen verschleppen ließ? Und dass er sie dann verkauft hat, an Bekannte seines Vaters. Wussten Sie das, Monsieur Dauzat?«

Der Butler senkte den Kopf, er schien sich zu sammeln. Als er antwortete, wägte er seine Worte gut ab.

»Ich habe mitbekommen, dass Cédric, sagen wir, umtriebig war. Dass er kein guter Mensch war. Vielleicht sogar ein schlechter. Aber das, was Sie ihm vorwerfen, das wusste ich nicht.«

»Wir werfen ihm nichts vor. Wir wissen es.« Roussel hatte den Raum betreten, in der Hand einen Zettel, den er triumphierend hochhielt.

»Unsere Kollegen haben vor einer Stunde ein Restaurant in Étretat gestürmt, das *Chez Jef*. Scheiß-Name, aber egal.«

»Und?«, fragte Nicolas.

»Der Besitzer hat alles gestanden, es ging sehr schnell. Er hat unseren feinen Herrn Cédric erkannt. Als den, der alles regelte, so hat er wörtlich gesagt. Natürlich will er nicht gewusst haben, worum es ging, aber das gesteht er auch noch.«

Georges Dauzat wirkte sichtlich betreten.

»Das ist fürchterlich«, murmelte er.

»Das ist es, Monsieur Dauzat«, sagte Roussel und legte die Akten auf einen Lesetisch.

»Bitte entschuldigen Sie mich, ich muss nach dem Comte sehen«, flüsterte der sichtlich mitgenommene Butler.

»Tun Sie das, wir sind ja alle noch ein bisschen hier.«

Roussel ließ sich erschöpft in einen der Sessel fallen und griff nach einer Zeitschrift, die auf einem Stapel auf einem der Lesetische lag.

»Sogar die Zeitungen stapeln sie hier millimetergenau«, murmelte er leise und begann zu blättern. Nach wenigen Sekunden legte er das Heft wieder beiseite.

»Cédric also«, sagte Nicolas und setzte sich ihm gegenüber.

»Ein Arschloch, das haben Sie immer wieder gesagt.«

»Ja, aber ein solches … das ist tatsächlich unfassbar.«

Roussel deutete aus dem Fenster.

»Wir werden Lama finden«, sagte er. »Wo auch immer er ist.«

Nicolas schloss die Augen und gähnte.

Gilles Jacombe hatte den Minister sofort in Sicherheit bringen lassen, sie waren längst wieder zurück in Paris. Noch hatte die Presse von dem Vorfall nichts erfahren, aber das war nur eine Frage der Zeit. Der Präsidentschaftskandidat und der tote Adlige, es war eine gute Geschichte.

Eine zu gute, als dass sie erzählt werden durfte.

Nicolas dachte an Cédric. Ihre gemeinsamen Jahre in Deauville, damals, als Schüler.

Damals, mit Julie.

Fünf Meter, dann hätte er ihn erreicht. Ihn umgerissen. Ihn gerettet.

Aber so war es nicht gekommen.

Sandrine Poulainc kam zu ihnen herein.

»Roussel, wir haben mittlerweile drei weitere Restaurants durchsucht. In Dieppe, Ouistreham und Dives. Wir haben jede Menge Spuren. Aber keine weiteren Mädchen.«

Roussel nickte ihr zu.

»Der Besitzer in Dieppe hat ebenfalls sofort gestanden. Er sagt, Cédric sei mehrfach da gewesen, um nach dem Rechten zu sehen.«

»Danke, Sandrine. Kommen Sie, Guerlain.«

Nicolas blickte ihn an.

»Wohin?«

»Was essen. Die Reste vom Buffet, wäre doch schade.«

Roussel erhob sich aus seinem Sessel und streckte sich müde. »Na, kommen Sie. Wir können hier ohnehin nichts mehr tun.«

Julie und Cédric.

Cédric und Julie.

Einen kurzen Sommer lang hatte sie mit ihm geflirtet, hatte Nicolas ignoriert und ihn belächelt.

»Mein lieber Nicolas, ich bin jung, ich schaue mich um. Wenn du mich so sehr magst, warte einfach auf mich.«

Er hatte gewartet. Und sie war zurückgekommen, hatte ihn angelächelt und sich verteidigt.

»Cédric ist einfach nicht besonders schlau, verstehst du? Attraktiv, das musst du ihm lassen. Aber eben nicht so schlau, und auch ein bisschen vulgär. Wobei das ja auch interessant sein kann, vulgär, meine ich. Na ja, wie auch immer. Da bin ich also wieder. Und weißt du was? Ich habe dich vermisst. Sehr sogar. Aber bilde dir bloß nichts darauf ein, hörst du?«

»Kommen Sie, Guerlain?«

»Sofort.«

»Dann geh ich vor.«

Nicolas blickte nach draußen in die Dunkelheit. Dann auf die Bücher an der Wand. Atlanten, Wörterbücher, Biographien. Klassiker der Literatur.

Auf dem kleinen Lesetisch lagen Zeitschriften. Pferdewetten, Oldtimer, Gärten.

Fein säuberlich geordnet.

Nicht besonders schlau.

Cédric war nicht besonders schlau. Das waren Julies Worte gewesen.

Wer so etwas entwirft, der muss ein schlauer Kopf sein.

Das waren die Worte von Michel Bonnet gewesen, dem ehemaligen Leiter des *Commissariat*.

Schlau. Nicht schlau.

Und ein Stapel geordneter Zeitschriften.

Hier, vor ihm.

Und ein weiterer, oben auf einer Anrichte, im Schlafzimmer des Comte.

Da aber nicht geordnet. Durcheinander. Eigentlich.

Ich mag es so.

Die Stimme des Comte.

Wir haben uns alle geirrt.

Georges Dauzat. Die knöchrige, schleppende Stimme des Butlers.

Er hatte ja so recht.

Im gleichen Augenblick erschien Roussel im Türrahmen. Er war kreidebleich.

»Ich habe gerade einen Anruf erhalten, von den Kollegen in Paris.«

»Und?«, fragte Nicolas mit dunkler Stimme, in der eine Menge Vorahnung mitschwang.

»Es geht um das Geld, das Cédric an der Börse in London verloren hat. Es sind Millionenbeträge.«

»Das gesamte Geld des Comte, das wussten wir bereits.«

Roussel blickte sich hektisch um, als würde er nach jemandem suchen.

»Nach Angaben der Kollegen hat noch eine weitere Person bei Cédric Geld angelegt. Insgesamt drei Millionen Euro, die ebenfalls weg sind.«

Nicolas schloss die Augen.

Als er sie wieder öffnete, sah er, dass Roussel seine Dienstwaffe gezogen hatte.

Genau wie er selbst.

Als er sich langsam aus seinem Sessel erhob, knarzte das alte Leder unter ihm, und es klang wie das Öffnen einer rostigen Tür, hinter der sich zwei Schatten in der Dunkelheit verbargen.

KAPITEL 41

Etwas hatte sich verändert, und es war Zorah, die es als Erste bemerkte. Etwas an der Konsistenz der Dunkelheit. Als hätte sich die undurchdringliche Schwärze für den Bruchteil einer Sekunde aufgelöst.

Als hätte sich irgendwo weit hinter ihnen eine Tür geöffnet.

Zorah packte Claire an der Schulter.

»Was ist?«, murmelte Claire müde, sie war offensichtlich auf dem Steinboden kurz weggedämmert, den salzigen Duft des Meeres in der Nase und die Erinnerung an ihr eigenes Zimmer in Le Havre im Kopf.

Zorah hingegen hatte nicht geschlafen, sondern nachgedacht. Es waren wirre Gedanken gewesen, Gedanken voller Hass und Verzweiflung.

Sie hatte an Nuria gedacht und wie froh sie gewesen war, an jenem Tag, als der Mann sie zu einem Transporter gebracht hatte.

Nach ihrem Unfall, als sie aus dem Dschungel geflohen war.

»Nuria!«

»Zorah!«

Alles war gut gewesen. Für einen zu kurzen Augenblick.

Dann jedoch hatte die Dunkelheit begonnen, die sie seitdem nie wieder losgelassen hatte.

Sie hatte Nuria ihre Postkarte gezeigt, sie ihr sogar gegeben, damit sie aufhörte zu weinen. Und dann hatte man sie getrennt.

Und jetzt, da ihr Kopf voll war mit Hass und Verzweiflung, aber auch mit Hoffnung, weil da jemand war, der bei ihr war, jetzt spürte sie, dass die Dunkelheit sich veränderte.

Und mit Dunkelheit kannte sie sich aus.

Zorah zog Claire auf die Beine und griff nach ihrer Hand.

Minutenlang standen sie so da.

Dann hörten sie die Schritte.

Nicolas hastete währenddessen erneut die Treppe hinauf in den zweiten Stock, so wie er es vor mehr als zwei Stunden getan hatte. Jetzt jedoch versuchte er, dabei so lautlos wie möglich zu sein.

Als er oben ankam, zog er seine Waffe und schlich hinüber zur Schlafzimmertür des Comte. Diesmal war sie verschlossen. Leise drückte er die Klinke herunter und schob sich behutsam in das dämmrige Licht dahinter.

Es war still.

Der Comte lag in seinem Bett, Nicolas erkannte eine angebrochene Packung Schlaftabletten auf dem Nachttisch.

Offenbar hatte Aristide de Tancarville eine Ausflucht gesucht und für die beruhigende Dauer einiger Stunde auch gefunden.

Aber Nicolas war nicht deswegen hier.

Sein Blick huschte durch das Zimmer, blieb kurz an der geöffneten Fensterbank hängen und richtete sich dann auf den Zeitungsstapel auf der Kommode.

Unten im Gang kamen die Schritte näher. Claire meinte, den schwachen Schein einer Taschenlampe zu erkennen, der sich durch die Dunkelheit zu ihnen vorkämpfte. Immer noch hielt Zorah ihre Hand, der Atem des Mädchens ging jetzt schnell und stoßweise.

»Alles ist gut«, flüsterte Claire. »Da kommt jemand und rettet uns.«

Sie glaubte weder sich selbst noch dem Klang ihrer Stimme.

Nicolas war sich ganz sicher.

Als er den Comte auf sein Zimmer begleitet hatte, nach dem Streit mit Cédric, hatten die Zeitschriften noch durcheinander auf der Anrichte gelegen.

Als er wenig später erneut hochgekommen war, auf der Suche nach dem Gewehr, waren sie fein säuberlich geordnet gewesen, so wie unten in der Bibliothek.

Und so wie jetzt auch.

Jemand hatte sie geordnet.

Er griff nach seinem Handy und rief Roussel an. Unten im Haus hörte er ein Klingeln.

»Guerlain, wo stecken Sie? Wir sind in der Küche! Die Köchin hat uns …«

»Roussel, hören Sie mir nur zu, ich …«

»Was ist denn los?«

»Halten Sie einfach Ihre Klappe. Hat Marthe Georges Dauzat gesehen?«

»Ja, er sagte zu ihr, er müsse schnell was im Keller …«

»Bleiben Sie, wo Sie sind. Ich bin sofort da.«

Diesmal war es Claire, die es zuerst bemerkte. Dass da noch etwas war, außer den Schritten.

Das Geräusch eines Gehstocks, der vorsichtig in der Dunkelheit nach Halt suchte.

Ihr Herz begann zu pochen.

Kurz darauf schälte sich die Gestalt eines alten Mannes aus der Dunkelheit. Seine Augen funkelten, als er die beiden Frauen sah, die vor der Klappe standen, durch die er gleich gehen würde.

»Monsieur Dauzat!«

Claire wollte gerade auf ihn zustürmen, ihn umarmen und drücken, weil er sie endlich gefunden hatte. Aber etwas hielt sie zurück.

Eine zitternde Hand, die ihre eigene umklammerte und die plötzlich so kalt war wie der Steinboden, auf dem sie standen.

Der Schein der Taschenlampe wanderte über ihre Gesichter. Claire blinzelte.

»Guten Abend, Mademoiselle Cantalle.«

Verblüfft blickte sie auf den Lauf der Pistole, den Georges Dauzat auf sie richtete. Er hatte sich eine Umhängetasche umgebunden, was einigermaßen lächerlich an ihm aussah.

»Bitte entschuldigen Sie die Umstände, in die ich Sie gebracht habe, das war so nicht geplant. Aber jetzt haben wir es alle ja fast geschafft. Nicht wahr, Zorah?«

Claire merkte, dass das Mädchen neben ihr schwankte und griff nach ihrem Arm. Zorahs Blick flackerte, bevor sich eine wilde Entschlossenheit davorschob. Claire spürte, dass das Mädchen den Atem anhielt, als wollte sie …

»Zorah, es ist vorbei«, sagte der alte Butler und hob die Hände. »Ich verspreche dir, es ist vorbei.« Er murmelte ein Wort, das Claire nicht verstand, aber das Zorah offenbar beruhigte.

»Und jetzt würde ich Sie bitten, diesen Schlüssel hier zu benutzen, ich muss los. Und ich gehe stark davon aus, dass Monsieur Guerlain längst hinter mir her ist. Er ist ein schlauer Kopf, nicht wahr, Mademoiselle Cantalle?«

Claire starrte ihn hasserfüllt an. Dauzat jedoch warf ihr einen Schlüssel zu und zeigte auf die Klappe.

»Aufmachen«, befahl er. »Und seien Sie ein gutes Mädchen, ja? Dann ist in fünf Minuten alles vorbei. Ich will nur weg.«

»Das schaffen Sie nie«, zischte sie.

»Doch, das schaffe ich. Warten Sie es nur ab.«

Roussel und Nicolas fanden den Durchgang im Keller nach wenigen Augenblicken. Offenbar hatte Dauzat keine Hand mehr frei gehabt, oder er war zu sehr in Eile gewesen, um das Holzregal wieder vor die Öffnung zu schieben.

»Wir brauchen Licht«, sagte Roussel.

»Keine Zeit«, flüsterte Nicolas und verschwand bereits in

der Öffnung. Kurz darauf standen sie in einem Lagerraum, der offensichtlich einmal Teil des Kellers gewesen war, bevor ihn jemand zugemauert hatte.

Ein Gang führte weiter in die Dunkelheit, von dort kam der Wind.

»Los geht's.«

Sie eilten so schnell es ging den Gang entlang, tasteten mit ihren Händen nach den Wänden, während Nicolas sich den Plan des Grundstücks in Erinnerung rief.

»Der Gang führt hinab zum Ufer«, flüsterte er Roussel zu.

»Soll mir recht sein. Wir haben Boote eingesetzt, die fangen ihn ab.«

Kurz darauf wurde der Luftzug stärker, und Nicolas meinte ein schwaches Licht zu sehen, irgendwo weiter vorne.

»Da ist eine Öffnung«, sagte Roussel. Er hatte noch immer seine Waffe im Anschlag, genau wie Nicolas.

Das schwache Licht des Mondes schob sich zu ihnen herein, als sie die geöffnete Klappe erreichten. Offenbar hatte Dauzat es so eilig, dass er sich nicht die Zeit genommen hatte, sie von außen wieder zu verriegeln. Sie hörten das Glucksen des Wassers, und als Nicolas vorsichtig seinen Kopf hinausstreckte, sah er, dass er diese Stelle kannte. Nur wenige Meter weiter hatte er am Morgen die tote Ente entdeckt.

Es war still, und niemand war zu sehen. Nur das Tuckern eines Binnenschiffes drang durch die Nacht.

»Hoffentlich sitzt dieser beschissene Lama nicht noch irgendwo und zielt auf uns«, fluchte Roussel, als er hinter Nicolas aus dem Ausstieg kletterte.

Er klopfte sich den Staub von der Hose und blickte in beide Richtungen am Ufer entlang.

In Richtung Honfleur war nichts zu sehen.

In Richtung der Brücke auch nicht.

Doch.

»Da sind sie!«, zischte Roussel, und ehe ihn Nicolas daran hindern konnte, rannte er los.

Georges Dauzat war nicht besonders schnell, aber er trieb die beiden Frauen mit seiner Waffe eilig vor sich her. Ganz offenbar wollte er zum nördlichen Ende des Grundstücks, dorthin, wo Nicolas vor wenigen Tagen ein Ruderboot entwendet hatte.

Er hatte Claire die ganze Zeit, dachte Nicolas. Und er war auf ihn reingefallen. Er spürte eine unbändige Wut auf diesen Mann in sich aufsteigen.

Wir haben uns alle geirrt, dachte er erneut. Und er selbst sich am allermeisten.

Sie waren deutlich schneller als der Butler. Dauzat hatte sie bislang noch nicht gehört, sein Atem rasselte, während er durch das knöcheltiefe Wasser watete. An dieser Stelle des Grundstücks gab es keinen Weg mehr entlang des Flusses.

»Dauzat! Bleiben Sie stehen, es ist vorbei!«

Roussel und Nicolas zielten mit ihren Waffen auf den alten Butler, der vor ihnen im Wasser stand und sich auf seinen Gehstock aufstützte. In der rechten Hand hielt er einen kleinen Revolver, mit dem er seinerseits auf Claire zielte.

Als sich der Butler umdrehte, erkannte Nicolas, dass er lächelte.

»Ah, Monsieur Guerlain. Sie waren schneller, als ich dachte.«

»Geben Sie auf, Monsieur Dauzat. Lassen Sie Claire laufen. Und das Mädchen ebenso.«

»Sie heißt Zorah, Monsieur Guerlain. Und sie hat uns viel Freude bereitet.«

»Das kann ich mir vorstellen, Sie Arschloch«, rief Roussel und machte einen Schritt nach vorne.

»Nicht doch, Monsieur Roussel. Ich persönlich habe keines der Mädchen je angerührt. Im Gegenteil, ich habe sie beschützt. Ich war für sie da, habe mich um sie gekümmert. Sie waren völlig verwahrlost, als ich sie im Lager aufnahm.«

Nicolas machte ebenfalls einen vorsichtigen Schritt nach vorne und nahm seine Waffe in beide Hände. Der Lauf war direkt auf Dauzats Brust gerichtet. Er würde ihn nicht verfehlen, wenn es dazu kommen sollte.

»Wie viele Mädchen haben Sie aus dem Lager verschleppt?«, fragte er, um Zeit zu gewinnen.

»Es waren neun. Und sagen sie nicht verschleppt. Keine Sorge, sie leben alle noch, wir haben sie wieder laufen lassen, nach zwei Jahren. Nur eine hat es nicht geschafft, bedauerlicherweise. Aber das wissen Sie ja. Nuria hieß sie, glaube ich. Armes Ding.«

Claire stand hilflos wenige Meter neben Dauzat und überlegte, was sie tun konnte. Leider zielte der Butler direkt auf ihren Kopf. Als sie sich umblickte, auf der Suche nach einem Ausweg oder einer Möglichkeit, stutzte sie plötzlich.

»… Nuria hieß sie, glaube ich.«

Dauzats Stimme verschwand in der Dunkelheit.

Da war ein Schatten.

Er bewegte sich nicht, sondern verharrte regungslos unter einem Baum, etwa 50 Meter entfernt.

Dann war er wieder weg.

Zorahs Aufstöhnen neben ihr riss sie aus ihren Überlegungen. Offenbar hatte das Mädchen den Namen ihrer Freundin vernommen. Schwankend stand sie neben Claire und griff nach ihrer Hand.

Irgendetwas musste sie doch tun können.

»Wir haben uns alle geirrt, nicht wahr, Monsieur Dauzat?«

»So ist es, Monsieur Guerlain, Sie alle. Und es war mir eine Freude, Ihnen dabei zuzusehen.«

»Christian Darbon war Ihnen auf der Spur.«

»Aber er dachte, der Comte wäre der Kopf unseres Rings. Dabei hat der arme Aristide de Tancarville mit der Sache rein gar nichts zu tun. Wir haben uns nur seines – sagen wir – Freundeskreises bedient.«

»Cédric und Sie.«

Der Butler winkte abfällig mit seinem Revolver, richtete ihn dann aber sofort wieder auf Claire.

»Monsieur Cédric war nur Mittel zum Zweck. Er war nötig, um Kontakte zu schaffen. Und um das Geld gewinnbringend anzulegen, was ihm leider gänzlich misslungen ist. Und dafür hat er eben bezahlt.«

Wieder machte Nicolas behutsam einen kleinen Schritt nach vorne. Roussel folgte ihm, während Georges Dauzat versonnen zu ihnen herüberblickte.

»Warum, Monsieur Dauzat?«

Der Butler runzelte die Stirn.

»Wie meinen Sie das?«

Nicolas lächelte ihn an.

»Sie sind kein Ungeheuer. Warum lassen Sie Mädchen verschleppen und bieten sie zum Missbrauch an?«

Jetzt war es Dauzat, der lächelte, aber es war ein kaltes und abschätziges Lächeln.

»Nun, sagen wir: Mir war langweilig.«

Roussel knirschte mit den Zähnen.

»Sie Arschloch.«

»Nein, im Ernst«, erwiderte der Butler. »Vierzig Jahre immer nur dienen und bedienen, Wünsche ablesen, unsichtbar bleiben, keine Rolle spielen, fänden Sie das etwa ausreichend für ein ganzes Leben? Meine Eltern haben mich so erzogen, aber ich bitte Sie, da muss es doch mehr geben, nicht wahr?«

»Also Mädchen missbrauchen …«

»Nein, Monsieur Guerlain, so läuft das nicht. Zuerst kommen kleine Bitten. Wünsche, die die Besucher auf dem Anwesen ab und zu hatten. Ohne, dass der Comte es wissen durfte. Ein bisschen Koks. Mal eine Frau. Vielleicht auch mal zwei. Ein bisschen mehr Koks. Oder auch mal ein Junge. So was eben.«

Roussel machte einen weiteren Schritt nach vorne. Nicolas

sah zu Claire hinüber, die ihm ein Zeichen machte. Er wusste nicht genau, was sie von ihm wollte.

Hoffentlich blieb sie ruhig.

»Das Ganze hat sich eben so entwickelt, und es hat angefangen, Spaß zu machen. Endlich machte das Leben Spaß!« Dauzat rief den letzten Satz erregt in die Nacht hinein.

»Und warum hängen Sie einen Toten an der Brücke auf?«, fragte Roussel und schob dabei seinen Fuß etwas weiter durch den Schlick am Ufer.

Dauzat deutete auf Zorah.

»Weil ihre Leute etwas ahnten. Ich habe immer wieder welche in den Wäldern gesehen, da wurde mir klar, dass Christian Darbon sie informiert haben musste. Also musste ich mir etwas einfallen lassen und habe Ihnen eine Warnung zukommen lassen.«

Allmählich begriff Nicolas, welchen Plan Dauzat die ganze Zeit verfolgt hatte. Und wie er mit ihnen gespielt hatte, lächelnd und voller diabolischer Freude.

»Die Drohungen haben Sie selbst geschrieben, nicht wahr?«, sagte er.

»Korrekt.«

»Weil Sie Schutz brauchten. Schutz vor den Menschen aus dem Lager, die ihnen früher oder später auf die Spur kommen würden. Mit den Drohungen konnten Sie sich praktischerweise selbst Personenschutz besorgen.«

»Sie sind ein heller Kopf, Monsieur Guerlain. Aber wissen Sie was, wir sollten das Ganze jetzt beenden, nicht wahr?«

»Endlich mal eine gute Idee«, zischte Roussel. »Dann legen Sie jetzt die Waffe weg, und alles ist gut.«

»Ganz im Gegenteil, Monsieur Roussel, Sie legen jetzt die Waffe weg.«

»Und warum sollte ich das tun?«

Georges Dauzat zeigte in die Dunkelheit, dorthin, wo Nicolas vor wenigen Tagen seinen Wagen geparkt hatte, bevor er auf das Grundstück des Comte gerudert war.

»Weil ich nicht alleine bin, Monsieur Roussel. Für wie blöd halten Sie mich?«

Claire blickte sich verstohlen um. Zorah stand dicht bei ihr und klammerte sich an sie.

»Alles wird gut«, beruhigte Claire sie und wollte gerade ihren Arm um sie legen, als sie stutzte.

Der Schatten war wieder da.

Und diesmal war er nicht alleine.

»Sehen Sie den Parkplatz dort hinten, Monsieur Guerlain?«

Nicolas nickte und verlangsamte seine Atmung. Er spürte, dass die Zeit des Redens vorbei war.

»Nun, dort hinten steht ein Wagen. Und in dem Wagen befindet sich ein Mann, den zumindest Monsieur Roussel unter dem Namen Lama kennt.«

Nicolas blickte Roussel an, der langsam nickte.

»Nun, Lama ist im Besitz einer äußerst effektiven Waffe, deren Wirkung wir alle heute schon kennenlernen durften, nicht wahr? Wie fanden Sie meine kleine Dramaturgie? Punkt 19 Uhr, ich fand, das hatte schon etwas.«

»Kommen Sie zum Punkt«, zischte Roussel.

»Natürlich, entschuldigen Sie vielmals«, erwiderte der Butler. »Ich werde jetzt meinen Stock in die Luft halten. Und wenn ich ihn wieder runternehme, wird der gute Lama entweder Sie, Monsieur Roussel, oder Sie, Monsieur Guerlain, erschießen. Ich bedaure, ich weiß leider nicht, für wen er sich entscheiden wird, ich lasse ihm da freie Hand.«

Nicolas umfasste seine Waffe fester und überlegte fieberhaft.

»Alternativ lasse ich meinen Stock oben in der Luft und gehe ganz gemütlich hinüber zum Wagen. Ich kann Ihnen aber nicht versprechen, dass der gute Lama Sie nicht trotzdem erschießt.«

»Was für ein krankes Hirn«, murmelte Roussel, und Nicolas hoffte, dass er nicht plötzlich losballerte.

Dauzat war ihnen einen Schritt voraus.

Nicolas blickte zu Claire hinüber, aber die starrte nur in die Dunkelheit.

»Scheiße, was machen wir?«, zischte Roussel leise.

»Ich habe keine Ahnung.«

»Toll.«

Langsam hob der Butler seinen Arm. Für eine kurze Ewigkeit schwebte die Spitze in der Dunkelheit, gerade noch sichtbar für den Mann, der keine hundert Meter entfernt auf dem Dach eines Wagens lag und durch das Objektiv eines *Arctic Warfare* Präzisionsgewehres blickte.

»Übrigens, Monsieur Guerlain?«

»Ja?«

»Die Schlaftabletten des Comte. Wie viele hat er wohl genommen? Hat er noch geatmet, als Sie nach ihm sahen?«

Für einen Augenblick war es still.

Scheiße, dachte Nicolas und blickte zu Roussel.

»Vater und Sohn gehören einfach zusammen, finden Sie nicht auch?«, fuhr Dauzat fort. »Er hat ohnehin keine Mittel mehr, wie sieht das denn aus, als Comte? Und ich bin seiner wahrlich überdrüssig geworden. Die arme Marthe wird auch froh sein, ihn los zu sein, da bin ich mir sicher.«

Der Butler lächelte ihn an und hob dann entschuldigend die rechte Hand.

»Verzeihen Sie mir. Ich spiele einfach zu gerne.«

Dann ließ er den Stock fallen.

369

KAPITEL 42

Nicolas und Roussel warfen sich im genau gleichen Augenblick zu Boden, und aus den Augenwinkeln konnten sie erkennen, dass Claire Zorah ebenfalls zu Boden gerissen hatte.

Der Widerhall des Schusses drang über die Mündung des Flusses und verlor sich irgendwo weit draußen in den Wellen des Ärmelkanals.

Für einen Moment war es still am Ufer.

Nicolas hob als Erster den Kopf. Er hatte sich zur Seite fallen lassen und lag nun hinter einem kleinen Strauch, dessen Äste ins Wasser reichten. Durch die dürren Zweige hindurch sah er, wie Claire sich vorsichtig bewegte.

Auch Zorah schien wohlauf zu sein.

»Roussel?«

Es blieb still.

Bitte nicht, dachte Nicolas.

»Roussel?«

Hinter ihm rührte sich etwas.

»Alles gut«, flüsterte eine Stimme. »Hatte Sand im Mund. Der Typ hat uns verfehlt. Diese Niete von Lama.«

Nicolas atmete erleichtert auf und suchte das Ufer nach Dauzat ab.

Das Röcheln hörten sie beide zugleich. Es drang erst leise zu ihnen herüber, dann verwandelte es sich in ein jammervolles Wehklagen. Nicolas hob den Kopf ein wenig höher und blickte hinüber zu der Stelle, an der der Butler eben noch mit hoch erhobenem Kopf gestanden hatte.

Jetzt stand er dort nicht mehr, sondern er lag im knöcheltiefen Wasser, wimmernd und ganz offensichtlich überwältigt von seinen eigenen Schmerzen.

»Was ist denn passiert?«, fragte Roussel leise, aber in dem Augenblick kam Claire zu ihnen herübergerannt, sie hielt Zorah an der Hand.

»Nicolas!«

»Claire!«

Er zog sie zu sich hinter den Busch und musste an sich halten, um ihr nicht einen Kuss auf den Kopf zu geben.

»Wo warst du so lange?«, fragte sie erbost.

»Beschäftigt«, antwortete er und blickte hinüber zu Dauzat, der vergeblich versuchte, sich aufzurichten.

Roussel war mittlerweile vorsichtig aufgestanden.

»Da hat wohl jemand etwas falsch verstanden«, sagte er und ging hinüber zum Butler, der ihm seine zitternde Hand entgegenstreckte.

»Ich glaube nicht«, sagte Claire und deutete in die Dunkelheit vor ihnen.

Nicolas zählte zwölf Männer. Und drei Jungen.

Wie Schatten zeichneten sie sich im Halbdunkel ab, ihre Gestalten nahmen Form an, und es war Zorah, die in diesem Augenblick verstand, dass ihre Reise zu Ende war.

»Belal!«

Der Schrei kam tief aus ihrer Brust, brach aus ihr hervor, riss sie mit sich fort in die Arme ihres Bruders.

»Zorah! Zorah! Zorah!«

Es folgte ein Schwall von Wörtern, die keiner von ihnen verstand und deren Sinn nur dadurch verständlich wurde, dass der Mann weinte. Es war ein hemmungsloses Weinen, eine Befreiung all der Last und Angst, die Zorahs Bruder seit zwei Jahren in sich trug.

Nach und nach wurde das Mädchen von jedem Einzelnen der Männer umarmt, berührt und geküsst, sie wurde hochgehoben und ungläubig bestaunt, wie ein Mensch, von dem jeder hier insgeheim längst angenommen hatte, dass es ihn nicht mehr gab. Sie selbst mit eingeschlossen.

Nicolas blickte hinüber zu Claire, die stumm am Wasser stand und erschöpft aussah.

»Es tut mir leid«, sagte er, »dass es so lange gedauert hat. Ich hätte es mir nie verziehen, wenn …«

»Halt die Klappe, Nicolas.«

Jetzt erst merkte er, dass sie weinte.

Nach einigen Minuten trat der Mann, der offensichtlich Belal hieß, zu ihnen. In seiner rechten Hand hielt er das Präzisionsgewehr des Comte.

»Mann im Auto. Tot«, sagte er.

»Gut«, sagte Roussel spontan. Etwas Besseres wäre auch Nicolas nicht eingefallen. Der Mann reichte ihnen das Gewehr und blickte sie an.

»Danke.« Es war nur ein Wort, ein einziges. Aber Nicolas dachte, dass er dieses eine Wort noch nie so wahrhaftig wahrgenommen hatte wie aus dem Mund dieses Mannes, der ihm jetzt gegenüberstand und dabei seiner Schwester übers Haar streichelte.

»Wir sagen Danke«, erwiderte Nicolas.

Das Röcheln eines alten Mannes schob sich zwischen sie. Georges Dauzat lag einige Meter entfernt im Wasser und krümmte sich vor Schmerzen. Seine Hände krallten sich in seinen Bauch, wo die gewaltige Schusskraft des Gewehres einen wahren Krater in seine Eingeweide gerissen hatte. Sein Gesicht war verzerrt, ab und zu streckte er eine Hand nach den Männern aus, die um ihn herumstanden.

Nicolas und Roussel blickten sich unschlüssig an.

»Er stirbt«, sagte Nicolas schließlich.

»Vermutlich.«

»Wir müssen Hilfe holen.«

»Vermutlich.«

Aber bevor sie diesen Gedanken weiter verfolgen konnten, trat Zorah aus dem Kreis der Männer und blickte hinab auf den Mann, dem sie all ihr Leid zu verdanken hatte, der sie vor mehr als zwei Jahren im Dschungel von Calais in einen Transporter gesetzt hatte, zu Nuria und den anderen Mädchen, ohne dass die anderen Männer etwas davon mitbekamen.

»Hast du dich verletzt?«, hatte er sie mit weicher Stimme auf Paschtu gefragt und ihr so den Schrecken nach dem Autounfall genommen.

Damals, an jenem Tag, der der schönste Tag in ihrem Leben werden sollte.

Sie beugte sich zu ihm herunter und blickte Dauzat tief in die Augen, in die der Schmerz bereits eingraviert war. Ihre Hand krallte sich in den matschigen Boden.

Roussel wollte etwas unternehmen, aber drei der Männer hinderten ihn mit sanftem Druck daran.

Dies war Zorahs Moment, und keiner würde ihn ihr nehmen.

Ihre Hand wanderte zu seinem Gesicht, das vor ihr im Uferschlamm lag. Sie würde diese drei Wörter langsam und deutlich sprechen, so wie es ihr die Männer beigebracht hatten. »Komm zu Papa.«

Diesen einen kurzen Satz, den sie alle so gerne sagten, während sie freudig erregt auf die Bettdecke neben sich klopften.

So wie sie jetzt auf seine Brust klopfte, sachte und beinahe liebevoll.

Sie schob den Schlick in ihrer Hand behutsam in seinen Mund, solange, bis nichts mehr hineinpasste und selbst sein verzweifeltes Röcheln nicht mehr zu hören war.

Zorah lächelte und dachte an diesen einen Ort, den sie niemals sehen würde, weil es ihn nicht mehr gab. Die Lichter waren erloschen, die Farben leuchteten nicht mehr. Der Horizont blieb schwarz und stumm.

Piccadilly Circus.

Kaum mehr als eine flüchtige Erinnerung.

Aber sie, Zorah, war hier. Und sie würde leuchten, heller als je zuvor.

Leuchten für zwei.

Ihr Lächeln erlosch.

Dann sprach sie mit leiser Stimme.

»Das ... ist ... für Nuria.«

KAPITEL 43

Paris, Ile de la Grande Jatte
Vier Wochen später

Wo ist das Bild hin?«

»Welches Bild meinen Sie?«

»Die Ausfahrt der Boote. Die Bucht von Étretat.«

»Ach, Sie meinen den Monet?«

»Genau den.«

»Ich habe ihn verschenkt. Ich glaube, an meine Schwiegermutter. Ich verdränge gerne jeden Gedanken an sie, aber ich glaube, sie hat den Monet jetzt.«

»Und hängen Sie ein neues Bild auf?«

»Nein, sollte ich? Ich mag es lieber so. Nackt.«

»Verstehe.«

»Sind Sie nervös, Monsieur Guerlain?«

»Was glauben Sie, Monsieur Blum?«

»Ich würde sagen: Ja, Sie sind nervös. Ein bisschen zumindest. Kein Wunder, heute ist ein großer Tag für Sie, nicht wahr?«

»Vermutlich.«

»Sie dürfen wieder rausfahren, aus der Bucht meine ich. Aus Ihrer Bucht. Mit vollen Segeln.«

»Rot oder schwarz?«

»Wie bitte?«

»Nicht so wichtig.«

»Wo bleibt Sie nur …«

Leon Blum und Nicolas standen am geöffneten Fenster und blickten hinaus in die Bäume. In den letzten Blättern des

Herbstes glitzerte das Wasser der Seine. Sie schwiegen eine Weile.

Es ist alles gesagt, dachte Nicolas.

Es war der Therapeut, der nach einigen Sekunden das Schweigen durchbrach.

»Verrückte Sache, in der Normandie.«

»Allerdings.«

»Und Sie sagten, der Butler hat das wirklich alles aus Langeweile getan? Das klingt für mich doch … sagen wir … sehr grausam.«

Nicolas dachte an das schmerzverzerrte Gesicht von Georges Dauzat, an das Unverständnis in seinen Augen. Er hatte alles geplant, aber sein Plan hatte letzten Endes nicht funktioniert. Weil er eine Gruppe von Menschen schlicht unterschätzt hatte.

Zorahs Bruder. Die Menschen aus dem Dschungel, die nicht aufgehört hatten zu suchen.

»Wurden denn weitere Mädchen gefunden?«

Nicolas schüttelte den Kopf.

»Nein, offenbar haben sie tatsächlich alle freigelassen. Zumindest hoffen wir das.«

Der Therapeut nickte.

»Keine Papiere, keine Namen. Keine Geschichte. Wo sie wohl sind?«

»Das wissen wir nicht. Aber die Polizei geht davon aus, dass sie früher oder später wieder in der Nähe von Calais auftauchen werden. In einem neuen Dschungel. Genau wie Zorah und ihre Familie. Sie werden versuchen hinüberzukommen, immer wieder.«

»Und einige werden es schaffen. Und andere werden unter den Rädern der Eisenbahn zerquetscht werden. Oder unter den Achsen eines Lastwagens. Und wir schauen zu und denken nach, wie es dazu kommen konnte.«

»Ich weiß nicht, ob wir wirklich darüber nachdenken. Vermutlich tun wir noch nicht mal das.«

»Da könnten Sie leider recht haben.«

Leon Blum schnipste eine Zigarette nach draußen, als die Tür zu seinem Vorzimmer geöffnet wurde und eine junge Frau mit einigen kopierten Unterlagen ins Zimmer kam.

»Ah, da kommt sie ja …«

Die junge Assistentin des Therapeuten schenkte Nicolas ein Lächeln, das jeder andere in die Kategorie »zauberhaft« eingeordnet hätte.

Er hingegen hatte heute keinen Sinn für das Lächeln hübscher Frauen. Wieder einmal.

Nicolas dachte an Claires Anruf auf seiner Mailbox.

»Stell dir vor, die haben mich genommen! Ich fange schon in vier Wochen auf der Polizeischule an, ist das nicht prima? Ich meine, Wahnsinn, eben war ich noch Zimmermädchen und jetzt werde ich wirklich Polizistin, also ich finde, das ist ein Grund zum Hüpfen. Hüpfst du, Nicolas? Wo bist du überhaupt? Du bist so schnell abgereist, wir hätten ruhig noch mal in Ruhe …, also ich meine …, na ja, ist ja auch nicht so wichtig. Mach es gut, Nicolas. Melde dich mal, ja?«

Er hatte sich nicht gemeldet, aber er würde es tun.

Ganz bestimmt.

»So, der große Moment«, sagte Leon Blum mit einem beschwingten Unterton und zeigte auf das Dokument.

»Hier steht also, blablabla, Nicolas Guerlain, geboren am … und so weiter, kann nach eingehender, blablabla, in vollem Umfang, und so weiter. Hier unten rechts, bitte. Ich unterschreibe dann daneben. Freuen Sie sich? Ein bisschen wenigstens?«

»Gewiss, Monsieur Blum. Gewiss.«

Ja, dachte Nicolas. Und nein. Vielleicht. Wer wusste das schon?

»Es war ein langer Weg, nicht wahr? Bis hierhin, meine ich.«

»Ich habe nicht vor, stehen zu bleiben.«

»Natürlich nicht. Aber sagen wir: Ab jetzt bemühen Sie sich vielleicht, öfter mal geradeaus zu laufen. Weniger links und rechts, immer geradeaus, das bekommt Ihnen besser.«

Nicolas reichte ihm das Dokument, der Therapeut betrachtete es für eine Weile und unterschrieb dann an der für ihn vorgesehenen Stelle.

»Monsieur Guerlain, willkommen zurück bei Ihrem Dienst. Sie sind ab sofort wieder Personenschützer der französischen Regierung. Und das ganz offiziell. Haben Sie bereits ein Ministerium zugeteilt bekommen?«

»Nein, das erfahre ich erst in der kommenden Woche.«

»Vielleicht haben Sie ja Glück und dürfen ins Außenministerium. Schöne Reisen, ferne Länder, ich würde es Ihnen wünschen.«

Nicolas lächelte, Leon Blum hatte keine Ahnung, wie anstrengend der Außenminister war.

»Ich glaube, es wird eher ein kleineres Ministerium. Landwirtschaft vielleicht«

Leon Blum hob erstaunt seine mächtigen Augenbrauen.

»Brauchen die einen Personenschützer?«

»Sie kennen die französischen Bauern nicht, Monsieur Blum.«

Der Therapeut lachte und gab ihm die Hand.

»Passen Sie gut auf sich auf. Und melden Sie sich, wenn es Probleme gibt. Mit Ihnen.«

»Das mache ich. *Au revoir*, Monsieur Blum.«

Als Nicolas kurz darauf auf die Straße trat, überlegte er einen kurzen Augenblick, ob er glücklich war.

Er war vor allem nervös. Aber es war nicht dieser Teil des Tages, der ihn nervös machte. Es war vielmehr das, was nun folgte.

Er ging die Straße hinunter und ließ den Eingang zur Metro links liegen. Sein Ziel war zu Fuß nur wenige Minuten entfernt.

Und doch hatte er vier Wochen gebraucht, um endlich loszulaufen.

Als sein Handy klingelte, musste er lächeln.

Willkommen zurück, dachte er und nahm den Anruf sofort entgegen.

Es war Bertrand, sein ehemaliger Teamkollege.

»Und, kleiner Nicolas, bist du wieder an Bord?«

»Sieht so aus!«

»Ich hab es gewusst! Die brauchen dich viel zu sehr, die haben dem alten Blum mächtig Dampf gemacht. Das feiern wir, oder? In einer Stunde im *Le Vannier*, an der Place Sainte-Marthe? Dein alter Tito weiß schon Bescheid, er hat irgendwas von einem Hund erzählt, den er mitbringt. Ich soll dir etwas von ihm ausrichten. Erstens: Du sollst schon mal zwei Pastis bestellen.«

»Mach ich. Und zweitens?«

»Sollst du die richtige Musik auswählen. Er meinte, du würdest den Wind schon hören, der heute Abend an deine Tür klopft. Ich habe keine Ahnung, was er damit meint.«

Nicolas lächelte, während um ihn herum der Herbst ein zufriedenes Gesicht aufsetzte.

»Wir müssen dringend mal über Musik reden, großer Bertrand. Und über geraubte Küsse.«

»So ein Quatsch, aber meinetwegen. Und vorher betrinken wir uns.«

»Ich komme etwas später, ich muss noch etwas erledigen. Übernimm du bitte die zwei Pastis.«

»Muss ich mir Sorgen machen?«, fragte Bertrand misstrauisch.

»Nein«, log Nicolas.

Kurz darauf bog er in die breite Rue de Villiers ein und betrachtete das gläserne Gebäude, das sich vor ihm aufbaute. Ein dichter Zaun zog sich die gesamte Straßenlänge entlang und machte es Passanten unmöglich, einen Blick auf das zu werfen, was im Inneren vorging.

Nicolas überquerte die Straße und näherte sich dem Wachhäuschen, das links des Eingangs stand.

»Nicht stehen bleiben«, murmelte er, aus Sorge, ihn würde der Mut auf den letzten Metern verlassen.

In seiner Hosentasche umschlossen seine Finger eine neue

Packung Medikamente, ohne die er diesen Tag nicht durchstehen würde. Bereits am frühen Morgen hatte er die erste Tablette genommen, seitdem spürte er ein beruhigendes Summen in seinem Kopf. Dennoch fühlte er sich frisch und klar.

Aber er war nervös.

Als er sich dem Wachmann näherte, überlegte er, wie er sein Vorhaben am einfachsten vortragen konnte.

Aber es kam anders.

Der Mann in der hellblauen Uniform lächelte ihn an.

»Monsieur Guerlain, schön Sie zu sehen. Ich werde jemanden rufen, der Sie abholt.«

Überrascht wartete Nicolas einige Minuten vor dem eisernen Tor, hinter dem eine unscheinbare Tür in das Innere des Gebäudes führte. Jemand, der nicht wusste, was sich dahinter verbarg, hätte diesen Komplex für den Sitz einer Versicherung oder vielleicht einer Vermessungsbehörde gehalten.

Und genau dies war ganz im Sinne der Menschen, die hier unauffällig und stets emsig ihre Arbeit verrichteten.

Denn dies war der Hauptsitz der *Direction générale de la Sécurité intérieure.*

Des französischen Inlandsgeheimdienstes.

Ein Summen ertönte, das Tor glitt zur Seite und Nicolas hatte das Gefühl, dass eine Reise endete. Und eine weitere begann.

Ein junger Mann, ebenfalls in einer hellblauen Uniform, begrüßte ihn freundlich.

»Bitte folgen Sie mir.«

»Woher wissen Sie, zu wem ich möchte?«

Der Mann hob verwundert die Augenbrauen.

»Das ist offensichtlich.«

Vermutlich, dachte Nicolas. Während er hinter dem Mann herlief, vorbei an unzähligen Türen, Gängen und wieder Türen, holte er sein Handy heraus und blickte noch einmal auf das Foto, das ihm Marion Venoit geschickt hatte.

Und das ihn hierhergeführt hatte. Zu dem Mann, der ganz offensichtlich an Julies Verschwinden beteiligt war.

Sie hatten sich alle geirrt.

Er hatte sich geirrt.

Aber jetzt war er hier.

»Wir müssen den Fahrstuhl nehmen. Das Büro ist ganz oben.«

»Natürlich.«

Wie sollte es auch anders sein, dachte Nicolas.

Als der Fahrstuhl sie kurz darauf wieder ausspuckte, betrat er einen dicken Teppich, der jegliche Geräusche zu schlucken schien. Kein Wort war zu hören, auf dem gesamten Stockwerk schien entweder niemand zu arbeiten oder niemand bei der Arbeit zu reden oder zu telefonieren.

»Hier entlang.«

»Ich weiß.«

»Verzeihen Sie.«

Sie erreichten einen langen Gang, an dessen Ende eine gläserne Tür in einen abgetrennten Bereich führte.

Der Mann in Uniform verabschiedete sich mit einem Nicken und ließ Nicolas zurück.

Ein Foto auf einem Handy und eine Packung mit Medikamenten. Mehr hatte er nicht dabei.

Nur noch sich selbst, aber das war in diesem Augenblick nicht sehr viel.

Als Nicolas weiter über den Teppich ging, hinüber zu dem großen Eckbüro, dachte er an diesen einen Moment, der ihn jetzt hierhergebracht hatte, nach mehr als dreieinhalb Jahren.

»Ich bin gleich wieder da.«

Dann war sie weg.

Und hier und jetzt sollte Julie wieder auftauchen.

Und wenn nicht sie, dann doch ihre Geschichte, ihre Erklärung.

Nicolas merkte, dass er schwitzige Hände hatte. Dass er nervös war.

Er überlegte, ob er das Büro einfach betreten sollte, entschloss sich dann aber doch anzuklopfen. Um die Form zu wahren.

Sein Klopfen war zögerlicher, als er beabsichtigt hatte. Und er ärgerte sich darüber.

»Komm rein.«

Die Stimme war ruhig und bestimmt. Sie war wie geschaffen, um zu befehlen, Entscheidungen zu verkünden, um Widerstände zu brechen. Es war die Stimme des Mannes, der Julie im Arm gehalten hatte, als sie zitterte und weinte, weil sie ihn, Nicolas, gerade an sich vorbeilaufen sah.

Die Stimme hatte ihr befohlen, standhaft zu bleiben. Sitzen zu bleiben. Das erkannte Nicolas in jenem Augenblick, in dem er die Tür des Büros öffnete und den Mann dort sitzen sah, wie er Akten unterzeichnete, Notizen durchlas und Vermerke notierte.

Alles war streng geheim, so war es immer gewesen. Und alles andere musste hintenanstehen, so war es ebenfalls immer gewesen.

Das Leben. Die Liebe. Die Familie.

Bis jetzt.

Julie.

Der Mann hob den Kopf, musterte ihn. Nickte langsam.

Fällte eine Entscheidung. Und legte dann den Stift zur Seite.

Nicolas lächelte für einen kurzen Moment.

Es war vorbei.

Es begann.

»Hallo, Vater.«

LESEPROBE

ISBN 978-3-423-21773-6

Arromanches-les-Bains, Normandie
Am Vorabend des 6. Juni

Hallo, Vater.«

Der blasse Schein einer Straßenlaterne fiel durch das schmale Fenster in den Raum, der Schatten des Holzrahmens legte sich wie ein dunkles Kruzifix auf die gegenüberliegende Wand.

Sie war kahl. Keine Bücher, keine Bilder. Keine Erinnerungen. Nur ein Schattenkreuz auf einer leeren Wand.

Der Mann, der in der Tür stand, sah die tanzenden Staubpartikel, er roch die abgestandene Luft und runzelte darüber kurz die Stirn. Dann blickte er hinab auf das Bett, das im Zimmer fast den ganzen Platz einnahm. Ein Zimmer, das so eng und staubig war wie sein eigenes Leben.

Er lächelte, es war ein warmes Lächeln an einem kalten Ort.

»Wie geht es dir heute Abend, Vater?«

Der alte Mann antwortete nicht, sein leerer Blick ging zum Fenster. Ein heftiger Sturm hatte vor einer halben Stunde die Küste erreicht, ohne jede Vorwarnung. Schwere Regentropfen klatschten gegen die Fensterscheiben und die Außenwand des alten Hauses. Klamme Feuchtigkeit kroch durch das Mauerwerk, und während er am Bett seines Vaters stand, überlegte Jean Prudhomme, warum er nicht einfach das Fenster weit öffnete und das Zimmer verließ. Der Sturm würde alles fortspülen, der unablässige Regen würde diesen Raum reinwaschen.

Sein Vater hätte nichts dagegen.

Das schwankende Licht der Straßenlaterne legte sich auf die hohen Wangenknochen des alten Mannes, beleuchtete seine glänzende Haut und ließ für einen kurzen Augenblick seine matten Augen glitzern.

»Hast du Durst? Soll ich dir vielleicht ein Glas Wasser holen?«

Jean zupfte mit einer behutsamen Geste das Bettlaken zurecht. Die Decke war etwas verrutscht, so dass der nackte Fuß seines Vaters herausschaute. Er deckte ihn wieder ordentlich zu und schüttelte die beiden Kopfkissen im Rücken des alten Mannes auf.

»So ist es besser, nicht wahr?«

Draußen jagte ein Windstoß durch den Hafen, Jean Prudhomme konnte das Klappern der Schiffstakelagen hören.

Ihr Haus lag direkt am Wasser, das in diesem Augenblick von einer weiteren Böe aufgewirbelt wurde. Wellen aus Gischt und Kälte prallten gegen die Kaimauer. Jean blickte aus dem Fenster, hinüber zu dem Museum, das sich auf der anderen Seite des Platzes mit breitem Kreuz gegen den Sturm stemmte. Als wollte es die unmittelbar dahinterliegenden Häuser und Geschäfte vor dem Schlimmsten bewahren.

Er zog die Vorhänge zu. Das Schattenkreuz an der Wand löste sich auf, der Herrgott verließ den Raum.

Jean setzte sich neben seinen Vater auf die Bettkante, aus einer Steinkaraffe goss er etwas Wasser in einen Zinnbecher und führte ihn dem alten Mann behutsam an den Mund.

»Du musst trinken, Vater.«

Aber sein Vater wollte nicht.

Jean blickte ihn nachdenklich an.

»Weißt du, Vater … ich habe heute Nacht wieder geträumt. Von all dem, was passiert ist.«

Sein Flüstern war das Einzige, das in der beengten Stille des Raumes zu hören war.

»Ich will nur, dass alles so bleibt, wie es ist. Das verstehst du doch, oder?«

Das Gesicht des alten Mannes blieb ausdruckslos, und einen Moment überlegte Jean Prudhomme, ob sein Vater ihm überhaupt zuhörte. Doch, er tat es. Ganz sicher. Er lauschte den Worten seines Sohnes und blickte dabei aus dem Fenster, vor dem der Wind zu hören war und das Rauschen der Brandung.

Er klatschte in die Hände.

»Genug trübe Gedanken! Du musst mir einen Gefallen tun. Und lach mich nicht wieder aus, versprochen?«

Er holte einen zusammengefalteten Zettel aus der Brusttasche seines Hemdes und setzte seine Lesebrille auf.

»Also, ich hab dir doch erzählt, dass sie mich gefragt haben, ob ich eine kurze Ansprache halten kann, morgen, am großen Tag. Morgen ist der 6. Juni, das weißt du doch, oder? Ja, verzeih, ich weiß, das würdest du nie vergessen. Nicht du, Vater, ich weiß.«

Jean räusperte sich und stand auf. Schließlich würde er morgen auch im Stehen seine Rede halten, mit durchgestrecktem Rücken und stolzgeschwellter Brust. Sein linkes Bein, das immer zuckte, wenn er allzu aufgeregt war, würde er hinter dem hölzernen Rednerpult verstecken, das er eigens in der Tischlerei vom alten Enzo hatte anfertigen lassen. Der hatte ihn angelächelt mit seinem zahnlosen Mund und dem Bleistiftstummel hinter dem linken Ohr.

»Ah, ist es für die Rede, mein kleiner Jean Petit?«

»Nenn mich nicht so, Enzo. Ich brauche ein Pult, ich zahle auch.«

»Alle nennen dich so, warum sollte ich es also nicht tun? *Jean Petit qui danse*, so geht doch das Kinderlied, nicht wahr, Jean? *Jean Petit, der tanzt*. Und du tanzt doch gerne, dort drüben in deinem Museum, wenn die Touristen weg sind und du deine Runde drehst. Ich finde, *Jean Petit* passt ganz hervorragend zu dir. Bis wann brauchst du denn das Pult?«

»Bis zum 6. Juni natürlich. Spätestens.«

Der alte Enzo hatte ganze Arbeit geleistet, es war ein gutes

Gefühl, an dem Pult zu stehen. Es gab ihm Sicherheit, und die würde er brauchen, mehr als alles andere.

Sicherheit und Mut.

Um das zu tun, was er tun musste. Um zu retten, was ihm heilig war.

»So, ich fange an, in Ordnung, Vater? Keine Sorge, es sind nur ein paar Zeilen, der Bürgermeister meinte, dass die meisten Gäste doch sehr betagt seien. Als ob ich das nicht wüsste, also wirklich!«

Nervös kratzte er sich am Kopf und blickte auf seinen Zettel.

»Also gut, ich habe es mir so gedacht … Ach so, der Minister, von dem ich dir erzählt habe, er wird nun doch nicht kommen. François Faure. Es ist viel passiert, also haben sie das Programm geändert … Ja, es ist schade, nicht wahr. Das finde ich auch.«

Er schwitzte, aber das störte ihn ebenso wenig wie das leichte Zittern seines Beines. Er hatte einmal irgendwo gelesen, dass innere Anspannung sich oft ihren Weg bahnte, dass sie hinausdrängte, als wollte der Körper sich der aufgestauten Energie entledigen. Das Zucken eines Augenlids, die unkontrollierten Bewegungen einer Hand. Nervöses Räuspern, Schwitzen, schnelle Atmung.

Oder eben das leichte Zittern eines linken Beines.

Draußen im Wind schlug ein Fensterladen gegen die Hausfassade, er konnte das rostige Quietschen des Schildes hören, das im Wind schaukelte und auf dem der Name des kleinen Bistros stand, das sich im Erdgeschoss befand. Das *Mulberry* hatte noch geöffnet, aber viele Gäste würden an diesem stürmischen Abend nicht kommen.

Los jetzt.

»Guten Abend … Ich begrüße Sie alle sehr herzlich an diesem wunderbaren Ort.«

Zu zögerlich. Seine Stimme war zu schrill, sie prallte gegen die kahlen Wände seines alten Kinderzimmers, in dem jetzt sein

Vater lag. Sein Vater, der sich einen Sturm wünschte und eine Rede bekam.

Jean meinte, ein Lachen zu hören. Es kam von unten, aus dem Gastraum.

Weiter, er durfte sich nicht ablenken lassen.

»An diesem Ort, der nicht mir gehört und auch nicht dieser Stadt. Er gehört nicht dieser Region, nein, er gehört auch nicht Frankreich. Dieser Ort …«

So war es besser, das Zittern in seinem linken Bein ebbte ab, sein Atem wurde ruhiger. Sein Vater wartete auf die nächsten Worte.

»… dieser Ort gehört einzig und alleine Ihnen. Denn ohne Sie, ohne Ihren Mut und ohne Ihre Bereitschaft, Ihr Leben zu riskieren, wären wir nicht hier. Nicht ich. Und auch nicht die Staatsgäste, die heute unsere Strände besucht haben, um der Soldaten zu gedenken, die hier für uns gestorben sind. Und vielleicht auch, um einfach eine gute Muschelsuppe zu bekommen.«

Jean Prudhomme blickte seinen Vater an. Er freute sich noch immer, dass ihm der Satz mit der Suppe eingefallen war.

»Wie findest du das mit den Muscheln, Vater? Ich dachte mir, das Ganze kann eine kleine Auflockerung gebrauchen. Und *Maman* macht wirklich eine köstliche Suppe, deswegen ist unser Bistro ja auch ausgesucht worden, nicht wahr? Wegen der Suppe.«

Sein Vater hatte keine Einwände, warum sollte er auch. Er hatte immer schon Sinn für Humor gehabt.

Jean blickte wieder auf seinen Zettel, er war fast fertig.

»Das Landungsmuseum von Arromanches möchte Ihnen mit diesem neuen Film, den wir Ihnen vorführen werden, danken. Und Ihnen eine Geschichte erzählen. Eine Geschichte, die Sie selbst geschrieben haben, vor vielen Jahren. Eine Geschichte über das Leben. Und den Tod. Vor allem aber eine Geschichte darüber, wie das Leben den Tod besiegt. Wie Sie alle, die Sie hier sitzen, den Tod besiegt haben. Und wie Sie uns das Leben schenkten.«

Womöglich waren diese Worte etwas zu pathetisch, aber Jean fand, dass es Momente im Leben gab, die eine gewisse Größe in der Wortwahl verdienten. Und der morgige Tag war sicherlich ein solcher Moment. Er war stolz, dass sie ihn gefragt hatten. Und gerade deshalb hatte er lange nach einem passenden Schlusswort für seine kurze Ansprache gesucht. Er hatte lange überlegt, lange Nächte wachgelegen.

Dann hatte er aufgeschrieben, was ihm der Wind zugeraunt hatte.

Jean Prudhomme blickte zu seinem Vater, so wie er morgen in den kleinen, abgedunkelten Kinosaal des Museums blicken würde. Niemand würde etwas sagen.

Nur er.

Mit klopfendem Herzen und stolzgeschwellter Brust.

»Der Vorhang der Nacht erhebt sich. Und was wir sehen, ist das Ende des Bösen. Und der Beginn alles Guten. Es ist Ihr Beginn. Es ist unser Beginn.«

Der Regen schlug heftig gegen das Fenster. Das Licht der Straßenlaterne brach sich im Stoff des zerschlissenen Vorhangs. Wieder war aus dem Erdgeschoss ein Lachen zu hören. Jean Prudhomme würde auf einen Knopf drücken. Der Vorhang würde sich öffnen. Das Licht würde ausgehen.

Morgen.

»Eh, Jean Petit! Bist du da?«

Draußen prallten die Wellen gegen die steinerne Hafenmauer, ein schlecht befestigtes Ruderboot hatte sich gelöst und trieb hilflos in der Dunkelheit.

»Jean Petit! Bist du oben?«

Er beugte sich zu seinem Vater und drückte ihm einen Kuss auf die Stirn.

»Ich komme nachher wieder und schaue nach dir. Ich geh nur

schnell runter und dann noch mal rüber ins Museum, um nach dem Rechten zu sehen.«

»Jean, wo bist du denn?«

Die Stimme des alten Enzo drang durch das Treppenhaus zu ihm herauf. Er gehörte zu denjenigen, die sich vom Sturm nicht davon abhielten ließen, das *Mulberry* aufzusuchen. So wie an jedem anderen Abend auch.

»Schlaf gut, Vater.«

Jean Prudhomme, der nicht Jean Petit genannt werden wollte, verließ sein altes Kinderzimmer und ging hinunter ins Bistro, wo der alte Enzo ihn angrinste.

»Ich krieg noch achtzig Euro von dir! Für das Pult.«

»Nenn mich nicht Jean Petit, Enzo, sonst kriegst du gar nichts. Ich kann es nicht leiden.«

»Ist ja gut, aber zahlen musst du auf jeden Fall, schließlich habe ich es dir auch ins Museum gebracht. Morgen wird ein großer Tag, nicht wahr?«

Das *Mulberry* war kein sehr großes Bistro, aber es war eben das einzige hier unten am Hafen, und Jeans Mutter war tatsächlich eine so hervorragende Köchin, dass selbst im Winter der Schankraum meist voll war. Jean wusch sich die Hände hinter dem Tresen und atmete das wunderbare Gemisch aus Kaffee, Muscheln und erkaltetem Zigarettenrauch ein, das schon immer das *Mulberry* ausgemacht hatte.

Ein kleines Bistro in einem kleinen Ort mit großer Geschichte. Und morgen würde ein weiteres Kapitel dazukommen.

Die Tür zur Küche öffnete sich.

»*Salut*, Jean, bist du bereit für den großen Tag?«

Es war, als würde der Sturm für einen Augenblick innehalten, als würden die Straßenlaternen ihre Köpfe senken, um besser durch die kleinen Fenster in das Innere des *Mulberry* schauen zu können.

Wenn Jean Prudhomme der neuen Kellnerin begegnete, wusste er nie, was er sagen sollte. Und so war es auch an diesem Abend, an dem er eigentlich nur kurz runtergekommen war, um seiner Mutter einen schönen Abend zu wünschen, bevor er hinüber ins Museum ging, die wenigen Meter durch den Sturm über den Platz, vorbei an dem ausgestellten Panzer und der Sturmhaubitze, die ihre Rohre nach Westen richteten.

So wie damals.

»*Bonsoir, Mademoiselle* Anna.«

Die junge Frau lachte und ihr schwarzes Haar tanzte für einen Augenblick auf ihren nackten Schultern. Energisch pustete sie eine widerspenstige Strähne aus der Stirn, und Jean Prudhomme erkannte einige wenige Sommersprossen, die sich auf wundersame Weise nur auf ihrer linken Gesichtshälfte abzeichneten. Zum wiederholten Mal fragte er sich, ob Schwarz ihre natürliche Haarfarbe war, und zum wiederholten Mal traute er sich nicht, sie danach zu fragen. Sie trug eine leicht zerschlissene Jeans und ein enges, am Hals verknotetes Top, das nach den zahlreichen Gängen in die Küche fleckig war.

Und obwohl sie ihn anstrahlte und dabei laut in die Hände klatschte, konnte er sehen, dass sie etwas verbarg. Eine Müdigkeit, so tief und abgründig wie das Wasser jenseits des Hafenbeckens von Arromanches.

»Hör auf mit dem *Mademoiselle*, lieber Jean, so jung bin ich leider nicht mehr! Einfach nur Anna reicht völlig. Also, was macht deine Rede, ist sie fertig?«

Sie verschwand kurz in der hinteren Ecke des Bistros, wo Jean an einem der runden Tische drei Männer sitzen sah, die ihre Köpfe zusammensteckten und sich angeregt, aber leise unterhielten.

»*Voilà*, hier ist schon mal das Brot. Die Suppe kommt sofort. Noch jemand etwas zu trinken?«

»Nein, danke, wir haben alles«, antwortete einer der Männer und nickte Jean Prudhomme zu. Die Kellnerin trat zum Tresen und holte ein Glas Weißwein hervor, an dem sie vorsichtig nippte. Als sie es wieder zurückstellte, schaute sie Jean verschmitzt an.

»Wehe, du verrätst es deiner Mutter!«

»Nein, natürlich nicht«, versicherte er ihr schnell und ärgerte sich, dass er rot anlief. Verzweifelt versuchte er, nicht auf ihr Dekolleté zu blicken.

Der alte Enzo schaute aus dem Fenster.

»Wenigstens werden morgen die verfluchten Touristen nicht hier sein. Ist alles abgesperrt. Ausnahmsweise werden sie mal nicht unsere Straßen verstopfen und sich wundern, warum es hier nicht aussieht wie in ihren blöden Kriegsfilmen aus Hollywood.«

»Ohne die Touristen hätten wir hier gar nichts, Enzo, also lass es gut sein, ich kann es nicht mehr hören. Hoffen wir lieber, dass der Sturm sich bis morgen gelegt hat, sonst wird es für die Gäste eine einzige Regenschlacht, und die werden sie auf jeden Fall verlieren.«

»Wären sie doch damals mit ihrer Kriegsflotte nur am Mittelmeer gelandet und nicht auch noch bei uns«, murmelte Enzo und griff nach einer Schnapsflasche hinter dem Tresen.

Als er Jeans Blick bemerkte, lächelte er sein zahnloses Lächeln.

»Du verpfeifst mich nicht, dann verpfeif ich die Kleine nicht.«

Jean stieß ihm sanft gegen die Brust.

»Und das ist auch besser so, Anna braucht den Job hier. Und sie macht ihn besser als alle anderen vorher.«

»Eben. Und außerdem hat sie tolle Brüste.«

»Enzo!«

»Was denn? Ich bin vielleicht nicht mehr der Jüngste, aber Augen hab ich noch im Kopf. Und jetzt ab mit dir, du willst vermutlich noch mal rüber. Alles vorbereiten, für morgen.«

Der alte Enzo zwinkerte ihm zu, aber Jean Prudhomme mied seinen Blick. Er sah kurz in die Küche und winkte seiner Mutter zu, die stirnrunzelnd etwas Petersilie in einen großen Topf streute.

»*Maman*, ich bin drüben. Bis später.«

»Ist gut, Jean, ist gut. Oder vielleicht fehlt auch einfach nur Salz …«

»*Au revoir, Mademoiselle*. Einen schönen Abend noch.«

»Ach Jean, du lernst es nie«, antwortete die Kellnerin. »Aber dir auch einen schönen Abend, grüß mir die feschen Jungs. Vor allem den *First Sergeant*, den jungen. Er sieht ganz gut aus, findest du nicht?«

Weil Jean wieder spürte, dass er rot anlief, flüchtete er schnell aus der Küche. Er nickte den drei Männern zu und suchte in seinen Jackentaschen nach dem Schlüssel für den Haupteingang.

»Wo hab ich ihn denn nur hingesteckt …«, murmelte er.

»Linke Hosentasche.«

Überrascht hob Jean den Kopf und blickte sich um. Wer hatte da mit ihm gesprochen? Enzo saß gedankenverloren auf seinem Hocker. Dafür nickte ihm einer der drei Männer aus der hinteren Ecke des Bistros zu. Jean hatte seinen Namen vergessen.

Wie konnte er wissen …?

Aber es stimmte. Er bedankte sich und öffnete die Tür des *Mulberry*. Sofort schwappte ein Schwall Wasser herein, der Wind hob die schweren Vorhänge an der Tür und rauschte einmal quer durch den Gastraum.

Wollte er wirklich noch mal rüber? Er konnte auch morgen früh …

»Ab mit dir, Jean. Oder lass mich zumindest vorbei! Ich muss auch noch mal los.«

Die Kellnerin stand plötzlich direkt hinter ihm, sie hatte sich eine dunkle Regenjacke übergezogen, in der Hand hielt sie einen Motorradhelm.

»*Mademoiselle* Anna, was wollen Sie denn dort draußen?«, stammelte er. Für die kurze Dauer eines schaurig schönen Augenblicks überlegte er, ob sie ihn ins Museum begleiten wollte.

Aber sie hatte andere Pläne.

»Ich fahre nur schnell nach Hause, ich habe mein Fenster offen gelassen. Deine Mutter kommt kurz alleine zurecht. Lässt du mich durch?«

»Natürlich.«

Kurz darauf startete sie energisch ihren Roller, den sie unter dem Vordach an der Längsseite des *Mulberry* abgestellt hatte, und winkte Jean zum Abschied zu, bevor sie hinter den Häusern verschwand.

Rasch überquerte Jean den Platz des 6. Juni und stand kurz darauf vor dem Haupteingang des Museums, in dem er seit mehr als fünfzehn Jahren arbeitete.

Musée du Débarquement stand in großen Lettern auf der Außenwand.

Das Landungsmuseum von Arromanches. Vollgestopft mit Erinnerungen und Hinterlassenschaften aus jener dunklen Nacht, die sich in den längsten Tag verwandelt hatte, den Frankreich je erlebt hatte.

Le jour J – Der Tag J.

D-Day.

Dunkle Wolken schoben sich vor die wenigen Sterne, als Jean die Eingangstür des Museums aufsperrte. Drinnen empfing ihn eine merkwürdige Stille, als würde ihn im Dunkel irgendetwas oder irgendwer erwarten.

Er wollte das Licht in der Eingangshalle anknipsen, überlegte es sich dann jedoch anders und ging mit ruhigen Schritten in den Ausstellungsraum. Durch die großen Panoramascheiben sah er die aufgewühlte See, weiße Schaumkronen rollten immer wieder in Richtung Hafenmauer.

Alles war in Aufruhr.

So wie er. Aber er musste standhaft bleiben, das hier war zu wichtig.

Nach und nach machte er einige kleine Lampen an, der Raum wurde in warmes Licht getaucht. Die Glühbirnen warfen ihren Schein auf den Schaukasten, in dem ein Modell des damaligen Hafens ausgestellt war. Hier begannen tagsüber die Führungen, hier staunten die Besucher darüber, was die Welt geschaffen hatte, um den Teufel zu vertreiben.

Jean Prudhomme sah sich um und atmete die staubige Luft

ein. Er nahm seine Mütze ab und drehte sich langsam im Kreis.

»*First Sergeant* Montgomery?«

Keine Antwort.

»Sie dürfen sich rühren, *First Sergeant*.«

Es blieb still. Jean Prudhomme schritt langsam an zwei ausgestellten Maschinengewehren vorbei, tiefer in das Museum hinein. Zu seiner Rechten hingen Pläne und Skizzen an der Wand, Zeichnungen von Einflugschneisen und Gefechtspositionen. Orden und Abzeichen lagen geschützt hinter Glas, von der Decke baumelte ein Fallschirm.

»*First Sergeant* Montgomery, ich befehle Ihnen, sich sofort zu melden!«

Jean blieb vor einem der Schaukästen stehen.

»Ich soll Sie grüßen, *First Sergeant*! Von *Mademoiselle* Anna, Sie würden sie mögen. Sie ist die neue Kellnerin, ich mag sie und … ach, was erzähle ich das, raus mit Ihnen!«

Er öffnete vorsichtig den Schaukasten und blickte dem Soldaten ins Gesicht, der vor ihm stand und sich müde auf sein Gewehr stützte.

»Ich weiß, es ist spät, Soldat. Aber Sie wissen ja, wenn die Pflicht ruft …«

Jean fing an, eine Melodie zu pfeifen, als er die mannshohe Puppe behutsam aus dem Kasten hob und vor sich auf den Boden stellte.

First Sergeant John Montgomery war damals als einer der Ersten an Land gegangen, er hatte es noch nicht einmal bis zu den Felsen geschafft, so wie Hunderte seiner Kameraden neben ihm.

Er streifte der Puppe den schweren Rucksack und das Gewehr ab, lehnte beides an die Wand und griff nach der Hand des Soldaten.

»Darf ich bitten? Und nennen Sie mich ja nicht Jean Petit, *First Sergeant*, hören Sie?« Fröhlich pfeifend trug er die Puppe, die einen guten Kopf größer war als er, durch den Raum, zu einer kleinen Kommode. Als er eine Schublade herauszog, kam ein alter Plattenspieler zum Vorschein.

»Ein letzter Tanz im Sturm, was sagen Sie, Soldat?«

Aber der *First Sergeant* antwortete nicht. Sein Blick ging hinaus in die Dunkelheit, dorthin, wo in ebenjenem Augenblick in der Ferne ein Motorroller über eine kurvige Landstraße fuhr. Der Roller folgte den Hügeln oberhalb der Küste und zog dabei eine Spur aus feuchtem Spritzwasser hinter sich her. Der Scheinwerfer blitzte zwischen den struppigen Ginsterbüschen hervor, bevor der Roller plötzlich von der Straße abbog und über einen unbefestigten Kiesweg holperte.

Kurz darauf schaltete die Fahrerin das Licht aus und fuhr im Dunkeln weiter. Sie war unterwegs, um ein Fenster in ihrer Wohnung zu schließen.

Aber das war eine Lüge.